梁羽生作品集

48

鸣镝风云录

肆

梁羽生 著

中山大学出版社
·广州·

图书在版编目（CIP）数据

鸣镝风云录/梁羽生著. --广州：中山大学出版社，2012. 12
（梁羽生作品集）
ISBN 978-7-306-04387-0

Ⅰ. ①鸣…　Ⅱ. ①梁…　Ⅲ. ①侠义小说—中国—当代　Ⅳ. ①I247.5

中国版本图书馆CIP数据核字（2012）第299730号

广东省版权局版权合同登记图字：19-2012-055号

敬告读者

为了维护读者、著作权人和出版发行者的合法权益，本书采用了新型数码防伪技术。正版图书的定价标示处及外包装盒上均贴有完好的防伪标签。刮开涂层，可见到一组数码，您可以通过两种途径查验真伪。

1. 拨打全国免费电话4008301315，按语音提示从左到右依次输入相应数码并按#键结束。
2. 扫描防伪标上的二维码，按提示输入相应数码。

读者如发现盗版图书，可向当地“扫黄打非”办公室、新闻出版局、工商管理部门、公安机关、技术监督部门举报，或直接与我们联系。

联系电话：020-34297719　13570022400

我们对举报盗版、盗印、销售盗版图书等侵权行为的有功人员将予以重奖。

广州市朗声图书有限公司

目　录

第八十二回　铸错难翻悲失足
忏情何不早回头

原来任红绡控制不了心情的激动，一踏进房门，见着她们，眼泪就不禁簌簌而下。

奚玉瑾大吃一惊，笑道："是那百合龙涎香找不着吗？找不着也就算了。"当然她知道决不会是这样的小事情，但也只能这样试探问她。

任红绡摇了摇头，说道："不是的。但我也不知要怎样说才好。"

宫锦云替她抹了眼泪，笑道："什么事这样伤心，好妹子，那你就先歇一歇，定下心来再说吧。"

任红绡道："不，不，不能耽搁了。宫姐姐，你快走！以后我再慢慢告诉你。"

奚玉瑾、宫锦云又惊又喜，她们正不知道如何才能劝得动任红绡帮忙她们的，想不到任红绡一回来就说出这个话。

宫锦云喜道："实不相瞒，我早就想走的。但——"

任红绡道："我知道，你不用担心，我送你走，奚姐姐，你——"

奚玉瑾一咬牙龈，说道："我和你们一起走。"

任红绡道："对，你的丈夫……好啦，好啦，不说了，快走吧。"

奚玉瑾心头一震，"啊，听她这么说，大概她已经知道龙生的事？"

三人悄悄从园子逃走，到了山上，宫锦云道："好妹子，多谢你了，你回去吧。”

任红绡道：“我不回去了。”

奚玉瑾道：“你爹不怪责你吗？”

任红绡道：“我不理他怪不怪责，我也不要再见他了。”

宫锦云大惊道：“为什么？”

任红绡道：“公孙璞就在这树林子里，他们要去害他，咱们可得赶快找着公孙璞！”她没有说“他们”是谁，不过宫锦云和奚玉瑾亦已是明白的了。

公孙璞在密林深处生起一堆野火，等到三更过后，未见辛龙生来到，正自心焦。只听得树叶沙沙作响，辛龙生走出来笑道：“公孙大哥，小弟给你报喜来啦！”

公孙璞道：“你见着宫姑娘了？有办法救她吗？”

辛龙生道：“她已经出来了！”

公孙璞欢喜得跳了起来，连忙问道：“她在哪里？”

辛龙生笑道：“瞧你欢喜得这个样，不用心急，你就可以见着她了。我告诉你吧。玉瑾和她约好，三更时候出来，在林子西面一条山涧旁边等你。玉瑾叫我来通知你的。”

辛龙生还怕公孙璞不信，接着解释道：“宫姑娘和内子同室，这是我和她们预先约好的。但我可不方便和她们一同出来，只有各走各的。”

公孙璞听说宫锦云已经脱险，等着和他见面，心中大喜过望，哪里还会仔细推敲这些细节，忙道：“辛兄，多谢你了。那就赶快走吧，麻烦你给我带路。”

辛龙生暗呼得计，说道：“你瞧那边不是一片松林吗？松林里有个草坪，她们就在那里，咱们抄个捷径，从这边走。”

公孙璞恨不得插翼飞去，不知不觉走在前头。但辛龙生也是有意落在他的后面。

不知不觉走到一处险地，那是悬崖旁边的一条羊肠小道，山石上长满苔藓，悬岩下是石笋嶙峋的幽谷。

辛龙生走近悬崖，心头不禁砰砰乱跳，耳边响起完颜豪刚才对他说的话："到了悬崖旁边，你跟在他背后，出其不意的一掌将他推下去，那就更利落干净，比点他的穴道还更省事了！"

他毕竟曾经在过文逸凡门下多年，良知未曾尽泯，越走近心跳越剧烈，想道："我用这样的手段害了他，太狠毒了吧？"但随即又想："完颜豪和任天吾是串通了的，且莫说完颜豪对我会有好处，若不依从他的说话，只怕任天吾也不能放过我。唉，我如今已是骑上虎背，不干也不行了！"

公孙璞发觉自己走得太快，一面放慢脚步，一面说道："苔深路滑，辛兄小心！"正要等他上来，扶他过去。辛龙生已是到了他的背后，说道："多谢吾兄关心，山路小弟是走惯了的。兄台不用为小弟担忧。"口中说话，中指突然伸出，一下子就点了公孙璞背心的"风府穴"。这是人身三十六道大穴之一，武功平常的人，给点着这个穴道立即气绝而亡。武功高明之士，不死也得全身麻软，难以动弹。

公孙璞身形连晃，好像风中之烛，摇摇欲坠，但却并没有跌下悬崖。事情来得太过突然，一时间他还未清楚发生的是什么事情，骤吃一惊之下，回过头来，茫然问道："辛兄，你干什么？"

原来辛龙生到了最后关头，究竟狠不起心肠将他推下去，是以只是点了他的穴道。他料想以公孙璞的武功，这一下点穴不至于就要了他的性命，但却可以轻易的制服他了。他是这样想的："宁可让给完颜豪杀他，我的罪过也小一点。"但他出指之际，心跳得十分厉害，指头也就不禁微微颤抖。穴道是点个正着了，可并没有收到预期的效果！公孙璞只是晃了几晃，就站稳了。

公孙璞回头来，茫然问道："辛兄，你干什么？"

话犹未了，只听得一个人冷冷说道："对啦，这句话我也正想问你，辛龙生，你干什么？干吗不将他杀了？"

这人不是别个，正是埋伏在悬崖上方的完颜豪。

完颜豪一跃而下，手上拿着一柄明晃晃的短剑。口中说话，手上的短剑已是倏地向公孙璞胸口刺来。

公孙璞呆了一呆，完颜豪的话他是听得清清楚楚了，一时间他还未敢相信这是事实。"什么，辛龙生竟要杀我？"心念未已，只觉冷气沁肌，胸口飕飕飒的好似有点疼痛。原来完颜豪那柄短剑已是划破他的衣裳，在他的胸口划开了一道伤口了！

幸而武功高明之士骤然碰到生命的危险，御敌乃是出于本能。就在完颜豪的短剑正要刺进去的时候，公孙璞一个吞胸吸腹，脚步不动，身躯已是挪后一寸。立即使出近身搏斗的小擒拿手法，左掌拍出，右手三指，疾扣完颜豪持剑的手腕。

完颜豪也是矫捷非常，一剑未能刺着要害，已是料到对方必然反击，剑锋一转，侧刺公孙璞胁下的气愈穴。但公孙璞那一掌他却是无法躲闪，只能出左掌硬接了一招。

双抓相交，“乓”的一声，公孙璞连退三步，身形摇摇晃晃，一足已是踏出悬崖。完颜豪亦是退出两步，虎口一阵酸麻。他没有给抓着脉门，但却给对方的指尖触着。

完颜豪又惊又喜，惊的是公孙璞被辛龙生点了穴道，居然还有如此功力；喜的是他的功力毕竟减了几分。完颜豪一声长啸叫道：“任老先生。快来！”回过头来，又喝道：“辛龙生，你还不快上！”

公孙璞撑开玄铁宝伞，刚好迎上完颜豪扑过来的一招“白虹贯日”，短剑刺在伞上，只听得“当”的一声，火花四溅！完颜豪这柄短剑乃是削铁如泥吹毛立断的宝剑，但碰着了玄铁宝伞，却也损了一个缺口。公孙璞挥舞玄铁宝伞，逐步离开悬崖。

说时迟，那时快，辛龙生拔剑出鞘，亦已来到。公孙璞惊骇之极，叫道：“辛龙生，你知道他是什么人吗?”

完颜豪冷笑道：“他当然知道，否则岂能与我联手杀你。咄，动手呀，还不动手?”

公孙璞道：“你既然知道他是什么人，你是文大侠的掌门弟子，为何与金国的贝子联手害我性命?”

辛龙生刷的一剑刺出，说道：“你的岳父囚禁我的姑姑，你知不知道?”他抓着这个借口，似乎“理直气壮”了些，可也不敢面对公孙璞的目光。

公孙璞道：“即使真有此事，黑风岛主囚了你的姑姑，那又与我何关?”

辛龙生道：“你是他的女婿，怎说无关?”公孙璞大怒道：“亏你是文大侠的掌门弟子，如此糊涂！无论如何，你怎能害我性命，何况是和敌人联手？”

完颜豪哈哈笑道：“你怎知我们是敌人，我们早已是好朋友了。”

辛龙生道：“现在不是讲理的时候，公孙璞，我不杀你，已经是很对得住你啦！”

公孙璞到底是个忠厚的人，听他这么说，想道：“不错，他刚才在我背后偷施暗算，本来是可以把我推下悬崖的。”虽然还未明白辛龙生何故要和完颜豪串同了来暗害他，但对辛龙生的恨意已是减了几分，说道：“那你要将我怎样？”

辛龙生道：“我要把你拿去交换我的姑姑！”避开公孙璞的目光，一面进招，一面又和完颜豪说道：“完颜公子，依我之见，还是将他生擒的好。你怕泄漏秘密，大可废了他的武功，让他在黑牢里过这一生。”

完颜豪冷笑道：“怕他泄漏秘密的是你不是我！”

辛龙生冷汗涔涔而下，想道：“不错，这件事情给我师父知道，纵然我没有杀公孙璞，师父也只怕是难以饶我性命！”

完颜豪道：“你想我不泄漏秘密，那就看你是不是真心帮我了。”

辛龙生咬一咬牙，说道：“完颜公子，我当然帮你。但请你答应饶他性命，就照刚才的办法好不好？”

完颜豪不见任天吾来到，心里也有点着慌，说道：“好，看在你给他求情的份上，我就照你的办法做吧。公孙璞，你听见了没有，我们可以饶你性命，你还不束手就擒？”

公孙璞喝道：“有本领的你们尽管将我杀了，公孙璞是顶天立地的汉子，岂能向你们这些无耻小人求饶！”

完颜豪冷笑道：“辛龙生，你听见没有？哈哈，无耻小人，你也在内呢！你不杀他，那你就让他杀吧！”

辛龙生心中混乱之极，听了完颜豪的话，把心一横，果然就狠狠的向公孙璞杀去！

公孙璞的“风府穴”刚刚给他点着，虽然仗着精纯的内功，穴道未给封闭，多少却也受了影响，而完颜豪、辛龙生二人的本领又不过是比他稍逊一筹而已，即使他没给点着穴道，以一敌二，时间一久，也是必将落败无疑，何况现在未能施展原来所有的功力。三十多招过后，公孙璞给他们迫得步步后退，不知不觉又到了悬崖旁边了。公孙璞使了千斤坠的重身法，双足牢牢钉在地上，咬牙苦斗。

悬崖搏斗，凶险非常。完颜豪和辛龙生是面向着悬崖攻来，可进可退；公孙璞则是脚踏悬崖，背心朝外，不能再退半步！此时只要他稍为气馁，一给挤下悬崖，就必将是粉身碎骨无疑。

俗话说双拳难敌四手，何况公孙璞刚给点着“风府穴”，虽然仗着精纯的内功，穴道不至被封，但气血还未曾调匀。斗了一会，不觉气力渐渐不加，汗流如雨，头顶冒出热腾腾的白气。

完颜豪道：“公孙璞，我已经答应了辛少侠饶你性命，你何苦如此不知好歹，还要拼命？拼你决计是拼不过我们了，只怕平白送掉你这条小命！”心里则在想道：“奇怪，为什么任天吾还不来呢？这小子情急拼命，莫要给他当真反啮，拼个两败俱伤，杀了他自己也要多少吃亏了。”

公孙璞“呸”了一声，咬牙苦斗，却不说话。心中只有一个念头：“我不能死，我死了更没人救宫姑娘了。”他以坚强意志竭力支持，双足牢牢钉在地上，仗着有玄铁宝伞护身，一时之间，完颜豪、辛龙生二人竟也不能迫他半步。

任红绡前面带路，宫锦云和奚玉瑾跟在她后面，果然没人发觉，风不吹草不动的出乎她们意料之外的顺利就逃出任家。

逃出了任家之后，最紧要的事情当然是马上去救公孙璞了。

任红绡说道：“我听得他们说，公孙大哥是和辛龙生约好了在这座林子会面的。啊，你瞧，那里似有火光。”

她们跑到公孙璞原来所在的地方，公孙璞早已走了。宫锦云又是吃惊，又是着急，心里想道：“待搜遍这座树林，璞哥只怕已遭他们毒手。”

奚玉瑾侧耳一听，说道：“你们随我来，那边似乎有金铁交鸣的声音，敢情他们已是在那边动手。”原来她是自小练过梅花针暗器的，听觉特别灵敏。

果然走了一会，金铁交鸣之声听得越发清楚，宫锦云大喜道：“不错，这是兵器打在玄铁宝伞上的声音。”

她们正在向上攀登，忽听得一个人说道：“绡儿，这么晚了，你还和客人出来作什么？”黯淡的月光下，山坡上出现一条黑影，正挡住她们的去路！

这个人不是别人，正是任天吾！这霎那间，她们的吃惊可就不用提了。

任红绡定了定神，叫道：“爹爹，他们要害公孙璞，你知道么？”

任天吾道：“他们是谁？”

任红绡咬了咬牙，说道：“完颜豪和辛龙生！”

任天吾吃了一惊，心道：“原来她已经知道了完颜豪是谁了。”却装作不知，说道：“完颜豪又是谁？”

任红绡道：“就是颜豪呀，他是金国的贝子呢。爹爹，你是真的不知还是假的不知？”

任天吾哈哈一笑，说道：“哪有此事？你别听人闲话！”

任红绡顿足道：“是我亲耳听见他自己说的！”

奚玉瑾心念一动，想道：“任天吾这是在故意拖延时间。”便即说道：“任老伯，你让我们上去看看，是真是假，一看便知。”宫锦云道：“是呀，任老伯，你不听见上面有人厮杀的声音吗？”

任天吾又是皮笑肉不笑地打了个哈哈，说道：“绡儿，颜公子对你这么好，你连他也不相信了么？奚姑娘，你也真是，什么人都可以怀疑，却怎可怀疑自己的丈夫！好，你们先回去，别闹出笑话来。山上发生什么事情，我会给你们去看。”口中说话，一步步的走近她们。

奚玉瑾、宫锦云变了面色，心知若是不听任天吾的话，任天吾定要用武力拦阻，两人俱是想道：“打是打不过他的，但却怎能就此回去，说不得也只好和他拼一拼了！”

心念未已，忽听得任天吾失声叫道：“绡儿，你干什么？”任红绡道："爹爹，你不让我们过去，我马上死在你的面前！"

奚玉瑾回头一看，只见任红绡手里拿着一把明晃晃的匕首，刀尖正对着自己的喉咙。

宫锦云叫道："唉，任姐姐，你可不能为我这样！"奚玉瑾轻轻的拉了她一下，示意叫她不必阻止。

任天吾本来准备走近她们，一抓便把女儿先抓着的，想不到任红绡竟然先发制人，刀尖已对着喉咙，用自己的生命来威胁父亲了。任天吾知道女儿的性子，只怕动一动，她就当真自戕，饶是他本领再高，也不敢去抢女儿的匕首，当下只好说道："对啦，有话慢慢好说，你这样做，你的宫姐姐心里也是难安，快把匕首放下来吧！"

任红绡道："你和我一起回去，回到家里，我就把匕首放下来！"

任天吾道："好，那么你们和我一同回去。"

任红绡道："不，我跟你回去，你让她们走！"她知道自己若是不应允回家，爹爹定必阻拦，为了要让宫锦云去救公孙璞，只好用这个条件和父亲交换。

任天吾犹疑不决，暗自思量："她们已经知道了完颜豪的秘密，放走她们，以后我还如何能够在侠义道中混得下去？"接着想道："这丫头向来任性，我不答应她恐怕当真做了出来。唉，怪只怪她娘死得太早，我宠坏了她。嗯，不如先且骗她回家再说。以完颜豪和辛龙生的本领，二人联手，应该可以收拾得了公孙璞这小子。回家之后，待我把这丫头哄得服帖了，也还可以出来。"

心念未已，忽听得奚玉瑾、宫锦云不约而同地失声惊叫，只见任红绡倒跃出三丈开外，白色的衣裳上一片鲜红！

看见这个情形，奚公二人固然吃惊，做父亲的任天吾更是吓得魂飞魄散，连忙叫道："我答应你啦，别干傻事，快把刀子放下！"

原来任红绡猜着父亲的心思，突然把匕首在胸脯上划开一道伤口，鲜血汩汩流出。她之所以要在自残之际跃开数步，那是为了不让奚玉瑾和宫锦云阻拦。

奚、宫两人失声惊呼，忙向任红绡跑去。任天吾比她们跑得更快，飞身一掠，抢到了女儿身旁，扶住女儿，出指点了她伤口附近的穴道。这是一种“封穴止血”的急救方法。

奚玉瑾与宫锦云面面相觑，想不到任红绡竟是如此烈性。宫锦云热泪盈眶，说道：“任姐姐，你为我这样，我真不知怎样感谢你才好！”

任天吾怒目而视，挥手说道：“你们走吧，别在这儿猫哭老鼠假慈悲了！”任红绡樱唇微动，吐出微弱的声音，说道：“对，你们快走吧，公孙大哥正在等着你们呢，爹，你别这样胡骂她们，她们对女儿是真正的好，女儿是甘心情愿为她们这样做的。爹，你要怪也只能怪我。”

任红绡伤口剧痛，心里却是十分快乐。她知道父亲非给她救治不可，在她的生命危险未过之前，父亲是决不敢离开她去害公孙璞的了。

公孙璞和完颜豪、辛龙生在悬崖搏斗，不知不觉已是将近半个时辰了。公孙璞仗着宝伞护身，可也已斗得精疲力竭，有如强弩之末了。

完颜豪哈哈笑道：“公孙璞，你不行啦，趁早投降，我还可以饶你性命！”他斗了将近半个时辰，亦是感到胸中气血翻涌，只怕杀了公孙璞，自己也得大病一场。

公孙璞不敢分神说话，咬牙苦斗，激战中有一招使得力不从心，现出破绽，辛龙生此时亦已是斗得失了理智，他的家传剑法以奇诡狠辣见长，一见有隙可乘，刷的一剑便刺进去，也顾不得是否会伤了公孙璞性命了。

这一剑刚好刺着公孙璞的虎口，完颜豪顺势折扇一敲，打在他受伤的手臂上。当的一声，玄铁宝伞坠地！

完颜豪大喜，脚尖一勾，便要把宝伞踢起，抢到手中。公孙璞却比他还快半步，一脚踏着了玄铁宝伞，长拳捣出，他受伤之后，更是势如疯虎！

近身肉搏，双方都是无从闪避，完颜豪身形一侧，右肩接了一拳。卸去了公孙璞的几分力道，仍是疼痛难当。公孙璞给他折扇锋利的边缘又在手臂上割开一道伤口，虽然伤上加伤，却是浑如未觉。

完颜豪见他形同拼命，不禁胆怯，叫道："辛大哥，快料理了他!"

辛龙生重伤了公孙璞，正自有点悔意，但听得完颜豪这么一喝，不禁又糊涂起来，想道："对，一不做二不休，我和他的仇已经是结定的了，今日若不杀他，我的性命不保，即使他不报仇，我的师父也要杀我。"心念一动，刷的一剑便向他的背心刺去!

奚玉瑾和宫锦云跑上山头，刚好看见这一幕惨烈的厮杀。

宫锦云叫道："公孙大哥，留心背后!"

奚玉瑾尖声叫道："龙生，你怎么可以这样!"

她们两人突然出现，公孙璞和辛龙生都是不由得心情激动，但各自的感受却是大不相同了。

公孙璞最记挂的人是宫锦云，一见宫锦云来到，精神陡振，右臂挥拳与完颜豪搏斗，左臂反手便是一掌。

辛龙生看见妻子到来，心里则是不由得又慌又乱。惊惶失措之下，这一剑虽然仍是糊里糊涂地刺了出去，却差点儿，并没刺着公孙璞。

公孙璞那一掌也没有打着辛龙生，但辛龙生受他掌力一震，却是不由自己的要向后退了。他心神慌乱，没有看清地形，刚好是在悬崖旁边向后踏步，一步踏空，登时跌下幽谷!

奚玉瑾呆了一呆，张大了口，好半晌才"啊呀"一声，叫得出来，慌忙跑上去。要知她和辛龙生毕竟乃是夫妻，她固然不愿意丈夫杀了公孙璞，更不忍丈夫送了性命!

完颜豪失了帮手，这一惊非同小可，哪里还敢恋战，慌忙拔步飞逃。

公孙璞脉门被利剑割开，伤口不是很深，但鲜血还在流出。强敌一退，他已是支持不住，坐在地上。

宫锦云道："璞哥，我来啦，咱们毕竟又见着了。你欢喜吗?"柔声抚慰，一面替他敷上了金创药跟着包扎伤口。

奚玉瑾站在悬崖上俯望幽谷，泪珠儿在眼眶中打滚，想哭却是哭不出来。宫锦云刚才看见辛龙生对公孙璞狠下杀手之时，本是恨不得把他杀掉的，但此际看见奚玉瑾如此伤心，却是十分为她难过了，只不知如何安慰她才好。

公孙璞站了起来，走到奚玉瑾身旁，低声说道："奚姑娘，我不敢求你饶恕，但我并不是有心伤害尊夫。"

奚玉瑾道："我知道，他是自作孽，不可活。应该求你饶恕的是我。"说了这几句话，珠泪不禁夺眶而出，这才哭得出来。

宫锦云心里想道："你既然知道，何苦还要为一个不值得你伤心的人这样伤心？"她哪知道奚玉瑾与其说是为丈夫的惨死伤心，毋宁说是更多的为自己伤心。她本是个要强好胜的人，只因一念之差，想做盟主夫人，落得如斯结果！当她说到"自作孽不可活"这句成语之时，固然是在责备丈夫，可也是在责备自己啊！

宫锦云把奚玉瑾从悬岩上拉下来，忽地心中一动，问公孙璞道："辛、辛大哥跌下去的时候，你有没有听见他的叫声？"

公孙璞瞿然一省，说道："对啦，咱们下去看看，辛大哥内功深厚，说不定并没有丧命。"

奚玉瑾哽咽说道："他纵然还活在人间，我，我也不愿……"不愿什么，她可是说不出来了。

公孙璞道："不，辛大哥不能说坏得不可收拾，他刚才本来可以把我推下悬崖的，但他可并没有下此毒手。今日之事，不过是他一念之差而已。要是他受了伤，咱们将他救活，经过这次教训，我相信他会变得好起来的。"

奚玉瑾叹道："公孙大哥，像你这样忠厚的人，真是世间少见。我，我……唉，那也好吧。我和他总算一场夫妻，他就是死了，我也应该收他骸骨。"

公孙璞敷上了金创药，气力渐渐恢复了些，当下和宫锦云手牵着手，慢慢走下去。

奇怪得很，他们找遍了谷底的每个角落，却没有发现辛龙生。

公孙璞说道："说不定他伤得不重，已经走了。"

奚玉瑾摇了摇头，说道："除非他有你爷爷那样绝世内功，否则从这样高的悬崖上跌下去，岂有不死之理？我看他的尸骸只怕多半是给野兽吃了。”

宫锦云道：“我来了这里半个月，可没听说山上有会吃人的猛兽。”

奚玉瑾凄然说道：“他纵然还活在人间，在我心上也是死了。公孙大哥、锦云妹子，我求你们一件事情。”公孙璞道：“请说。”宫锦云道：“你帮我们这样大忙，我都未曾谢你呢。只要我做得到的事情，我都会答应你，何须用到一个‘求’字？”

奚玉瑾抹去脸上的泪痕，说道：“他是自作孽不可活，死了也是罪有应得，但我和他毕竟做了一场夫妻，请你们看在我的份上，给他一点面子，别要让他死后受人唾骂。”公孙璞道：“啊，那你是要我们……”宫锦云心思比他灵敏，已经懂得奚玉瑾的意思，不用再问，便即说道：“姐姐放心，我们不把今天的事情说出去就是。”奚玉瑾道：“说是可以说的，但请你们替他掩饰死因。”原来奚玉瑾是个要强好胜的女子，是以要为丈夫保全名誉，免得自己在他死后也还要受到耻辱。公孙璞道：“我说他是给完颜豪暗算，跌下幽谷死的。”

宫锦云道：“对，这样说最好。要是他还活在人间，更会受人敬重。”

奚玉瑾苦笑道：“他哪还有不死之理？要是他还有一点生还之望，我也不敢求你们替他掩饰了。”

宫锦云黯然良久，心里想道：“奚姐姐虽然用情不专，对辛龙生总是一个好妻子。他死后有知，亦应惭愧。”轻轻地握着奚玉瑾发抖的手掌，说道：“奚姐姐，咱们也该走啦，你上哪儿？”

奚玉瑾只感一片茫然，低声说道：“我不知道。”

宫锦云道：“奚姐姐，你何不和我们一同到金鸡岭去。”

公孙璞道：“对，我正是要到金鸡岭禀报军情的。你和我们一道去，那是最好不过了。珮瑛姐姐，也在金鸡岭上。”他是因为知道奚玉瑾和韩珮瑛是最要好的朋友，所以才这样说的。

哪知他不提韩珮瑛还好，提起了韩珮瑛，却是不由得奚玉瑾不又起伤心了。奚玉瑾想起了谷啸风来，心中阵阵绞痛，想道：“我还有什么面目去见他们?”暗自咽下眼泪，说道：“多谢你们的好意。但我想我还是先回家一趟的好。”

宫锦云知道她的心意，想道：“待她伤痛过后，慢慢再开解她吧。”于是说道：“那也好，你回家安静一些时候，我们的事情办完了就来看你。”

走出谷口，三人分道扬镳，公孙璞和宫锦云并肩同行，看着奚玉瑾的背影彳亍独行，想象得出她心中的悲痛，都是不禁暗暗为她叹息。

但有一件事情大大出乎他们意料之外的。正是：

佳偶谁知成怨偶，鸳鸯折翼竟离分。

欲知后事如何，请听下回分解。

第八十三回　输他覆雨翻云手
愧负嘘寒问暖心

辛龙生从那样高的悬崖跌下，不仅是奚玉瑾以为他必死无疑，公孙璞和宫锦云也不敢存有侥幸之想，只是因为没有找着尸骸，姑且安慰安慰奚玉瑾而已。

但出乎他们意料之外，辛龙生其实并没有死。

辛龙生从悬崖跌下，自忖必死，心中一凉，闭上眼睛，心道："想不到我辛龙生竟然命丧于此！"

临死前的一瞬，悔恨之情油然而生，正在闭目待死之际，忽听得"咔嚓"一声，头脸手脚突然好像受到了乱针所刺的剧痛！

原来无巧不巧，他是跌在一棵从岩石缝中横伸出来的松树上，周围满是荆棘，刺得他满身鲜血淋漓。

辛龙生发现有逃生之望，连忙紧握树枝，忙中有错，用力太重，"咔嚓"一声，树枝断了。希望又归破灭，这一打击比刚才从悬崖跌下自份必死的打击更大，辛龙生眼睛发黑，双手在半空乱抓，心里叫道："我命休矣，我命休矣！"

忽地劲风飒然，迎面袭来，辛龙生模糊见到一个毛茸茸作人立的怪物向他扑来，他也不知是什么野兽，一下就晕过去了。

也不知过了多久，辛龙生渐渐有了知觉，眼睛未曾张开，隐约听得身边有人说话。

一个苍老的声音说道："幸亏咱们的大威扑得快，这人的内功又颇有根底，看样子，他的这条小命大概是可以捡回来啦。"

一个清脆的声音说道："爹，你怎么知道他身有内功？"听得出是少女的声音，辛龙生心道："原来是两父女，但却不知他们是什么路道，倘若是任天吾的党羽，那就糟了。"

那老者道："若然内功没有根底，摔在松树上的时候，他已经要气绝而亡了。"

那少女道："不知他怎样会失足跌下的，会不会是任天吾的手下害他？你看他衣裳华美，说不定是个贵家公子，任天吾的手下听说有些本来就还是兼做没有本钱的买卖的，说不定因此谋财害命。"

那老者道："那也有可能。咱们虽然不怕任天吾这老家伙来找麻烦，但能够少惹麻烦也总是少惹的好。你可要守口如瓶，别向外人提起。"那少女应了一个"是"字。

辛龙生暗暗欢喜："原来不是任天吾这一伙，听他的口气，似乎是武林中的前辈高人，连任天吾也有几分怕他的。"刚刚放下心上的一块石头，忽地又想到了另外一个难题，心头卜卜乱跳。

正在他患得患失之际，那少女道："爹，好了，你瞧他醒来啦！"

辛龙生张开眼睛，发现自己是身在一间茅屋之中，躺在一个"炕"（北方一般民家睡觉用的床，用泥土造成，冬天下面烧火以供取暖）上，站在他的面前是一个白须盈尺的老头，旁边还有一个年约十六七岁的少女，虽是荆钗裙布，却掩盖不了她天生丽质。

辛龙生道："多谢老丈救命之恩。"欠身欲起，那老者轻轻将他按下，说道："你伤得很重，不可乱动，待病好了再向我道谢不迟。"

辛龙生欠身欲起之际，只觉浑身疼痛，骨头都好像要拆散似的，但说也奇怪，那老者只是轻轻一按，掌心覆在他的胸口，登时便似有一股暖流进入他的身体，转瞬间流遍全身，有说不出的舒服，疼痛也大减了。辛龙生又惊又喜，心里想道："这老头儿的内功之高，只怕还在我的师父之上。"

那老者道："舒服点了吗？"辛龙生道："舒服多了，多谢老丈。"那少女噗嗤一笑，说道："你这人倒是客气得紧，醒来还不到一盏茶的时刻，你已经多谢了我爹爹两次了。"

那老者笑道："你应该多谢我这个丫头，救你性命的是她。"

辛龙生忙道："多谢姑娘再生之德。"

那少女又是噗嗤一笑，说道："又一次多谢了。你说话文绉绉的我可不惯，我和你直说了吧，救你性命的也不是我，是大威。"

辛龙生道："大威是谁?"

那少女撮唇一啸，只听得吱吱的叫声，跑进来两头长臂猿，后蹄着地，站起来足有普通人那么高。那少女指着那头较大的说道："这就是你的救命恩人大威了，那头较小的是他的弟弟小威，你要多谢，多谢它吧。但可惜它却是不会答话的。"说着，不觉又笑起来。

辛龙生笑道："我是要多谢它。但更要多谢你，你是它的主人。"

那少女道："也是你命不该绝，你跌下来的时候，我恰好带了大威在山坡上采药，倘若不是那棵松树把你下坠之势阻了一阻，大威扑过去也来不及了。你姓甚名谁，怎的会从那么高的悬崖上跌下来的?"

在那少女说话的时候，辛龙生心里已是仔细想过："要不要把真实姓名和师门来历告诉他们父女呢?"终于决定隐瞒，说道："小姓龙，单名一个'新'字。在山路上碰上两个强盗，我打他们不过，给他们追到悬崖旁边，失足跌下来的。"他把自己的姓名去了个"生"字，颠倒过来。用了一个"辛"字的同音名，捏造了一个假姓名龙新。

那老者道："你的内功颇有根底，想必是从小练武的吧，令师是哪一位?"

辛龙生道："我只懂得几手三脚猫的功夫，是家父教的。"那老者道："令尊大名是——"辛龙生又给父亲捏造了一个假名，那老者心里想道："这人我可没有听过，想必也是像我一样的是个隐士吧?"江湖上奇才异能之士在所多有，是以也没什么疑心。

原来辛龙生是怕这老者认识他的师父，一说出自己的来历，也必定要给师父报讯，或者将他送回师父那里去。师父追究起今日之事，性命不保。他是以小人之心度君子之腹，当然做梦也想不到公孙璞非但给他掩饰，还替他说好话的。只道公孙璞一出去，自是必然把自己的坏事宣扬了。

那老者点了点头，说道："幸亏你是自小就练童子功，骨骼坚实，童子功又还未破，受到震荡之际，真气能够保护心房。你只须安心在我这里调治，一个月之后，大概也可以复原了。"

那少女道："什么叫做童子功？是很有用处的一门功夫吧？爹爹你会不会，我也想练。"

那老者道："这不是女子练的。"那少女道："为什么男人练得，女子却不能练，爹爹，多半是你自己不会吧？"

那老者给她弄得啼笑皆非，只好说道："对，你爹爹不会，你别歪缠了。这丫头从没离开过这座山，什么事都不懂，龙公子，你可别见笑。"那少女心想："不懂一门武功，那又有什么可笑的？待这姓龙的病好了，我瞒着爹爹，磨他教我，谅他不会不依。"

辛龙生给这老者看出自己还是童身的秘密，咳了一声，说道："我没请教恩公高姓大名。"

那老者笑道："我也有差不多二十年没见外人了，自己的名字几乎忘记啦。"

那少女似乎对辛龙生颇有好感，说道："爹爹，他这伤大概要在咱们家里调养一个多月吧？"老者点了点头，说道："不错，那又怎样？"少女说道："他在咱们家里住上个多月，这就不是外人了。咱们把名字告诉他也好有个称呼。"原来这老者乃是为了一桩事情，失意江湖，故而隐居埋名，匿居幽谷的。

那少女说道："我们姓车，爹爹单名一个'卫'字。我也单名，叫做车淇。'淇'字是有水旁的淇。"怕辛龙生不明白，边说边用手指在地上写字。指尖所到，泥土飞扬，地上现出四个端端正正的工笔楷书。

辛龙生赞道："姑娘文武全才，好秀气的书法，好锋利的指力。"心中可是暗暗吃惊。原来这车卫乃是二十多年之前，曾在江湖上出现过的一个介乎正邪之间的魔头，但却是昙花一现，在江湖上做出几件惊人之事以后，就突然销声匿迹了。

辛龙生曾于无意之中听师父和朋友谈过此人，猜测他已经死了，想不到今日却给自己遇见。辛龙生心里想道："师父曾说此人行为怪诞，喜怒无常，现在看来，也不见得有什么怪诞，纵然不能说是和蔼可亲，也相当平易近人。可见传言大都不尽不实。”他哪知道车卫对他好感，乃是另有缘故的。

辛龙生得车卫悉心调治，一个月后，果然渐渐恢复健康，能够四处走动了。

不知不觉又是春暖花开的时候，这一天天气很好，车淇邀他到后山游玩，辛龙生对着如花少女，观赏阳春烟景，心情大为舒畅。经过一条山溪，车淇说道：“你脱下鞋子，我扶你过去。”辛龙生道：“让我试试，看能不能够跳过去？”车淇说道：“你刚刚病好，我可不许你冒险尝试。摔坏了你不打紧，我可又要麻烦了。”辛龙生道：“你为什么对我这样好？”这句话他本来是试试车淇的，不料车淇忽地双颊晕红，说道：“你知道就好啦！”竟是有点脉脉含情的模样。

辛龙生呆了一呆，他可从没有想到这个好像什么人情世故都不懂的天真活泼的小姑娘会爱上他的，不觉又喜又惊，想道：“原来车卫如此尽心尽力救我性命，乃是为了女儿的缘故。这小妮子情窦初开，我又长得这样英俊，怪不得她要喜欢我了。我现在正要倚靠车卫庇护，他的女儿爱上我，对我倒是大大有利。”蓦地想起奚玉瑾来，“她只怕已经当我死了吧？经过那日的事，纵使今生还有相会之日，我与她只怕是破镜难圆的了。但我若移情别恋，心中却是难免有愧。对了，我何不虚情假意哄哄这个小妮子，让她欢喜。于她无损，于我有利，岂非两全其美？”

车淇道：“龙大哥你想什么？快脱鞋子。”辛龙生笑道：“淇妹，今天是我最快乐的日子，我只怕是欢喜得有点傻了。”弦外之音，他的快乐自然是因为知道车淇的心理了。

车淇双颊更红，嗔道：“快别发傻啦，山涧的石头很滑，我扶你过去，你自己不小心，也会摔跤的。”

辛龙生赤足涉水，笑道：“这溪水真是舒服。”无意中低头一看，水中现出他的影子，辛龙生的笑容登时凝固，脸上的肌肉都僵硬了。“啊呀”一声叫了出来，脚底一滑，几乎滑倒。车淇连忙拉紧了他，急步走了过去，说道：“你怎么啦？”辛龙生喘着气道：

"你为什么不告诉我，我变成了这个样子，以后怎么见得人?"

原来他那日从悬崖跌下之时，头面手足都给荆棘刺伤，脸上满是一条条的伤疤，丑怪得连他自己都认不出来了。

辛龙生素来以文武兼擅，才貌双全自负，突然发觉自己变成了丑八怪，这份伤心，当真是比要了他的性命更难受。同时也才恍然大悟："怪不得在她家里找不到一面镜子，想必是她为了避免我受刺激，是以都藏起来了。"

车淇柔声说道："一个人的相貌有什么打紧，只要心地好就行了。龙大哥，你实在不值得为这个伤心，别人不欢喜你，我喜欢你。"

辛龙生本意是只想与她玩一场"爱情游戏"的，听了这话，不由得大为感动，泪珠儿不知不觉的就滴下来，说道："只怕我没有你想的那么好。"

车淇低声说道："你怎会不是好人，爹爹也曾向我称赞过你，说你温文尔雅，是他平生仅见的翩翩浊世佳公子呢。"辛龙生文武全才，擅于辞令，谈吐文雅，这些都是事实，但车淇却不知道，她的父亲之所以称赞他，主要还是为了讨她欢喜的缘故。

这霎那间，辛龙生的内心深处，又是欢喜，又是惭愧，几乎忍不住要在她的面前忏悔，把自己曾经做了的种种邪恶行为对她直言无隐，但可惜他却没有这个勇气，良知方萌，患得患失的心情又把他的良知压下去了。转念一想："她若知道我是那样的人，她还能喜欢我吗?"终于把想说的话，又咽下去。

车淇接着说道："我爹精于医术，说不定他将来能够找到什么药将你医好。"

辛龙生苦笑道："相貌是天生的，老天要我变成这个样子，那也是注定的事，我可不敢奢望恢复本来的面目了。淇妹，你对我这么好，我已经是感激不尽了。"原来在他伤心过后，暗自思量："这样也好，我自己都不认识自己，师父和玉瑾更是不会认识我了。伤心之后，我可以大摇大摆重入江湖，也不用担心公孙璞向师父告发我，师父要捉我去清理门户了。罢罢，过去的辛龙生已死，今后我就安安分分的做一个江湖上名字不见经传的龙新吧。"

车淇见他已是好像没有刚才那样伤心，也就高兴起来，替他抹去了脸上的泪痕，说道：“对啦，咱们本来是出来游玩的，应该欢欢喜喜才是。你瞧那边石崖上的野花好不好看？”辛龙生道：“啊，真是美极了，那是什么花？”

车淇道：“这叫报春花，它也像梅花一样，能奈风霜，颜色比梅花还要鲜艳。不过梅花能在雪中盛开，它可不能。它一开花，春天也就来了。”

辛龙生道：“报春花，这个名字也取得好。”车淇道：“你欢喜我给你采一朵。”

辛龙生道：“不要为我冒险，这石壁太陡峭了。”话犹未了，车淇已是飞身一掠，捷若猿猴的攀登峭壁，将一朵最大的报春花摘了下来，送到辛龙生面前。

辛龙生接过花朵，一双眼睛却看着车淇。车淇嗔道：“你不看花，看我作甚？”辛龙生道：“这花在远处好看，在你的面前，可不好看了。”车淇道：“为什么？”辛龙生道：“因为你比花更美。我这个丑八怪能够在美若天仙的你的身旁，真是几生修到。”

车淇心里甜丝丝的，低声说道：“你是特地讨我欢喜的呢？还是真心说话？”

辛龙生正要指天誓日，忽听得有人轻轻的一声咳嗽，从一块岩石的后面走了出来。

车淇失声说道：“爹，你也来了。”

辛龙生惴惴不安，心里想道：“我和他女儿的说话，想必都给他听见了，不知他对我心意如何？”

车卫看了辛龙生一眼，说道：“你们玩得很高兴啊。我正要找你。”

辛龙生道：“老伯何事赐教？”

车卫说道：“淇儿，你先回去。我有话要和你的龙大哥说。”

车淇是知道爹爹的心意的，心想：“爹一定是要和他谈论我的终身大事了。”当下杏脸羞红，撅着小嘴儿道：“爹，你有什么话不能让女儿听的么？”其辞若有憾焉，其心则实喜之，嘴里这么说，脚步已是朝着家里走了。

车卫待女儿走得远了，这才回过头来，和辛龙生说道："你的伤好了么？"

辛龙生道："多谢老伯给我悉心调治，伤都好了。"

车卫说道："不，你的外伤好了，但原来所有的一种病却还没好，你自己知不知道？"

辛龙生怔了一怔，登然省悟他指的是什么病，不觉满面通红。心里想道："他知道我有这种病，当然不能让女儿嫁我。一定是怪我不该引诱他的女儿了。"

车卫没等他回答，又再问道："你家里有些什么人？"

辛龙生道："小侄自幼父母双亡，只有一个姑姑。"

车卫说道："我知道你没有娶妻，但不知你订了亲没有？"

辛龙生硬着头皮说道："没有。"心想："反正我和玉瑾已是决难破镜重圆，又何必告诉他。"

车卫点了点头，说道："好在你没有订亲，否则可就害了人家的女儿了。你要对我老实说，你平生曾做了什么亏心事，以至人家对你下这毒手！"

辛龙生脑筋动得很快，登时编了一套谎话，说道："武林中有个颇有名气的魔头，叫做黑风岛主，老伯可知此人？"

车卫说道："二十年前，听人说过。那时他已绝迹中原了。不久，我也退出江湖，所以从未会过。"辛龙生听得他和黑风岛主并不相识，心中暗暗欢喜，想道："这谎话大概是不会给他拆穿了。"

车卫问道："是黑风岛主下的毒手么？"辛龙生道："不错。"车卫很是有点诧异，说道："你年纪轻轻，怎的和黑风岛主结下了怨？"

辛龙生装模作样的叹了口气，说道："小侄乃是无辜受累。"

车卫道："怎样无辜受累？"

辛龙生道："我姑姑年轻时候长得很美，据说黑风岛主曾向她求过婚，给她拒绝。是以黑风岛主一气之下，离开中原。"

车卫道："哦，有这样的事么？我却听说他是因为给公孙奇连累，在桑家堡被蓬莱魔女等人攻破之后，在中原站不住脚，这才逃到海外的一个荒岛去的。"

辛龙生道：“桑家堡的事我不知道，姑姑的事，却是姑姑亲口和我说的。”

车卫似乎有所感触，忽地也叹了口气，说道：“情场失意，往往会令人什么事情都干得出来。或许这两个原因都有吧。后来怎样？”

辛龙生道：“三年前，黑风岛主突然来到中原，找我姑姑，我姑姑认不得他了，他却记着旧恨。”车卫道：“他怎样向你姑姑报复？”

辛龙生道：“他把姑姑掳去，说是要折磨她一辈子。这还不算，又捏着我的脖子，逼我喝下一杯毒酒，他说要我龙家永绝香火！”

原来辛龙生仔细想过，倘若说出自己是给侍梅所害的真相，车卫一定会问，侍梅是什么人，她又何以会用这种奇怪的毒药。天下擅于使毒的名家寥寥无几，除了自己的姑姑之外，就是黑风岛主了。他姑姑的一个丫头，都会使用这种毒药，他姑姑是谁，车卫还会猜想不到么？那时岂不是要拆穿了自己冒名欺骗的谎话？何况，提到侍梅的事，只怕还要引起他们父女更多的疑心？

他嫁祸给黑风岛主，一来因为黑风岛主是个声名狼藉的魔头，是人可知共知的擅于使毒的高手，车卫容易相信；二来黑风岛主远处海外，僻居荒岛，车卫又是隐居幽谷，从不下山的，黑风岛主纵使偶然来一次中原，他们两人也决计不会碰上。（辛龙生可不知道黑风岛主现在还没回去。）三来自己的姑姑被黑风岛主掳去乃是事实，万一将来碰上，他抢先质问黑风岛主，以黑风岛主的脾气，料也不会抵赖。

只要黑风岛主承认这个事实，他所造的谣言，黑风岛主纵加辩白，车卫也是不会相信他了。何况以黑风岛主的脾气，一受盘问，定然马上发作，十九不会加以辩白。

车卫果然相信了他的谎话，勃然怒道：“一个人怎么可以对自己爱过的人横施毒手，还要害及她的亲人？哼，我平生也曾行凶作恶，做过坏事，却也看不过他这样邪恶的行径。我若有一天，黑风岛主碰在我的手上，斗不过他，我也要给你报仇！”

辛龙生忙道："车老伯，你救了我的性命，我已是感激不尽，如何还敢累你为我报仇？黑风岛孤悬海外，风涛险恶，车老伯，你可千万别要为了我的缘故，跑去找他！"

车卫其实也并不是想要下山，叹了口气，说道："我是不会重入江湖的了，黑风岛主料想也不会到此探我，要他碰在我的手上，那是很难的了。不过，你若要想报仇，也不见得就是绝望。"

辛龙生心中一喜，却装作惶恐的神气说道："听说他下的这种毒，不但令人能断子绝孙，将来还有走火入魔之灾，小侄得老伯治好了伤，但将来只怕还是性命难保，又如何报得了仇？"

车卫说道："谁说这种毒会走火入魔，你别相信黑风岛主的鬼话，这是他吓你的！"

辛龙生放下了心上的一块大石头，暗暗咒骂完颜豪，想道："你这小子害得我好苦，若不是为了受你恫吓，我怎会落得今天这个样子。哼，待我的病都医好了，非找你算账不可！"心想车卫既然说他报仇也并不难，想必是有办法给自己治病。

车卫忽然又似如有所思，好久没有说话，辛龙生正要试探他，车卫叹了口气，忽地说道："你当真没有做过别的亏心事么？我是指你对不住人家的姑娘。"

辛龙生硬着头皮说道："小侄与姑姑相依为命，结识的人都不多，更从无与女子勾搭之事。"却不解他何以在问自己的时候要叹口气。

车卫说道："当真如此，那我就放心了。你不知道，我就是因为做过一件亏心之事，深自内疚，是以才不愿再入江湖的。"

辛龙生心道："原来如此。怪不得他这样宠爱女儿，想必是因为对不住她的母亲。"虽有好奇之心，但也不敢多问。

车卫这才缓缓说道："黑风岛主要你龙家断子绝孙，我却可以叫他决难如愿！"

辛龙生大喜说道："车老伯，你能够给我医好这病？"

车卫点了点头，说道："只要你学好了我本门内功，这病不药自愈！"

辛龙生忙道："不知晚辈有没福分得列门墙？"车卫说道："本

门内功是不传外姓的，你要做我徒弟，先得是我车家的人。”辛龙生道：“小侄这条性命是老伯救回来的，老伯要我如何，我便如何。”

车卫微微一笑，缓缓说道：“这件事是不能勉强的，须得你自己愿意才行。阿淇这丫头很喜欢你，你心意如何？”

辛龙生正是等他说这句话，便即跪下磕头，说道：“若蒙老伯不弃，肯把令嫒许配与我，这正是我求之不得的事情。岳父大人在上，请受小婿……”

话犹未了，哪知车卫却伸出手臂，在他胁下轻轻一托，将他托了起来，说道：“且慢行翁婿之礼，我还有话说。说清楚了，你仍愿做我女婿，那时再改称呼。”

辛龙生垂手恭立，说道：“是。请、请老丈吩咐。”

车卫说道：“你做我的女婿，同时也就是我的弟子，须得依我三件事情。你仔细听着，第一，不得欺师灭祖，倘若给我发现你有欺骗我的事情，我必取你性命！你依得么？”

辛龙生浑身冷汗，硬着头皮说道：“弟子决不敢欺师灭祖，矢誓恪守本门戒律。”

车卫说道：“好，第二件事是你对我的女儿若有负心之事，即使在我死后，我也有办法取你性命！”

辛龙生道：“弟子得配令嫒，那是天大的福气，岂敢还有异心？”心里则在想道：“若是他日重见玉瑾，那怎么办？唉，没有办法，只好装作不认识她。不过，他死后还能取我性命，这话恐怕只是恐吓的吧？”

车卫说道：“最后一件事情是：你学了我本门武功之后，必须替我做一件事情。”

辛龙生道：“什么事情？”

车卫道：“到时候告诉你。或许是十分容易的事情，或许是十分艰险的事情，总之你都得依我吩咐的去办。”

辛龙生心里想道：“若是他要我自己斩断一条手臂，难道我也依他？这个条件可真是太古怪了。”当下说道：“师父有命，弟子赴汤蹈火，亦是不敢皱眉。”

车卫满面堆欢，说道："好，那么从今天起，我就传你本门内功心法。"辛龙生给他磕了三个响头，恭恭敬敬叫他一声"岳父大人"，车卫哈哈一笑，将他扶起，说道："贤婿请起，咱们也该回去了，淇丫头只怕已经等得心焦啦。"

回到家里，车卫说道："淇儿，你过来，你们二人重新相见，从今之后以兄妹称呼。"车淇有点失望，说道："爹爹，你收了他做义子吗？"

车卫哈哈一笑，说道："我收他做了徒弟，又要他做了我的女婿了。不过，你年纪还小，所以我打算让你们三年之后方才成婚，改个兄妹称呼，亲热一些。你不怪爹爹阻迟你的婚事吧？"

车淇又羞又喜，杏面绯红，说道："爹爹，我才不急于嫁人呢，你这样说我，我可不依！"

车卫笑道："好，爹爹现在可没工夫和你说笑啦。新儿，你跟我来。"

车卫把辛龙生领入一间静室，说道："我现在传授你内功心法，你可得忍受煎熬。"授了他练功口诀，把一只手掌按在他的背心，叫他如法施为。

辛龙生只觉得一股热气从背心输入，依法练功之后，全身炙热，如受火烧，难受之极。心里暗暗奇怪："我每次练师父（文逸凡）所传的内功，只觉全身气血畅通，只有舒服之感，决不难受的。为什么他这门内功这样古怪？莫非乃是邪派内功？"为了能够病好，只好咬牙抵受。

车卫点头赞许他道："好，你倒很是有点毅力，我是望你速成，才以本身真气助你。过了几天，你就可以苦尽甘来了。"

从这天起，辛龙生每日练功三次，果然练了四五天之后，情形渐渐好转，痛苦日减，反而好像吸惯了毒品的人一样，不练功就不舒服了。

这门内功见效极速，一月之后，辛龙生已是真气充沛，自知"隐疾"已经完全医好了。

车淇天真烂漫，对他并不避嫌，但也仅止于耳鬓厮磨，并不逾份。日久情深，辛龙生也不觉渐渐爱上她了。不过每当夜静无人之际，想起了奚玉瑾来，仍是不禁心情动荡，难以忘怀。辛龙生痊愈之后，车卫就对他说道："本门武功，你可以跟师妹去学。你的家传武学，很有根底，必定可以事半功倍。你跟她练一两个月，我再亲自教你。"

不知不觉又过了一个多月，这一天辛龙生和车淇到外面练武，经过那条山溪，辛龙生怕见自己的水中倒影，急忙跃过，但不想见的倒影仍是见着了，不觉黯然神伤。

车淇说道："我问过爹爹，爹爹说他是有办法令你恢复本来面目的。不过，他却要等待三年之后，才把医治的方法告诉我，叫我给你医治。为了这事，我和他吵了一架。爹爹也是奇怪，什么事他都依我的，就是这件事他不依我。一定要待三年之后，才肯给你医治。"

辛龙生一想车卫说过三年之后让他们成婚的，那即是要等他们做了夫妇才给他医治了。不觉有点奇怪。正是：

无心竟自成娇客，莫测高深托掌珠。

欲知后事如何，请听下回分解。

第八十四回　深情依旧铭心版
邪毒犹如附骨疽

“这是什么缘故呢？”辛龙生心里想道，“难道他不喜欢女儿得到一个俊俏郎君？倘若他真有这样神妙的医术，令我恢复了本来面目成婚，那岂不是喜上加喜？为何要等到婚后？”辛龙生百思莫得其解，又再想道：“不过，我还是宁可像现在这样，没人认识我更好。”当下笑道：“淇妹，只要你不在乎，又何须多此一举？像咱们现在这样过日子，不也是很快活吗？”

车淇道：“新哥，我当然是不在乎你的容貌的，但我知道你很为这个难过。你别瞒我，我看得出来的。”

辛龙生道：“不，现在我反而不想恢复本来面目了。我说的是真心话，求你别再去缠你的爹爹给我医治。”

他说得十分诚恳，车淇诧道：“为什么？”

辛龙生道：“我变得这样丑，你还喜欢我，我更加高兴。我愿意一生一世，都像现在这样快乐！”

车淇心里甜丝丝的，说道：“真的吗？只要你心里高兴，我也就高兴了。我也愿意像现在这样，陪你快快活活过这一生。”

辛龙生道：“你相信我，我说的是真心话！”

他接连说了两次“真心话”，其实这并不是他的真心话。此际他心里想的是：“没人认识我更好，我可以去见玉瑾，虽然决不可能破镜重圆，能够再见她一面，我也心满意足了。唉，就不知今生今世，能不能够再见到她？”想至此处，这才瞿然一省，发觉自己对奚玉瑾的忆念竟是如此之深！心想：“我可不能露出半点蛛丝马迹，让淇妹知道我心底的秘密。”

车淇笑道：“你又在想些什么了，咱们练剑吧，你那套大五行剑法，会了没有？”

辛龙生道：“剑法慢慢再练，淇妹，我想问你一件事情，你莫怪我唐突。”

车淇道：“什么事情，你说好了，我怎会怪你。”

辛龙生道：“你的妈妈是怎样的人，为什么我从未听你说过她？”

车淇眼圈一红，说道：“我妈妈姓甚名谁，我都不知道。我只知道她的生日，她是在中秋后一日，八月十六诞生的。每到这一天，我就默默的悼念她。”

辛龙生道：“你爹爹为什么不告诉你？”连母亲的姓名都不告诉女儿，这可是太出乎情理之常了。

车淇说道：“爹爹说我的母亲是难产死的，他非常爱她，一提起她就伤心欲绝，所以我自小就养成习惯，不敢和爹谈及我妈。”

辛龙生道：“那你又怎会知道她的生辰？”

车淇说道：“并不是爹爹自动告诉我的。每年八月十六那天晚上，爹爹就瞒着我，半夜三更到外面去大哭一场。有一年给我发现，他这才告诉我的。”

辛龙生心里想道：“怪不得师父曾说车卫行为怪诞，果然怪得可以。唉，但也说不定这是伤心人别有怀抱，就像和玉瑾一样，我心里在爱着她，却不愿意和任何人再提起她了。”

车淇说道：“新哥，我看你今天似乎有点没精打采，你若打不起精神，咱们就回去吧，让你歇息歇息。大五行剑法，咱们明天再练。”

辛龙生道：“淇妹，你真体贴，我是忽然觉得有点不大舒服，想一个人静一会。”

车淇说道：“好，那咱们就回去吧，反正天色也差不多晚了。”

辛龙生本想把自己关在房中，一个人静静的追忆和奚玉瑾的过去的，但不料一回到家里，车卫却有话要和他说，而且是他非常意想不到的事。

车卫叫女儿弄饭，把他唤入书房，说道："本门的内功心法，我都已传授给你了，本门的武功，你大概也练得差不多了吧？"

辛龙生道："是。多蒙师妹天天给我喂招，虽然未窥全豹，招式总算牢记了。"

车卫说道："很好，那么你明天可以下山了。大五行剑法的诀窍，今天晚上我再点拨你一下。"

辛龙生又惊又喜，说道："师父可是有什么事情要差遣弟子么？"

车卫缓缓说道："不错，你还记得你答应要给我做一件事情么？现在我就要差遣你去做这件事情。"

辛龙生心中卜卜地跳，不知是什么为难之事，说道："请师父吩咐。"

车卫说道："我要你杀一个女人，另外打一个男人的两记耳光！"

辛龙生大为诧异，说道："这一男一女是何等样人？"

车卫说道："男的名叫岳良骏，是现任的扬州知府，女的是他的三姨太。

"三月十八是岳良骏的六十生辰，一定大摆筵席，到时他的正室和两个姨太也一定会出来和宾客周旋。你充作贺客也好，假扮叫化子也好，或者硬闯进去也行。要当着一众宾客，痛打他的耳光，把他的二姨太杀掉。但可千万别错杀他的正室。他的两个姨太大约要比正室年轻十岁，你若不知道哪个是二姨太，哪个是三姨太，就把两个都杀了也行。"

辛龙生道："那扬州知府是何等样人，为何要杀他的姨太？"心想此人倘若是个贪官污吏，罪该万死，也应该杀他本人才是。

车卫沉声说道："我叫你怎么做你就怎么做，不必多问！"辛龙生心里想道："无端去杀害一个女流，我不问个明白，又怎能下得毒手？不过，他的脾气这样古怪，我姑且答应他便是。到了扬州，杀不杀人，那就是我的事了。"于是恭声说道："是。小婿自当遵从岳丈大人吩咐。"

车卫跟着说道："这件事情，不许你向任何人泄漏，淇儿问你，你也不能说！”辛龙生又再恭声应了一个“是”字。

车卫这才神情一变，和颜悦色的对他说道：“你办妥这件事情，不必等待三年，回来我就让你们成亲，嗯，这里有两包药粉给你。”

话题突然变换，辛龙生不觉怔了一怔，问道：“这两包药粉要来做什么的？”

车卫说道：“红色这一包是用来制炼人头的。你杀了那个贱妇，把药粉开水，人头浸在药水之中，就会变成拳头一般大小。你带回来给我！”

辛龙生听得毛骨悚然，说道：“白色那一包呢？”

车卫说道：“本门内功心法，见效极快，但精进却难。我传你心法之时，一时忽略，未曾替你想得周到。”

辛龙生吃了一惊，问道：“可是有什么祸患么？”

车卫点了点头，说道：“不过也不是什么大祸患，你是有别派的内功根底的，练了我这心法，两种不同的练功途径，有相辅相成之处，也有互相抵触之处，是以你进境得特别快，但以后每隔一个月，你就要发作一次，所受的痛苦和你初练功时所受的大致相同，不过要厉害得多。没有我在你旁边以本门真气助你，那也可能会有走火入魔的危险的。这包药粉可以分六次服食，吃了这药，就没事了。扬州一来一回，加上途中的耽搁，半年就够了吧！”

辛龙生是个聪明人，这才恍然大悟，原来车卫早有安排，这才放心让他离去，不怕他不听话，也不怕他不回来的。心里想道：“这老头子端的厉害，完颜豪不过是吓一吓我，他却是真的能令我走火入魔。”当下问道：“那么以后永远都要服药么？”

车卫说道：“这倒无需。但要等到你练本门心法练得大功告成之后，这才不用服药。你放心，将来我会把一切练功诀窍倾囊传授你的。你比我聪明，待你大功告成，你就可以成为一代武学宗师了。”

辛龙生心头苦笑：“我还敢奢望成为什么大宗师，但求能够摆脱你，我于愿已足了。”想起练了他这门内功，已如附骨之疽，不觉食不知味，寝不安忱。这晚的饯别宴他强颜欢乐也做不到，只是自顾自的喝着闷酒，连和车淇说话的兴趣也提不起来了。

车淇只道这是他的真情流露，舍不得离开自己，虽在伤离恨别之中，心里却也大感快慰。

临行分手之时，车淇安慰他道："听爹爹说，你最多半年就回来的，是么？只要你对我真心，半年一瞬即过，那也算不了什么。"

辛龙生只好装作一个"多情种子"，说道："古人说一别三秋，半年见不到你，我自是难免难过。"

车淇笑道："你不要难过了，我听爹爹说……"突然停口不语，脸上飞起一片红晕。

辛龙生明知故问："听说什么？"

车淇道："爹爹一定也对你说了，我不说啦。龙大哥，爹爹叫你下山，为了何事？"

辛龙生道："我无父无母，但本房的长辈还是有的，你我的婚事，我应该回去禀明长辈啊。师父说，待我回来，就可让咱们成亲了。嗯，你爹和你说的是不是这件事。"

车淇从他口中得到证实，心中更是甜丝丝的，粉脸通红，低声说道："我不知道。嗯，那么就只这件事么，有没有别的事情？"

辛龙生心中一动，想道："扬州那件事情，不知她知不知道。"心念未已，只听得车卫在屋子里带笑说道："淇儿，你让你大哥走吧，你们小俩口子的话总是说不完的，等他回来再说也好呀。反正他又不会去得太久，半年之后，他就要回来的。"

辛龙生瞿然一省，心道："幸而我没有偷偷问她。"此时他们虽然是在门前百步开外，但车卫既有"传音入密"的功夫，自然也有"伏地听声"的本领。辛龙生若然偷偷问她，纵然是在耳边私语，只怕也会给他听见。

车淇面上又是一红，说道："爹，我不过送他一程，你又来取笑女儿了。龙大哥，你早去早回，我等着你啊！"

辛龙生望着她的背影独自回去，不觉也有一点为她的痴情感动，心中颇感内疚："唉，她怎知道我此际想的却是别人？"

车卫差他到扬州去杀知府的姨太太，这正是奚玉瑾的家乡。她所住的百花谷就是在扬州城外。

他日夜兼程的赶路，多走一天，就多近奚玉瑾一步。他念念不忘的正是奚玉瑾啊！

“她现在是在金鸡岭呢，还是在家呢？若然是在家中，我倒可以偷偷的去看一看她了。她不认识我的。但见了她，我又能和她说些什么呢？”辛龙生苦苦相思，不禁颇有“一失足成千古恨”之感了。

奚玉瑾回到家里，已经有一个多月了，她的家里只剩下一个管理园子的老仆人，花园也早已荒芜了。

刚回家时，她是心如槁木，镇日价都是把自己关在房中，什么地方都懒得走动。本来她是应该把辛龙生已经去世的消息给他的师父江南武林盟主文逸凡报讯的，可是她几度思量，却是提不起这个勇气在文逸凡面前说谎，但若禀告真情，她更没有这个勇气。“唉，但愿别人忘记了我，我也忘记别人，在这百花谷里，倒可以安安静静的过这一生。”

别人会忘记她吗？她想起了谷啸风，想起了韩珮瑛，想起哥哥，想起公孙璞和宫锦云。……这些人能够忘记她吗？她也不能够忘记这些人啊！尤其是对谷啸风和韩珮瑛。“他们在金鸡岭想必已经成亲了吧？他们想得到我在百花谷里如此孤独伤心吗？”

俗语说时间是最好的医生。春天来到，花园虽是荒芜，没有往年那种花光如海的景象，但在野草丛中，在倒塌了的花架旁边，也还是有许多花朵开放。春天万物滋长，奚玉瑾心里也渐渐有了一些生气。

这一天她和老仆人在园中整理花草，抚今思昔，不觉慨然，说道：“离家不到两年，这花园竟如此荒芜了。嗯，老王，你还记得往年一到这个时候，咱们就要采花酿酒，大忙特忙吗？”

那老仆人道：“往年在这个园子里少说也有三五十人呢，如今只有你我二人了。你没有回来的时候，就只是我一个人看守这个园子，哪里还顾得上栽花浇草？大小姐，好好的一个园子，弄得这样荒芜，你不会怪我吧？”原来奚家在扬州也算得是个名门望族，承平时候，家中僮仆，少说也有百数十人的。

奚玉瑾道："你替我看守这个园子，我已经感激不尽，但那些人却都到哪里去了，只留下你一个人?"

那老仆人道："小姐，你不知道，你走了之后不久，江南就一直是兵荒马乱，长江巨寇史天泽作乱，听说他是和蒙古鞑子有了勾结，要在江南作内应的。幸好最近女真鞑子和蒙古鞑子都没有打来，这才安定一些。但咱们家里的人，早已到江南投入义军了。我只是因为年纪太老，这才有没去罢啦!"

奚玉瑾瞿然一省，就像一个正在糊里糊涂的做着梦的人，突然给人惊醒一样。

奚玉瑾瞿然一省，不由得暗暗叫了一声"惭愧"，想道："他们都知道要保家卫国，抗御敌人，我却一个人躲在家里，自怨自艾，这算什么?"

那老仆见她如有所思说道："大小姐，你在想些什么?"

奚玉瑾道："没什么。我帮忙你整理花草。"抬头一看，只见满园子都是阳光，奚玉瑾心上的阴霾不知不觉也好像在阳光之下消散了。

忽听得有人叫道："老王，还记得我吗?呀，奚姑娘，你回来啦!"

园门是早已破烂了的，还没有修好。那个人径自走了进来。奚玉瑾一看，原来是韩珮瑛家里的那个老仆人展一环。

展一环本来是江湖上颇有名气的人物，只因曾经受过韩珮瑛父亲的救命之恩，这才自愿做韩家的仆人的。那年他和另一个仆人陆鸿护送韩珮瑛到扬州成婚，其后发生婚变，围攻百花谷之役，也就是由他和陆鸿出面，邀请各路豪杰帮拳的。双方和解之后，陆鸿回洛阳老家，他则去了江南，在文逸凡手下做事。奚玉瑾与辛龙生成婚之时，他也是曾经在场帮忙办事的人。

往事如烟，但奚玉瑾骤然见到了他，还是不觉颇感尴尬。

展一环请了个安，问道："辛少侠呢?文大侠正在盼望他回去呢。许多事情也在等着他帮忙。"

奚玉瑾眼圈一红，说道："他不能回去了!"展一环吃了一惊，道："为什么?"

奚玉瑾道："他已经死了！"说了这句话，眼泪不禁夺眶而出。

展一环呆了一呆，说道："这真是意想不到，怎么死的？"

奚玉瑾道："他碰上了完颜豪，给完颜豪暗算，伤了他的奇经八脉，伤重而亡。"她说了谎话，心里不由得又是一阵羞惭，低下了头，不敢正视展一环的目光。

展一环道："奚姑娘莫太伤心，我们一定替你报仇。他是几时死的，你还没有给文大侠报讯吧？"

奚玉瑾道："他死了已经有三个多月了。你来得正好，就托你回去的时候代我报讯吧。"

展一环点了点头，说道："我会禀告文大侠的，不过，短期内恐怕不能回去。"

奚玉瑾道："对啦，我还没有问你，你这次来是为了何事？"

展一环道："我是来看看奚少爷有没有回家的。（那老仆人插口说道：'少爷还没回家。'）想不到没见着奚少爷，却见了姑娘。"

奚玉瑾问道："你找我哥哥，有什么事吗？"

展一环迟疑半晌，说道："这件事我正想和姑娘商量，不过……"奚玉瑾道："不过什么？"展一环道："姑娘正在碰上伤心之事……"奚玉瑾何等聪明，一听便知来意，说道："啊，想必你是有什么事情要我哥哥帮忙，是不是？你说吧。若做得到的，我也可以帮忙你。"

展一环道："并不是我私人的事情，这个，这个……"

奚玉瑾道："是义军的公事吗？你怕我泄漏出去。"

展一环道："不是这个意思。只是此事关系重大，我正在考虑，好不好让姑娘抛头露面？"

奚玉瑾道："你先说出来，咱们再一同商量。"

展一环道："我是奉了文大侠之命，刚从金鸡岭回来的，打算在扬州干一件劫官洗库，振奋人心的大事！"

奚玉瑾道："你们打算劫的是哪个赃官？"

展一环道："是扬州知府岳良骏。"

那老仆人道："这姓岳的官儿委实不是个好东西，他来了扬州之后，年年增加赋税，今年收成本来不错，却给他弄得遍地饥民。"

展一环道："还不仅如此呢，他和史天泽是有勾结的，史天泽的军粮，差不多有一半就是由他接济。"

奚玉瑾道："史天泽不是投靠蒙古鞑子的吗？"

展一环道："蒙古鞑子和女真鞑子虽然也在连年打仗，但他们想要灭亡咱们大宋的心肠却是一样。最近金国和蒙古讲和，女真鞑子当然也是巴不得史天泽在江南扩大作乱，好给他们做开路前锋。岳良骏接济史天泽，这当然也是得到他的主子允许的。"其时扬州已是沦陷于金人之手，正是金宋两国"划江而治"的交界之处。

展一环继续说道："我们还打听到他有一批盐饷，正要押解金京。咱们劫粮劫饷，一部分可以作义军的粮饷，一部分可以拿来赈济饥民。"原来扬州是著名富庶的盐区，每年的盐税，为数极是可观。

奚玉瑾道："你们打算几时动手？"

展一环道："本月十八这天，是岳良骏的六十寿辰。到时必定大宴宾客，我们可以乘机举事。就在寿堂之上，把满城的文武官员全都拿下！叫那些鞑子官兵不战而屈！"

奚玉瑾道："好，此计大妙，到时我一定听你调派！"

展一环道："不敢。金鸡岭的杜头领主持大计，奚姑娘愿意帮忙，今晚我请他来此大家商量好不好？"

奚玉瑾心中一动，说道："哪位杜头领？"展一环道："就是上次来过百花谷的那位杜头领杜复。"奚玉瑾道："啊，原来是他！"

原来那次白花谷遭受围攻，展一环请来的群豪之中，有一个老英雄雷飚是韩家至交，不满谷啸风和奚玉瑾所为，坚持要拿谷啸风到洛阳去向他岳父赔罪，给了奚玉瑾很大难堪。双方闹得不可开交之际，幸亏蓬莱魔女派来了两名使者给双方调停，百花谷之围方始得解。这个杜复，就是那两名使者之一。想起前事，奚玉瑾又不禁黯然神伤了。

展一环似乎知道她的心思，沉默了一会，说道："我家姑娘不在金鸡岭，谷少爷也还没有回来。听说他们都在江南，不过我却不知他们下落。奚姑娘，你的那件礼物还在我这里。"说罢拿出一根玉钗。

这根玉钗本是谷啸风以前送给奚玉瑾当作定情之物的。奚玉瑾和辛龙生成婚的前夕，睹物伤情，不愿再保留它，是以又将它交给展一环，托他得便到金鸡岭之时，转送给韩珮瑛作为预先祝贺她和谷啸风成婚的礼物。

奚玉瑾苦笑道："还是你拿着吧，我也不知什么时候才能见着珮瑛，你见到她的机会比我多。嗯，这次从金鸡岭来的，除了杜头领之外还有何人?"

展一环道："蒙古鞑子近来又有南侵的消息，金鸡岭抽不出多少人，只有杜头领和十多个弟兄。江南文盟主也派有若干人来，但也不多。所以我才想到你们这里，看看奚少爷回来没有。"

奚玉瑾道："兵贵精而不贵多。多了在扬州难免会给发觉，反而不妙。"展一环道："今天是十五，还有三天就是那狗官的寿辰了。那位杜头领……"

奚玉瑾道："你今晚就请他来这里大家相见吧。"

展一环收起玉钗，告辞而去。奚玉瑾看着满天阳光，心胸豁然开朗，但内心深处，却也还有一点阴霾。想起了韩珮瑛，最后突然又想起了辛龙生。心里想道："如果龙生还是在他的师父身边，这次一定是派他来主持大计的了。唉，真是一失足成千古恨，再回头是百年身，如今只怕他的尸骨都已无存了。"

奚玉瑾做梦也料想不到，她以为尸骨早已无存的辛龙生，现在正是在扬州城中。

且说辛龙生来到了扬州，还有三天，才是岳良骏的寿辰，他找了一间客店住下之后，不由得心乱如麻，暗自想道："车卫叫我去杀一个无辜的妇人，这事是该做呢还是不该做呢? 玉瑾素来颇有见识，可惜我已不能去和她商量了。"

奚玉瑾的影子泛上心头，辛龙生情难自已，暗自想道："大后天才是知府寿辰，还有两天，我何不乔装到百花谷去走一趟，说不定有幸可能见得着她。但万一给她看破，这又怎办?"

正自心乱如麻，忽地眼睛一黑，突然间脑袋一阵剧痛，好像要裂开一样。他本来是坐在床上的，抵受不了这阵剧痛，整个身子跳了起来，不觉大声呻吟。

幸而他神智尚未模糊，猛然省起，离开车家到今天刚好是一个月，车卫和他说过，练他这门的内功心法，每一个月就要发作一次的，“莫非这就是走火入魔将要发作的预兆？”大惊之下，连忙掏出车卫给他的丸药，吞了一颗。

药丸咽下，只觉丹田升起一股热气，就好像他以往练功的时候，车卫用手掌按着他的背心，以本身真气输入他的体内助他练功一样，有说不出的舒服。

辛龙生刚刚缓过口气，身体还觉虚软，忽见房门给人推开，店主人和一个走方郎中模样的人走了进来。

“客官可是生病么？”店主人问道。他见辛龙生满头大汗，面色灰白，只道辛龙生是得了什么急症，不由得慌了。

“没什么，大概是今天赶路急了一些，刚才肚子有点绞痛，我自备有行军散，吃了一剂，现在已经好了。”辛龙生答道。

店主人似乎仍不放心，说道：“这位王大夫是苏州有名的国手，他也是今天来到扬州的，恰巧住在小店。客官，我看你还是给他看一看吧。”

辛龙生道：“不用劳烦大夫了。”那郎中望了他一眼，神色似乎有点古怪，说道：“还是看一看的好。”不由分说，拿起了辛龙生的手就替他把脉。

店主人笑道：“这位王大夫是难得出诊的，许多豪商富户请他都请不到的呢。不过他有个古怪脾气，看见有什么疑难杂症，不待病家开口，他却会不收你的诊金就替你医好的。”

辛龙生心中暗笑：“这不过是江湖郎中的自我吹嘘的伎俩而已，他又怎能看得出我的‘疑难杂症’？”

心念未已，只听得那郎中“噫”了一声，说道：“果然是疑难杂症！”

就在此时，辛龙生的手少阳经脉隐隐感到一股内力的冲击，那情形如同有个高手给他推血过宫一样，他本来已经好了五六分了，这一下登时气血畅通。

辛龙生大吃一惊，心道：“这大夫果然有点鬼门道。莫非他是隐于杏林的武林高手？”

店主人听得这王大夫这么说，也是不禁吃了一惊，问道："这位客官染的是什么病？有危险吗？"本来这应该是辛龙生问的，辛龙生没有发问，他恐怕客人病死在他店里，就忍不住替辛龙生发问了。

王大夫摇了摇头，说道："十分古怪，我看不出来。"

辛龙生道："怎么古怪？"

王大夫道："你目前什么病征都没有，但依脉象来看，一个月之后，你这病还会复发。究竟是什么病，我现在难以断定。最好一个月之后，你到我的医馆来给我再看一看。赛华佗王家医馆，你到了苏州，一问就知。"

那店主抹了一额冷汗，说道："一个月之内，这位客官当真可以没事的？"

王大夫笑道："这个月内，他若是有一点伤风咳嗽，你可以到苏州来斫我的招牌。"店主人听他说得这样斩钉截铁，方始放下心上的石头。

辛龙生谢过王大夫，说道："一个月后我必定来拜访你。"他口里这么说，心里却是想道："事情一了，我还是趁早回山的好。这人的内功还不如我，怎能给我医好走火入魔？何况又不知他是什么路道，万一给他发现我的来历，我的师父知道了可就要拿我清理门户了。"

辛龙生虽然作了这个决定，但心里还是免不了多少存点幻想，"万一他能够替我医好，我不是可以摆脱车卫了？对，还有一个月时间，我应该想法探听他的路道。"

一面是存有幻想，一面是忍不着好奇之心，三更过后，辛龙生悄悄起来，找王大夫住的那间房间偷窥。

这客店总共不过十多个房间，辛龙生到了第三间客房，就听到王大夫说话的声音。

"原来他还有个伙计同住的，好，我听听他们在说什么。"辛龙生本来准备装作小偷，抛一颗石子进他房内，试试他的本领，以便窥察他是什么武功门派的。现在听得他在和人谈话，原来的计划就放弃了。

王大夫和那人躺在床上说话，其实是咬着耳朵说的，但因辛龙生学了正邪两派的内功，听觉特别灵敏，却是听得颇为清楚。

只听得那个“伙计”说道：“展一环今天到了百花谷，已经见到了奚姑娘了。”

王大夫道：“哪位奚姑娘？是不是文大侠掌门弟子的媳妇。文大侠的掌门弟子是叫做辛龙生吧？”

那“伙计”道：“不错。不过，听说辛龙生却已是死于非命了！”

辛龙生听到这里，一颗心几乎要跳了出来。正是：

此身虽健在，与鬼已无殊。

欲知后事如何，请听下回分解。

第八十五回　恶斗华堂惊大吏
潜踪幽谷觅佳人

王大夫叹了口气，说道："记得那年文逸凡到苏州邀我去邓尉看梅，似乎没有多久，屈指一算，不知不觉，已是十二年前的事了。他这掌门弟子我没见过，听说很是聪明能干，谁知却又死于非命，老文得知，一定很伤心了。过几天，咱们一同去找他，也好给他开解开解。"

那"伙计"道："你不是约了那个病人一个月后到苏州让你诊脉的吗？对啦，那人得的什么怪病，竟然令得你这个赛华佗也束手无策？"

辛龙生听他们说到自己身上，竖起耳朵来听，许久没有听到王大夫说话，忽地"格"的一声响，窗门推开，那个"伙计"跳了出来。

幸而辛龙生的轻功比这人高明，一听得有声响，早已飞身上屋，待那"伙计"也跳上瓦面之时，辛龙生已经回到自己的房中了。他悄悄的从窗隙张望出去，只见那个"伙计"在屋顶游目四顾，微"噫"一声，纵身跳下，辛龙生隐约听得他隔窗和那王大夫说道："没人！"但却没有进入王大夫那间房间，而是进入另一间房。辛龙生这才知道，此人并非"伙计"，而是另外的客人。

辛龙生回到房间，暗自思量："这个大夫果然是和我的师父相识的，幸好我没造次。展一环是韩家老仆，我离开师父之时，他正奉命到金鸡岭去，如今却在这里，想必是从金鸡岭回来的了。他既然是在百花谷，我可是不能冒这个险去看玉瑾了。"

第二天辛龙生的精神好了许多，但为了谨慎行藏，整天躲在客店里没敢出街。那个王大夫则似乎一早就出去了，一整天都没见着他。

这天下午，来了一个新客人，身材矮胖，衣服丽都，举止豪阔，似乎是个富商。店主人殷勤招呼，辛龙生在旁边听他们说话，知道这人姓刘，是苏州一间绸缎行的老板。此来扬州正是为了给知府祝寿的。

辛龙生心念一动，便过去和他搭讪，邀他到自己的房间聊天，伪称自己是开封一间大商行的少东，南下准备打听各地市情，希望打开销路的。

那姓刘的客商说道："是吗?"看来似是在和辛龙生敷衍，没甚表示。辛龙生继续说道："扬州是富庶之区，小可想运一些土产来换盐回去，定能获利。听说扬州知府岳大人后天做六十大寿，可惜小可却没门路，冒昧前去给他拜寿，似乎有点不便。"

那姓刘的客人仍然淡淡说道："是吗?"没有什么表示，就在此际，忽听得有人说道："老刘，你来了吗?哈哈，你想不到我也在这里吧?"这人没敲门就走进来了。

辛龙生一听得这人说话的声音，心里禁不住"卜通"一跳，原来这人不是别人，正是昨晚在王大夫房间里的那个"伙计"。此时一身锦绣衣裳，红光满面，正是个大腹贾的样子。

姓刘的客商哈哈笑道："申大哥，原来你早就来了。你们两人是认识的吗?"

那姓申的笑道："龙兄，你不知道我，我可知道你。我和王大夫是好朋友，昨日是王大夫替你看的病，是不是?"

辛龙生道："不错。幸会。"心里则在暗自想道："昨晚我偷听他们说话，不知他可知道没有?"

那姓申的说道："小弟在无锡开米铺的，和刘大哥时常有生意往来。现在才知道原来龙兄也是做我们这行的，你们可是在谈什么生意么?"

"做我们这行"这句话语带双关，辛龙生不知是否已经给他看出破绽，只好硬着头皮说道："小弟做的是小生意，怎比得两位老板。我正在和刘老板谈起知府做寿的事情。……”

那姓刘的客商插口笑道：“龙兄说他很想趁这机会给岳知府拜寿，套个交情，但他刚从外地来，一时间还未找到门路。”

那姓申的望了辛龙生一眼，哈哈一笑，说道：“这个好办，明天你和我们一同去好了。”辛龙生心想：“反正他们不认识我，我混进府衙，事情一了，撒腿就跑。他们又怎会想到我就是辛龙生？”当下装作大喜道谢。

那姓申的笑道：“这点小事，又不费我们什么气力，谢什么？龙兄以后在生意上多多照顾我们，这就大家都有好处了。”

辛龙生道：“那位王大夫明天也去吗？”

姓申的说道：“我没有问过他，大概也会去的。”

可是这天晚上，那王大夫却没有回到客店。半夜有队公差到来查店，见辛龙生是个陌生的外地客商，盘问了许久。后来还是幸亏有刘、申两个大客商给他担保，这才没有什么麻烦。

第二天辛龙生跟了他们二人同往知府府衙拜寿，那王大夫还是没有回来。

岳良骏在扬州做了几年知府，俗语说：“三年清知府，十万雪花银。”何况扬州是著名的富庶之区，而岳良骏又并不是“清知府”，宦囊饱满，可想而知。这次做大寿，铺张得很，扬州一府，文武官员全都来了。相邻的州县，如苏州、无锡、杭州各地的豪绅富商来的也不少，扬州本地的富商那更是不在话下了。

寿堂里人头挤挤，但那知府的正室夫人和两位姨太太却还没有出来。

辛龙生回头一望，同来的申刘二人业已不见，不知是给挤到哪个角落去了。人丛中有人悄悄谈论：“听说完颜王爷也派了人来送寿礼呢，你知道么？”“是吗？啊，这么说咱们这位岳大人加官进爵可是指日可待了！”“可不是吗，去年布政司（比知府高一级的官）给太夫人做寿，完颜王爷都没派人来呢。岳大人得王爷的看重，你也就可想而知了。”“怪不得岳大人现在还没出来，敢情是在陪这位贵客？”“当然是了，刚才张总管告诉我，说是岳大人正在内堂招待贵宾，恐怕至少也得半个时辰才能出来呢。”“啊，还有半个时辰？在这里气闷得很，咱们不如到园子里溜溜，听说有好几个班子唱戏呢。”“不错，他们说有一个唱梨花大鼓的姑娘漂亮得很，咱们去看看。”

辛龙生心情郁闷，想道：“我又不是要和这些官员鬼混来的，乐得先散一散心。”于是就跟着一些客人走进园子看戏。

园中鼓乐喧天，果然是百戏杂陈，目不暇给。忽听得有一个清脆的声音，赛似黄莺出谷，正在西面的一个戏台上唱着小曲，辛龙生一听得这个声音，不由得呆了！

这是奚玉瑾的声音！

辛龙生连忙走过去看，只见一个作歌女打扮的姑娘，荆钗裙布，淡扫蛾眉，手上打着鼓捶，正在轻启朱唇，唱着一首“赞西厢”的小曲，可不正是奚玉瑾是谁？

辛龙生咬一咬手指，心道：“我是在梦中吗？玉瑾怎的会到这里来卖唱，难道是相貌相同的人？”

手指一咬，痛彻心肺，“这不是梦了！”辛龙生心想。左看右看，即使人有相似，无论如何，也不会如此一模一样。台上那位姑娘，决计是奚玉瑾无疑！

辛龙生朝思夜想，就是想见一见奚玉瑾，如今见着了，他却是心乱如麻，不知怎样才好了。

只听得奚玉瑾唱道：

“那张生，一封书退贼寇；

“那红娘，三句话驳倒老夫人，端的是胆识过人的俏丫头；

“那莺莺，待月西厢，人约黄昏后；

“那惠明，五千兵当作肉馒头！

“我只道你也胆如斗，呸，原来是个银样蜡枪头！”

台下正是挤满了一班武官，听她唱到这里，轰然大笑。“喂，你怎么知道我是银样蜡枪头？”“好标致的姑娘，下来陪大爷玩玩吧！”原来奚玉瑾虽然是本地人，但她在家里的时候，却是躲在深闺的，这么一乔装打扮，更没人认识她了。

辛龙生瞿然一省：“玉瑾莫非也是像我一样，有所为而来？这些狗官要调戏她，她恐怕不便出手吧？我怎样帮忙她呢？”

正在闹得不可开交，忽地有个丫头来到，说道："夫人请辛姑娘到后堂清唱。"这才解了围。

辛龙生心中感到一丝甜意，想道："她改名换姓，别的姓不挑，偏要姓辛。呀，看来她的心中还是有我吧?"不知不觉就挤进人丛之中，跟在她的后面。

有人笑道："咱们可不能去后堂啊，待她出来再看吧。""嘿嘿，你这个丑八怪也想吃天鹅肉吗？那姑娘已经进去了啦!"原来辛龙生此时已将挤到前面，不知不觉，把他身边的两个人撞得几乎跌倒。

辛龙生一片茫然，忽地耳边听得游丝似的声音，声音细得旁人都听不见，但却似一根利针似的穿过辛龙生的耳膜。

那人说道："记着车老前辈的话，要保护岳良骏，只能杀他的姨太太!"

辛龙生大吃一惊，回头找寻那个说话的人，只见人头挤挤，嘈嘈杂杂，哪里知道是谁说话?

辛龙生惊魂稍定，想起前两日几乎遭受走火入魔的痛苦，暗自思忖："原来车卫还派有人暗中监视我的，我若是不照他的话去做，只怕有不测之祸!"要知那王大夫虽说叫他一个月后到苏州去，他给他诊脉，但那王大夫能否解救这种练功误入歧途的"怪症"，却是未可知之数，何况车卫的本领辛龙生是知道的，他说过死后都能取辛龙生的性命，辛龙生焉能不惧?

辛龙生怀着惴惴不安的心情回到寿堂，刚好赶上，只见那知府大人在丫环婢仆的前呼后拥之下，刚刚从后堂走了出来。丫环婢仆两面排开，岳良骏当中坐下，一左一右却有两个贵妇模样的妇人，站在的背后。辛龙生听得一个客人说道："奇怪，正室夫人不陪他出来受礼，两位如夫人却出来了。"另一个客人说道："如夫人得宠，结发夫人大概是气在心头，所以不愿出来了。"辛龙生心道："大太太没出来，这可更方便我下手了，不怕杀错了人。"

岳良骏欠身作了个罗圈揖，说道："贱辰劳烦各位大人、贵客来到，岳良骏如何敢当?"

话犹未了，忽听得有人大喝道："谁给你这狗官拜寿?"乓的一声，屋子里陈列寿礼的桌子给人一脚踢翻，两个汉子飞快的越出人丛，奔向岳良骏。这两个人一个是杜复，一个是展一环！

只听得当当两声响，岳良骏旁边的两个仆人拔刀敌住杜展二人。

展一环原是江湖的独脚大盗，本领甚是不凡；金刀杜复身为金鸡岭的大头目，武功更是了得。但岳良骏这两个仆人却不知是什么来历，刀法极其古怪，一个右手持刀，自左至右，划了一道弧形，一个左手持刀，自右至左，也是划了一道弧形，恰好合成一个圆圈。双刀合璧，刀光大炽，竟然把这两名高手挡住。

只听得乒乒乓乓的连珠炮声，外面乔装化子的人放起流星花炮，炮仗的声音震耳如雷，吆喝的声音比炮声更响："金鸡岭好汉来啦！""我们只捉赃官，杀鞑子！是汉人就别给他们卖命！"官兵中汉人居多，见这群化子好似一群猛虎下山，冲进府衙，十居八九，都是无心应战。

变生不测，寿堂登时大乱。驻守扬州的兵备道（官名）是个金人，久经阵仗，倒是相当沉着，喝道："关上大门，先捉里面的贼人！"

说时迟，那时快，辛龙生已是冲出人丛，脚尖一点，翩如飞鸟般的跃起一丈多高，脚未沾地，人在半空，一招"天神倒挂"，把两名挡在岳良骏前面的卫士刺伤，一个鹞子翻身，刚好落在岳良骏那两个姨太太中间。

那两个妇人吓得魂飞魄散，"好汉，饶，饶……"声音颤抖，话语不清。辛龙生早已看得真切，刷的一剑，把二姨太的首级割了下来，三姨太的"饶命"二字还未曾说得完全，辛龙生笑道："好，杀一个，饶一个。"首级纳入革囊，转身就向岳良骏冲去。

岳良骏身边还有两个仆人，但这两个人的本领却比不上另外那两个人，辛龙生哼了一声，捏着喉咙冷冷说道："要命的快躲开！"一句话未说完，闪电般刺出了七剑，一个仆人给他刺着了穴道，"卜通"倒地，另一个仆人连忙一个"滚地葫芦"，保全性命要紧，顾不得狼狈，滚进人堆里面，避开辛龙生的利剑。

那两个挡着杜复和展一环的仆人吓得慌了，杜复喝声"着！"

辛龙生跃出人丛，一个鹞子翻身，刚好落在岳良骏那两个姨太太中间，吓得她们魂飞魄散。

金刀径插，左面那仆人着了一刀，血流如注。展一环使出空手入白刃的功夫，劈手便抢了右面那个仆人的长刀。

辛龙生却比展一环抢快两步，到了岳良骏身边，左右开弓，噼噼啪啪，打了岳良骏两记耳光，一把抓起了他，夹在胁下，向后堂便跑！

在辛龙生跃出之时，和他一起来的那两个商人亦已动手。

姓刘那个绸缎商人大摇大摆走到兵备道面前，说道："大人，你要拿哪一个啊！"兵备道是认识他的，正自奇怪他为何这样大胆，突然半边身子一麻，已是给他扭着了双臂，反剪背后。

兵备道叫道："你不是刘老板么？"那姓刘的商人笑道："不错，但从今天起就不是了。捉着了你这条大鱼，我用不着做生意啦！"姓申那个商人抖出一条软鞭，鞭风呼响，将十数名扑来要抢救上司的武官打得头破血流，长鞭飞舞，只转了三个圈圈，那些武官手中的兵器已是全都给他卷出了手。

此时正是辛龙生抓起了岳良骏，冲入后堂的时候。

申刘二人好生诧异，心里俱是想道："果然不出我之所料，这人是一条线上的，但他何以要杀岳良骏的小老婆，却把岳良骏擒了冲向内堂呢？"只道辛龙生是杀昏了头，不辨方向，连忙叫道："龙兄，向外面跑，别杀他的家眷啦！"展一环正要跟着辛龙生进去，"乓"的一声，后堂的门却给辛龙生在里面关上了。

群雄大闹寿堂的时候，正是奚玉瑾在后堂给知府夫人"召见"的时候。

奚玉瑾是个聪明的女子，觉得有点奇怪，暗自想道："为什么知府夫人单独召见我呢？难道是我有什么破绽，已经给他们看破？"当下小心翼翼，暗自提防。

知府夫人倒是甚为和颜悦色，笑着和奚玉瑾说道："我听说你唱得很好，人又漂亮，特地找你来看看。嗯，果然他们没有说错。你姓什么？有婆家没有？"奚玉瑾心想："或许是我多疑了？她身边的仆人，要讨好她，向她饶舌也是有的。"敷衍了几句，仔细察看房中布置，只有两个小丫头侍立一旁，看不出有伏兵的模样，奚玉瑾更放了心。

知府夫人说道："春兰，你倒一杯茶给这位姑娘。"

奚玉瑾道："多谢夫人赐茶。我不渴。"

知府夫人笑道："你喝一杯茶润润喉咙，唱得更好一些。用不着客气了，喝吧。"

奚玉瑾心中一动，想道："防人之心不可无。"

当下假装受宠若惊的模样，拿起茶怀，手指颤抖，把那杯茶泼泻了一半。茶泼在地上，登时泛起一片焦黑的颜色，原来是下了极其厉害的毒药的！

知府夫人喝道："你好无礼！"

此时寿堂已经开始动手，双方吆喝的声音，传入内堂来了。

奚玉瑾心念电转："我何不捉着他的老婆，这可也是一名大好的人质呀！"

不料就在她出手的时候，那知府夫人亦在同时出手。奚玉瑾一摔茶杯，朝她面门打去，那知府夫人衣袖一挥，"当啷"一声，茶杯碎成片片，她竟然是个会家！

奚玉瑾一飘一闪，欺身直进，骈指点她穴道。岳夫人袖子一卷，"嗤"的一声，给奚玉瑾撕了一幅。奚玉瑾的手腕给她衣袖拂过，也是觉得火辣辣的作痛。

岳夫人喝道："你是不是车卫的女儿？你怎可对我无礼，你知道我是你的什么人吗？"

奚玉瑾莫名其妙，冷笑说道："谁和你攀亲道故，我是专杀赃官的金鸡岭好汉，你嫁给赃官，碰上了我，活该是你倒霉了！"

岳夫人心想："车卫虽然怨我们夫妇，谅他也不敢派遣女儿来刺杀我们！"登时施展杀手，掌力一掌比一掌沉重。

奚玉瑾又是吃惊，又是诧异："想不到这赃官的老婆竟是这么了得！外面已经动手，我必须速战速决才行。"情知空手打不过这个老婆婆，退后一步，刷的拔出剑来，一招"玉女穿梭"，剑尖刺她穴道。

一个侍女叫道："老夫人，你的拐杖！"呼的一根龙头拐杖掷了过来。奚玉瑾横剑一削，"当"的一声，火花四溅。她用的是一把锋利的百炼精钢的宝剑，竟然未能将这拐杖削断。

岳夫人把拐杖接到手中，奚玉瑾趁这机会夺门而逃，心里想道：“打不过这婆娘我且到外面和大伙儿会合再说。”

岳夫人却不肯放过她，喝道：“野丫头也敢自称好汉，往哪里跑?”奚玉瑾听得背后拐杖劈风之声，反手一剑，虎口震得酸麻，宝剑几乎坠地。

岳夫人紧追不舍，从内室到外面大堂，有一条长长的甬道。奚玉瑾抬头望去，只见大门已经紧闭，不由得暗暗叫苦。

辛龙生跑进内堂，在甬道转角之处，把岳良骏放下，说道：“你赶紧逃命！迟一些他们打进来，我可不能救你了！”

岳良骏又惊又喜，这霎那间几乎不敢相信自己的耳朵。“他为什么杀了我的爱妾又要救我性命?”惊魂未定，两只腿竟然不听使唤，直打哆嗦，辛龙生喝道：“还不快走!”

忽听得金铁交鸣之声，岳夫人追赶奚玉瑾，刚好来到。岳夫人只道丈夫已经落入敌人掌握，这一惊非同小可!

辛龙生更是吃惊，他本来是要到后堂找奚玉瑾的，想不到她竟然被一个老妇追赶出来。

岳夫人念头动得很快，不救丈夫，拐杖扫起一个圈圈，四面八方都是杖影，把奚玉瑾圈在当中，喝道：“你杀我的丈夫，我就杀你的同党!”

辛龙生刷的一剑刺去，剑锋指向岳夫人的背心大穴，这一招正是攻敌之所必救。

岳夫人只道对方定是要拿她的丈夫作为人质，要挟她的。不料辛龙生却放了她的丈夫向她突施袭击，这一下颇出她的意料之外。

辛龙生攻敌之所必救，岳夫人不能不腾出手来应付。莫看她年老，身手仍是矫捷之极，反手一拿，竟然头也不回，就使出了空手入白刃的功夫。

她这一抓一拿，拿捏时候，不差毫厘，换了武功稍弱的人，不是给她扣着脉门，长剑就非给她夺出手去不可。哪知辛龙生剑法奇诡莫测，堪堪刺到她的背心之际，突然剑锋一转，无声无息，又快又准，斜拖下来，岳夫人一抓抓空，情知不妙，“噫”了一声，斜跃三步。饶是她躲避得快，半边袖子已是给辛龙生的剑锋划破。

甬道中光线微弱，奚玉瑾见是一个面貌丑陋的少年，但不知怎的，却又感觉得到似乎是在哪里见过似的。奚玉瑾怔了一怔，说道：“你是——”

岳夫人大惊之下，“噫”了一声，也在同声问道：“车卫是你的什么人？”原来辛龙生恐怕奚玉瑾看出他的家传剑法，刚才用的这招乃是车卫所教。

辛龙生捏着嗓子，向奚玉瑾挥一挥手，叫道：“快走！”此时内院的家丁已经闻声赶至，外面的人也正在撞门。奚玉瑾心里想道：“这人是谁，待见了杜头领和展一环自然知道。”无暇思索，运剑如风，便冲出去。甬道两边都是墙壁，好在那些家丁武艺低微，挡不住她，她杀开一条路，无暇跑去打开大门，杀到甬道的另一端尽头，跳过栏杆，跑进庭院，这才能够飞身上屋。

辛龙生回身架着岳夫人的拐杖，低声说道：“你不必管我是谁，但我不是杀你丈夫的。”有几个家丁业已知道寿堂外面刚才发生的事情，纷纷叫道：“这小子杀害了二夫人，别放过他！”

岳夫人又惊又喜，说道：“好，你给我杀了那贱人，我可不能难为你了。你走吧！”

岳良骏低声说道：“咱们也该逃啦，来的是金鸡岭的人，人数很是不少，兵备道已经给他们擒了。”他真不愧是老奸巨猾，惊魂一定，立即盘算脱身之计，脱下衣服，换了一个家丁的皂衣，却叫他的妻子“保护”这个家丁在大门攻破之时，夺路外闯。

辛龙生跳上屋顶，奚玉瑾已经不见。那姓刘的“商人”却刚好从屋顶跑过，意欲跑入内院，来个里应外合。两人在屋顶恰巧碰头。

那姓刘的“商人”连忙问道：“奚姑娘呢？”辛龙生道：“她已经出去了，你没见着么？”心里想道：“车卫要我保护岳良骏，乐得和他拖延一些时候。”

那姓刘的“商人”放下心上的石头，接着问道：“岳良骏呢？”辛龙生道：“喏，你瞧，他们在那一边，看见了没有？快去拿他！

他那大老婆武功很是不弱，你小心点!”

辛龙生是知道岳良骏业已改装易服，向内堂溜走的。但这姓刘的可不知道，上了他的当。

辛龙生一溜烟逃出知府官衙，过了两条街道，回头一看，只见府衙已经起火。辛龙生心乱如麻，暗自思量：“车卫要我做的事情我都办好了，我是回去见他呢，还是在扬州多留几日？希望再见一见玉瑾呢!”那小客店他是不能再住的了，于是便在当日出城。站在通往百花谷和归途的歧路上，心乱如麻，好半天兀是打不定主意。

那姓刘的“商人”追上了岳夫人和假知府，交战十数回合，内堂的大门已给撞开，金刀杜复赶到，捉住了假知府，岳夫人却逃走了。

杜复仔细一瞧，叫道：“糟糕，咱们上了当啦，这人不是岳良骏!”打了那家丁一巴掌，将他放开，忙到内院搜索。岳良骏不知躲在什么地方，搜遍了府衙，都没找着。

幸好他们擒着了兵备道，这一仗虽然没有大获全胜，目的亦已达到。金鸡岭来的几个头目，聚集了许多饥民，打开粮仓，劫了“盐饷”。兵备道的亲兵不敢抵抗，汉人兵士不愿抵抗，群雄一把火烧了知府衙门，全师而退。

退出城外，杜复猛地省起，查问辛龙生的下落，这才知道辛龙生早已不见。

奚玉瑾道：“你说的这个人是不是面有伤痕的少年?”

杜复说道：“不错，他本来已擒了岳良骏，不知何故，却跑进内堂?”

奚玉瑾道：“幸亏他跑进内堂，救了我的性命。他是因为救我，才迫不得已放开岳良骏的。”

那姓刘的“商人”道：“他也上了岳良骏的当了，岳良骏不知怎的能够这么快就改了装束，竟然瞒过了他?”不过，这姓刘的虽然有点疑心，但因辛龙生杀了岳良骏的小老婆又救了奚玉瑾，怎样疑心，也是不敢疑心辛龙生有心放走岳良骏。

奚玉瑾道：“这人究竟姓甚名谁？什么来历?”

姓刘那人说道："他和我们是同住一间客店的，名叫龙新。什么来历，我们可是不知道了。"

奚玉瑾疑心顿起，想道："龙新？这个名字倒像是辛龙生的名字去掉'生'字，颠倒过来的读音一样。"问道："你们是怎样认识他的？"

那姓刘的说道："我们同住一间客店，他来和我们结纳，求我们带他进府衙给岳良骏祝寿。苏州的赛华佗王大夫也在这间客店，王大夫看出他染有怪病，我们则看出他身有武功。猜想他和我们是同一条线的，是以应他所请，果然没有料错。"

姓刘的说出他和辛龙生结识的经过之后，杜复也把辛龙生在大闹寿堂之时的所作所为告诉了奚玉瑾。

奚玉瑾暗自思量："这倒是我的多疑了，怎会是他？那日他从那么高的悬崖跌下，即使没有丧命，也决不能这样快就恢复武功。而且若然是他，他为什么又要杀岳良骏的小老婆？唉，但为什么这个人我又好似在哪儿见过似的呢？"

杜复笑道："这人倒是有点神秘莫测，不过，他既然是来帮咱们的，想必和我们的人相识，我回山之后，总可以查得出来。奚姑娘，你也不用为了这件事多伤脑筋了。对啦，韩珮瑛姑娘大概下个月就要回金鸡岭的，奚姑娘你也去我们那儿好不好？"

奚玉瑾道："待我回家先想一想好吗？"

展一环道："辛少侠遇难，文大侠定必要知详情。奚姑娘，你若是不去金鸡岭，就和我一同回去吧。由你亲自向文大侠禀告比我复述好些。"

奚玉瑾心烦意乱，说道："咱们明天再说好不好。展大叔，你陪我回百花谷吧，老王也很想和你再见一次面呢。"

杜复等人要处理赈济饥民和押运"盐饷"的事，当下各人分头办事。奚玉瑾与展一环连夜回家。

途中奚玉瑾忽地起了一个古怪的念头："倘若龙生当真还活在世上，今日那个人又确实是他的话，我是宽恕他还是不宽恕他呢？"念头一起，芳心忐忑不安，终于哑然失笑："绝不会是他的，我为什么要想这种水月镜花绝不可能成为事实的事？"

奚玉瑾可是做梦也没想到，辛龙生此刻可正是在百花谷她家的园子里，在等着她！

辛龙生在歧路上想了好半天，终于打定主意："车卫是限我在半年之内回去的，最少还有三个月的时间可以让我任意而为，我为什么不再去见一见玉瑾！她是不会认识我的了，只要我小心点儿，不给她发现破绽，也就是啦！"正是：

惆怅荒园人不见，可怜咫尺是天涯。

欲知后事如何，请听下回分解。

第八十六回　太息难圆鸳侣梦
何堪惆怅故园情

辛龙生来扬州的时候，早已打听好往百花谷的路，百花谷中，除了奚家之外，只有几家贫穷的猎户，当然是一找就找着了。

其时已是二更时分，辛龙生暗暗祷告："但愿她今晚是独自回家。"翻过墙头，跳进花园，躲在一座假山后面。

月影西斜，不知不觉已是三更时分，"唉，只怕今晚她是不回来了。嗯，她常常和我说起她这座花园的美景，却原来是这样荒芜。唉，假如没有发生那日之事，我和她整理荒园，倒是可以过神仙一般的日子了。"

正自胡思乱想之际，忽听得有人走进园子的脚步声。辛龙生惊喜交集，"玉瑾是和谁一同回来呢？"不料偷看出去，月光下看得分明，登时把他吓得呆了。

出现在园中的是一男一女，那女的并不是奚玉瑾，而是岳良骏的正室夫人！

那男的还要令他吃惊，你道这人是谁，原来就是化名颜豪的那个金国贝子完颜豪！那日辛龙生几乎丧命在他之手的！

只听得岳夫人说道："小王爷，你料想一定是她？"

完颜豪说道："依你所说的年龄、相貌，那个唱花鼓的姑娘，除了奚玉瑾绝不会还有别人！"

刚说到这里，屋里又出来一个人，是个年约四十左右的金国武士。

完颜豪道："蒯侍卫长，屋子里有什么发现？"

那人说道："禀告小王爷，除了那个老仆人，鬼影也没有了。那老仆人不会武功，据他说他家小姐早已走了。我已经把那老仆点了穴道。"

完颜豪笑道："这就越发可以断定是奚玉瑾了。她一定还会回来的。岳夫人，待会儿捉着了她，给你消一口气。"

岳夫人道："我可不单是只想消一口气呢。"完颜豪笑道："对，对。尊夫的功名富贵，也就是指望在她身上了。"要知岳良骏失了盐饷军粮，府衙又被烧掉，罪名自是不轻。但若捉到敌方一个重要人物，纵然失物追不回来，多少也还可以将功赎罪。

不过岳夫人倒是不把丈夫的功名富贵放在心上，而是另有目的的。她不便和完颜豪说，随口应道："是，是。这可得拜托小王爷在令尊跟前多多美言了。"

辛龙生心里暗暗叫苦，想道："这个蒯侍卫长大概就是曾经来过中天竺的那个蒯长春了。听说他和白逖也能打成平手，武功只怕不在完颜豪之下。只完颜豪一人我已是难以胜他，加上这个老虔婆和蒯长春我如何应付得了？"

完颜豪那次充当金国的密使，住在韩侂胄的相府，得到韩侂胄的次子韩希舜协助，率领金宋两国高手武士，到文逸凡在中天竺的隐居之所侵犯，结果给文逸凡、白逖和公孙璞等人杀得大败而逃。当时辛龙生虽不在场，这件事情却是知道的。

心念未已，只听得蒯长春说道："听说文逸凡的掌门弟子是辛龙生，辛龙生的妻子是百花谷奚家的姑娘，不知是不是就是这个奚玉瑾？"

完颜豪笑道："蒯侍卫长，你很少行走江湖，消息倒还灵通。不错，辛龙生的妻子正是这个奚玉瑾，所以我也是非把她捉住不可。"

岳夫人道："完颜贝子和他们夫妇也有什么过节么？"

完颜豪道："岂止过节，辛龙生本来是我费尽心机收服了的，后来却又反反复复，意图叛我，最后他翻了脸和我动手，给我打下深谷，但不知死了没有。"

岳夫人道："啊，原来你是要捉住他的妻子，好查究他是死是生?”

完颜豪道:“正是。我料他若然侥幸逃出生天,也必定是隐姓埋名,最少也得三年五载才敢露面的。但他虽然不敢去见师父,却必定不会瞒他妻子。所以我这次才特地和蒴侍卫长同来扬州。”

原来蒴长春是奉了完颜长之之命,来扬州押解盐饷,顺便代表他给岳良骏祝寿的。完颜豪则是为了查究辛龙生的下落而来。因为他是贝子的身份,不愿纡尊降贵,在知府衙中公开露面,向父亲的下属祝寿,是以特地迟几个时辰才到,准备在一众宾客拜寿之后,酒阑人散,他才进入府衙,和岳良骏相见。

不料他来的时候,知府衙门,已给烧成平地。不过却见着了逃出来的岳夫人。他听了岳夫人所说的情形,便知那位冒充唱花鼓的姑娘十九是奚玉瑾了。

辛龙生躲在假山石后偷听,听至此处,又惊又怒,心里想道:“完颜豪这厮真是狠毒,我死了他也还不肯放过我!此仇不报非君子,但今晚我可不能让他发现。老天保佑,但愿玉瑾今晚千万别要回来!”他本来是心急如焚,躲在这个园子等待奚玉瑾回来的,此时却唯恐奚玉瑾回来了。只要奚玉瑾不回来;他也就可以不露面了。

岂知事与愿违,他等了这许久,奚玉瑾不回来;现在正当他默祷苍天,深恐奚玉瑾回来的时候,奚玉瑾却回来了!

深夜声音特别听得清楚,奚玉瑾未抵家门,园子里的人已经听到她和展一环在外面行走和说话的声音了!

这一瞬间,辛龙生的心里好像有十五个吊桶,七上八落!脚步声渐行渐近,只听得奚玉瑾的声音说道:“老王恐怕已经睡了,嗯,这园门他却没有关上。”展一环笑道:“老王恐怕有六十多岁了吧?人老了,也就难免精神不济,会有疏忽了。”奚玉瑾笑道:“这花园如此荒芜,关不关门其实也无所谓。”说至此处,辛龙生听得出他们的脚步声已经走到门口。

辛龙生一露面就有性命之忧,不露面奚玉瑾就要落在敌人之手,他该怎么办呢?这又是一次人兽关头的考验了。

“我错了一次不能再错第二次!”这一瞬间,辛龙生无暇思索,心念一动，箭一般的从假山后面窜出来，尖声叫道："快逃!"这两个字一叫出来，他已经扑到了完颜豪的面前了。

辛龙生是在惊惶紧急的情况之下出声示警的，虽然捏着喉咙，却忘记了用假嗓子说话。奚玉瑾陡然听见他的叫声，大吃一惊，抬头望去，只见辛龙生刚好从假山背后走出来，月光之下，隐约认得就是在知府衙门中救她的那个人。

"啊，原来又是此人，奇怪！他说话的声音好似变了，像是我熟悉的什么人的声音?"说时迟，那时快，岳夫人和蓟长春已经追了出来，展一环叫道："奚姑娘，快走!"他曾在中天竺见过蓟长春的武功，深知他的厉害，而岳夫人的本领，恐怕还在蓟长春之上。强弱不敌，自是非逃不可了。他见奚玉瑾突然间好似发了呆，急了起来，一把拉着她就跑!

辛龙生扑到完颜豪面前，刷、刷、刷便是一连三招凌厉之极的剑法，完颜豪给他出其不意地急攻数招，几乎被刺中要害，迫得连连后退。

奚玉瑾看见辛龙生占了上风，时机紧迫，没时间再看下去，想道："他能够打败岳夫人，想必也不会输给完颜豪。我的本领和他相去甚远，进去也帮不了他的忙。"给展一环一拉，她瞿然一省，当下也就立即施展轻功逃跑了。

岳夫人喝道："奚玉瑾，你跑上天我也要把你拿住!"如影随形，紧追不舍。蓟长春的轻功也很不弱，转瞬之间，双方的距离已是越来越近。

完颜豪毕竟是个武功颇有根底的人，退了几步，心神一定，辛龙生已是不能再占他的上风。完颜豪抽出折扇，以扇代笔，使出"穴道铜人图解"上的惊神笔法，一柄折扇，指东打西，指南打北，每一招都是指向辛龙生的要害穴道。车卫所教的剑法辛龙生还未能运用自如，登时给他攻得手忙脚乱。

辛龙生本来不想在完颜豪面前显露他原来的武功的，但此时他无法应付完颜豪的点穴手法，只好拿出他的师父文逸凡所传的看家本领了。

他的师父文逸凡号称"铁笔书生"，点穴手法之妙，在武林中可说是数一数二。辛龙生使出师门的看家本领，虽然比之完颜豪的“惊神笔法”还是稍逊一筹，但已是可以勉强应付了。十招之中，完颜豪攻他七招，他也可以反攻三招。一时之间，完颜豪亦是无法取胜。

那日辛龙生和他在悬崖搏斗，双方所用的武功正是和现在一样。辛龙生虽然业已毁容，但在近身搏斗的情形之下，完颜豪也还隐约可以看出他的几分本来面目。

完颜豪惊疑不定，喝道：“你是什么人，胆敢在这里装神弄鬼？”

辛龙生心念一动，阴恻恻地说道：“你说对了，我是鬼，不是人！”这两句话他是用本来的口音说的。

完颜豪这一惊非同小可，叫道：“你，你是辛……”话犹未了，辛龙生趁他骤然大惊之际，刷的一剑刺伤了他，尖声叫道：“完颜豪还我命来！还我命来！”

辛龙生面上布满伤疤，加上这么尖声嚎叫，端的就似厉鬼追来，向他索命！饶是完颜豪心狠手辣，亦是不禁为之心悸。这霎那间，竟是不敢应敌，回身就跑。

辛龙生吓走了完颜豪，心里挂念奚玉瑾，无暇理会完颜豪，也立即跑出荒园，去找奚玉瑾。

完颜豪惊魂稍定，蓦地省起：“我本来要捉这小子，如何可以给他吓倒？他的武功不及我，管他是不是鬼，我又何须怕他？”定下心神，追赶出来。辛龙生的背影已经不见，但却隐隐听得前面有金铁交鸣之声。

且说奚玉瑾和展一环在前面逃，岳夫人和蒯长春在后面追，渐渐追近。展一环轻功不如奚玉瑾，首先给岳夫人追上。展一环反手抓她拐杖，岳夫人喝声：“去！”拐杖一挑，展一环“卜通”一声，摔了一个筋斗。

幸而岳夫人志不在他，摔倒了展一环，便继续追上前去。奚玉瑾听得展一环摔倒的声音，回头一望，岳夫人喝道：“臭丫头，你是泥菩萨过江，自身难保，还不束手就擒！”奚玉瑾咬紧牙龈和她苦斗，不过数十招，又给她的拐杖圈住，只有勉强招架之功，毫无还手之力。

展一环刚刚一个鲤鱼打挺，翻起身来，翦长春亦已追到了。

展一环一个“金鲤穿波”，扑将过去，喝道：“狗鞑子，我与你拼了！”翦长春冷笑道：“老匹夫，你与我拼，那还差得太远！”小臂一弯，托起对方肘尖，手指点向展一环胸口的“璇玑穴”。

双方都会大擒拿手法，翦长春却是较胜一筹，展一环打了个硬拼的主意，不退不闪，双掌运力推去，倏地变为鹰爪手，抓对方虎口。翦长春“哼”了一声道：“老匹夫，当真要拼命么？”一个“旋转乾坤”的身法，回身绕步，竟不救招，反取攻势，右掌向外一“挂”，左掌翻起，恶狠狠地便照展一环面门打来。这一招有个名堂，叫做“羚羊挂角”，极其厉害。展一环一抓抓空，双掌反圈，救招攻敌，却已迟了一步。只听得“喀嚓”一声，翦长春的劈挂掌斜削下来，拳掌夹攻，硬生生地把展一环的一条右臂拗折。

翦长春拗折展一环的手臂，哈哈笑道：“知道厉害了么？”正要扑上前去，取他性命，蓦听得背后金刃劈风之声，辛龙生的一柄长剑，已是指到了他的背心。

翦长春喝道：“好呀，又是你这小子！”反手一抓，使出空手入白刃的功夫，强抢辛龙生的宝剑，双方各有所长，功力悉敌，转眼间过了七八招，翦长春只觉对方剑锋上发出的冷电精芒，耀眼生缬，寒气沁肌。辛龙生也觉对方的掌影盘旋飞舞，似乎招招都是攻向自己的要害。谁若稍有不慎，都有血溅尘埃之险，不由得俱是暗暗吃惊。

翦长春暗暗吃惊，蓦地省起：“他怎的能逃出来，难道完颜豪已经给他伤了？”高手搏斗，哪容得稍有分神，辛龙生乘机急攻，刷刷几剑，将他迫得连连后退。

完颜豪如飞跑来，人还未到，远远的就扬声喝道：“我来了！把这小子截住，别让他跑！”

翦长春知道完颜豪无恙，精神一振，叫道：“贝子放心，这小贼跑不了！”

辛龙生早已看见奚玉瑾给岳夫人的一根拐杖困住，形势十分危险，心里又惊又急，当下一咬牙齿，趁着翦长春刚要反攻，攻势未曾展开的有利时机，陡地喝道：“不见得！”和身径扑过去，长剑便要在他的胸口搠个透明窟窿！

这是一招“两败俱亡”的打法，翦长春大惊之下，连忙闪避。辛龙生的剑招奇诡之极，剑锋一转，斜削下来，饶是他闪躲得快，膝盖已是被剑尖刺了一下。

但翦长春的近身搏斗功夫亦是委实了得，他虽然受了伤，辛龙生也吃了他的亏。

只听得噼啪两声，翦长春双掌连环拍出。辛龙生的近身搏斗功夫本不如他，这一下冒险进攻，其实是以己之短攻敌之长，登时给打个正着，噼啪两声，面门竟给翦长春的双掌打开了花！

幸而他的剑尖先刺伤了翦长春的膝盖，翦长春跳跃不灵，辛龙生如箭离弦，倏地就从他的身旁掠了过去。本来以辛龙生的脾气，他是决不能甘心给人打两记耳光的，如今翦长春跳跃不灵，他正可以乘机报复，但为了追着去救奚玉瑾，只好暂且忍下这口气了。

他的脸上本来布满伤疤，如今又给翦长春打得皮开肉裂，血流满面，形状更是可怖。岳夫人见他恶狠狠地攻来，饶她武艺高强，亦是不禁为之胆怯。

奚玉瑾喘过口气，见辛龙生奋不顾身的来为自己解围，心里又是感激，又是吃惊，说道：“这位大哥，你、你是谁？我这里有金创药，你先敷上药再打。我还可以支持一会的。”

辛龙生不作声，也不接她抛过来的金创药，只是咬着牙龈哑斗。那包金创药落在地上，他脸上流下来的血也更多了。

此时完颜豪业已追到，听得奚玉瑾这么说，怔了一怔，想道：“啊，原来她还未知道是她的丈夫！”他不知道辛龙生的病已经给车卫医好，心里还存有要迫使辛龙生就范以便利用他的念头，于是也就不揭穿辛龙生的身份。

翦长春咬牙切齿地骂道：“好小子，我不抽你的筋剥你的皮，难消心头之恨！”他膝盖受伤，一跛一拐地赶上前来。完颜豪笑道：“翦侍卫长，不用着急。我替你拿这小子，给你处置吧。”

忽听得有个清脆的声音叫道：“咦，那不是玉瑾姐姐么？奚姐姐别慌，我们来了！”接着一个粗豪的声音喝道：“好呀，完颜豪你这小贼也在这里！谷兄，这小贼是完颜长之的宝贝儿子，别让他跑！”

声到人到，出现的是一女两男，那女子是宫锦云，两个男的，一个是公孙璞，一个是谷啸风！

奚玉瑾喜出望外，连忙叫道：“你们来得正好，这位大哥受了伤，你们快来替他！”

辛龙生心里想道：“他们三人来了，再多一个完颜豪也不妨事。”一来怕给公孙璞看出破绽，二来也不愿意看见谷啸风和奚玉瑾在一起，于是在公孙璞堪堪跑到之时，虚晃一招，转身就跑。

这一下倒是大出奚玉瑾意料之外，急忙叫道：“这位大哥，你往哪儿？他们都是自己人！”话犹未了，辛龙生已是跑得不见人影了。

岳夫人喝道：“哪里跑！”一抓抓下，要把奚玉瑾抓作人质。“嗤”的一声响，奚玉瑾的衣裳给她撕烂一幅。

说时迟，那时快，公孙璞等人已是刚好赶到。公孙璞道：“这婆娘好凶，谷兄，你去对付那完颜小贼。”

岳夫人不知他用的是玄铁宝伞，呼的一拐当头劈下，公孙璞喝道：“来得好！”一招“举火燎天”，宝伞往上一迎，只见火花蓬飞，金铁交鸣之声震耳如雷，岳夫人身不由己地连退几步，龙头拐杖几乎掌握不牢！

她这根拐杖重达七十二斤，挟着数十年功力击将下去，只道对方一柄小小的雨伞非给她击断不可，哪知对方的雨伞丝毫无损，自己的拐杖反而损了一个缺口，双臂给震得酸麻，这一惊非同小可！

奚玉瑾跳出圈子，喘过口气，辛龙生早已跑得不见人影了。她眼光一瞥，看见展一环靠着一棵大树，右臂好似丝毫使不上气力似的，软绵绵的吊下来，左手抖抖索索的正在要撕破自己的衣裳。原来他的右臂已给蒯长春拗折，又摔了一个筋斗，伤得委实不轻。此时是想撕破衣裳，自己裹伤。

奚玉瑾吃了一惊，顾不得再去理会已经跑了的辛龙生，连忙过去照料展一环。展一环道：“奚姑娘，我的伤不碍事，你先打发敌人。”奚玉瑾道：“大叔不用担心，他们对付得了。你别动，我给你敷上金创药。”幸好展一环的右臂只是脱了臼，并非断成两截，奚玉瑾给他接好“断臂”，敷上了金创药，救治及时，可以免于残废了。

此时谷啸风与宫锦云正是分别和完颜豪、翦长春交上了手。

翦长春的本领本来胜过宫锦云许多，但因膝盖受伤，跳跃不灵。宫锦云看出他的弱点，以穿花绕树的身法和他游斗，倒是攻得他不亦乐乎。

完颜豪最畏惧的是公孙璞，看见是另一个人跑来和他交手，放下了一点心。不料谷啸风的七修剑法凌厉之极，功力虽然稍稍不及公孙璞，只论招数的精妙，还在公孙璞之上。完颜豪的一把折扇遮、拦、拨、打，使出浑身本领，兀是只有招架之功。他看家本领的点穴功夫，竟是无法向对方施展。因为要点对方穴道，必须欺到身前，谷啸风的剑长，他的扇短，他只能解拆对方剑招，攻不进对方剑圈之内，如何能够点得着谷啸风的穴道？

完颜豪抬眼望去，看见岳夫人也是处在下风，心里想道："这小子已难对付，岳夫人看来又不是公孙璞的对手，这可如何是好！"

完颜豪情知不妙，三十六计，走为上计，当下虚晃一招，转身就跑。谷啸风喝道："往哪里逃？"如影随形，跟踪急上。完颜豪一声口哨，一匹白马从树林中跑出来，这是金国皇帝送给他父亲的"贡马"，久经训练，神骏无比。谷啸风连发两枚暗器，没有打着，完颜豪已是跨上坐骑，绝尘而去。

翦长春大为着急，蓦地一声大喝，使出险招，反手一掌，将宫锦云的青钢剑击落。他的掌心给搠了个透明的窟窿，宫锦云给他的掌力一震，亦是不禁踉踉跄跄地斜退几步，竟然稳不住身形，一跤摔倒。翦长春依样画葫的一声口哨，唤来坐骑，手肘按地，反身跃起，跳上马背。谷啸风看见宫锦云摔在地上，赶忙过去救她，无暇理会翦长春了。

公孙璞看见宫锦云摔倒，亦是不禁一惊。岳夫人趁这时机，奋力拨开玄铁宝伞，如飞逃跑。

公孙璞道："锦妹，你怎样了？"宫锦云早已站了起来，苦笑道："我没受伤，但却误了事了。敌人一个也没拿住，真是可惜。"

公孙璞给她把了把脉，察知她并无内伤迹象，放下了心，笑道："那小贼终须有日撞在我的手上，今天就暂且让他走吧。"

奚玉瑾替展一环包裹好伤口，过来道谢。宫锦云道："幸亏我们碰上杜复，方始知道你已经回到家里。”

原来公孙璞与宫锦云回到金鸡岭之时，正是杜复离开山寨的第二天。柳清瑶正愁杜复没有得力的帮手，因此请他们立即赶往扬州。谷啸风已是在江南王宇庭那里来和他们会合的。

宫锦云拉着奚玉瑾的手，说道：“瑾姐，你的事情我都已知道了。你莫伤心，咱们大家一同回金鸡岭去。大伙儿在一起，你就不会寂寞了。”

谷啸风道：“辛大哥给完颜豪这贼子害了性命，我们都很难过，誓必为他报仇。”

宫锦云点了点头，说道：“说老实话，我对辛大哥初时是并不怎么佩服的，他力斗完颜豪而不幸死亡，我才对他肃然起敬的。人生自古谁无死，瑾姐，你有这样的一个丈夫，亦足以自豪，不用太过伤心了。”

奚玉瑾知道她这番话的用意，是特地说给自己听的。心里暗暗感激，想道：“他们在谷啸风面前，给我遮瞒，保全了我的体面。唉，可惜龙生并不是像他们所说的那样，倒是教我羞愧了。”

她虽然暗暗羞愧，心上的疙瘩却已消了。

原来她最害怕的就是他们向谷啸风说明真相，要知谷啸风是他们要好的朋友，公孙璞又是个老实的人，虽说他曾答应为她隐瞒真相，但好朋友之间，却是未必会说谎的。如今谷啸风对他们编造的谎话信以为真，奚玉瑾去了心上的疙瘩，也就可以下了决心和他们同往金鸡岭了。

宫锦云道：“谷大哥是来找珮瑛姐姐的，珮瑛姐姐还没找着，不过已经知道她的下落了。”

奚玉瑾道：“她在哪儿?”

宫锦云道：“她在苏州一位隐侠邓叔平的家里，这位老前辈是她爹爹的老朋友。谷大哥准备扬州之事一了，就去接她。你和我们先回去，不久也就可以在金鸡岭上和她相见了。”

奚玉瑾又是欢喜，又是伤心，心里想道：“早知今日，何必当初?我破坏了她的婚事，有何颜面见她?唉，他们如今是花开连理，我却糊里糊涂的做了寡妇！还幸他们未知辛龙生的本来面目。”

公孙璞忽地若有所思，问道："奚姑娘，刚才那位好汉是谁?"

奚玉瑾道："我也不知道是谁，这人的行径很是古怪，他两次救了我的性命，两次都是匆匆而来，匆匆而去。"

公孙璞道："这人我倒好像是在哪里见过似的，却怎样也想不起来。"

宫锦云道："他的相貌很是特别，满脸都是疮疤，你若然见过，怎会想不起来?"

公孙璞道："就是呀，我怎会想不起来呢? 呀，或许他这满脸疮疤是新近才有的，以前不是这个样子。"

宫锦云何等聪明，早已有了疑心，连忙笑道："你别瞎猜了。他若是咱们的相识哪有跑开的道理?"

公孙璞道："对，反正他是咱们一路的人，相貌又是这样特别，咱们回到金鸡岭，一定可以打听出来的。"

宫锦云是想消除奚玉瑾的疑心，奚玉瑾却是不由得心中一动，越发疑心起来了。想道："公孙璞也觉得他似曾相识，难道当真是、是他? 唉，哪会有这等事? 他焉能还活在人间? 还是锦云说得对，我莫要瞎猜疑了。"

奚玉瑾心乱如麻，思潮起伏不定。辛龙生也是一样。

且说辛龙生躲开他们之后，独自一人，逃入密林深处，心中无限悲苦。正自怅怅惘惘之际，忽听得好似有人在他耳边轻轻叫他名字："辛龙生!"

辛龙生大吃一惊，抬头看时，却没看见人影。

辛龙生沉声喝道："哪条线上的朋友?"

嘿、嘿、嘿的一声冷笑声从密林深处传出来，那人继续说道："辛龙生，你倒是很会说谎，可惜，嘿嘿，你骗得过别人，却骗不过我!"

声音陌生，辛龙生听不出是谁，心里又愕又急，不知自己的秘密这人知道了多少。当下立即向声音来处猛扑过去，喝道："朋友，你这话是什么意思，有胆的出来和我说个明白!"

话犹未了，只听得暗器破空之声，一枚石子向他飞来。辛龙生拔剑一拨，石子在他身前三尺之处跌落。那声音冷冷说道："有胆的你跟我来!”仍然是只闻其声，未见其人。这枚石子显然是用来给他指路的，并非真的打他。

辛龙生心里想道：“我非抓着这人不可!”提一口气，展开“八步赶蝉”的轻功，跟着那人飞石指示的方向追下去。他这“八步赶蝉”的轻功虽未炉火纯青，开头十里八里之内，亦已不逊奔马，追了一程，仍未发现那人。只是每当他要止步之时，就有一枚石子飞来给他指示方向。

辛龙生一路追赶下去，爬上了东面的主峰，越入越深，不知不觉到了一个极其荒僻险峻的所在，一处处丛莽密菁，荆棘满道，林中古树遮天，阳光都透不过来。阴沉幽暗的树林里，怪石奇岩，如剑如戟，如虎如狮，如鹰展翼，如马扬蹄，分外显得可怖。

辛龙生瞿然一省：“这人有如鬼魅，我莫要着了他的暗算。”

心念未已，只见乱石丛中突然窜出一人，冷冷说道：“好，到了这里，咱们可以好好谈谈了。”

辛龙生飞身掠起，立即向他抓去，喝道：“你弄什么玄虚?”

那人反手一挥，以一招“拂云手”将辛龙生的一抓荡开，喝道：“要想杀人灭口吗?哼，你还得回车卫那里去多练十年!”

辛龙生聚拢目光，定睛一看，只见是一个黑衣汉子，脸上阴森森的毫无表情，嘶哑的声音十分难听，竟看不出他有多大年纪。

辛龙生打了一个寒噤，强自镇定，说道：“好，你是什么人，说吧!”

那人打了个哈哈，说道：“你我早已会过面了，你却不知道吗?我就是那天在知府大人的花园里给你传话的人!”

辛龙生这才恍然大悟，心道：“哦，原来他就是车卫派来监视我的那个人。”

“你把我引到这里有何指教?”辛龙生大惊之下，吸一口气，问道。

“嘿嘿，我是来请问你的，你要不要我给你圆谎?”那人说道。正是：

只因曾作亏心事，至教疑鬼又疑神。

欲知后事如何，请听下回分解。

第八十七回　虽同患难非良伴 莫测高深暂结盟

辛龙生强作镇定，冷冷说道：“胡说八道，我有什么要你圆谎？”

那人冷笑道：“奚玉瑾是你妻子，江湖上谁个不知，哪个不晓？你改名换姓，骗了车卫的女儿，又跑到百花谷来和妻子幽会。嘿嘿，这件事情，若是给车卫知道了，你自己知道将会怎样！”

那人发出一阵干笑，脸上冷森森的毫无表情。辛龙生只觉寒意直透心头，心里想道：“为今之计，看来我是非得当真杀人灭口不可了！”要知车卫早就和他说过，倘若发现他有欺师灭祖情事，就要取他性命。何况乃是骗婚？他怎能忍受女儿受他欺侮？

辛龙生叹口气道：“好，我认栽了。你说，你要怎样？”口中说话，脚步向那人移近，突然拔剑出鞘，刷的一剑向他刺去。

那人见他目露凶光，早有防备，挥袖一卷，裹住剑锋，右手中食两指，便向他的面门挖来，喝道：“你这小子，有眼无珠，敢情是不想活了！”

辛龙生霍地一个凤点头，力透剑尖，“嗤”的一声，将那人的衣袖削了一幅。饶是他应变得快，额角也已给那人的指尖刮了一道伤痕。

双方交换了这招，那人没能将他的长剑卷出手去，反而给他削掉衣袖，也是有点感到意外。不过，他吃这点小亏，比起辛龙生来所吃的亏却是算不了什么。辛龙生刚才若是闪得稍迟片刻，两只眼睛，只怕已然给他弄瞎！

辛龙生惊魂未定，手按剑柄，一时间倒是不敢鲁莽进招。那人哈哈笑道："我说过你要杀人灭口，那是休想！你是不是还要再试？"

辛龙生好像斗败了的公鸡，不敢作声。那人又道："我看你也是个聪明人，怎么你不想想，休说你杀不了我，就算你能够杀了我，车卫找不着我，他也会知道你是杀人灭口的了，他能够放过你么？"

辛龙生冷汗涔涔而下，心里想道："不错，车卫派他来监视我，当然是早已对我有了疑心。"武功既不及他，智取又已失败，辛龙生没法不对那人屈服，当下倒转剑柄，递过去道："好，你杀了我吧！"

那人哈哈一笑，说道："收起你的剑吧，我不怕你暗中加害，我也不想杀你。只要你乖乖地听我的话。"

辛龙生道："你究竟要些什么？"

那人说道："我要车卫所传的内功心法！"

辛龙生听他这么说，倒是不禁怔了一怔，有点奇怪了。

要知这个人乃是车卫派来监视他的，在辛龙生的心目之中，自然以为这个人不是车卫的弟子也是车卫的心腹了，如今他却要辛龙生代传车卫的内功心法，辛龙生自是不免觉得有点奇怪了。

那人似乎知道辛龙生起了怀疑，说道："我本来可以请车卫亲自传授我的，但车卫说他这内功心法尚有最后一关未曾参透，他自己练并无大碍，我现在练则还不是时候。"

辛龙生道："既然如此，那你就该听他的话才是。何必急于要我私相授受。"

那人说道："你不知道我是要练成这内功心法去报仇的。人寿几何？车卫的最后一关不知何时方能参透，我是等得不耐烦了。"

辛龙生道："这番话你和车卫说过没有？"心里想道："不知道他要报的是什么仇，大概车卫不愿帮他报这个仇吧？"

那人似乎很不耐烦，冷冷说道："你问得太多了！我现在只是要同你做一桩交易，我替你隐瞒骗婚的罪过，你也替我隐瞒偷学的秘密。你同意就成交，不同意就拉倒！嘿，嘿，大家抖露出来，车卫谅也不会对我怎样，你的这条小命却是恐怕不保了。”

辛龙生心道：“大家串同作弊，我倒是不用这样害怕你了。”当下笑道：“何必这样急躁？咱们做成这桩买卖就是伙伴了，你的名字还没有告诉我呢？还有，你和车卫是什么关系？”他听了那人这许多说话，已经可以判断他决非车卫的弟子了。

那人哈哈一笑，说道：“你有心和我做伙伴，我也不用瞒你。我复姓宇文，单名一个冲字，我与车卫不但师门颇有渊源，且是忘年之交，承他看得起我，将我当作平辈的朋友。”

辛龙生道：“这桩买卖，我倒是愿意和你成交。不过车卫既然和你说过，说是你现在练还不是时候，你不怕有什么祸害吗？”

那人说道：“我练成了就去报仇，报了仇死也心甘，还怕什么祸害？哼，而且说老实话，我也不大相信车卫的话。”

辛龙生道：“为什么？”

那人说道：“你的内功比不上我，若有祸害，车卫焉能传授给你，不怕害他的女儿守寡吗？哼，我知道他是把这内功心法当作宝贝，我和他渊源虽厚，在他的心目中究竟还是外人。”

辛龙生想了起来，心道：“不错，车卫是曾说过，他这内功决不传给外人。这个宇文冲不是他的弟子，怪不得是必须偷学了。不过车卫假意敷衍他，却也是一番好意呢。”

宇文冲道：“有甚祸害，与你无关。我可以告诉你的也都告诉你了。这桩买卖，现在可以成交了吧？”

辛龙生心里想道：“他不知道练这内功心法，将来可能会有走火入魔之险，而我却是车卫给有解药的。哼，这桩交易于我无损，他受害是他的事，我何乐而不为。”

心意已决，辛龙生哈哈一笑，说道：“好，那么咱们今后是伙伴了！”当下便与宇文冲击掌立誓，互相隐瞒。

辛龙生与他立誓之后，说道：“这内功心法，我练了三个月。我却是要在半年之内回到车卫那里的，恐怕难以在这里耽搁三个月，只能传给你练功的要诀了。”

宇文冲说道：“我知道练这心法不是朝夕之功，早已有了准备。你跟我来。”

辛龙生跟他走进一间隐蔽在乱石丛中的茅屋，只见屋中有一个大米缸，一个大水缸，米缸盛满了米，墙上挂满一条条的腊肉，贮备的粮食足可以供给他们二人数月之用。

宇文冲说道："我用不着练三个月，你在这里伴我一个月吧。"

辛龙生当天就开始传授，对他说道："练这内功心法，要受许多痛苦煎熬，当时是车卫以本身真气助我练功，我却怕没这本领助你。"

宇文冲道："传功之后，只须你在这里保护我，不让猛兽入侵就行了。什么痛苦我都熬得住。"

辛龙生心里想道："他倒是不怕我在他练功的时候加害于他。"

只见宇文冲头上冒出热腾腾的白气，练第一步的功夫，就差不多用了半天的时间。在这半天当中，宇文冲宛如老僧入定，对周围的一切，视而不见，听而不闻。

辛龙生若要加害于他，那是易于反掌，但辛龙生可不敢拿自己的性命来赌博，在这半天当中，他完全依照宇文冲的嘱咐，在这茅屋里保护他，不敢离他半步。

宇文冲抹了一额冷汗，站起来笑道："辛兄，你果然是好伙伴，多谢你啦!"他满面笑容，心里可是暗暗叫道："好险！如果他知道我不是车卫的朋友，却是车卫的仇人，我的性命可是在他掌握之中了!"原来辛龙生不敢拿性命来赌博，他却是拿性命来赌博的。

自此辛龙生每日与他练功，不知不觉过了将近一个月。一天晚上，约莫三更时分，辛龙生刚刚睡着，忽地被他唤醒。

宇文冲低声说道："你随我来，脚步尽量放轻，不许出声!"辛龙生莫名其妙，只好跟着他走。

他们住的这间茅屋是在乱石丛中的，外人很难发现。宇文冲把入口处的一块石头轻轻推过一边，和辛龙生从缺口走出。

辛龙生觉得有点奇怪，要知乱石之间，本来是有许多缝隙的，那些缝隙足可以容得一个人侧身通过，无须推开石头，扩大缺口；再说以他们的轻功，也可以攀登石笋，从上面出去，无须推开拦路的石头。是以宇文冲这个举动，令得辛龙生颇有点莫测高深之感。

但见宇文冲神色张皇，示意叫他不可作声，他也只好把这闷葫芦藏在心里了。

宇文冲和他走到茅屋后面一个悬岩旁边，方始悄悄说道："我有几个仇家，等下就会来到。你必须助我一臂之力！"

辛龙生道："你是要我在这里埋伏，暗箭伤人？"心里想道："这可不是光明磊落的行为。但以宇文冲的本领，竟然要我帮他设伏，他那仇家也就可想而知不是寻常之辈了。"

宇文冲道："不错。我会把他们引到这里来，你只要伤得其中一个，我就有取胜的把握。但决不可使用暗器，暗器伤不着他们，那就弄巧反拙了。"

辛龙生道："那些人是什么人，很厉害吗？"

宇文冲道："不错，咱们只能智取，不能力敌。今晚若是败在他们手里，你我性命都保不住！至于他们是什么人，你就不必多问了。"

辛龙生苦笑道："咱们是拴在一条绳上的蚂蚁，我还能不尽力帮你吗？"

宇文冲安排好了之后，独自一人，又回到那间茅屋之中。

他离开不过片刻，辛龙生伏地听声，便听得隐隐有脚步之声走来，一共是四个人。辛龙生又是吃惊，又是对宇文冲暗暗佩服。想道："他的伏地听声功夫，果然是比我高明！但这些人却不知是何等样人？倘若是侠义道中的好汉，难道我也要帮他行恶吗？"

正在心中忐忑不安之际，月光之下，那四个人已经出现。辛龙生伏在岩石后面，偷偷张望，只见是一个僧人，一个道士，还有两个却是军官。

一僧一道他不认识，那两个军官他可是见过的，原来就是那日在扬州知府衙门之中，保护岳良骏的那两个仆人，现在换上了军官的服饰。

辛龙生放下一重心事，想道："原来是岳良骏的爪牙，那我就是杀了他们，也无妨了。"那日这两仆人力敌杜复和展一环，武功很是不弱，但还不是一流高手的功夫。辛龙生自忖足可以对付得了他们，想道："这两个人大概是带路的，那一僧一道才是高手。"

他料得果然不错，只听得一个军官说道：“这儿是这座山中最适宜躲藏的地方，我看咱们就在这里搜索吧。”

那僧人道：“你确实知道只有宇文冲一个人吗?”

那军官道：“我们有人看见他在这座山中出现，当时并无别人陪伴。不过这是一个月以前的事情，现在他有没有同伴，我就不知道了。”

另一个军官道：“我们的知府夫人，怀疑那姓龙的小子可能也在这儿。但我看这只是她疑心而已。”

那道士道：“不错。姓龙这小子听说是车卫的徒弟，他当然不会和宇文冲这小子混在一起。不过我当然也不会和你们的知府夫人说明这一点的，否则，嘿嘿，只怕她就不肯让你们给我带路了。”

辛龙生听得分明，不觉起了疑心：“为什么他们如此说呢？我是车卫的徒弟，为什么就不能和宇文冲同在一起?”但虽是略起疑心，却也不敢疑心宇文冲和车卫也是仇人。

宇文冲在茅屋里捏了一把冷汗，想道：“这牛鼻子臭道士莫要把我和车卫之间的秘密也抖露出来才好。让辛龙生听见，我可就不能再骗他了。岳夫人知道倒是不怕，她本来就已略有所知。”

那道士本来还要说下去的，幸好正在这个时候，那个和尚发现乱石丛中的茅屋，叫起来道：“你们来瞧，宇文冲这小子的巢穴在这儿！宇文冲，你出来!”

宇文冲扬声喝道：“有胆的你进来!”

那道士道：“这小子不知有甚埋伏，咱们别中他的计，迫他出来吧。”

那和尚道：“对，用火烧他!”一抖手，发出一支火箭，箭头蘸有硫磺，箭杆中空藏有火药，火箭飞出，爆炸开来，茅屋着火，极易燃烧，转眼之间，已是给火头吞没。

那道士哈哈笑道：“宇文冲，你要做缩头乌龟么？嘿嘿，你不敢出头，那就准备做烤乌龟吧。”

茅屋眼看就要烧成平地了，宇文冲却还没出来。

那和尚道：“奇怪，他躲到哪儿去了?”话犹未了，突然间只听得一声惨叫，站在他旁边的一个军官已是“卜通”倒地，胸口狂喷鲜血。

原来宇文冲是在茅屋着火之时，就悄悄从乱石丛中走出来的，他熟悉地形，绕到他们后面，而他们却在全神贯注那间茅屋，是以本领最弱的那个军官冷不防就着了他的道儿。

说时迟，那时快，只见精芒耀眼，那道士已是刷的一剑疾刺过来，喝道："好呀，宇文冲你这小子居然还敢使诈，哼，哼，任你诡计多端，只怕今日也是难逃性命！"

双方动作都是快到极点，宇文冲劈倒一个军官，立即就向第二个军官扑去。一个在前面跑，一个在后面追，辛龙生从高处看下来，那道士明晃晃的剑尖，就似钉在宇文冲的背心上面颤动似的，其实却还没有沾着他的衣裳。

另一个军官武功较高，但见宇文冲恶狠狠地向他扑来，亦已吓得慌了。那和尚大喝道："宇文冲，你还敢逞凶，不要性命了么？"眼前的形势甚是分明，只要那军官挡得他的一招，道士的长剑便可以刺入他的背心。而那个和尚亦已在对面赶来，即使道士一剑杀不了他，他背腹受攻，亦是决计难逃性命！

冷森森的剑气浸肤，宇文冲的背心已是有了凉飕飕的感觉！他一咬牙齿，心里想道："知道我的秘密最多的恐怕还是岳良骏这两个手下，非把他们杀了灭口不可！"

刀光剑影之中，只听得一声惨呼，宇文冲翩如飞鸟般从那军官身边掠过，那军官却是身向前倾，胸口恰巧撞上道士的剑尖。道士的剑法已到收发随心之境，但赶忙收剑之时，只见那军官已是血涌如泉，倒在地上，眼看是不能活了。

宇文冲这一招使得险极，原来他是趁着这个军官一刀向他劈下来的时候，以奇巧的身法手法从他身旁掠过，三指一扣一推，脚尖一勾一踢，将他的月牙弯刀反推回去杀了他的。他的身子向前倾倒，撞着了道士的剑尖，但致命之伤，却并非由于道士这剑。不过，这道士追风掣电般向前攻击的剑招，给他这么阻了一阻，收剑再发之时，宇文冲已是跑到前面，距离三丈之外了。

那胖和尚大喝道："好小子，哪里跑！"碗口般粗大的禅杖劈面打来，宇文冲叫道："来得好！"陡然间宝刀出匣，刀尖在杖头一按，借着那股猛力，整个身子反弹起来，恰好又避开了道士背后攻来的一招凌厉绝伦的剑招！

本来他在腹背受敌之下，不论如何闪避如何抵挡，都是难免受伤的。但这一下险招却是大出一僧一道的意外。胖和尚虽是恨极了他，也不由得赞了一个“好”字，口中喝彩，手上的禅杖却已一招“举火燎天”，向上捣去。

宇文冲半空翻了一个筋斗，只听得一片金铁交鸣之声震耳欲聋，他脚尖未曾着地，一刀劈将下来，已是和道士那柄长剑碰击了十七八下，待到那和尚改上戳为横扫之时，禅杖打来，他已是脚落实地，闪过一边了！

辛龙生躲在岩石后面偷看，只看了他们交手几招，已是看得惊心动魄！

那两个军官的本领，辛龙生是见过的，虽说还不是顶儿尖儿的角色，但杜复与展一环却也占不了他们多大便宜，足见武功亦非泛泛。但这两个人一个是毫无还手之力，一个是仅仅交手半招便给宇文冲杀了！

但宇文冲这样高强的本领，在这一僧一道的联手夹攻之下，却又是显然处在下风，饶是他刀法奇诡百变，身法俨如鬼魅，也只能在剑光杖影之中腾挪闪展，无法脱出包围。

辛龙生手心捏了一把冷汗，想道：“这一僧一道的武功远胜于我，待会儿我若一击不中，只怕就要和宇文冲同归于尽了。但看这情形，宇文冲要把他们引到这里，恐怕也是未必能够呢。”

心念未已，只听得那道人喝一声“着!”宇文冲脚步一个踉跄，辛龙生远远看去，也看得见他的肩头冒出血花！那道士骂道：“好小子！要拼命啦!”身形晃了两晃，竟然没能够抓着这个机会，给宇文冲补上一剑。

原来在那道人猛下杀手之时，宇文冲也是突出险招，结果他着了那道人一剑，剑尖只是划破了他的皮肉。那道人也给宇文冲抓了一抓，险些抓裂了他的琵琶骨。饶他有护体神功，也是感到十分疼痛。不过他吃的亏，辛龙生却看不见。

宇文冲刀交左手，招数越发狠辣。左手刀的刀法和正常的刀法本来相反，加上他这一豁出性命，那胖和尚轻功较弱，倒是给他反守为攻，登时主客易势。

那道士冷笑道："宇文冲你这小子，今日纵使你有孙猴子的七十二般变化，也是难以逃出如来佛祖的手心！"

宇文冲道："咱们走着瞧吧！"刀光突然从他意想不到的方位斫来，不待招数用老，回身就跑！

这道士委实是非同小可，猝遇险招，居然仍是应付得巧妙之极，只听得他一声冷笑喝道："你还想跑么？撒刀！"

左手突然多了一柄拂尘，拂尘一挥，卷着了宇文冲的剑柄。

胖和尚一看机不可失，禅杖"泰山压顶"，朝着宇文冲的脑门就打下来！宇文冲陡地大喝一声，反手掷刀，只见白光电射，朝着那胖和尚面门飞去。他是因为刀柄给拂尘卷住，急切间无暇夺刀，只能冒绝大的危险，使出这飞刀伤敌的一招了。道士想不到他竟敢乘着自己夺刀之势，加一把劲掷出，不禁一呆。

利刀照面飞来，胖和尚无暇伤敌，忙把禅杖一立，当的一声，飞刀斜掠荡开，宇文冲身形一矮，滚出数丈开外。

那道士倒转拂尘，一拨飞刀，飞刀反射回去，喝道："接刀，再打！"宇文冲本来舍不得这口宝刀，明知他是当作暗器飞来，仗着艺高胆大，反手就接。

他的背后就似长着眼睛似的，反手一抓，抓着无锋的刀脊，正自欢喜。不料飞刀余劲未衰，在他手掌里突然跃动，割破了他的手心。原来这道士的暗器功夫，自成一家，甚为奇特，他这一掷，乃是蕴藏有三重后劲的。

不过，手心虽然割破，宇文冲毕竟是得回自己的宝刀，而且也脱出他们的包围了。

和尚道士暴怒如雷，紧追不舍。宇文冲由于受伤较重，边打边走，跑到辛龙生埋伏的那个悬崖之时，身上又着了几处伤，还幸不是致命之伤，但也几乎是变作血人了。那和尚大喜喝道："看你还往哪里跑！"碗口大的禅杖一招"横扫千军"，奋勇向前猛击。

那道士却精细得多，见宇文冲不往别处逃，却逃到这个"绝地"，蓦地起了疑心，连忙叫道："师兄，小心！"

话犹未了，辛龙生在岩石后面已是倏地一剑直刺出来。他知道敌手太强，这一剑用的是他最得意的杀手绝招，觑得十分真切，拿捏时候，不差毫黍，虽然只是一招，一招之内，却是同时刺到那和尚的七处穴道！

那和尚骂道："兔崽子！……"身形一晃，和身就扑上去，宇文冲喝道："下去吧！"脚尖一勾，那和尚着了三处剑伤，如何还能躲得过宇文冲的暗算？

一个庞大的身躯倒栽葱便跌下去，转眼间只听得禅杖着地的碰着石头的声音，俨似雷鸣，震响山谷。

那道士大怒喝道："好小子，还我师兄的命来！"长剑奔雷闪电般的向辛龙生立下杀手！宇文冲哈哈大笑："你自己的性命也保不住啦，还要伤人！"挥刀拦腰便斩。恰似螳螂捕蝉，黄雀在后，一个紧盯一个。

辛龙生使出平生本领，接了一剑，虎口登时震裂。说时迟，那时快，道士左手的拂尘已是一招"天河倒挂"，斜卷下来，把辛龙生的长剑夺出了手。拂尘顺势一拂，辛龙生的面门好似给无数利针刺着一般，痛彻心肺，还幸这道士右手的长剑忙于应付宇文冲劈来的一刀，否则他的性命只怕已是难保！辛龙生连忙闪过一边，只听得那道士闷哼一声，和衣滚下山坡！

宇文冲长长吁了口气，说道："好险，好险！"只见他浑身浴血，身上的衣裳犹如蜂巢似的，穿了不知多少小洞。

辛龙生摸一摸自己的脸孔，脸上热辣辣的，余痛未止，血珠还在渗出。宇文冲回头向他一望，苦笑说道："辛兄，你也变成了大麻子啦，这次真是多亏了你了！"原来辛龙生的脸孔给那道士的拂尘一拂，竟是刺出了密密麻麻的无数小孔，幸好没伤着他的眼睛。

辛龙生恨恨说道："可惜还是给那牛鼻子臭道士跑了。"脸上鲜血在流，思之犹有余怖。

宇文冲笑道："咱们也够了本啦，他们三死一伤，那臭道士虽然侥幸逃了性命，他的伤可比你我还重。若然还要向你报仇，他最少也得在三年之后了。我这里有上好的金创药，你拿去敷上。"

两人走下悬岩，他们原来住的那间茅屋早已化为灰烬，宇文冲道："此地是不能再安身了，我是不能和你一同回去见车卫的，咱们就此分手吧。"

辛龙生怔了一怔道："宇文兄，你就这样走了么？"

宇文冲道："多谢你传给我车卫的内功心法，如今入门的基础已经打好，全部口诀我也都已熟记于心，今后我可以自行练功了。"

说至此处，忽地瞿然一省，接着笑道："对啦，我还应该有个允诺。辛兄，你对我的大恩大德，宇文冲日后定当图报！"

辛龙生道："咱们祸福相依，我说的不是这个。"

宇文冲道："那你要说什么？我做得到的，我一定答允你。"

辛龙生道："我不望你报答，我只想知道一件事情。"

宇文冲道："那就要看你想知道什么事情了。我本身的事情，除了我已经告诉你的之外，我可不能再说！"

辛龙生道："我想知道车卫为何要杀岳良骏的小老婆，却又要保护岳良骏？岳良骏那大老婆又是什么来历，武功如此高强？"要知辛龙生是要回去见车卫的，但他知道车卫决不会把这些事情告诉他（他已经碰过一次钉子了），这个闷葫芦藏在心里，他自是想要打破。

宇文冲想了一想，说道："这件事情我可以告诉你。但你必须答应我，决不能对车卫泄漏你我曾经会面。"

辛龙生笑道："我早已答应你了，你不放心，我再和你立誓！"当下立即许了一个毒誓。

宇文冲道："好，为了报答你今日拔剑相助之恩，你要知道的这件事情，我就告诉你吧。

"这件事得从岳夫人说起。

"岳良骏今年是整整六十岁，岳夫人年纪比他还长几岁，你看得出否？"

辛龙生道："看来岳夫人倒似比她丈夫年轻得多，这大概是因为她有深湛的武功，故而不会显得年老。但她的年纪和咱们所说的事有甚相干？"

宇文冲道："多少有那么一点。

"岳夫人是个大盗的女儿，五十年前，她已经开始闯荡江湖了。她娘家姓梅，她的父亲名叫梅剑豪，你可曾听过这个名字?”

辛龙生道：“没有听过。但她既是大盗之女，如何却嫁了岳良骏？岳良骏丝毫不懂武功，又是个做官的文人。”

宇文冲道：“梅剑豪比你师父还长一辈，怪不得你不知道了。他们的这些事情，我也是后来四处向老一辈的查根问底，方始知道清楚的。

“嘿嘿，岳夫人的第一个丈夫可不是姓岳。这个你大概没想到吧?”

辛龙生怔了一怔，道：“确实没有想到，那么她是再嫁的了?”心想岳良骏一个官宦人家，如何肯娶再醮之妇?

宇文冲道：“她的第一个丈夫是她的师兄，父女翁婿，正是一伙强盗。

“这伙强盗除了梅家三人之外，还有另外四人合伙，那四个人的本领比梅剑豪稍弱，但也都是当时江湖上的一流高手。

“有一次梅剑豪翁婿劫了一批珠宝，意图独吞，合伙的四人知道了，便联手对付他，把他们翁婿两人杀了!”

辛龙生道：“啊，那岳夫人呢?”

宇文冲笑道：“当时她还未曾是岳夫人，她怀有三个月身孕，没在贼巢，也幸而因此逃了性命。”

辛龙生好奇之心大起，问道：“后来呢?”宇文冲道：“岳良骏当时还是二十来岁的小伙子，刚刚中了举人，想找官做。他到青州谋职，途中碰上了一班不成气候的小贼劫他，那位梅大小姐路过，救了他的性命，随即以身相许。”

辛龙生道：“她这样做却又是为了什么?”宇文冲道：“她是投注在这年青人身上，只要他的官能够越做越大，将来就可以借官府之力，为自己的父亲、丈夫报仇。”

辛龙生道：“岳良骏怎的也肯要她?”

宇文冲笑道：“一来是报救命之恩，二来岳良骏是个十分热衷于利禄的人，其中道理，你一想就该明白。”正是：

何故明珠投暗窟，只缘矢志报夫仇。

欲知后事如何，请听下回分解。

第八十八回　点破迷蒙消隐患
似曾相识惹疑猜

辛龙生恍然大悟，说道："岳良骏是要凭借妻子的本领，帮他升官发财。"

宇文冲道："是呀，所以妻子比他年长，身怀六甲，他都全不在乎了。

"岳夫人既是大盗之女，手上的钱财自然不少，她出钱给丈夫打点，谋得一个官职，在一个小县份当了'通判'，这是比知县低一级的小官儿，职司捕盗。"

辛龙生笑道："大盗之女协助丈夫捕盗，那自是胜任愉快了。"

宇文冲道："不过一年，他就升了知县，成为官场中著名的捕盗能手。以后凡有哪个地方盗匪猖獗的，上司就将他调到哪里捕盗。

"和她父亲一伙的那四个强盗，分赃之后，已经散伙，各领一股，在冀鲁境内流窜。但虽然如此，终于还是逃不出岳夫人的手心，她帮助丈夫，率领官兵，穷数年之力，把这四股盗匪一一剪除，报了父亲、丈夫之仇。岳良骏的官也就越做越大了。"

辛龙生道："这婆娘好厉害，但我有一事不明，岳良骏靠了妻子之力升官发财，必然对她既敬且畏，何以他又敢娶两个小老婆，从他那日做寿的情形看来，似乎小老婆更为得宠？岳夫人这样厉害的婆娘又如何容忍得下呢？"

宇文冲道："这两个小老婆正是她给丈夫讨的。"

辛龙生道："为什么？"

宇文冲道："因为她和岳良骏只是挂名夫妻。"

"挂名夫妻"四字，正触辛龙生之忌，当下默然不语。

宇文冲却以为他还不明白，笑道："你不懂，岳夫人对她原来的丈夫倒是有情有义，她嫁给岳良骏只是互相利用而已，据说从未同房的。她要给岳门延续香烟，自然只能替丈夫纳妾了。岳良骏的二奶奶是江湖上的卖解女子，和岳夫人本来相识；三奶奶则是岳良骏自己看上的一个小家碧玉，不懂武功的。"

辛龙生道："那么车卫和岳良骏夫妻又是什么关系？"

宇文冲道："车卫的父亲就是给岳夫人杀掉的那四个大盗中的老四。官兵围袭之时，只有他一人漏网。"

辛龙生道："啊，那么他是要来为父亲叔伯报仇的了。"

宇文冲道："岳夫人的父亲是老大，他的父亲是老四，车卫的年纪比岳夫人年轻十年，比她的女儿只长八岁。"

辛龙生道："我明白啦，想必是他来报仇的时候，看上了岳夫人的女儿。"

宇文冲叹口气道："这也是五百年前冤孽债，他们明来暗去，有一天晚上，终于给岳夫人发现了。

"当时车卫的内功尚未练成，不是岳夫人对手。岳夫人正要杀他，不料她的女儿却跪下来求情，说出自己怀了身孕，非嫁给车卫不可。

"岳夫人无可奈何，只好叫女儿暂且退开，答应不杀车卫。但婚姻之事，却必须由她和车卫商谈之后才能决定。"

辛龙生道："这位岳小姐是否还未知道车卫是她的仇人？"

宇文冲道："不错，但岳夫人一看他的武功家数，却是立即知道了，所以要把女儿支开。

"岳夫人和他说道冤家宜解不宜结，你们两人相爱，恐怕这也正是老天的主意要为我们两家化解冤仇。我可以答应你们的婚事，只不知你是否还要报仇？

"车卫和她立了誓不再报仇，岳夫人就叫他冒充自己的亲戚，明媒正娶前来求亲。岳良骏是从来不敢过问她们母女之事，只要她点头，岳良骏不敢不允，这样做不过是给岳良骏一点面子而已。"

辛龙生听到这里，暗自想道：“宇文冲怎的知道这样详细？连岳夫人当时对车卫说的什么话他都知道。是想当然呢，还是车卫告诉他的？他们交情纵然极好，这等隐秘的私事，车卫也无须告诉他呀。”稍稍起了一点疑心，问道：“那么他们的婚姻想必能够成功了？”

宇文冲道：“事情的结果，却是大出车卫意料之外。”辛龙生道：“怎么样？”宇文冲道：“车卫依约而来，岳良骏在后堂接见他。他的女儿捧茶出来，车卫喝了一口，登时面色大变！”

辛龙生道：“啊，这是毒茶？”

宇文冲道：“不错，正是毒茶。车卫面色大变，指着岳小姐道：‘你、你，想不到你竟然……’‘害我’这两个字还未曾说得出来，岳良骏的家将已经涌进来了。”

辛龙生道：“那岳小姐怎样说？”

宇文冲道：“那岳小姐也是面色大变，却忽地抢了车卫喝剩的那一杯茶，倒进口中，说道：‘车郎，我陪你一同死，你还疑心我么？’

“车卫一手抱她，单掌应敌，打翻了几个人，说道：‘那么这是你父亲还是你母亲的主意？’岳小姐道：‘都不是，这杯茶是二娘倒给我的！’”

辛龙生道：“啊，原来如此，怪不得车卫只是要杀岳良骏的第二个小老婆。”

宇文冲说下去道：“车卫中了毒，抱起了岳小姐，疯虎般的杀出。他的内功虽然尚未大成，亦已有了相当火候，只喝一口毒茶，还不至于送命。但岳小姐由于功力尚浅，喝得又多，却是十分危险了。

“车卫日夜不睡，飞骑跑了两日两夜，跑到苏州找一个外号赛华佗的名医，要他无论如何，给他医好妻子。”

说至此处，辛龙生心念一动，问道：“这位外号赛华佗的名医是不是姓王的？”

宇文冲道：“不错，原来你也认识他吗？”辛龙生点了点头，宇文冲继续说道：“那个王大夫给岳小姐诊了脉，叹口气道：‘我本来可以医好她的，但她身怀六甲，母子恐难保全。’车卫只要妻子平安，但他的妻子却要为他保存血脉。那王大夫道：‘母子哪个保全我也没有把握，唯有竭尽所能，听天由命。’结果把岳小姐的生命延长一年，她生下女儿之后，终于因为身体太弱，婴儿未满百日，她就去世了。”

宇文冲说到了岳小姐之死，眼泪不知不觉的就掉下来。

辛龙生叹道：“这位岳小姐是无辜，怪不得车卫深感内疚，每一年在妻子的忌辰，都要临风流泪了。但岳夫人死了女儿，就肯如此善罢甘休吗?”

宇文冲抹了眼泪，说道：“那日事情过后，岳良骏和他的第二个小老婆在她面前下跪，求她饶恕。

“小老婆承认这次的事情是她为岳良骏安排的，但她的本心是为了丈夫的前程和大妇的好。岳良骏已经做到大官，不是从前一个藉藉无名的候补小官儿可比了，倘若给人知道他有一个强盗女婿，如何得了？她又说：‘姐姐，我知道他是你的仇人，俗语说父仇不共戴天，万一他是假意和小姐成亲，伺机报仇，你不忍心杀他，将来只怕性命要断送在他的手上。所以我才瞒着你干这桩事情，原意只是想害车卫的。小姐抢喝毒茶，我做梦也料想不到。你怪我那你就杀了我吧。’

“当时岳夫人尚未知道女儿是死是活，这个小老婆又是她的手帕之交，是她给岳良骏讨的。在他们二人跪地哀求的情形之下，只能饶恕她了。

“待到她知道女儿死了之后，已是事隔一年。在这一年当中，她自思往事，她杀掉那四个仇人之时，都是连他们的家小一并杀掉的，想起来也是应该有此报应。悔意一生，是以她宁可让车卫将来杀那小老婆，她自己则是从此不理世事了。这次她是因为看出你是车卫的衣钵传人，才要把你活擒的。她和你动手，其实并非想要你的性命，你明白么?”

辛龙生不禁又是有点奇怪，心里想道：“他说这番话给我听，似乎是在为岳夫人开脱，叫我不可记恨于她。听他说话的口气，对岳夫人也似甚偏袒，不像仅仅是为了车卫的缘故。”当下笑道：

"我现在都明白啦，原来车卫是岳夫人的女婿，我如何还能向她报仇？再说我的本领也远不如她，要报仇也无从报起。"

宇文冲道："你要知道的我已经说给你听了，我也要知道一件事情，你在车卫家里住了这许多时候，可曾见过有客人来找他不?"辛龙生道："没有。"宇文冲道："他的邻人怎么样?"

辛龙生道："你是说任天吾?"

宇文冲道："不错。他们两人恢复了往来没有?"

辛龙生道："他们以前有往来的么？我听车卫的口气，他和任天吾之间似乎彼此都有忌惮，他不愿意管任天吾的闲事，任天吾也不敢惹他。"

宇文冲笑道："说是这样说，但车卫为了你的缘故，不是已经管了任天吾的闲事么?"

辛龙生点头道："不错，他为了救我的性命，的确是算得已经管了任天吾的闲事了。但任天吾却未必知道，因为他一定以为我已经死了。"

在辛龙生的心目中，宇文冲是车卫的心腹，自己的秘密自是瞒不过他。是以坦然说出他是在任家遇害的。说了出来之后，这才蓦地心头一动，不觉又起了一点怀疑："他想知道车卫和任天吾是否往来，为什么不直接问车卫却要问我？难道这也有什么必须避忌的么?"只觉宇文冲这个人脾气和行径都是颇为奇怪。

他可做梦也没想到，宇文冲此刻正在心里想道："我果然料得不错，这小子和任天吾原来也是对头。车卫是瞒着任天吾救他的。好，我倒不妨利用这桩事情，说动任天吾助我一臂之力。任天吾这老家伙虽然讨厌，但反正我不是想和他结交，在彼此利害相同的事情上暂时联手，那也没有什么打紧。"

此时天色已经大亮，那间茅屋也早已烧成灰烬了。辛龙生道："咱们可以走啦。"

宇文冲却是若有所思，忽道："你说过车卫是限你半年之内回去的?"

辛龙生道："不错，这又怎样?"

宇文冲道："我看你对妻子余情未了，未必心甘情愿做车卫的女婿吧？”

辛龙生变了面色，说道：“宇文兄，咱们是曾经击掌立誓，彼此都要为对方保守秘密的。”

此言一出，宇文冲忽地哈哈大笑起来。

辛龙生吃了一惊，说道：“你笑什么，难道你是存心骗我的么？”

宇文冲笑道：“我是笑你怕车卫怕成这个样子。你别误会，倘若你不想做车卫的女婿，我倒可以帮你的忙。”

辛龙生怔了一怔，道：“你，你说这话，是，是——”

宇文冲正容说道：“你莫多疑，我不是在试探你。你今日帮了我的忙，所以我也应该帮你一个忙，指点你一条生路。”

辛龙生道：“什么生路？”

宇文冲道：“想必车卫在你身上下了什么毒，半年之内就会发作的是不是？”

辛龙生暗自想道：“他猜得虽然不中，但不中也不远矣。”便道：“我也不知道是不是。但每次练功之后，总觉得有些异样，或者是当真中了毒也说不定。”他暗暗透露练车卫那独门内功心法会有不良后果，乃是因为宇文冲对他表示好意，故而在临别之时提醒他的。这也是一番投桃报李之意。

宇文冲道：“中了毒你也不用怕，你可以到苏州赛华佗王大夫那里求医。”

辛龙生心道：“原来是这样一条生路，他却不知，那王大夫早已吩咐我在一个月内到他那里诊治了。嗯，算算日子，这期限也差不多到啦！”

宇文冲说道：“反正半年之期，还有三个多月，你就是医不好，再回到车卫那里也不迟。你不用担心我向车卫告密，我一定给你隐瞒。好，咱们相交一场，就此别过。”

辛龙生见他受了许多创伤，依然步履如飞，心中暗暗佩服。他的伤虽然还没有宇文冲那么重，却是不能在险峻的山路上施展轻功了。当下折了一枝树枝当作拐杖，小心翼翼地一步一步走下山去。

他一面走一面思量，考虑宇文冲对他的提议。想道：“他答应为我遮瞒，我是可以少了一层顾虑。但那王大夫和我的师父只怕是相熟的，我若给他识破身份，岂不糟糕？但我这一生为车卫挟制，心里又实是不甘。唉，车卫这人虽然可怕，他的女儿对我总算不错，的确是一片真情。”但随即又想：“她虽然对我不错，但我却怎能忘记了奚玉瑾，当真就娶她为妻？”

他正在胡思乱想，不知不觉已是置身在狭窄的山谷之中，忽听得一堆乱石后面，隐隐有呻吟之声。

辛龙生吃了一惊，叫道：“是谁？”乱石后面窜出一个人来，也在喝道：“是谁？”

两人同时抬头一看，不由彼此都是大吃一惊，原来这个人正是刚才伤了辛龙生的那个道士。

那道士大吃一惊，喝道：“原来是你这小子！宇文冲呢？”

辛龙生心思灵敏，听他这么一问，知道他是忌惮宇文冲，便即仰天打了个哈哈，说道：“嘿嘿，原来你还没有死么？……”

话犹未了，只听得乱石丛中一声大吼，又一个人站了起来，正是那个他们以为已经跌死了的胖和尚。

那胖和尚大骂道：“暗箭伤人的兔崽子，老子还要活着抽你的筋，剥你的皮，拆你的骨呢！这正是天堂有路你不走，地狱无门你偏闯进来，道兄……”他满身血污，破口大骂，但声音嘶哑，骂到一半，却已支持不住，身子摇摇欲坠，不能不暂且住口，扶着他那根插在地上的禅杖。

原来他从悬崖上跌下，也是命不该绝，坠下谷底之时，禅杖先行着地，插进土中，势道缓了一缓，他双手紧握禅杖，吊在禅杖上转了一圈，那股猛烈的震荡之力把他的五脏六腑都几乎要翻转过来。但虽然内伤极重，却是侥幸保全了性命了。

道士找着了他，正在给他治伤，恰好辛龙生就来到了。

辛龙生看见他遍体鳞伤的惨状，想起自己给完颜豪推下悬崖的遭遇，正是和他相同，不觉起了怜悯之心，说道：“对不住大和尚，刚才我是不得不和你拼命，现在我可没有伤你之心。咱们不如讲、讲……”

“讲和”二字未曾出口，那和尚喘过口气，又已咆吼起来：

“道兄，别听他的花言巧语，我杀不了他，难道你也不能为我报仇么?”

辛龙生顾不得双腿疼痛，连忙一个倒纵，跃开丈余，叫道：“且慢!”

那道士倒是有点忌惮，说道：“谅你也逃不出我的掌心，你有何话说?”

辛龙生道：“实不相瞒，宇文冲正是恐怕你们没死，故而和我分头来搜索的。但我想冤家宜解不宜结，我和你们又是往日无冤近日无仇，何苦害你们的性命？但你们若然一定要迫我动手，那我只好叫宇文冲来了。”

道士似乎有点意动，说道：“你是想哄我们把你放走?”

辛龙生道：“我决不泄露你们躲在这里，若有谎言，叫我不得好死!”

那和尚道：“道兄，你放他回去，咱们更活不成！别信他的鬼话，赶快把他杀掉吧！咱们死也要死得光彩一些，杀不了宇文冲，有这个小子陪死也好。若是怕了他的恫吓，放他回去，让他把宇文冲引来，那咱们就更加死得不值了。”

那道士瞿然一省，心里想道：“这小子也是受了伤的，宇文冲怎敢让他独自前来搜索。看来多半是骗我的了。莽和尚倒是说得不错，与其屈辱而死，不如先干掉他。”

辛龙生已知不妙，还想挽回，说道：“你不相信那也没有办法，不过……”

那道士拂尘一抖，照面便拂过来，喝道：“没有什么不过的了，你这小子最为奸诈，非杀你不可!”

辛龙生领教过他的厉害，慌忙挽了个剑花，斜跃闪避。但他跳跃不灵，饶是应付得宜，仍是给拂尘扫了一下。拂尘落处，衣裳破裂，辛龙生的皮肤好像火烧似的感到一阵疼痛，可是却并没有他预想的那样厉害。

辛龙生登时醒悟，心道：“这牛鼻子臭道士的伤大概比我还重，和他一拼，说不定倒可以死里逃生。”

胆气一壮，辛龙生暗运车卫所传的内功心法，剑中夹掌，立即抢攻。

那道士见他并没呼叫宇文冲来救他的性命，情知自己料得不错，亦是放下心上的一块石头。

辛龙生一鼓作气，招招着抢攻，那道士哼了一声，说道："好小子，你要拼命只是妄想!"拂尘一抖，千丝万缕地朝着他的顶门罩下来。辛龙生横剑一封，削断了他一丛尘丝，前胸已露出空门，那道士左手的长剑刷的分心便刺。

这一招用得险狠凌厉，道士以为定能一击奏效，哪知辛龙生变招也是极快，剑势突然斜削下来，抖起三点寒光，一招之内同时刺那道士的三处大穴。竟然是个拼着两败俱亡的打法。

那道士"噫"了一声，急忙回剑解招，喝道："文逸凡文大侠是你的什么人?"

原来辛龙生这一招上乘的刺穴剑法，正是他师门的得意绝招。本来辛龙生是不想露出他本来的武功的，但在拼命之时，哪里还能顾及?

辛龙生道："文大侠是我敬仰的武林前辈，你问他干吗?"他认定这个道士是岳良骏这方面的人，料想和自己的师父决不能有甚交情，是以趁着他这微一分心的时候，立即大展杀手，连攻数招。

那道士心里想道："文逸凡并无妻儿，掌门弟子辛龙生本领最高，我虽然没有见过，但也听得人家说他是个长得十分英俊的少年，当然不会是这个丑八怪。看来他不知是凭甚机缘，偷学了文逸凡的几手剑法罢了!"他给辛龙生抢攻数招，心头火起，喝道："谅你也不配做文逸凡的徒弟，领死吧!"

道士拂尘一挥，长剑斜指。右手的拂尘阴柔之极，用的招数名为"雾锁云封"，左手的长剑却是刚劲异常，用的招数名为"白虹贯日"。这两招刚柔互济，攻守兼备，配合得妙到毫巅。登时主客易势，又把先手攻势抢了回来。辛龙生强振精神，奋力解了三招。这三招剑法却是车卫的衣钵真传。

道士不觉又是"噫"了一声，喝道："你这几招剑法是谁教给你的?"辛龙生冷笑道："我的师父是谁，让你瞎猜去吧。我为什么要说给你听?"

那和尚扶着禅杖，背靠崖石，喘着气嚷道："这小子是宇文冲找来的帮手，他焉能又是车卫的弟子？道兄何须顾忌？"

那道士瞿然一省，哈哈笑道："不错，是我瞎猜疑了！"笑声干涩，音尾急促趋弱，显得中气不足，已是接近"强弩之末"的迹象。但尘剑兼施，攻势却是更加紧了。原来这道士正是自知难以持久，故而急于速战速决的。

辛龙生的伤没有他重，但也不轻，而功力则不及他深，给他攻得几乎透不过气来，当下不敢多言，只能全副精神应付。

他口里说不出话，但心里却是疑云大起了。想道："为什么我是宇文冲的帮手，就不能是车卫的弟子？宇文冲难道不是车卫的心腹吗？听他的口气，倒似他们反而是对头了？"

剧战中辛龙生又接连受了两处伤，幸而不是伤着要害。那道士也是气喘吁吁，汗如雨下，但虽然如此，攻势仍不放松。双方脚步都已虚浮。

那和尚初时还在给道士呐喊，渐渐声音嘶哑，喊不出来。那道士加紧攻敌，心里却为好友担惊。

忽听得那和尚喉头"咕咕"作响，突然"卜通"倒地。

那道士大惊之下，失声惊呼。辛龙生刷的一剑疾刺，道士拂尘裹着他的剑锋，反手劈下。辛龙生倒转剑柄一撞，撞断了那道士的两根肋骨。那道士一掌劈着他的肩头，两人都是同时发出一声闷哼，双双倒地！

双方都是伤上加伤，倒在地上爬不起来。但也幸而他们都是强弩之末，否则只怕不仅是"两败俱伤"，而是"两败俱亡"了。

两人躺在地上，瞪视对方。形势乃是谁能早些恢复几分气力，谁就能够杀掉对方。道士受伤较重，辛龙生功力较差，谁都没有把握能够在对方气力恢复之前把对方杀掉。

那道士却比辛龙生更多一重担心，他自知伤得极重，自忖即使能够恢复几分气力杀了对方，那时自己也定必是气力尽耗，决不能再救治自己的朋友了。

辛龙生心里正自在想："看来我只怕是要和这牛鼻子臭道士同归于尽了。"忽听得那道士叹道："可惜，可惜！"

双方无力动手，不觉就说起话来。辛龙生怒道：“可惜什么?”

那道士道：“我看你的武功家数，即使你不是文大侠和车卫的门人弟子，想必和他们也有多少关系，是么?”

辛龙生道：“那又怎样?”他也不知道自己性命是否能够保全，心想反正这道士已然看出，那也无须断然否认了。

那道士接着说道：“文大侠领袖武林，那是不用说了。车卫虽然介于正邪之间，也算得是响当当的人物。你学了他们两人的武功，却不学好，那不是可惜得很么?”

辛龙生冷笑道：“我是好是坏，你也不配说我。但我倒想听听，我怎么样是不学好了?”

那道士“哼”了一声，说道：“你助纣为虐，竟还不知羞耻?”

辛龙生道：“助纣为虐，这四个字应该是我送给你的吧?”

那道士怒道：“枉你学了文大侠的武功，你这简直是黑白不分，是非颠倒!”

辛龙生冷笑道：“我帮忙宇文冲倒是黑白不分? 你们做岳良骏的爪牙，难道做得反而对了?”

那道士诧道：“你不知宇文冲是什么人么?”

辛龙生道：“我虽然不清楚他的底细，最少我知道他不是鞑子的爪牙。”

那道士冷笑道：“宇文冲或者不会承认他自己是鞑子的爪牙，但他却是岳良骏的爪牙，那也就等于是鞑子的爪牙了。”

辛龙生大吃一惊，叫起来道：“他焉能是岳良骏的爪牙? 岳良骏那两个手下正是他杀的，而你们却和岳良骏的手下一同围攻他!”

那道士听了他这么说，越来越是诧异，说道：“这么说，你是当真不知道宇文冲的身份了?”

辛龙生道：“他是什么人?”

那道士道：“他是岳良骏老婆的侄儿，后来又成了岳良骏的养子。他帮岳良骏夫妻捕盗。我们的许多绿林朋友，正是丧生在他的手下!”

辛龙生做梦也想不到宇文冲竟是这个身份，一时间哪敢相信，说道：“你这鬼话骗得了谁? 刚才的事情，可是我亲眼见到的!”

那道士道："不错，你是见到了宇文冲杀那两个军官，而我却是和那两人一起。但这里是别有缘故的，你恐怕未必知道吧？"

辛龙生半信半疑，说道："我确是不知。其中有何缘故，倒要请教。"

那道士道："此事说来话长，要从岳夫人的来历说起。岳夫人本来是——"

辛龙生道："岳夫人的来历我已经知道了。她本来是大盗之女，对不对？"

那道士道："对。你既然知道她的来历，我可以长话短说了。那两军官是她父亲的旧属，跟她到知府衙门当差的。"

辛龙生道："那又有什么分别，不也是一样是岳良骏的爪牙？"

那道士道："这两个人当然也不是什么好人，但和你心目中的那种爪牙，却也还是有点分别。"

辛龙生道："什么分别？"

那道士道："岳夫人的父亲是给他同伙的四个人杀掉的，这你已经是知道的了，对不对？"辛龙生点了点头，道士接下去说道："她父亲的那两个旧属跟岳良骏只是要为故主报仇，岳良骏夫妻后来捕杀另外许多绿林人物，他们都没参与其事。岳夫人一来因为他们对自己很是忠心，二来本领也还不错，是以也就容忍他们这样做。叫他们专任在府衙里保护丈夫之责，府衙外面的事就不用他们管了。"

辛龙生道："我还不明白。即使他们如你所说，他们也还是效忠于岳良骏夫妻的呀。宇文冲既然是岳良骏的内侄，何以又会杀了他们？"

那道士道："你少安毋躁，现在我就说到宇文冲了。

"宇文冲帮忙岳良骏捕盗，很是出力，有一次他杀了一个绿林人物，这个人却正是岳夫人那两个旧属的好朋友，事前他们曾经关照过宇文冲，希望他手下留情的。"

辛龙生道："原来如此。宇文冲和他们是结有梁子的。"

那道士道："不错。但事情已经做出来了。宇文冲推说是一时失手，他们的本领比不上宇文冲，又碍着他是岳夫人的至亲，是以也就只能哑忍，不敢翻脸。”

辛龙生疑团未释，说道：“宇文冲是否一直跟着岳良骏夫妻?”

那道士道：“不，二十年前早已离开了。”

辛龙生道：“为什么?”

那道士道：“岳夫人的女儿和他年岁相当，他爱上表妹，很想做岳良骏的女婿，后来岳夫人忽然将女儿许配给仇家之子车卫，大出他的意料之外。岳夫人事先安排叫丈夫收她的内侄做养子，也就是车卫和她女儿的事情开始给她知道的时候，后来，宇文冲也知道了。他一知道便即一气而走，从此不再见他姑姑。”正是：

烦恼自招难解脱，情场失意走他方。

欲知后事如何，请听下回分解。

第八十九回　医馆诡谋嗟鬼蜮
太湖喜见赛华佗

说至此处，辛龙生方始尽悉底蕴，恍然大悟，心里想道："怪不得宇文冲说到了岳小姐之死，悲不可抑，不自觉的就掉下泪来，原来是这么一回事。"问道："那么他非但不是车卫的知交，倒是车卫的仇人了？"

那道士哈哈笑道："谁告诉你他是车卫的知交。据我所知，他还曾经找过车卫拼命呢。那时车卫丧妻未久，心情很坏，但宇文冲给他打伤之后，他还是念在故世的妻子份上，饶了他的性命。"

辛龙生始知上了宇文冲的当，想道："原来他要我传授他的内功心法，乃是为了知己知彼，用来对付车卫的。他竟然甘冒走火入魔之险，练这内功心法，也可见得他对车卫的怨毒之深了。"

那道士继续说道："岳夫人和岳良骏不过是挂名夫妻，她死了女儿之后，在这世上已是别无亲人，是以很挂念她这个失踪了的侄儿。

"这次宇文冲在扬州出现，岳夫人那两个旧属在那日寿堂混战之中曾经见过他，事后禀告主母，岳夫人就责成他们，要他们给她把宇文冲找回来。

"当然，这两个人本来也是要找寻宇文冲，不过他们找寻宇文冲的目的却是和他们的主母不同。"

辛龙生道："岳夫人是想姑侄团圆，他们则是要找宇文冲报仇，因此就和你们走上一路了，对不对？"

那道士道："不错，实不相瞒，我们正是因为得到他在扬州出现的风声，故而特地赶来找他报仇的。”

辛龙生想不到这桩事情竟有如此这么多的曲折，不觉大为后悔，想道：“我若是为了宇文冲这小子送命，这可真是不值了！”

那道士接着说道：“这桩事情的前因后果，我已经告诉你了。听你的口气，你对宇文冲的事情却似乎是只知其一，不知其二，你和他到底是什么关系？”

辛龙生苦笑道：“我和他相识不够一个月，其实什么关系也谈不上。但请恕我不能详言，我只能告诉你，我是上了他的当了。”

那道士道：“那么你到底是什么人？”

辛龙生道：“你们是不是侠义道中的好汉？和文大侠是否知交？”

那道士说道：“侠义道我们是配不上的，和文大侠也并不相识，只是仰慕他的为人罢了。你是他的弟子吗？”

辛龙生放下心上一块石头，再次苦笑说道：“我怎配做文大侠的弟子，不过偶得机缘，学了他几招剑法而已。”

此时辛龙生的气力稍稍恢复，摸出了金创药来自己敷伤，那道士也恢复了一些气力，瞪着眼看他，却并不过来阻拦。

辛龙生叹口气道：“咱们糊里糊涂打了一场，现在是不必再打了吧，你意下如何？”

那道士正是求之不得，说道：“好，你能够走动了吗？”

辛龙生拾起那根当作拐杖的树枝，说道：“我想大概是可以走出这个山谷了。”

那道士道：“好，那你赶快走吧。我送你一颗功能固本培元的小还丹，让你的体力支持得住，走到苏州。”

辛龙生怔了一怔，道：“我到苏州干吗？”

那道士道：“我刚才不是和你说过那位在苏州开设医馆的‘赛华佗’王大夫吗？你伤得不轻，若想好得快些，只有找他医治。嗯，你赶快走吧，否则我这位和尚师兄醒来，只怕又不肯放过你了。”

原来道士催他快走，乃是对他尚自有点放心不下，生怕在他救治和尚之时，辛龙生动手攻击他们。

辛龙生接过了那颗药丸，说道：“多谢你的好意，但我还有一事请求。”

那道士道：“什么事？快说！”

辛龙生道：“你们在这里碰上我的事情，请你不要和别人说。”

那道士道：“好，我答应你。我不知道你和车卫有什么关系，你碰见我的事情，你也不要和车卫说。”

辛龙生走出山谷，回头望一望这个他和宇文冲住了将近一个月的地方，恍如做了一场噩梦。

车卫、宇文冲、岳良骏夫妻等人的来历和他们之间的恩怨纠纷，此时他纵然还不能说是知道得十分详尽，也知道个梗概了。何去何从？他自是不免要详加考虑了。

“百花谷我是不能再去的了。”辛龙生心里想道，“我已经见过玉瑾，于愿已足。破镜重圆，那是不能奢望的了。但回到车卫那里吧，我却又是不甘心受他挟制！”蓦地车淇的倩影泛上他的心头，临行分手之际，她那幽怨的眼光，她那一片痴情盼望他回来的眼光，回想起来，依稀还在眼前，令他心弦颤抖。“唉，我恐怕只能辜负她的痴情了。”辛龙生又再想道：“我倒是愿意把她当作妹妹的，不过，我若是一回到她的家里，只怕就非得和她成亲不可了。”

车卫给他的限期还有三个月，辛龙生终于下了决心，冒一冒险，先到苏州去找那赛华佗王大夫。他想：“即使我要和她重见，也得解除了走火入魔之险，免受她父亲的挟制再说。”

辛龙生雇了一只小船，取水道前往苏州。他本来年轻体健，又服食了一颗功能固本培元的小还丹，在船上养息几天，身体渐渐复原，内伤虽然没完全痊愈，行动已是自如，除了脸上稍带病容之外，已是和普通人无异。

这日到了苏州，辛龙生付了船费，舍舟登陆，进得城来，只见街道全是五色斑斓的大小石卵铺成的石子路，别有一种古城风貌。房屋建筑精雅之处，远非别的城市可比。放眼看去，处处绿阴掩映，梧桐杨柳高出围墙，整个城市就像一座园林。辛龙生在船上困了几天，不觉精神为之一爽。心中想道：“上有天堂，下有苏杭，此话当真说得不差。”

他一路走去，找寻那“赛华佗”王大夫的医馆，忽地发现有一间绸缎行大门紧闭，贴有官府的封条，走过一条街，没多远又发现一间米铺，也是同样的贴有官府封条。

刚好有个老者携着一个小童从那米铺走过，那小童道：“爷爷，申老板可是个好人哪，咱们平日向他赊一斗半斗，他都肯赊的，为什么他的米铺却被官府封了？”那老者游目四顾，“嘘”了一声，说道：“小孩子不懂的莫多问。”那小童道：“蒙馆的先生说过的，小孩子不懂的就该问大人嘛，爷爷，你为什么不许我问？”眼光一瞥，忽然看见一个丑汉子走来，这孩子吓了一跳，躲在爷爷背后，那老者就连忙和他躲进一条横街去了。

辛龙生心中苦笑：“我这次脸上伤上加伤，想必是更变得如同丑八怪了，怪不得孩子看见我都害怕。”蓦地想起在扬州和他同住一间客店的那两个商人，一个姓刘，自称是开绸缎店的，一个姓申，自称是开米铺的，心里想道：“这两个人那日和金鸡岭的好汉大闹扬州知府的寿堂，想必是已经给人知道他们的底细，公文发到苏州，故而查封了他们的店铺了。他们是赛华佗王大夫的朋友，但那日王大夫并没和他们一起，不知是否殃及池鱼？”

心中多了一重顾虑，辛龙生便找了一间小茶馆，想道：“我不如先打听打听一下风声。”茶馆里这时恰好没有客人。

辛龙生要了一壶龙井茶，和老板打了个招呼，问道：“听说你们这里有位大国手，外号赛华佗的王大夫，不知他的医馆在哪里？”

那老板道：“你是找他治病的吗？”

辛龙生道：“是呀，我正是因为仰慕他的医术高明，故而远道来求医的。”心想我这样问当然是来求医的了，为何这个老板却要多此一问？

辛龙生哪里知道，这个老板此时正是踌躇莫决，不知是不是应该把他所知道的真相告诉辛龙生，故而只能找些闲话来说。

他看见没有别的茶客进门，而辛龙生又是面带病容，神情诚恳地向他问路。他心有不忍，终于大着胆子说道：“客人，那你来得不巧了。”

辛龙生道：“何以不巧？他不在家么？”

刚说到这里，却有两个茶客进来了。

那老板连忙过去招呼，这两个茶客却道："张老板你别忙。咱们都是熟客。你和这位客官正在谈些什么，谈得这样起劲？"

那老板料想他们已经听见他刚才的那句话，赶忙编好一套说辞，说道："没什么，这位客人是来咱们这里求医的。"

那两个茶客道："可是来找'赛华佗'王大夫吗？"

辛龙生道："正是。但我不知道他的医馆在哪里。这位老板说——"

那老板忙道："我说他不如回去的好。你们都知道的，这位王大夫医术虽然高明，脾气却很古怪，十个病人求医，他肯接见一个已经是好的了。"

相貌粗豪的那个茶客说道："人家远道来求医，让他碰碰运气也好。说不定他就是王大夫不肯接见的九个病人之外的第十个呢？"

另一个茶客道："对，老板不肯告诉你，我告诉你。你走过这条长街，向左转走过一条横街，再向右转，走到那条街道的尽头，就是'赛华佗'王大夫的医馆了。"

辛龙生道："那么他是在家的了？"

那茶客道："当然在家，他上个月出了一次门，早已回来了。"

辛龙生暗自想道："我既然来到这里，好歹也该去看一看。"他本来是个机警的人，对这两个茶客的身份当然也起了一点疑心，但仗着艺高胆大，也不怎样把他们放在心上。

辛龙生依照他们的指点，果然找到了那间医馆，大门是打开的，辛龙生放了点心，想道："他的医馆并没有查封，大概是没出事吧？"

他站在门口，还没进去，有一个人已走出来，问道："是看病的吗？"辛龙生应了一个"是"字，那人便道："王大夫在里面，请，请请。"

进入客厅，又是两个仆人出来，殷勤招待，一个说道："客官稍候，我进去给你通报。"一个说道："客人你先喝一杯茶吧，你是外地来的吧，一定走得累了，喝杯茶提提神。"他们这样殷勤招待，辛龙生倒是不觉疑云大起了。

辛龙生端起茶杯，凑近鼻尖，闻了一闻，说道：“好香，好香！”那仆人说道：“这是上品龙井茶，趁热喝最好！”辛龙生一展衣袖，双手捧杯，低下头来，喝了一口，赞道：“端的好茶！”忽地当的一声，茶杯坠地，碎成片片。头越弯越低，伏在桌上，发出鼾声。

那两个“仆人”拍手笑道：“这小子着了咱们的道儿啦！”拿出麻绳，上前便来捆缚辛龙生。

不料辛龙生忽地一跃而起，一招“游空探爪”的大擒拿手法，抓着了一个仆人的手腕，另一个仆人连忙缩手，飞脚踢他。辛龙生喝道：“卑鄙奸徒，叫你识得我的厉害！”把抓住的那个仆人往前一推。那一脚没有踢着辛龙生，却把他的同伴踢个正着。咕咚一声，两个仆人都变作了滚地葫芦。

原来辛龙生起了疑心，如何还肯喝那一杯茶？他是以巧妙快捷的手法，展袖遮掩敌人的目光，把半杯茶倒进自己的袖管里的。

说时迟，那时快，第三个第四个仆人相继扑来，喝道：“好小子，天堂有路你不走，地狱无门你偏闯进来，饶你奸似鬼，可也休想逃出如来佛祖的手心！”说话之间，已是各自抽出兵刃，一柄钢刀，两根铁尺，向辛龙生劈打过来。

辛龙生亮出长剑，拨开钢刀，刷的一剑分心便刺，使铁尺的那个汉子还了一招“指天划地”，两根铁尺，一横一直，只听得一片金铁交鸣之声，铁尺没有夹着辛龙生的剑，反而给辛龙生一剑刺破他的衣裳，要不是他退得快，身上已是要开个透明窟隆。那人倒跃三步，叫道：“点子扎手，大伙儿快来！”

辛龙生使出“惊神剑法”中的精妙杀手，却也未能伤着这两个汉子，情知对手亦是不弱，心里想道：“敌众我寡，三十六招还是走为上招。”转身便跑。刚才摔倒地上的两个仆人刚爬起身来，辛龙生刷刷两剑，疾刺过去，这两人不敢招架，辛龙生跑出了大门。

他前脚刚刚跨出门坎，忽听得金刃劈风之声，白光耀眼，两口明晃晃的利刀迎面劈来，喝道：“好小子，跑不成啦！”

辛龙生横剑一封，定睛看时，却原来正是刚才在茶铺里的那两个汉子。辛龙生大怒喝道："我正要找你们算账！"长剑一圈，一招"三转法轮"，把两柄钢刀绞脱敌手，剑尖往前一指，便要插进一个汉子的喉咙。就在此时，一个身躯魁伟的军官已是如飞跑到，只见金刀耀眼，原来他使的是一对裹金的日月轮。那汉子腰向后弯，辛龙生的剑尖未曾刺着他的喉咙，那军官的日月轮已是和他的长剑碰个正着！

当的一声，火花四溅，辛龙生虎口酸麻，竟然给他震退两步。那军官喝道："好呀，原来是你这小子！"这军官原来是在扬州知府衙门和他交过手的。

屋子里追出来的人已然赶到，辛龙生背腹受敌，无可奈何，只好转过身来，又再杀进屋内。屋子里那些冒充的"仆人"武功不及外面的那个军官，给辛龙生以闪电般的剑法接连刺伤了两个。可是辛龙生虽然暂时解了背腹受敌之危，却已被迫入屋内，又再陷入重围了。

辛龙生背靠墙壁，力透剑尖，一招"夜战八方"使出，剑光虹飞电闪，遮拦得风雨不透，有两个"仆人"冒险迫近攻他，都给他伤了。

那军官舞动双轮，叫道："这小子快不行啦，消耗他的气力，用不着和他硬拼！"辛龙生一柄长剑指东打西指南打北，那些人不敢踏入离他身子一丈之内，可是辛龙生却也不敢攻出去。因为只要他一移动脚步，便要背腹受敌，决难幸免。那军官的日月双轮堵着正面，挡了他几招凌厉之极的剑招。辛龙生渐渐感到气力不加，头晕目眩。

原来辛龙生内伤未愈，这一战乃是竭尽所能，方才能够支持得这样久的。这军官若在平时，单打独斗，不是他的对手。但此际，只是这军官一个人却足以胜他了。何况没有受伤的这几个"仆人"，本领虽不如他，亦是非同泛泛。

辛龙生越来越是感到力不从心，心头一凉，咬紧牙龈，鲜血淌出嘴边，疾风暴雨般的狠攻了十数招，喝道："拼一个够本，拼两个我就有了利钱！"那几个人不敢和他拼命，四面躲开。辛龙生冲杀出去。那军官挡一招退一步，接连退出了十多步。辛龙生逐渐又移近大门。

可是他业已力竭筋疲，一鼓作气究竟是难以持久，冲出了十多步，只见眼前金星飞舞，不觉有似风中之烛，身子摇摇欲坠。

那军官哈哈大笑，喝道："好小子，给我躺下吧！"双轮猛力一推，当的一声，辛龙生的长剑脱手飞出。

辛龙生眼前一片漆黑，心里正自冰凉，暗地叫道："我命休矣！"想不到就在他闭目待死之际，忽听得叮叮当当一片响，有个似曾相识的声音喝道："你们不是要捉拿我么？申某今日特地来会你们，有本领的你把我抓去吧！"

辛龙生睁眼一看，只见一个矮胖的汉子舞动一把金光闪闪的算盘，原来这个人正是那个他在扬州结识的米店老板。说时迟，那时快，那姓申的胖子已是一把拉着了他，说道："龙兄，别慌，随我走！"

辛龙生脚步虚浮，要闯出去已是力不从心，只能让那姓申的胖子拖着他走。敌方看来有机可乘，双刀一剑，两面袭来，那姓申的汉子哈哈笑道："来得好！"算盘一推一压，只听得叮叮当当的刀剑坠地之声，不仅最前面那两个汉子的双刀一剑给他夺出了手，后面三个人的兵器，一柄月牙弯刀，一双护手钩，一根小花枪，也给他的算盘砸得脱手飞出，原来他这算盘乃是裹金的精铁铸造，沉重异常，而且擅于锁拿刀剑。

武功最强的那个军官喝道："申子驹，你好大的胆子，身家性命都不要了吗？"申子驹打个哈哈，说道："对啦，你封了我的米铺，我正要和你算一算账。"说话之间，精铁包金的算盘已经和他的日月双轮碰在一起。金铁交鸣之声震耳欲聋。

火星蓬飞中那军官退了两步，低头一看，右手的日月轮断了两根锯齿，不由得微有怯意，一时之间，不敢上前。

申子驹冲开缺口，跑出天井，脚尖一点，飞身上屋。莫看他身体肥胖，又抱着一个人，身法仍是十分利落，跳上屋顶，瓦片也没一块掉下。

在医馆里乔装仆人的官兵二十多人，全都追了出来，但人数虽多，轻功好的却是寥寥无几。能够跳上屋顶的自忖也不是申子驹的对手，不敢上去捉拿，只能在地上跟着跑。

那军官喝道：“放箭！”申子驹一只手挟着辛龙生，一只手用算盘拨打乱箭，跃过两间屋面，忽地回过头来，朗声说道：“来而不往非礼也，你们辛苦一场，我也不忍叫你们空手而归，送给你们一些金子吧！”算盘一扬，众官兵只见金光耀眼，来不及用兵器格打，已是有七八个人着了暗器。原来申子驹的算盘珠子正是他的独门暗器。

给算盘珠子打着的人，都是伤在关节要害之处，痛得他们一个个变成了滚地葫芦，哎哟哎哟之声不绝于耳。

申子驹哈哈笑道：“你们不是要我的身家性命么？身外的财物我舍给你们，性命可是不能给你们了，金子你们还要不要？”官兵伤了多人，纷纷找寻可以躲避暗器的角落，哪里还敢跟着追踪。申子驹在大笑声中扬长而去。

辛龙生被他挟在胁下，在屋顶上飞跑，恍似腾云驾雾一般，他知道已经脱出险境，紧张的精神松弛下来，气力支持不住，登时感到头晕目眩，迷迷糊糊的就昏迷了。

也不知过了多少时候，辛龙生醒了过来，只觉自己似乎是躺在地上，但又是缓缓地向前移动，耳边隐隐听得风浪之声，睁开眼一看，原来是在一条船上。

一个熟悉的声音说道：“好了，龙侠士醒来了。”另一个人笑道：“龙兄，你要找的人就在这儿。哈哈，你看看我们是谁，可还认得么？”

辛龙生定睛一看，只见有三个人站在他的面前，看清楚了，不由得又惊又喜。原来当中的那个人正是“赛华佗”王大夫。左面的那个人是将他救出来的那个申子驹。右面那个人则是他在扬州见过的那个绸缎行老板刘湛。

王大夫道：“龙兄果是信人，可惜我却不能在医馆候驾，以至累你受了伤了。”

辛龙生欠身欲起，王大夫将他按着，说道：“龙兄，你别多礼，你受的伤可不轻呢。”辛龙生道：“多谢王大夫关心晚辈，王大夫，你这次亦遭不幸，可还记得和晚辈的约会。晚辈真是不知怎样感激才好。”接着又向申子驹道谢救命之恩。

申子驹笑道：“这次救你性命的其实是王大夫，你应该多谢他才对。”

王大夫笑道：“我只是动口而已，动手的是你。你冒的险比我大得多了。”

申子驹接着和他解释道：“是这样的，你不是和王大夫约好一个月之后到他医馆求医的吗，所以在这几天我和刘大哥轮流值班，每人一天，潜回市区，留意你的行踪。今天恰好给我碰上。这都是王大夫嘱咐我们这样做的。我不过奉命而为罢了。”

辛龙生心里想道：“我与他们素昧平生，只是为了一个口头的约会，他们竟然为我如此尽心尽力！”不禁热泪盈眶，说道：“三位大恩，龙某粉身碎骨无以为报。”

王大夫道：“大官巨贾，向我求医，我决不理睬。侠义道中的人物，不向我求医，我也要毛遂自荐的。龙兄，你这次在扬州很帮了我们的大忙，彼此正是同道中人，我岂能让你陷入敌人的陷阱。你再和我客气，那倒是小看了我王某人了。”

申子驹笑道：“敌人也真够狡猾，我和刘大哥是已经公开‘犯案’了的，他们就查封了我们的商号。王大夫扬州之役未曾露面，但却也给他们知道了，他们就用另外一种法子，不露声色地暗中占据了他的医馆，等待同我们一伙的人上钩。今天也算侥幸，大概是因为他们守株待兔，等待了将近一个月未见有人上钩，戒备放松了些。本来有一个御林军的副统领蒯长春驻守那里，这人前两天走了，剩下的是一些二三流角色，我才能够这样容易得手。”

前因后果说清楚后，刘湛笑道：“闲话别多说了，让王大夫先谈一谈龙兄的病吧。”

王大夫说道：“龙兄，你这次是伤上加伤，伤得很是不轻。大概你在扬州之战，曾经碰上很厉害的内家高手吧？”他哪知道辛龙生并不是在扬州知府衙门受的伤，而是后来在那荒谷之中，与那一僧一道恶斗所致。辛龙生将错就错，说道：“不错，岳良骏那婆娘武功端的是出人意外。”

申子驹道：“这婆娘是江湖大盗出身，她的事情我以后慢慢和你说。你放心，这婆娘我们迟早也是要向她报仇的。”

王大夫接着说道：“不过，我和你说老实话。你这次受的伤虽然不轻，却并不难医。我已经用了药给你内服外敷，三五天之后，你的伤势就不碍事了。但令你可能有性命之危的，却是你原来就有的怪症。”

辛龙生苦笑道：“死生有命，晚辈也不怎样放在心上。但却不知是何怪症？”

王大夫道：“据我的诊断，三年之后，你将有走火入魔之险。这症状的起因，似乎是因练功不得其法所至。你认识一个名叫车卫的老魔头吗？”

这一问突如其来，辛龙生怔了一怔，心道：“难道他竟然在我的脉象之中，看出了我练的是车卫的独门内功心法？”心中惴惴不安，仍是不敢吐实，说道：“这老魔的名字我倒是听过的，并不相识。”

王大夫点了点头，说道：“二十年前，他已经在江湖上失了踪。你不认识他，这也是在我意料之中。是以我觉得更奇怪了。”

辛龙生道：“这病和那老魔头有何相关？恕晚辈未明，请王大夫指点。”心想：“他不疑心我是车卫的弟子，我倒是不妨试探试探他的口风了。”

王大夫沉吟半晌，说道：“二十年前，车卫不知何故身受剧毒，曾经向我求医。那时他的内功尚未练成，但迹象已显，我给他诊脉，看得出他练的内功极为霸道，练不成还好，练成之后，迟早有走火入魔之危。你的脉象和车卫当年的脉象，颇有几分相似。你可否告诉老夫，尊师是哪一位？”

辛龙生道：“家师不愿将姓名告诉外人，请恕晚辈不便奉告。”

江湖上的高人异士，往往不愿泄露行藏。是以王大夫虽然有点不悦，却也不会见怪向他求医的辛龙生。当下说道：“既然如此，你不必说了。我医的是病，师承所自，我若清楚，当然对我的诊断有点帮助，但也并非很关重要。”

辛龙生道：“那么依大夫诊断，晚辈的病——”

王大夫说道：“这两日我已在用心研究，虽不能说有十分把握，至少可令吾兄病症转轻，说不定逐渐就可以好起来。现在最紧要的是找个安全的处所，让你安心养病。”

辛龙生正想问他是准备去什么地方，舟子捧上一砵稀饭和几式小菜进来。王大夫笑道：“你已有一天一夜没有吃过东西了，觉不觉得肚饿？”辛龙生道：“稍为有点。”王大夫道：“好，那就不必食得太饱，有个六七分便可以了。吃过了东西，咱们再说。”

申刘二人在旁喝酒陪他，申子驹笑道：“可惜龙兄还不能喝酒，这酒倒是不错。”

王大夫笑道：“这桂花酒是太湖佳酿，当然不错。”忽地如有所思，半晌说道：“龙兄不是不能喝酒，要看是什么酒。我倒想起了一种难得的酒来，对龙兄的病大有裨益的。”

刘湛道：“是什么酒？”

王大夫道：“百花谷奚家的九天琼花回阳酒。”

辛龙生听他提及百花谷奚家，不由得吃了一惊，心想：“百花谷奚家，可不正是奚玉瑾这一家吗？”

心念未已，果然便听得申子驹笑道：“奚家的九天琼花回阳酒，那也不算是十分难得之物。”王大夫道：“哦，你和他们兄妹是有交情？”申子驹道：“就是这次在扬州结识的。不过那位奚姑娘已经去了金鸡岭了。”刘湛说道：“他的家里还留下一个老花匠，我可以找他问问，看他主人家里还有没有藏酿。”申子驹接着说道：“对，既然这九天琼花回阳酒对龙兄有益，咱们总得设法给他找来。倘若奚家已无藏酒，咱们还可以到金鸡岭去找奚姑娘，请她把酿酒的方子抄给咱们。”

刘湛笑道：“对啦，说起这位奚姑娘，她也是很关心龙兄的呢。她说龙兄于她曾有救命之恩，可惜她无法找着龙兄道谢。要是她知道龙兄的下落，说不定她还会亲自赶来呢！”

辛龙生心里想道：“但愿她千万别来见我，那天她似乎已经多少起了一点疑心，若然给她知道我是谁，我真是宁愿死了还好。”

吃过稀饭，辛龙生精神好了一些，靠着船舱板壁，向外眺望，只见烟水茫茫，波平如镜，轻舟过处，一座座山峰迤逦迎来，那是矗立在湖上的群峰，有如翡翠屏风，片片飞过。景色之美，难以形容。

可是辛龙生见了这湖上的景，却是不由得暗暗吃惊，哪里还有闲情欣赏，连忙问道：“这是什么地方？”

申子驹笑道：“这是太湖呀，龙兄没来游过吗？”正是：

旧梦已随烟水杳，太湖聊且当桃源。

欲知后事如何，请听下回分解。

第九十回　避世只缘曾失足
忏情何不再回头

辛龙生瞿然一省，心里想道："苏州在太湖旁边，这条船在湖上走，当然是太湖了。唉，这可真是糟糕。"

他担心的事情，果然便在王大夫口里说了出来："龙兄，我正要说给你知道，好让你欢喜。太湖七十二家总寨主王老英雄王宇庭的名字想必你是知道的了。咱们就是上他那儿。你在那儿养病，丝毫也用不着担心有敌人骚扰了。"

太湖七十二家总寨主王宇庭正是他的师父文逸凡的好朋友，辛龙生心中惊恐，勉强笑道："王总寨主英名远播，我是久仰的了。只是无缘拜见。这次倒是因祸得福了。"

王大夫笑道："我和他本来也是并不相识的，但金鸡岭的大头目杜复和他却是很有交情。这次在扬州劫了官粮之后，杜复就料到我们会有麻烦，故而预先写了一封亲笔信，介绍我们到王总寨主那里安身的。"

辛龙生暗地思量："王宇庭我和他只是见过两次面，两次他都是和我师父商量大事，对我并不如何注意。玉瑾是和我同床共枕的人，对我也还是相见不相识。料想王宇庭不会认出我来。"不过，想虽然是这样想，心中仍是难免有点惴惴不安。

不久，船到岸边，岸上已经有人等候，给辛龙生准备好了一乘滑竿，当下就由四个喽兵抬他上山。

王宇庭见了辛龙生，一开口就说道："龙兄，你的事情我已经知道了。"

辛龙生吃了一惊："难道他看出了我的本来面目？"王宇庭接着说道："这次大闹扬州，你出力不少。听说你救了奚姑娘的性命，是么？"

辛龙生这才知道他说的是扬州之事，放下了心，说道："些须小事，何足挂齿。"

王宇庭赞道："舍己救人，功成不居，这正是侠义道的本色！不过，在你来说，虽然不当作一回事，在杜复和奚姑娘来说，却是十分感激你的。前两天，金鸡岭有人来过，还曾托我打听你的下落呢。我准备给你捎个信给他们，免得他们记挂。待你好了，再到金鸡岭去，和他们见一见面，你看可好？"

辛龙生连忙说道："这太使我惭愧了，我只受了一点伤，如何敢受他们的感激？再说，扬州知府岳良骏是个害民贼，我本就想杀他为民除害的。救奚姑娘不过是适逢其会而已。请王总寨主千万不可小题大作，令我无地自容。他日若有机缘，我自当到金鸡岭去拜会那里的众家英雄的。"他是生怕奚玉瑾闻讯赶来，是以只好说一套"漂亮话"了。

王宇庭道："龙兄端的是侠士胸襟，令人钦敬。"忽地如有所思，半晌说道："说起那位奚姑娘也是可怜，龙兄，你可知道她的遭遇么？"

辛龙生心头卜通一跳，强自镇定，说道："百花谷奚家是有名的武学世家，我只知道她是奚家的大小姐。别的就不知道了。"

王宇庭道："哦，原来你还不知道她是寡妇身份。她本来是有丈夫的，她的丈夫名叫辛龙生，是江南武林盟主文逸凡的掌门弟子，年少有为，文武双全，不料最近消息传来，听说他已是在舜耕山死在金国御林军统领完颜长之的儿子完颜豪的手里了。他们成婚还未满一年，奚姑娘年纪轻轻便做了寡妇，你说可不可惜！"辛龙生暗暗好笑，想道："幸亏他不知道他说的那个死了的辛龙生，此刻正站在他们面前。"当下装出一副悲戚同情的脸孔，说道："自古红颜多薄命，老天爷实在不公。"

王宇庭说道："丈夫死了，妻子定要守节，这种读书人的臭礼法我最反对。依我说，咱们江湖儿女，根本就不必理会它这一套。"

申子驹笑道：“王寨主，这是你的想法，就不知那位奚姑娘的想法如何？”

王宇庭道：“是呀，若然她通达的话，她又无儿无女，实在是不必为丈夫守节的。”

刘湛笑道：“王寨主敢情是想为她做媒？”

王宇庭笑道：“我倒是有这意思，不过现在言之尚早。”

辛龙生何等聪明，王宇庭的弦外之音，他自是一听便知。心中不禁又是好笑，又是辛酸，想道：“我本来就是她的丈夫，你还要为我做媒，那可真是天大的笑话了。”

王宇庭见他默不作声，现出一副疲倦的神态，瞿然一省，笑道：“我也是老糊涂了。龙兄，你有病在身，应该早点歇息了。待你病好之后，咱们慢慢再谈吧。”

“赛华佗”王大夫名不虚传，不过几天，辛龙生的外伤已是给他医好，内伤也好了六七分。这一天王大夫和他说道：“龙兄，你可以重行练功了么？”

辛龙生道：“我正想请教前辈，我已知道练这内功心法于我有害，但身体好了一些之后，不练又觉得很不舒服。这可如何是好？”

王大夫道：“这种介乎正邪之间的内功心法，有如附骨之疽，不练是不行的。我只有替你设法消灭它的祸害，只要你有恒心，甚至还可以转祸为福。”

辛龙生喜道：“请前辈指教。”

王大夫道：“我传你一套吐纳之法，医家的吐纳和武学中的修练内功性质当然大异，但也有相同之处。它不能用以伤人，但持之以恒，同样可以延年益寿，祛病强身。这也可以说是一种‘王道’的练功方法吧。你现在练的这种内功心法是极端霸道的，将来两者兼练，那就可以水火相济，逐渐减轻祸害了。纵使不能完全消除走火入魔的危险，至少也保得住没有性命之忧。”

辛龙生心大喜拜谢，心里想道：“只须性命无忧，我也就可以不必受车卫的挟制了。”

王大夫继续说道：“这两种不同的练功方法，初练之时，不易调和，我给你用针灸疗法，继续不断地每日针灸三次，满了之后，就可以见效了。那时你本门内功心法的威力也可以更加发挥。”

辛龙生越发欢喜：“原来还有如此妙用，怪不得他说是可以因祸得福了。以宇文冲那样高强的本领，他还要想方设法偷学车卫的独门内功心法，我若然可以免除祸害，发挥它的威力，将来我的本领岂不是还可以在宇文冲之上？”

自此辛龙生安心在王宇庭的山寨养病，不知不觉，过了一个多月，他的伤已然完全好了。王大夫每日给他针灸三次，他每日也在练功之后兼做王大夫所传的吐纳功夫，果然不用服食车卫给他的解药，到了月底的时候，也不觉得有什么痛苦了。

在这一段养病的时间，他尽量避免和王宇庭见面，以防给他看出破绽。王宇庭身为七十二家山寨的总寨主，事情很忙，初时三两天来看他一次，渐渐也来得疏了。

这日辛龙生在第一次练功之后，觉得精神饱满，更胜从前，便在院子里再练一趟剑法。这是他病后第一次练武。有个小头目走来笑道：“龙大侠，你大好啦！王寨主刚才还问起你呢。”

辛龙生想起自己已经有十天左右没见过王宇庭了，如今自己已是恢复如初，不能再用养病的借口等他过来探望。于是问那小头目道：“王寨主没有外出吧？”那小头目道：“寨主正在聚义厅和申、刘两位客人说话。”

辛龙生未曾踏入聚义厅，先听见里面谈话，刚好听得王宇庭说道：“想不到宇文冲重现江湖，你见着他没有？”一个陌生的口音说道：“我没见着，不过咱们的人倒是有人见着他了。”

辛龙生大吃一惊，心道：“这不是说我吗？”王宇庭听得脚步声响，问道：“是谁？”

辛龙生要躲也躲不开，只好硬着头皮进去，强笑说道：“什么事情谈得这样高兴？”只见聚义厅里，除了申子驹和刘湛之外，还有一个胡须斑白的陌生人。

王宇庭道：“你来得正好，这位是韩寨主，他刚从扬州回来，我们本来想过一会儿就去探望你的。你的病都好了么？”

原来这老头儿名叫韩成德，是王宇庭属下的七十二家寨主之一，也是最年长的一位寨主。辛龙生来山寨的时候，他尚在扬州未归。

韩成德笑道："龙兄，我们是见过面的。"辛龙生怔了一怔道："是吗，我可想不起是在哪里了？"

韩成德笑道："那天大闹扬州知府的衙门，我也在场。杜复要我帮他做些善后工作，是以多留了两个月。"

王宇庭道："我们刚刚谈起宇文冲的事情，龙兄，你知道这个人吗？"

辛龙生道："我孤陋寡闻，可没听过这个人的名字。"

王宇庭道："车卫呢？你可知道？"

辛龙生惴惴不安，想道："敢情他是要向我查根问底了？"硬着头皮，继续说道："这个老魔头的事情，我倒是曾经听得王大夫谈过。"

王宇庭道："宇文冲的年纪不算老，大概还未到五十岁。不过他却是和车卫同一辈分的魔头，武功十分厉害。他和车卫差不多同一时候在江湖失踪，也难怪你没听过他的名字。"

韩成德说道："不过依我看来，宇文冲却是不能和车卫相比，车卫虽然也做坏事，毕竟不是鞑子爪牙，只能说是介乎邪正之间的人物。宇文冲就不同了，他曾经是岳良骏最得力的帮手呢。"

王宇庭道："韩大哥说得对。但他当年不知为了何事和岳良骏分手，隔了这许多年，也不知他改邪归正没有？"

韩成德道："据我所知，他现在重现江湖，恐怕是找到一个比岳良骏地位更高的主人了。"

王宇庭道："咱们刚才说到哪里？对了，你是不是说咱们的什么人碰上了他？"

韩成德道："这两个人认真说，还不能算是侠义道的，他们是黑道上的成名人物，但和岳良骏也是作对的。因此勉强也算得是咱们这边的人了。"

王宇庭道："这两个人是谁？"韩成德道："一个是做了道士的丘大鸣，现在的道号是一鸣；一个是做了和尚的邓百京，现在法号百悔。"

辛龙生这才知道韩成德所说的"自己人"乃是一僧一道。心里想道："那道士曾许诺不泄漏那日之事的，不知他是否遵守诺言？"

王宇庭笑道："邓百京是有名的霹雳火脾气，他居然做了和尚，倒是新鲜事儿。"

韩成德笑道："所以他出家之后，改名百悔。但依我看来，他的脾气可还是没有多大改变呢。"

申子驹道："他们是怎的和宇文冲结上梁子的？"

韩成德道："二十年前，他们二人和雷泽苍是结拜的三兄弟，合称冀北三雄，后来雷泽苍给宇文冲杀了，他们二人便即金盆洗手，都出了家，苦练绝技，誓报此仇。"

王宇庭道："他们是在扬州碰上宇文冲？"

韩成德道："不错。宇文冲是在扬州城外的一个荒谷里，给他们找出了。一场恶斗，百悔和尚险些丧命，一鸣道人也伤得很重。我碰见他们的时候，百悔和尚走路还是一跛一拐的呢。"

王宇庭道："这倒是有点奇怪了，据我所知，他们的本领很是不弱，二十年前，丘大鸣和宇文冲单打独斗，也不过是稍逊一筹而已。经过二十年的苦练，又是两人联手，怎的还会在宇文冲手下，吃这样大亏？"

申子驹道："宇文冲是不是也有帮手？"

辛龙生心情大为紧张，暗自想道："那百悔和尚是给我一剑刺伤，才给宇文冲打下悬崖的。他又没有和我立誓，只怕是已经将那日的事情抖露出来了。"

韩成德道："是呀，我也是这样想。但一鸣道长说他们那日是给宇文冲使诈取胜，宇文冲在险地伏击，故此斗了个两败俱伤的。"

王宇庭道："即使如此，宇文冲胜得了他们，那也是极不容易了。这厮再次出山，助纣为虐，咱们倒是应该多留点神呢。对啦，你刚才说他找到一个比岳良骏地位更高的主子，那又是谁？"

韩成德道："完颜长之的儿子完颜豪。上个月完颜豪亲自来扬州处理岳良骏失职之事，我们的人打听到确实的消息，宇文冲曾陪同完颜豪在知府衙门出现。岳良骏所受的处分是：革职留任，戴罪图功。听说他能够得到这样的从轻发落，就是靠了宇文冲给他说好话的。”

辛龙生暗自想道：“完颜豪再来扬州，只怕就是因为冲着我来的。唉，只怕我的秘密终于也是难以保住了。不过一鸣和百悔没有向韩成德说出我来，我倒可以少担一重心事。”

韩成德接着说道：“说起他们二人，有桩事情我要禀告总寨主。”

王宇庭道：“韩大哥不用如此客气，请说。”在王宇庭属下七十二家寨主之中，韩成德年纪最长，比王宇庭还大几岁，是以王宇庭一向对他都很尊重。

韩成德道：“他们想在伤好之后，投奔咱们，请恕我擅自做主，我已替总寨主答应了他们了。”

王宇庭笑道：“山寨里多两个高手，这正是我求之不得的事呀。韩大哥，你做得很对。他们还有什么话说么？”

韩成德想起一事，笑道：“我想起来了。总寨主，你我都猜疑那宇文冲尚有帮手，一鸣道长却说没有，现在我仔细一想，恐怕还是咱们猜得对。一鸣道长不肯说，乃是另有隐情！”

辛龙生本来已经放下心上的一块石头的，不由得又紧张起来。

王宇庭笑道：“你发现了什么蛛丝马迹？”

韩成德道：“一鸣道长和我说那番话的时候，百悔和尚双眼圆睁，似乎颇为气愤，要说什么似的，一鸣紧紧握着他的手，他就始终没有说了。后来我和他们分手，转过了一个山坳，大家瞧不见了，大概他们以为我已经走得远了，争吵起来。我隐隐听见他们说的几句话。”

王宇庭道：“他们说些什么？”

韩成德道：“百悔和尚说：‘你为什么不让我说？’嘿嘿，他是霹雳火脾气，说话大声，我听得清楚。一鸣说的我可听不见啦。过一会又听得百悔大声说道：‘好，你要遵守诺言，那也由你。我可无须受这拘束。’大概是一鸣又在劝他，他不说话了。过了会儿，他们走得远了，那百悔和尚还在哼哼唧唧，但他说的我可听不见啦。”

王宇庭笑道：“反正他们是要来的，咱们也用不着盘问他，百悔那个脾气，迟早会忍不住对咱们说。”

韩成德道：“我还想起一件可疑之事。据我所知，宇文冲和岳良骏乃是亲戚，只是不知他们当年为了何事分手而已。这次宇文冲既然和岳良骏重归于好，但在他刚来的时候，却何以不住在知府衙门，却跑到一个荒谷里躲起来呢？”

王宇庭道：“你是否怀疑他是和别人在那荒谷约会，那人就是他的帮手？”韩成德点头道：“正是。”王宇庭笑道：“这个闷葫芦待百悔来了，料想也会揭开来的。”

辛龙生想道：“这里恐怕是不能久留了。待四十九天期满之后，我立即就走。但盼那秃驴不要在这几天来到！”

心念未已，忽听得“呜呜呜”的三声号角声，韩成德道：“啊，有客人来了！”王宇庭笑道：“不错。来的恐怕还不是普通的客人呢！”原来这三声号角乃是向寨主通报的，让寨主准备迎接客人。需要王宇庭亲自迎接的客人，当然不是普通的客人了。

辛龙生暗暗吃惊，心里想道：“莫非就是那一鸣道人和百悔和尚来了？”忙即站起来道：“总寨主有客，晚辈告退。”

不料王宇庭一把将他拉住，哈哈笑道：“这位客人，倘若我料得不错的话，你和他也是相识的。请你留下吧。”

辛龙生越发吃惊，但王宇庭既然这样说了，他若坚执要走，恐怕会引起王宇庭的疑心。

正在他忐忑不安之际，山寨的头目已经陪了客人来到。原来是谷啸风。

王宇庭笑道：“你们是早就相识的吧？”谷啸风道：“不错。我们是在扬州见过面的。龙兄，你那日受了伤，我们都很惦记，现在已经好了吧？”

辛龙生对谷啸风一向有心病，但也只好装出十分高兴的样子和他应酬，说道：“多谢关怀。小弟幸蒙王大夫悉心医治，现在已是差不多好了。谷兄，什么风把你吹到这儿来的？”

谷啸风笑道：“我是受了奚姑娘之托，特地来探望你的呀。”

王宇庭笑道：“龙老弟，你别怪我多事，奚姑娘得不到你的消息，怎能安心？是以我要违背你的意旨，给她通风报讯了。奚姑娘呢?”

谷啸风道：“她已经到了金鸡岭了，目前正在帮忙柳盟主训练女兵。本来她要来的，我说不如让我去迎接龙兄来咱们的山寨吧。”

王宇庭似笑非笑地说道：“奚姑娘真的这样说了?”

谷啸风知他用心，笑道：“龙兄救了奚姑娘的性命，奚姑娘感激得很，当然是希望早日和他见面。这还有假的吗?”

原来奚玉瑾在百花谷第二次与辛龙生见面之后，已是引起了疑心。她盼望再见到辛龙生倒是不假，但为了避嫌，可不愿和谷啸风结伴同行，谷啸风说的什么训练女兵，却是为她找的借口。

王宇庭哈哈笑道：“那你来得正好，我听得王大夫说，不过十天，龙兄的病就可以完全好了。上次你来这里，匆匆便走，这次正好叫你多留十天，待龙兄康复之后，你们一同走。”

辛龙生道：“唉，你们待我这么好，可叫我真是不好意思。”

谷啸风道：“龙兄，哪里说来，那日你为我们冒了这么大的险，我们都未曾向你道谢呢。奚姑娘是和我几代世交的朋友，你救了她的性命，我也是感激得很的。”

谷啸风说的是心里的话，辛龙生听了，心里却不由得有点酸溜溜的不大舒服了，淡淡说道：“是，我知道!”

王宇庭道：“你们年轻人多亲近一些。”

谷啸风倒是极有诚意和辛龙生结交，当下把座位移到他的旁边，与他倾谈。忽地心中一动：“怎的我好像是以前在什么地方见过他?”不由得呆了一呆，定了眼珠看他了。

辛龙生给他瞧得心里发毛，脸上不觉变色。谷啸风瞿然一省，笑道：“龙兄，你有点像我的一位朋友。”

辛龙生暗暗吃惊，强笑说道：“我不相信，天下哪还有比我更丑陋的人。”

王宇庭哈哈笑道：“谷少侠，你不说我想不起来，你一说我也觉得是有点相似了。当然不是面貌相同，而是身材神态颇为相似。谷少侠，你说的这位朋友，我猜就是文大侠的掌门弟子辛龙生了，对么?”

谷啸风道：“正是，可惜辛少侠已经死了，否则他们两人站在一起，只看背面，别人定然要认为他们是两兄弟了。”

辛龙生苦笑道：“你们说的那位辛少侠，我虽然没有见过他，也知道他是个美男儿，我如何能和他相比？”接着叹口气道：“唉，我有福气能够做文大侠的弟子就好了。”

王宇庭忽地正容说道：“你若当真有这意思，我可以成全你的心愿。文大侠的掌门弟子也正是奚姑娘的亡夫呢，你于她有救命之恩，文大侠收你做继任的掌门弟子，这可也是武林佳话呀！”这段说话，含意双关。王宇庭说罢，哈哈大笑。

辛龙生给他弄得啼笑皆非，正自尴尬之际，幸好有个人进来给他解了窘，这个人是“赛华佗”王大夫。

王宇庭道：“王大夫，你来得正好，我给你介绍一位客人，这位谷少侠是刚从金鸡岭来的，他来这里，是准备迎龙老弟回金鸡岭去。那位奚姑娘早已经到了金鸡岭了。”

接着向谷啸风解释道：“王大夫想要一坛九天琼花回阳酒给龙老弟治病，我们派人到过百花谷奚家问那老仆，奚家已经没有藏酿了。”

谷啸风笑道：“奚姑娘有家传药方，这酒在金鸡岭也可以酿。”

王大夫道：“还有十天，我给他的第一个疗程就可以告终了。以后他按照我教他的方法自行调治，倘若又有九天琼花回阳酒助他祛除邪毒，那就可以根治啦。不过，龙老弟，你现在可要跟我回静室去，让我给你针灸啦。”原来辛龙生每日早午晚要接受三次针灸，此刻正是午时。

辛龙生如释重负，说道：“谷兄，咱们明天再见。我在午间接受针灸之后，要练两个时辰的功，今晚恐怕不能来陪你聊天了。”谷啸风说道：“你治病要紧，用不着和我客气。”

王大夫和他回到静室，笑道：“我今早翻阅先师所留的医案，多了一点领会，从今天起我用新针疗法，刺激你的相应穴道，让你原来所练的内功，可以和我所授的吐纳方法更能和衷共济。”

辛龙生多谢了王大夫，心里却在想道：“我如何还能够在这里多留十天？”

这晚辛龙生心乱如麻，翻来覆去睡不着觉。一时想道：“我若是听赛华佗的话，冒险在这里多留十天，照他的说法，将来我不仅可以免除走火入魔的灾难，还可以成为一等一的内家高手。”一时又想道：“谷啸风看来已是对我有点起疑，难保他看不出破绽。十天之后，他要陪我到金鸡岭去，我又怎有颜面和玉瑾日夕相见。再说在这十天之内，那一鸣道人和百悔和尚只怕也是会来到这里的了。”

正所谓“一失足成千古恨”，他做了那件大错事，心里总是疑神疑鬼，日夕不安。终于还是不敢在山寨多留十天，这晚半夜起来，留了一封信，就悄悄地下山了。

辛龙生等到清晨时分，在湖滨找到一条小船，但这条小船却是山寨的。幸好掌船的小头目认得他，知道他是总寨主的客人，他谎说是病已好了，急着回家，得到王宇庭允许的。这小头目虽然有点疑心，心想：“王寨主即使不能亲自送行，也该派个人送他呀。”但因他已知道这个客人是在扬州受伤的侠士，是以虽然有疑心，还是撑船送他渡过太湖。

晨风拂面，湖光鳞闪，辛龙生倚舷眺望，面对茫茫烟水，不觉悲从中来：“天地虽大，何处是我容身之地？”

波光云影之间，幻出两个少女的影子，辛龙生又再想道：“玉瑾我是不能再见她的了，车淇对我一片情深，但只怕我也只能辜负她了。好在我的病虽没全好，但已是没有性命之忧，我就浪荡江湖过这一生吧。”

红日东升，不知不觉已是午间时分，这条小船已经横渡了大半个太湖，对岸遥遥在望了。

辛龙生正自胡思乱想，忽见一条大船，顺流而下。那小头目噫了一声，说道：“这条船可不是咱们太湖的！”原来那是一条可以用于航海的船，和太湖里的各种船只都不相同。

这小头目为人很是精细，蓦地想起：“和金虏勾结的水寇史天泽听说上个月在长江战败，他的伙伴之中，有个乔拓疆是东海来的，莫非这就是他们的船只，战败了逃到太湖来？”

辛龙生道：“咦，你怎么不向对岸划去？”那小头目道：“我去盘问盘问他们。”

说话之际，那条大船已是向他们驶来。小头目朗声说道："你们是些什么人，哪里来的?"

只见船头上现出三条大汉，为首的喝道："你又是什么人？凭什么盘问我们?"

小头目道："我是西洞庭山的!"那汉子哈哈一笑，说道："原来你是王宇庭的手下!"把手一挥，站在他旁边的两个汉子忽地就走过来!

原来这三个人正是乔拓疆手下的大头目，当中那个大汉是练外功的，气力极大，轻功则是走过来的那两个汉子高明。

小头目大怒道："你们是史天泽、乔拓疆的人!"那站在船头的大汉哈哈笑道："对了！你们碰上了我，算你倒霉!"

辛龙生一声冷笑，拔剑出鞘，说道："且看是谁倒霉吧!"

那两个汉子半空中一个鹞子翻身，向小船船头落下，辛龙生不待他们脚落实地，刷刷两剑便刺过去。

左面的汉子一招"鹰击长空"，大刀直斫下来；右面的汉子双臂箕张，扑下来用擒拿手法抓他琵琶骨。

这两个汉子武功虽然也很不弱，却怎敌得住辛龙生神妙莫测的剑法，只见剑光过处，右面的那个汉子两只指头先给削断，辛龙生回剑一封，架住大刀，腾的飞起一脚，又把左面刚刚踏上船头的那个汉子，踢翻落水。正是：

欲求避世终难避，哪有桃源在世间?

欲知后事如何，请听下回分解。

第九十一回　生死茫茫忧故友　恩仇惘惘念新知

小头目松了口气，连忙拿出一支号角，呜呜呜地吹起来，一面加紧划船。

辛龙生道："咦，你怎么划回去?"

小头目道："赶回去报讯要紧，龙大侠，只好耽搁你一天工夫了。"原来他吹那号角也正是要向附近的渔船报讯的，但湖面上最近的一条渔船也还是距离颇远。

那两个被辛龙生打翻落水的汉子冒出水面，叫道："看你们往哪里走!"他们是在东海长大的海盗，精通水性，游水赶来，竟然像是两条鲨鱼一样。

大船当中的那汉子喝道："你们跑不了的，瞧着吧!"举起一支铁锚，猛力一抛，几百斤重的铁锚箭一般的飞来，对着小船落下，"轰隆"一声，船顶穿了一个洞，船舱板壁两边散裂，小船震荡，小头目无法把稳舵。

辛龙生长剑一拨，使出上乘武学中"四两拨千斤"的功夫，一拨一引，大铁锚呼的从船头直飞出去，随即用千斤坠的重身法定着船身。

可是就在这个时候，船底也裂开了一个洞，水登时涌进来，小舟向下沉，向下沉……原来是那两个精通水性的汉子在船底做的手脚。

小头目喝道："我与你们拼了!"跳进水中，和那两个汉子打起来。辛龙生不识水性，无法帮他的忙。只见湖面似煮沸了的一锅水，翻翻滚滚，下面的情形，却看不见。没多久，水面一片鲜红！那两个汉子钻出水面，哈哈笑道："小子，有胆的下水和我们斗斗！"辛龙生眼见小舟即将覆没，心想反正是一个死，浊气一涌，跳进水中。

这两个汉子刚才吃过他的亏，如今看出他一点不通水性，如何还不乘机报仇？当下一个按着他的头，一个抱着他的腿，要令他吃饱苦头。

辛龙生被灌了满肚子的水，迷糊中双腿用力一夹，把那个抱着他大腿的汉子夹个正着。反手一抓，又把按着他的头颅那个汉子紧紧抓牢，三个人缠作一团，同时沉下水底。

也是这两个汉子太过欺负辛龙生不通水性，被辛龙生抓着夹着，浮不起来，终于气绝。辛龙生是仗着内功深厚，在水底闭了气和他们苦斗的，推开两个尸体之后，亦已是支持不住，迷迷糊糊中只觉得自己像是腾云驾雾一般，被一个个的浪头抛起抛落，没多久，也就不省人事了。

且说第二日一早，王大夫按时去给辛龙生针灸，这才发现他失踪了，大惊之下，忙去告诉王宇庭。

王宇庭大为奇怪，说道："他的病尚未痊愈，怎的突然不辞而行？我这几天事忙，难道他是怪我怠慢他了？"谷啸风道："他是侠义中人，气量决不至于这样狭窄，想必另有原因。咱们到他房间里看看。"

在房间里找到了辛龙生留下来的一封信，信上倒是说得堂皇冠冕，说是感谢众人待他太好，心里过意不去。他是发过誓要在江湖上隐姓埋名，行侠仗义的，是以不愿为人所知，现在他的病已经大致好了，请王宇庭原谅他不告而别。末了又再多谢"赛华佗"王大夫这一个月来为他悉心疗治，"再造之恩，永难报答"云云。

王宇庭叹道："这位龙老弟倒是有古侠士之风，不过却也未免太过矫情了。"

王大夫皱眉道："还有十天工夫，他的病就可根治，何以他不肯再待十天？我已经告诉了他，他的病根治之后，武功就可大进，那不是可以更好地行侠仗义吗？当时他听了我的话，十分欢喜，丝毫没有透露过他是要走的。嗯，我看只怕是另有原因吧？”

谷啸风道：“我一来，他就走。莫非他是不愿意和我到金鸡岭去？”蓦地想起那日在百花谷遇上他的情形，心道：“那日，他也是一见我们就走，他是没有理由要避开我的，难道他是要避开玉瑾？”

王宇庭老于世故，随即也想到了这一层，说道：“对了，实不相瞒，我颇有意撮合他与奚姑娘的婚事，向他透露过一点口风。说不定他已另有了意中人，故此不愿到金鸡岭去，以免惹起麻烦。”谷啸风道：“那也可以在你提出婚事之时，坦然相告呀。何必事先躲避？”

王宇庭道：“少年人脸皮薄也是有的。或许他是怕我把话说出了口之后，再行推辞，那就有点难为情了。”

谷啸风道：“我总觉得这位龙大哥的行径有点古怪。”

王大夫道：“我也是这样想，他的武功兼有正邪两家之长。我问过他的师承，他也不肯告诉我。”

王宇庭沉吟半晌，说道：“你怀疑他是车卫的弟子？”

王大夫道：“按道理说，二十年前，车卫早已退出江湖，似乎不该有这么一个弟子。不过他的内功路子，却确实有点和车卫相近。我曾经替车卫医过病，是以知道。”

王宇庭道：“即使他是车卫的弟子，那也无妨。邪派出身，而能成为侠义中人，不是更难得吗？”

王大夫道：“道理不错，就只怕他心里有疙瘩，怕咱们轻视他。”

谷啸风道：“倘若他心中有这疑虑，咱们倒是应该把他找回来了。”

王宇庭沉吟半晌，说道：“不错，我连日事忙，都还未恳切地和他谈过心事呢。他必须乘船才能离开，待我查问一下，看他已经离开没有，倘若离开未久，派快艇追赶，也还可以追得上他。”

刚刚说到这里，守卫进来报道：“水寨的周头领和一位巡湖的弟兄说是有急事求见总寨主。”王宇庭道：“啊，我正要找他，赶快唤他进来。”

王宇庭见了那两个人，便即问道："周应，上个月和王大夫一起来的那个姓龙的客人，是你带他上山的，你还认得他么？"

水寨头目周应怔了一怔，说道："是脸有伤疤的那位客人吗？"

王宇庭道："不错，你给我查问一下，今天早上，可曾有人渡他过湖。"

周应说道："我没有见着他，不过这位弟兄正是有一件紧要的事情禀告总寨主，一定就是和这位龙侠士有关。"

王宇庭忙道："什么事情，快说。"

那小头目道："我今早奉命巡逻湖面，看见一艘巨舟驶来，在碧莲峰附近水面，和咱们的一条小船碰上。小船上吹起号角求援！"

王宇庭吃了一惊，说道："太湖上从来没海船出现，这一定是史天泽、乔拓疆那伙海盗了。在咱们小船上的是什么人？"

那小头目道："当时距离很远，我看不清楚，只知道是两个人。"

周应说道："我已经查明了，掌船的弟兄名叫赵赶驴，他本是专司接送客人的。今早也并没山寨的弟兄搭他的顺风船。"

王宇庭道："那么和他同在一起的那个人十九是龙新了。后来怎样？"

那小头目道："我听得角声，连忙划过去，刚到中途，咱们船上的人已经和海盗打了起来。海盗船上有两个人跳过来，给咱们船上的人打翻落水。"

王宇庭道："他用的是什么兵器，你说得详细一些。"

那小头目道："这人武功很好，他用的是剑，那两个海盗凌空扑下，脚未沾地，便给他刺伤。"周应接着说道："我知道赵赶驴用的是分水刺。"

王宇庭连忙问道："后来呢？"

那小头目道："后来咱们这条小船给他们弄沉了。海盗船上先掷来一个大铁锚，后来又有两个水鬼在船底捣鬼。赵赶驴跳下水和他们打，不幸已是丧命。"

王宇庭大惊道："那另一个人呢？"

小头目道："小舟沉没，那人在水里和两个水鬼缠作一团，都没见浮起来了。”

王宇庭大惊道：“周应，你还不赶快派人去打捞？”

周应说道：“我已经派人去打捞了。”

说至此处，忽听得呜呜呜的号角声，三短一长，短声急促，长声凄厉，此起彼落，这是发现强敌的讯号。

王宇庭立即叫大小头目集合，准备迎敌。第一拨探子匆匆赶回山寨，报道：“先后发现五艘海船，闯入太湖。如今正向下游驶去。”

东洞庭山老寨主韩成德说道：“上个月史天泽、乔拓疆被淮阴的防军飞虎军击败，想必是他们的残部退入太湖，找寻藏匿的地方。乔拓疆是东海来的海盗，只有他才有那样大的海船。”

跟着第二拨探子赶到，报道：“上游发现官军的水师船，大大小小的船只，大概有一百多艘。”

王宇庭拍案而起，说道：“咱们可不能容许勾结鞑子的史天泽、乔拓疆这股强盗来到咱们的太湖作乱。”

韩成德老成持重，说道：“总寨主的话当然不错。不过自从朝廷和金虏讲和之后，韩侂胄已经取消了和江南义军联合抗敌的计划，对咱们太湖屡欲侵犯。如今官军水师开入太湖，亦是不可不防。”

王宇庭道：“事有轻重缓急之分，官军固然要‘袭灭’咱们，史天泽这股强盗更是可恨。目前只有和官军联手，夹击这股强盗。当然咱们也还是要提防他的。”

当下王宇庭发号施令，调集一百只快船，立即进行追击。

调兵遣将刚刚完毕，水寨头目也来到了，报道：“赵赶驴的尸体已经捞起，另外还有两个海盗的尸体。”

王宇庭忙问：“可有发现龙侠士的尸体吗？”那头目道：“没有发现。那地方水流湍急，恐怕是给冲走了。”

王宇庭叹口气道：“但愿吉人天相，有过往的渔船救他。不过不论他是生是死，今日我都是要给他报仇的了。”他亲自出马指挥，和谷啸风、周应与及那小头目合乘一条小船，领先出发。

这日太湖风浪颇大，王宇庭的小舟疾如奔马，追寻敌踪。过了一会，遥遥看见五艘海船，在芦苇深处隐现。上游官军的金鼓声，亦已隐隐听见了。

王宇庭大喜道：“这伙强盗可跑不了啦，哈哈，他们闯进了绝地，虽有坚船利器，也是无所施其技的了。”

谷啸风好奇问道：“什么绝地?”

王宇庭道：“他们闯进的地方名叫沉鳌荡，入口处水深，地形是个喇叭形，喇叭口泥沙堆积，大船必然搁浅，驶不出去。嘿嘿，他们不熟悉水道，贪图那里风平浪静，这可不正是自投罗网么？咱们赶快追上去，堵塞另一处出口，以免他们退回深水之处，改道驶出长江。”

周应说道：“从上游而下的官军，若是飞虎军就好了。这支江防军的主帅是江南大侠耿照，最能打仗。”

谷啸风蓦地想起，说道：“王总寨主，有件事情，我忘了禀报你。飞虎军的总兵官已经换了人，不是耿大侠了。”

王宇庭吃一惊道：“换了什么人？耿大侠又出了什么事?”

谷啸风把耿照给韩侂胄假公济私调他的职这件事情告诉王宇庭，说道：“耿大侠已经辞官不做，至于飞虎军的总兵换了什么人我可就不知道了。”

王宇庭叹道：“南宋偏安江左，先杀了大败金兵的岳少保(飞)，其后又把在采石矶大捷的主帅虞允文解除了兵权，让他投闲置散，如今又轮到了耿大侠了。哼哼，皇帝老儿和韩侂胄这类大官不知是何心肝，这不是自坏长城吗?”

谷啸风道：“但听韩老寨主所说，这次打败史天泽、乔拓疆的官军，也正是飞虎军。看来总兵虽然换了，耿大侠的旧属官兵还是能够保持飞虎军的声誉的。那总兵官说不定也是飞虎军的旧人。”

王宇庭道：“不管总兵换了什么人，咱们今日总是尽力而为，即使官军帮不上忙，咱们也能打败这伙强盗。”

王宇庭这只小舟飞快地追上去，后面的船只跟不上，还有一段距离。不一会儿，这只小舟已经靠近沉鳌荡，那五艘海船也发现他们这只小船了。

谷啸风道：“王寨主，咱们暂待一会。”话犹未了，只见敌方后面的两艘船已经掉转船头，挂起他们的旗帜，正是乔拓疆横行东海时所用的标志骷髅旗！

原来乔拓疆前头的那一艘船已经发现出口水浅，驶不出去。是以乔拓疆才调转船头，准备和王宇庭打交道的。

乔拓疆站在第二艘船的船头，哈哈笑道："原来是王总寨主亲自来了，嘿嘿，乔某未曾上山拜访，反而劳烦总寨主亲来迎接，实在是愧不敢当！"

王宇庭冷笑道："我是接引你上西天的！"

乔拓疆道："总寨主何必发这样大的火气，请听乔某一言！"

王宇庭冷冷说道："道不同不相为谋，我与你有什么话好说！"

乔拓疆笑道："王寨主此言差矣！你占太湖，我占长江，都是和官府作对的，咱们可正是道上同源啊！官军要对付我，何尝不要对付你？咱们正宜联手同抗官军！"

王宇庭大怒道："放你的屁，你是勾结鞑子的奸贼，我是大宋男儿，谁和你联手？"

乔拓疆变了面色，说道："王宇庭，你要帮忙官军，我只好对你不客气了！"

第一艘船的一个魁梧汉子喝道："对，这老儿不吃敬酒，咱们就叫他吃罚酒吧！"提起一支大铁锚，作了一个旋风急舞，呼的便抛出去。

王宇庭同舟的那小头目说道："这厮正是弄沉赵赶驴那条船的强盗头。"

王宇庭拿起一支铁篙，轻轻一拨，使出"四两拨千斤"的绝技，搭着迎面飞来的大铁锚，一拨一送，铁锚斜飞出去，落在湖中，轰隆声响，激起了几丈高的浪头。

这人是盗帮里有名的大力士，曾经以抛掷铁锚毁坏敌船的方法弄沉辛龙生和赵赶驴那条小船的，想不到故技重施，却给王宇庭轻描淡写的一举化解，不由得大吃一惊。

王宇庭喝道："好，我给赵兄弟和龙侠士报仇！"手上铁篙当作镖枪向那汉子飞去，那汉子惊魂未定，已是给铁篙从前心插入，后心穿出，登时毙命。

说时迟，那时快，乔拓疆的座船已然来到。乔拓疆也拿起一支铁篙，说道："王寨主好功夫，咱们比画比画!"他那支铁篙二丈多长，大船小船的距离还在三丈开外，乔拓疆站在船头，向王宇庭刺来，自是不能刺到王宇庭身上。

本来王宇庭的小船还可以有机会逃走的，但王宇庭以七十二家总寨主的身份，对方首领出言挑战，他又岂能示弱。

王宇庭从小头目手中接过一支铁篙，划了一道圆弧，迎上乔拓疆的铁篙，双篙相交，火花飞溅，乔拓疆手腕一翻，长篙压在王宇庭的短篙之上，王宇庭短篙倏地又翻上去，压下他的长篙。几度翻覆，两人竟是功力悉敌，打成平手。

盗船舱中走出一个大汉，这大汉比刚才投掷铁锚那个汉子还更魁梧，站在船头，宛如铁塔。突然飞出一支链子钩，粗大的长长的铁链足有五六丈长，一端乃是利钩，这样长的链子钩，在他手中竟似舞弄一条绳索，毫不费力，一声大喝，链子钩已是勾着了王宇庭这条小船。原来这个人乃是乔拓疆的副手钟无霸，气力之大，当世无人能比!

谷啸风没有王宇庭的功力，拨不开那支链子钩，一剑劈下，火星蓬飞。他用的虽然是把宝剑，但因铁链粗大，却是斩它不断。钟无霸一抖铁索，把谷啸风的宝剑反弹开去。"咔嚓"一声响，铁索一端的利钩，已是勾着了小船的船头。

王宇庭和乔拓疆的铁支铁篙相持不下，要收也收不回来。钟无霸用力地拉，收紧铁索，小船竟然给他拉动，慢慢向大船靠近，小船上的周应和那小头目要把船儿划开，哪里能够?

眼看两只船就要碰上，一碰上，小船定必覆没无疑。谷啸风一个"黄鹄冲霄"的身法，脚尖一点船头，身形平地拔起，半空中一个鹞子翻身，长剑凌空刺下，剑尖对准了钟无霸的胸膛。这一剑虽然未必杀得了钟无霸，只要迫使他腾出手来抵御，小船就有机会可逃。

不料腾出手来的不是钟无霸，却是乔拓疆。乔拓疆右手持篙和王宇庭相斗，左手食指一弹，"铮"的一声，把谷啸风的长剑弹开。谷啸风脚尖未曾着地，一剑刺空，乔拓疆的大手已经抓来。谷啸风凌空扑下，抓着他的手腕，还未来得及回剑刺他，乔拓疆掌力一吐，喝声：“去吧！”谷啸风重心不稳，身子向后倾跌。

背后无物凭依，势非跌下湖中不可。小船上的周应和那小头目不禁失声惊呼。只见谷啸风朝天跌下，反手一抓，却抓着了链子钩的铁索，双手迅即交替移动，沿着那条铁索，溜回小船。

谷啸风遇险之际，王宇庭略一分神，所用的短篙给乔拓疆的长篙压在下面。乔拓疆冷冷笑道：“王寨主，咱们用不着分个胜负了吧？只要你答应不趁这趟浑水（别管闲事之意），咱们就可以免伤和气！”他单掌应敌，击退了谷啸风，又压下了王宇庭的铁篙，等于以一敌二，仍然占了上风，是以甚为得意。言下之意，即是要王宇庭答允互不侵犯，他就可以叫钟无霸放开他们这条小船。

此时上游下来的官军船只已经渐渐迫近，王宇庭那一百条快船也纷纷追来，快将到达了。官军船上射来的箭，已是有些射到了盗船上面。

王宇庭“哼”了一声，双脚牢牢钉着船头，短篙又翻了上去。那条小船虽然仍然向前移动，但又缓慢得多，原来他是用千斤坠的重身法，定住了船身。

他在和乔拓疆以内力相持之际，仍然能够运用千斤坠的重身法，乔拓疆也不禁暗暗佩服。

不过，因为这条小船仍然是给钟无霸拉得向前移动，虽然只是缓缓移动，但因距离太近，看来已是等不到后面的快船赶来解救了。小船一碰大船，非给碰翻不可。

正在十分危险的时候，忽地有条小船从上游顺流而下，疾如奔马。谷啸风坐在船头调匀气息，抬眼望去，看见这条小船不像是官军的船只，颇为惊异。

说时迟，那时快，那条小船已是闯进了沉鳌荡，掠过三艘盗船，来到了乔拓疆那艘座船的旁边了。

乔拓疆尚自不以为意，心想官军之中有甚能人？一条小船，跑来奇袭，济得甚事？此时他船上的弓箭手已经发射，挠钩手也在准备捕捉那条小船。

只听得一声长啸，小船上跳出一个人来，用的也是“黄鹄冲霄”身法，可比谷啸风刚才扑上盗船还要快捷得多，有几支箭射到他的身上，也不见他用甚兵器拨打，那些箭竟是沾衣便即弹落。

这人是个青衣老者，乔拓疆看清楚了，不禁大吃一惊，原来这个青衣老者不是别人，正是他的大对头明霞岛的岛主厉擒龙！

一年多前，乔拓疆曾率领手下，要占据厉擒龙的明霞岛。一场恶斗，厉擒龙被困在他所布的“七煞阵”中，倘若不是黑风岛主宫昭文由于别有私心，赶来调解，那次厉擒龙就要大大吃亏了。

不问可知，厉擒龙在这个关键的时刻赶来，为的就是要报这一箭之仇了。

说时迟，那时快，厉擒龙已是踏上船头，钟无霸首当其冲，深知他的厉害，只好放开链子钩，全力应敌。

厉擒龙哼了一声，说道：“煞阵也有你的，这笔账顺便算吧！”钟无霸左掌护胸，右拳击出。使的是“进步搬拦锤”的攻守兼备招式，钵口般粗大的拳头，猛击出去，虎虎生风。

他这一拳力足开碑裂石，不料眼睛一花，面前的厉擒龙突然不见，只觉虎口一麻，已是给厉擒龙以迅雷不及掩耳的手法抓住。

厉擒龙喝道：“去吧！”顺着他的拳势一拖，借力使力，把他的铁塔也似的身躯抛了起来，只是轻轻地向前一送，“卜通”一声，钟无霸已是给他抛了进水里。

乔拓疆连忙抛弃铁篙，厉擒龙抢上来疾劈三掌，这三掌乃是他武功精华之所聚，奇幻莫测，刚猛之极，乔拓疆硬接一掌，避开一掌，第三掌却给他打个正着，“哇”的一口鲜血喷了出来。

乔拓疆手下的大小头目慌忙一拥而上。

厉擒龙一掌把乔拓疆打伤，喝道：“一掌还一掌，本钱已付，利息以后再和你算。”脚尖一点船头，登时飞身而起。

勾着小船那条链子钩由于钟无霸给厉擒龙打翻落水，早已松开。王宇庭拿到手中，当作长鞭一挥，厉擒龙抓着链子钩的一端，半空中一个鹞子翻身，跳上王宇庭这只小船。

太湖义军那一百条快船纷纷赶到，王宇庭哈哈笑道：“堵着出口，咱们给他来个瓮中捉鳖！”官军水师的船只从上游顺流而下，亦已迫近了“沉鳌荡”，把另一面出口堵住。乱箭射来，乔拓疆的五艘船夹在当中，背腹受敌。

钟无霸一声大喝，把铁锚掷向辛龙生那只小船。

那五艘海船有三艘尚未掉头，出口处泥沙堆积，水浅船大，驶不出去。乔拓疆当机立断，说道："抢官军的小船!"

乔拓疆这股海盗惯经风浪，人人精通水性，一声呐喊，纷纷从大船跳下去，弃船、抢船。

官军这支水师正是耿照做过总兵的那支"飞虎军"，虽然不及海盗的剽悍，亦是甚为英勇善战。海盗抢船，官军一见水面有人头冒起，乱箭便射。有些海盗潜水攀上官船，人未跳上，双掌就给刀斧砍断，激战当中，转眼之间，只见鲜血已染红了湖面。

钟无霸攀上一条官船，刀斧手斫将下来，钟无霸一声大喝，用力一揪，官船竟然给他翻了过来，海盗和官军在水底厮杀，钟无霸再把官船翻转，抢了第一条官船。片刻之后，乔拓疆也抢了一条。

王宇庭指挥手下快船，急忙驶过"沉鳌荡"，追赶乔拓疆、钟无霸那两条船。不料官军的乱箭，竟然向他们射来。

王宇庭朗声叫道："我们是太湖义军，帮忙你们捕捉海盗的，你们怎可敌友不分!"

水师总兵在挂有"帅"字旗的座船上喝道："相爷有令，太湖水寇也要一并袭灭。只管放箭!"

厉擒龙大怒喝道："且叫你这官儿知道一点厉害!"接过官军射来的两支乱箭，双指疾弹，"卜卜"两声，那两支箭不偏不倚地射到了帅船之上，恰好当中穿过那面帅旗，余劲未衰，直射进船舱，插在总兵官旁边的小几之上。吓得那总兵官变作了缩头乌龟。

两船相距少说也有十丈开外，厉擒龙以指力发箭竟然胜于强弓猛弩，那总兵官抖抖索索地慌忙叫道："快退！快退!"此时乔拓疆和钟无霸那两条小船早已划到岸边，两人已是弃舟登岸了。

王宇庭默运玄功，朗声说道："耿大侠和我是好朋友，想当年采石矶之战，你们之中，也曾经有许多人跟耿大侠打过鞑子，和我们太湖的义军，并肩抗敌。咱们的弓箭应该射向鞑子和鞑子的爪牙，怎可拿来射自己人!"声音掠过湖面，虽然是在厮杀中，一众官兵仍然听得清清楚楚。

他这番话说了之后，几百条船只布满的湖面突然静止，"飞虎军"弓不拉箭不发，过了片刻，几百条船上同时爆出惊天动地的叫声："王寨主说得对，咱们自己人决不打自己人！"

那总兵官吓得面如土色，只好连忙撤退。乔拓疆和钟无霸早已弃舟登陆，王宇庭料想追他们不上，也只好下令回航。这一战虽没擒获罪魁祸首，但乔拓疆这股海盗，除了钟无霸和乔拓疆逃脱之外，已是扫除尽歼，又俘获了五艘海船，也算得是大获全胜了。

回到山寨，王宇庭才有余暇给厉擒龙和谷啸风介绍，厉擒龙道："哦，原来你就是谷少侠，我早就听得玉帆说过你了。"

王宇庭道："这次多蒙厉岛主拔刀相助，只不知岛主远处东海，怎的忽然来到此间？"

厉擒龙道："听说小女曾经到过贵寨，有这事么？我是来找小女的。"

王宇庭道："不错，今年春初，令嫒和奚玉帆曾经到过我这里。谷少侠当时也在此地。"

厉擒龙道："他们去了什么地方，王寨主和谷少侠可知道么？"

谷啸风道："他们本来说要到金鸡岭柳女侠那儿的，但我离开金鸡岭之时，却还不见他们来到。不过这半年来我已经走了几个地方，我是两个月前重回金鸡岭的，也没住了几天就来江南了，或许他们现在已经到了那儿，也说不定。"

厉擒龙道："玉帆在我岛上养伤之事，想必你已知道？"谷啸风道："奚大哥非常感激岛主为他治伤。"

厉擒龙哈哈一笑说道："他和你说这样的话？嘿嘿，倒是把我当作了外人了。小女已经许配给他，你们还未知道么？"

王宇庭笑道："我早已看出来了，不过他们少年人面皮薄，我可不便当面问他。"

厉擒龙道："他的伤全好了吗？"谷啸风道："全好了。令嫒以为你还没有这样快回去的，她想先去一趟金鸡岭再回去，想不到你老已经来到这儿。"正是：

老骥伏枥雄心在，重履中原觅掌珠。

欲知后事如何，请听下回分解。

第九十二回　一战群雄驱巨盗
重来少侠入苗疆

厉擒龙道:“谷少侠，公孙璞也是你的好朋友，是么?”

谷啸风道:“不错。岛主你也认识他么?”

厉擒龙点了点头，说道:“听说他和黑风岛主的女儿很是要好?”

谷啸风笑道:“他们本来是未婚夫妻。黑风岛主不喜欢公孙璞，想要悔婚，他的女儿不听他的所为，从黑风岛私逃出来的。黑风岛主屡次拆散他们的婚姻，闹至翁婿成仇，父女反目。他们这对小夫妻经过许多患难，其间令嫒也曾帮过他们的忙呢。”

厉擒龙道:“黑风岛主的女儿宫锦云和小女赛英自小就是好朋友。不过我和黑风岛主却有一段恩怨未清。这件事说起来和公孙璞多少也有点关连。”

谷啸风关心好友，说道:“他们翁婿成仇，把厉老前辈也牵连进去了么?”

厉擒龙道:“是另一桩事情，公孙璞的父亲是前辈武学大宗师桑见田的女婿，他得了桑家的两大毒功秘笈，他死了之后，不知怎的，这秘笈却落到大魔头西门牧野的手中。

“乔拓疆那次来侵我的明霞岛，黑风岛主于我有解围之德，我不愿受他的恩惠，是以答允了他，要从西门牧野手中夺回桑家的毒功秘笈，送给他作为报答。

“我就是因此再到中原的。不料事情变化却出乎我的意料之外，黑风岛主给蒙古国师龙象法王以名利引诱，龙象法王答允给他撑腰，扶助他做中原的武林盟主，他这就利令智昏，投靠了蒙古鞑子啦。”

王宇庭吃了一惊，说道：“哦，有这样的事，黑风岛主与龙象法王同恶相济，咱们倒是应该小心提防他了。厉岛主，多谢你告诉我们这个消息。”

厉擒龙继续说道：“西门牧野本来就是龙象法王的爪牙，这么一来，黑风岛主和西门牧野也就成了‘一家人’啦，西门牧野是否肯把那毒功秘笈送给他我不知道，但我对黑风岛主的诺言却是可以一笔勾销了。王寨主，你说我这样做该不算是言而无信吧。”

王宇庭道：“岛主做得对极。大丈夫固当恩怨分明，但更应该看是对什么人，黑风岛主当初要利用你，才替你解围，如今他和龙象法王、西门牧野等人同恶相济，你若还帮他，那不变成了助纣为虐了？”

厉擒龙哈哈笑道：“对。我和西门牧野本来也有梁子的，但即使我从西门牧野手中夺了那毒功秘笈，要送也只能送给公孙璞，好让物归原主，决不会再送给黑风岛主了，嗯，说到这里我还有一个消息要告诉谷少侠。”

他指明这个消息是要告诉谷啸风的，谷啸风不觉怔了一怔，连忙问道：“什么消息？”

厉擒龙道：“你知道有辛十四姑这个女魔头么？”谷啸风道：“知道！”厉擒龙似笑非笑地接着说道：“所说她和你的岳父在少年之时，曾有过一段不很寻常的交情，你知道么？”

谷啸风不愿谈及岳父的隐私，说道：“我只知道她是我岳父的仇人。”

厉擒龙道：“不错，那是因为辛十四姑嫁不成你的岳父，因爱成恨的。她害死了你的岳母，却嫁祸给她的表妹孟七娘。这些事我是最近才知道的，我碰上你的岳父的好朋友张大颠，听他说你的岳父已经弄明真相，并且亲手报了仇了。”

谷啸风见他已经知道得相当清楚，也就不再隐瞒，说道：“这件事情，当时我也是在场的。辛十四姑暗中对我岳父下了毒，令他功力消失，将他软禁在湘西的一个苗峒之中。后来张大颠与孟七娘不约而同地来到了那个苗峒，把我岳父救了出来。我的岳父功力恢复之后，和辛十四姑悬崖决斗，迫她自毁武功。”

厉擒龙道：“听说你的岳父和辛十四姑决斗之时，黑风岛主也忽然出现？”

谷啸风道：“正是因为黑风岛主跑来调停，我的岳父才饶了辛十四姑一命。叫那女魔头自毁武功来赎罪的办法，就是黑风岛主提出的。”

厉擒龙道：“后来的事情你知道么？”

谷啸风道：“什么事情？”厉擒龙道：“那女魔头的下落。”谷啸风道：“这我就不知了。”

厉擒龙道：“这是黑风岛主早就有了安排，辛十四姑自毁武功之后，黑风岛主带她下山，山下他的管家守在那儿，黑风岛主就把辛十四姑交给管家，把她带回黑风岛去啦。”

谷啸风道：“这却为何？”

厉擒龙道：“辛十四姑是天下第一使毒高手，当时黑风岛主尚未曾和西门牧野化敌为友，没有把握取得桑家的毒功秘笈，是以想要学辛十四姑的使毒本领。但其时他也正有事于中原，因此只能叫管家先把辛十四姑送回去，把她软禁在黑风岛上。

“这次我从东海重到中原，路经黑风岛，这才知道辛十四姑已经逃走了。”

谷啸风吃了一惊道：“她不是武功已毁的么，怎能逃出黑风岛？”

厉擒龙道：“她偷了黑风岛主的千年续断，把断了的琵琶骨驳续好了。黑风岛主不在岛上，谁能拦阻得了她？黑风岛上的人几乎给她全部毁光，那管家算是不幸中之大幸，受了重伤，保了性命。”

谷啸风暗暗吃惊，心里想道：“辛十四姑这女魔头逃出了黑风岛，势必要找我的岳父寻仇。她的武功虽然稍逊一筹，但使毒的方法千奇百怪，只怕岳父防不胜防。我须得赶紧给他通风报讯才好。”

王宇庭本来要留厉擒龙多住几天的，厉擒龙道：“老夫挂念小女，请恕不能在贵寨久留了。”

谷啸风道：“厉岛主可是要到金鸡岭探听消息么？”

厉擒龙道："不错。你有什么事情？"

谷啸风道："正是有桩事情拜托岛主。玉帆的妹妹玉瑾在金鸡岭，你若见到了她，请告诉她，她所要找寻的人出了一点意外，如今下落不明。"

厉擒龙道："哦，她找的是什么人？"

谷啸风道："是一个名叫龙新的少年侠士。"当下把事情的始末扼要告诉了他，并把"龙新"的相貌特征说给他听。

王宇庭跟着说道："我已经派人沿着太湖两岸查探，但愿他吉人天相，给人救起。请你知会金鸡岭方面协同打听。"

厉擒龙道："玉帆是我的女婿，他妹妹的事情也就是我的事情，给你们传几句话何须道谢？"

厉擒龙告辞之后，谷啸风跟着也向王宇庭告辞。王宇庭道："你托厉岛主传话，那么你是不准备回金鸡岭的了？"谷啸风道："我想把刚才得到的那个消息，赶去告诉家岳。"王宇庭点了点头，说道："明枪易躲，暗箭难防。那女魔头既然逃了出来，是应该告诉你的岳父多加防备。那么一路之上，请你也多留意一些，留意龙新的消息。"谷啸风道："这个当然。"

大战过后，太湖上的浮尸尚未打捞干净，随处飘流。谷啸风心中凄恻，想道："龙新失事之后，跟着就发生这场水战，只怕他是凶多吉少的了。

"龙新面貌丑陋，但除了相貌不同之外，他和辛龙生倒是甚为相似。唉，他于玉瑾有恩，本来最好是能让他们两人结合的，却不料又出了这桩意外。"

从奚玉瑾又再想到了自己的未婚妻韩珮瑛："珮瑛和玉瑾情如姐妹，百花谷那件事情过去之后，玉瑾心里或者尚存芥蒂，珮瑛却是不会有了。此去若能一家人团圆，我请珮瑛和她爹一同回金鸡岭居住，也可以安慰安慰玉瑾。"蓦地又想起一桩事情："辛十四姑必定要向她爹寻仇，途中若然不幸珮瑛给她碰上，那就糟了！"

湖平如镜，小舟正到中流，谷啸风独立船头，披襟迎风，精神为之一爽，极目远眺，四顾茫茫，但见水天一色。想起刚才的顾虑，不觉哑然失笑："天地如此之大，珮瑛哪会有刚刚给她碰上的道理?”又想:“我所应该担心的倒是珮瑛从未到过苗疆,只怕她找不着那个地方呢。”

原来韩大维脱出了辛十四姑的魔掌之后,由于当日就经过一场恶斗,而又余毒未清,是以就由他的好友张大颠陪伴着他,在湘西苗疆一个人迹罕到的地方居住,准备养好了病方始回家。

谷啸风虽然早在一年之前就与韩珮瑛言归于好,但在这一年当中,他们亦是会少离多。谷啸风这次去给岳父报讯,同时也怀着一家人团聚的心情,于是日夜兼程,匆忙赶路。

一路无事,这天已是踏入湘西境内。湘西包括十七个县,他要去的那个苗疆是在最西北的一个县份,中途要经过平田和武岗两个小县。

平田有个姓邵的武学世家,邵家两兄妹邵湘华、邵湘瑶是曾经到过太湖,和谷啸风见过面,意气甚为相投的朋友。邵湘华的未婚妻杨洁梅又正是辛十四姑以前的丫头侍梅,是韩珮瑛的好朋友。

道经平田,谷啸风心里想道:“杨姑娘身世可怜,如今总算得了个好归宿了。她曾经帮过珮瑛的忙,珮瑛也很惦记着她。珮瑛经过此地之时,不知曾否去拜望过她?我何不顺路一访他们,也可以打听打听瑛妹的消息。”

邵家坐落山边,沿途人烟稀少。但好在方圆十里之内,也只有邵家这家富户,并不难于寻找。但谷啸风来到门前,却见大门紧闭,檐头还结有蜘蛛网。

谷啸风有点奇怪,心里想道:“白日青天,何以关门闭户,难道他们一家人都出去了?”

谷啸风拍了拍门,本是存着“姑且一试”的念头而已,却不料立即便有人应声开门,谷啸风方始放下心上的一块石头,暗笑自己太多疑虑。

但出来开门的却是一个苗女,谷啸风又不禁好生奇怪了。

幸亏这苗女懂得汉语,一说话就解除了他的疑惑。那苗女道:“这位客人,你是来找我们老爷的吗?”她这么说显然是邵家的丫头了。湘西是汉苗杂处之地,富户人家,买有苗女作为丫头,乃是寻常之事。

谷啸风道："我是来找邵家的少爷的。你是——"那苗女果然说道："我是服侍小姐的丫头，小姐给我取了一个汉人名字，叫做赛花。"

谷啸风道："赛花姐，你家少爷小姐可在家么?"那苗女道："少爷，你是——"双眼灼灼地盯着他看，谷啸风以为是她少见生人的缘故，不以为意，说道："我姓谷，名叫啸风，和你家的少爷小姐相识的。"

那苗女道："请进来吧。"却并不回答他的问题。

谷啸风跟她进入客厅，不见邵家的家人出来迎客，忍不住重复问那苗女："你家主人是否不在家中?"

那苗女道："不错，他们一家子都到邻县武家去了。"

平田的邻县乃是武岗，武岗也有一个武学世家，主人武延春是武林中颇有名望的前辈，邵武两家乃是世交，按常理而论，阖家出去作客，只留一个丫头看门，似乎少见。但以他们两家的交谊，却也不算奇怪。

谷啸风道："那我来得真是不巧了，你家少爷回来之时，你给我说一声吧。大约过半个月，我会再来看他。"

那苗女道："不，不，谷少爷，请你务必留下。我马上请少爷小姐和杨姑娘回来，今晚就可以回到家的。"

谷啸风道："用不着这样费神了，我也没有什么紧要的事情。"

那苗女道："谷少爷，请你多留几个时辰吧。你走了不打紧，杨姑娘回来会怪我的。杨姑娘你知道吗，她就快要是我们家的少奶奶了，日期已经定好是下个月初三。"

谷啸风听她这么一说，倒是不觉奇怪起来了，说道："我知道。但那位杨姑娘却怎么知道我会来呢?"

那苗女道："杨姑娘说若有外路客人来找少爷，要我务必请那客人留下。前天她临走的时候不放心，还再三叮嘱我呢。"

谷啸风道："是不是有位韩姑娘曾经来过了?"

那苗女怔了一怔，说道："韩姑娘?啊，对，对，前几天是有一位很漂亮的女客人来过。但我不知道她姓什么，大概就是你说的那位韩姑娘吧?"

一个苗女出来，对谷啸风殷勤的招待。

谷啸风心中一喜："珮瑛果然是来过了。"他本来可以跟那苗女去武家的，但一想在别人家里，可不便和杨洁梅说话，便坐下来，说道："好，那你去吧，我给你看门。"

那苗女嗯了一声，并不马上就走，却是转身走入后堂。谷啸风只道她要换一套衣裳，只见她出来的时候，手中捧着一个托盘，盘中有糖果和一壶清茶。

那苗女斟了一杯茶，说道："谷少爷，你来了没人招待，还要劳烦你给我看门，实在过意不去。你请喝茶。"

谷啸风道："不用客气，你快去吧。"心里想道："这苗女倒是伶牙俐齿，很会说话。"端起那杯清茶，只觉一股淡淡的香气，扑入鼻观。谷啸风心中一动，把茶杯端在手中，并不就喝。

那苗女忽道："有件事我几乎忘了。"提起一个水壶，向花盆浇水，这个花盆是放在靠窗的桌子上的。富贵人家有盆栽作为摆设并不稀奇，但盆中栽的异种墨兰却是少见。

谷啸风疑心顿起，想道："怎的却是有余暇做这等闲事？"

心念未已，只听得那苗女说道："这是老爷从我们家乡移来的墨兰，每天都是按时浇水的，否则就会枯萎的，杨姑娘最喜欢它，前天她离家的时候，还曾再三叮嘱过我，要我料理这一盆花。"

谷啸风心道："原来这样。"笑道："其实你可以叫我替你料理的。"那苗女道："这可不敢当，反正浇浇水花不了多少时候。咦，谷少爷，你怎么不喝茶呀！"谷啸风道："我不渴。"那苗女笑道："我倒是有点渴了。"

谷啸风心中一动，说道："那你喝这一杯。"那苗女道："这我怎么当得起？……"谷啸风道："别客气，你要赶路，你先喝。"那苗女倒似毫没机心，说道："多谢谷少爷。"接过来就喝。谷啸风笑道："我自己会招呼自己，你去吧。"

苗女走了之后，谷啸风暗笑自己的多疑，想道："这苗女大概是因为在邵家做了几年丫头的缘故，多少也懂得一些江湖顾忌，是以她找个借口，喝了这一杯茶，以免我的疑心。"

"不过江湖上诡诈的事情很多，龙新就曾经这样上过人家的当，我还是小心一点的好。"谷啸风心里又再想道。

原来他刚才之所以不喝那一杯茶，就是因为忽地想起“龙新”所曾遭遇的一桩事情。

“龙新”到苏州“赛华佗”王大夫的医馆求医之时，不知那医馆已给敌人窃据。

“那苗女虽然不似坏人，但前车可鉴，还是小心一点的好。”谷啸风想道。固然不敢喝茶，糖果也不敢进口。

谷啸风本来是个爱花的人，闲坐无聊，不知不觉就走近去观赏那盆墨兰，只见寥寥几枝，却是婀娜多姿，有如淡妆美人，虽然不施脂粉，薄描娥眉，也有难以描画的天然风韵。走近了去，只觉幽香如酒，中人欲醉。

谷啸风不禁啧啧赞赏：“玉瑾的百花谷里，什么花都有，却也未曾见过这种墨兰。怪不得杨姑娘这样爱护它，要叮嘱那苗女小心照料了。”

花香扑鼻，浮想联翩。谷啸风不觉又想起了杨洁梅的可怜身世来了，“她本来是好人家的女儿，给人拐去，卖给辛十四姑做丫头，这已经是大大的不幸了。听说辛龙生还曾骗了她的芳心，在玉瑾和辛龙生成婚那天，她曾经前来闯席，大闹一场。她当时心中的悲苦，也就可想而知了。不过她总算是不幸中之幸，历尽折磨之后，终于找到了一个真正爱她的人。”又再想道：“世事变化，也真是难以预料，辛龙生负了她，不料竟也死于非命。不知她现在还恨不恨他，这消息要不要告诉她呢？嗯，君子之道，应该隐恶扬善，过去的事还是不必和她再提了。”

谷啸风从这盆兰花想到了百花谷，想到了奚玉瑾，又从奚玉瑾想到了辛龙生和杨洁梅，浮想联翩，不知怎的，忽觉得迷迷糊糊，奚玉瑾、辛龙生、韩珮瑛、杨洁梅等人的影子走马灯似的在他脑海里转，突然就不省人事了。

也不知过了多久，迷迷糊糊中忽地脑袋一阵清凉，好似给人浇了一盆冷水似的，谷啸风醒了过来。一睁开眼就看见那苗女笑吟吟地站在他面前，正在向他喷冷水呢。

谷啸风大吃一惊，叫道：“你回来了，我怎么会这样的？邵少爷和杨姑娘呢？”

那苗女笑道:“你要找的人来了!”

话犹未了,只听得一个阴恻恻的声音说道:“谷啸风饶你机灵,也吃了老娘的洗脚水!”进来的正是辛十四姑!

谷啸风又惊又怒,他本来担心韩珮瑛碰上这个女魔头的,想不到却是自己碰上了。他本能地要跳起来,只觉软绵绵的浑身乏力,那苗女笑道:“你安静一点吧。”轻轻一推,就把他推倒了。

辛十四姑笑道:“谷啸风,你得她服侍,真是天大的福气,你知道她是谁吗?她是湘西苗峒的三公主!”那苗女笑道:“小女子蒙赛花,我在湘西见过你的,只是你不知道我罢了。”

原来辛十四姑逃出黑风岛之后,先到湘西苗疆打听韩大维的下落。苗疆峒主蒙得志是她旧交。蒙得志有三个女儿,大女二女已经出嫁,三女蒙赛花尚待字闺中,她是辛十四姑的干女儿。

蒙得志因为上次帮忙辛十四姑与汉人的侠义道为敌,遭受了总峒主的责备。是以这次辛十四姑来到他的地方,他虽然念在旧情,仍加款待,但却不愿意帮忙她了。

但蒙赛花不知怎的,却与辛十四姑特别投缘。辛十四姑把外面的世界说得花花绿绿,又答应传授她的武功,她这就背着父亲跟辛十四姑跑了。

辛十四姑这次回来,有三个人是她要找来报仇的。第一个是韩大维,第二个是她的表妹孟七娘,第三个就是她从前的侍女杨洁梅了。

韩大维曾打断她的琵琶骨,废了她的武功,她当然是要报复的。不过她对韩大维乃是爱恨纠缠,虽然恨他,在她心目之中,却还不是最大的仇人。

孟七娘曾经是她的情敌,又曾与张大颠联手把业已在她掌握之中的韩大维救了出来,她当然也是痛恨的。不过痛恨的程度,却还比不上她之痛恨杨洁梅。

第一,她恨杨洁梅“背叛”了她。第二,她恨杨洁梅偷她的毒药害她的侄儿。第三,她已经知道那本穴道铜人秘笈是落在杨洁梅父亲生前的好友石稜手上,而石稜又正是杨洁梅未婚夫邵湘华的生父。这本秘笈是她梦寐以求的东西,而杨洁梅正是可以找到这本秘笈的一条线索。有这三个原因，她自是第一个就要找杨洁梅来报仇了。

杨洁梅本来是住在邵家的，但邵家为了避祸，早已搬迁。（邵家的两个大对头，一个是乔拓疆，一个是辛十四姑。但邵家以为辛十四姑武功已废，这次避祸，倒不是为了防备她，而是怕乔拓疆再来寻仇。）

辛十四姑和蒙赛花到了邵家，找不着杨洁梅，就在邵家住下，等邵家的人回来。不料邵家的人和杨洁梅还未回来，却是谷啸风先闯来了。

谷啸风来的时候，辛十四姑恰好有事外出，蒙赛花设计把谷啸风擒获，这才赶紧去找辛十四姑回来的。

且说谷啸风给蒙赛花推倒，只觉浑身乏力，要跳也跳不起来。辛十四姑笑道："你吸了'千日醉'的花香，武功已失，挣扎也没有用了。你还是乖乖听我的话吧。"

谷啸风情知自己即使武功未失，也不是辛十四姑的对手，唯有恨恨说道："我中了你们的诡计，落在你的手上，只有死而已，要我屈服，那是休想！"

辛十四姑笑道："你是我故人之婿，我不看僧面看佛面，怎能取你性命？不过，你若是不听我的话嘛，我也唯有令你求生不得，求死不能了。"

说到这里，回头又对蒙赛花笑道："干女儿委屈你了。用不着你'服侍'他啦，你还是去照料那盆兰花吧。"

蒙赛花笑道："不错，这次能够把谷少爷留下来，还是多亏了这盆兰花呢。谷少爷，你别生气，我们苗人好客，不是如此，怎能请得你留下来？"

原来那盆墨兰乃是苗疆特产的一种奇花，用含有硫磺的矿泉水浇它，就会发出一种异香，故此别名"千日醉兰"，吸了花香，便如中酒，昏醉不醒。

谷啸风脸儿朝里，闭上眼睛，不理不睬。辛十四姑把他翻转过来，说道："你不回答我的话，只有多吃苦头！"轻轻在谷啸风眼皮上一抹，谷啸风只觉双目酸涩，眼泪簌簌而下，不由自己地张开了眼睛！

谷啸风喝道："你把我杀了吧！"辛十四姑笑道："我说过不杀你的，我费了如此大的气力，把你弄来，怎会杀你？你告诉我实话，我还可以给你解药呢！你岳父在哪儿，快说！"

谷啸风冷笑道："你毒如蛇蝎，我的岳父一见你就讨厌，你还不知羞耻，想去缠他！"

辛十四姑气得双眼发白，却阴恻恻地笑道："你想激怒我杀你是不是？我偏偏不如你的所愿，留下你慢慢消遣。你知趣的答我第二个问题，孟七娘这贱人在哪里？"

谷啸风道："你才是贱人呢！孟七娘在哪里我不知道，知道也不告诉你！"

辛十四姑冷笑道："侍梅这臭丫头在哪里，你料想是不知道的了，但我的侄儿在哪里，你总应该知道了吧？我要你替我把侄儿找来！"要知辛龙生是江南大侠文逸凡的弟子，辛十四姑想要会见亲人，却是不敢亲自去找的。她需要谷啸风亲笔写一封书信，才好遣人到文逸凡那里把辛龙生骗来。

谷啸风淡淡说道："你的侄儿我倒是知道的，可惜谁也没法再找他啦！"

辛十四姑道："为什么？"

谷啸风道："你要找他，到阎王殿上找他吧！"

辛十四姑大惊道："龙生已经死了？是你毒死他的？"

谷啸风道："辛龙生是我佩服的人，我只恨不能救他性命！"

辛十四姑冷笑道："这倒奇了，你佩服他？那你说实话吧，是谁害了他的？是侍梅那臭丫头吗？"

谷啸风冷笑道："你是以小人之心度君子之腹。"辛十四姑道："你是君子？"谷啸风双眉一轩，说道："我纵然不配称为君子，最少我还识得是非好歹，懂得分清黑白。杨姑娘更不是如你所想象的心肠恶毒的人。是你的侄儿先对她不住，她要报复那也是人情之常，但决不至于就下毒手杀他。"

辛十四姑哼了一声道："你刚才还说佩服我的侄儿，如今又说他的坏话。"

谷啸风道："是就是是，非就是非。我是就事论事。古人有云：君子之道，大德无亏，小节出入可也。这句话我想，你是应该知道的吧?”

辛十四姑道：“我不和你谈古论今，闲话少说，我的侄儿到底是谁害死他的?”

谷啸风缓缓说道：“是完颜豪害死他的!”辛十四姑大惊道：“是完颜豪?”

谷啸风道：“不错，是完颜豪，我也正是因此，才佩服他的。说老实话，我是曾经讨厌过你的侄儿的，但他大节凛然，勇拚鞑子，死而不屈。这我就不能不佩服他了。哼，你的侄儿可比你好得多，不，不，根本就不能相提并论。亏你还有脸问你的侄儿，你敢为他报仇么?”

辛十四姑半信半疑，心里想道：“龙生的为人，我是深知的。他最多可以做个伪君子，决不会是真正的侠义道。我就不信在临危之际，他不会向敌人屈服。不过完颜豪他确实是个心狠手辣的人，龙生是文逸凡的掌门弟子，在他觉得难以利用龙生之时，当真就杀了他，那也是说不定的。这事是真是假，慢慢我再查个水落石出。”

谷啸风见她面色阴晴不定，冷笑说道：“你打什么鬼主意，你不敢为侄儿报仇，何必还要问我?”

辛十四姑阴恻恻地说道：“我报不报仇，这是我的事。但若然如你所说，我的侄儿已死，那我也没有用得着你的地方啦!”说至此处，突然把手一扬。她的指甲缝里藏着一撮药粉，弹出药粉，化为一片烟雾，谷啸风无力动弹，登时给药粉洒得满身。

蒙赛花大概一直是在外面偷听的，辛十四姑弹出药粉之际，她失声惊呼，立即就跑进来，叫道：“干娘，不要杀他!”可是她还是迟了一步，药粉早已洒在谷啸风的身上了。

辛十四姑笑道：“干女儿，我答应过你，怎能杀他呢?但他辱骂我，我可不能不叫他吃点苦头，不许你为他求情，你和我出去吧。”

蒙赛花无可奈何，只好跟着辛十四姑走出房间。辛十四姑反手掩上房门，笑道：“谷啸风，你等着尝尝好滋味吧!”正是：

深入苗疆寻爱侣，谁知却遇女魔头。

欲知后事如何，请听下回分解。

第九十三回　识破鬼胎终反目
智擒贼子讯奸谋

谷啸风只觉浑身痕痒，好像有无数虫蚁在他身上爬行，那种不舒服的感觉，真是难以形容，再过片刻，那些无形的虫蚁，竟似钻进了骨头，骨头都好似酥化了。痛还好受，奇痒可是比痛更要难堪。谷啸风忍不住用力抓痒，抓得皮穿肉裂，鲜血淋漓，痕痒之感，却是越来越厉害了。

不过一会，谷啸风已是给折磨得精疲力竭，神智模糊。他若是完全不省人事还好，偏偏那种奇痒的感觉就似从脏腑里透出来，要睡也睡不着，只是连抓痒的气力都没有了。

也不知过了多久，正在他给痛苦煎熬得极度难堪，迷迷糊糊之际，忽然感到一阵清凉，痕痒大减，真有说不出的舒服。

谷啸风清醒过来，定睛一瞧，却原来是那个苗女正在他的身上涂抹不知什么药膏，他的上衣早已被那苗女脱下了。

蒙赛花见他张开眼睛，柔声问道："舒服点吗？"谷啸风哼了一声，不理睬她。心里虽然恨她助纣为虐，但得她止了痕痒，总是好过得多。是以只好既不谢她，也不骂她。

蒙赛花好似知道他的心意，说道："你一定是恨极我了。但我实在不知她会这样对你的。"

谷啸风忍不住冷笑道："是那妖妇叫你来给我卖好的，是吗？你们一个做好，一个做歹，意欲何为？"

蒙赛花忽地眼泪滴了下来，说道："我是冒着给师父责打的危险来给你医治的，你却还把我的好意当作恶意！呀，我已经向你认错，你都不能原谅我吗？”

谷啸风看她不像做作，当下半信半疑地问她道：“你们不是串同做戏的，那妖妇为什么让你进来？”

蒙赛花道：“师父已经出去了，她一出去，我就进来给你医治的。”

谷啸风道：“你为什么不怕师父回来责打？”

蒙赛花双颊晕红，半晌说道：“我对你不住，累你受苦了。给师父责打，我也是心甘情愿的。”

谷啸风道：“你既然不是坏人，为何听那妖妇指使？”

蒙赛花道：“我的师父这样折磨你，难怪你要骂她。不过她对我们父女，却是曾经有过恩惠的。有一年，我们苗峒里发生瘟疫，全靠她给我们父女医治，才得保全性命。所以我就认了她做干娘，又拜她做师父。”

谷啸风心里想道：“俗话说的：曹操也有知心友，关公也有对头人，这话确是说得不错。不过她不知道那妖妇只是想利用他们苗人罢了。”

蒙赛花说道：“你和干娘结有仇冤，我真的毫不知情。我只是照她的吩咐行事罢了。她出门的时候吩咐我，倘有我不认识的陌生人来找她，就要用那花香令他昏迷。唉，倘若我知道她会这样折磨你，我一定不会做的。”

谷啸风道：“一个人的好坏，不是看他一件、两件事情，你现在知道你是做了错事，知道了辛十四姑是如此毒辣的恶妇，那就好了。”

蒙赛花道：“我们父女曾经受过她的恩惠，所以我以前一直把她当作好人。”

谷啸风道：“她是想利用你们父女对付汉人中的好人。”

蒙赛花道：“那次她要我们帮她对付一个姓韩的老头儿，这老头儿是你的岳父。对吧？（谷啸风点了点头）事情过后，我们总峒主派来一个姓石的使者，他也是这样说的。当时我还不大相信呢，现在可相信了。”

谷啸风道：“为什么你现在相信了？”

蒙赛花道："因为你也是这样说。"

谷啸风不觉一怔："我和她不过刚刚相识，为什么她会相信一个陌生人的说话?"

蒙赛花道："她和你结的什么仇冤?啊，对了，我想起来了，她刚才要你带她去找你的岳父，敢情她是因为和你的岳父结了冤仇因而迁怒于你的，是不是?"

谷啸风道："不错，她毒死我的岳母。"

蒙赛花道："为什么?"

谷啸风觉得她问得太多了，淡淡说道："我不知道。"

蒙赛花笑道："你不知道，我倒知道。我们苗家女子，最是痴情。干娘的手段是毒辣了些，但在我们苗家女子看来，倒也未尝不可原谅呢。"

谷啸风吃了一惊，心道："怎的她竟有这个想法，真是糊涂!"

蒙赛花忽道："你的妻子呢?我们苗家，夫妻总是在一起的，为什么你却是独自一个人?"

谷啸风道："我们还未成亲，但我正是要来找我的未婚妻子的!为的就是怕她遭了你干娘的毒手!"

蒙赛花笑道："这么说你也是有情有义之人了。那位韩姑娘想必是十分美貌的了，是吗?"

谷啸风道："一个人是美是丑，要看内心。不错，我的未婚妻子长得很美，但她心地更好!"

谷啸风心里想道："她若是心地善良，听了我这番言语，纵然对我有甚痴心妄想，也该断了念头了。但若是她心肠恶毒，像她干娘那样，那也就可能因妒生恨，对我横加毒手。"

此言一出，只见蒙赛花脸上变色，双手颤抖，捧着的药瓶跌了下来，那是玉瓶，幸而没有跌破。

蒙赛花拾起药瓶，苦笑说道："那位韩姑娘真好福气，有你这么一位深爱她的丈夫。"

看样子她好像还要说下去的，但刚刚说到这里，已是隐隐听得外面有脚步声。蒙赛花吃了一惊，说道："干娘回来啦，咦，她是和谁一起回来呢，我可得出去看看了。你要装作仍是神智昏迷，痛苦难熬，不可给她识破。”

蒙赛花匆匆出去，那两个人的脚步声也到了门前了。

谷啸风知道辛十四姑在武林中是没有任何知心的朋友的，这个人她能够带他到自己窃据的邵家来，让他知道自己的秘密，显然交情极不寻常。这个人是什么人呢？谷啸风也不禁好生奇怪了。

这个人是什么人？谷啸风将有什么遭遇？请恕作者卖个关子，暂且按下不表。回过头来，先表辛龙生的遭遇。

辛龙生不懂水性，那日在水底扼毙了两个海盗之后，力竭精疲，浮不起来，给波浪一冲，登时不省人事。

也不知过了多久，渐渐有了知觉，首先感觉到的是身子仍然随波起伏，辛龙生心里想道：“难道我已被带到了海龙王那里？”

慢慢张开眼睛，这才发觉自己是躺在一只小舟之中。旁边坐着个人，他张开眼睛的时候，那个人也正在微笑地看着他。

辛龙生看清楚了那个人，不由得大吃一惊，人也登时清醒了。

这个人不是别人，正是那个在荒谷里曾经与他相处了一个多月的宇文冲。

宇文冲微笑道：“龙兄，你醒来了，你想不到是我救你吧？”

辛龙生心中苦笑：“想不到我第二次落在他的手中。”却不能不装作欣悦而又感激他的样子说道：“宇文兄，多谢你救命之恩。嘿，嘿，我真是意想不到，意想不到。”

宇文冲笑道：“咱们是曾经同过患难的好朋友，你帮过我的大忙，我怎能不来救你呢？”

辛龙生道：“宇文兄，你何以知道我会有今日之难？”

宇文冲笑道：“并非我有未卜先知之明，不过却也并非全然巧合。我是知道你到了太湖的。官军的水师开入太湖，我这条小船是跟着官军的船只来的。”

辛龙生道：“哦！官军的船只开入太湖，那是为了什么？你又怎能混在官军的水师之中？”

宇文冲道：“咱们明人不说暗话，我知道你在王宇庭的山寨，已经见过了一鸣道人和百悔和尚了，是不是？你见了他们两个，当然也知道了我的来历了，是么？”

辛龙生其实还没有在王宇庭的山寨见过那两个人，不过宇文冲的来历他却确实是知道了的。那日在那荒谷之中，宇文冲负伤走了之后，他与一鸣道人和解，一鸣道人已经把宇文冲的来历，原原本本地告诉了他。后来在王宇庭的山寨，又曾听得王宇庭与属下的一个老寨主韩成德，谈论过宇文冲这个人，他知道得更加详细了。

辛龙生苦笑道：“扬州那次事情，我是一直被蒙在鼓里的。现在虽然稍为知道一点内情，却并无与一鸣、百悔二人图谋你的心意。”

宇文冲道：“我知道，否则我也不会再来救你了。”

揭明自己的来历之后，宇文冲方始回答辛龙生所问的问题：“你既然知道我的来历，当然知道扬州知府的夫人是我的姑母了。宋国如今在向金国求和，这次率领水师开入太湖的飞虎军总兵也正是讨好金国的扬州知府岳良骏。我能够混在宋国的水师之中，你还觉得有什么奇怪么？”

辛龙生心里想道：“一错不应再错，我已经上过完颜豪一次当了，这个奸贼，我实是不该和他结交。但我现在气力都还未曾恢复，本领也是远不如他，只好暂且敷衍他吧。”

宇文冲接着说道：“宋国的水师是来追击史天泽、乔拓疆的残部的。我恐怕他们很可能和王宇庭也打起来，嘿嘿，他们与王宇庭打仗不打紧，我可是关心你的安危哪。”

辛龙生苦笑道：“多谢了。”

宇文冲得意洋洋地说道：“我来得也是真巧。你碰上乔拓疆的海盗船，我远远的就看见了。刚好赶得上救你一命。”

辛龙生道：“官军捉着了乔拓疆没有？”

宇文冲道：“这我就不知道了。我的快船在水师船只前面，救起了你，立即就走。现在已经是第二天啦。你整整昏迷了一天呢！”

辛龙生吃了一惊，说道：“已经过了一天啦？那么这里是什么地方，不是太湖了吧？”

宇文冲道：“当然不是太湖了，这里已经过了采石矶啦。”辛龙生道：“啊，那么咱们是进了长江了。”宇文冲道：“不错。你还想回去王宇庭那儿吗？我知道你是偷走出来的，为的是要躲避谷啸风。我猜得对不对？嘿、嘿，俗语说得好，好马不吃回头草，我劝你还是死了这条心吧。再说，咱们曾经共过一场患难，我也实在舍不得和你分手呢。”

辛龙生暗暗叫苦：“又落在这个魔头手上，这次恐怕是不容易摆脱他了。”当下只好假意说道：“良朋相遇，小弟也盼与吾兄多聚些时。但不知兄台要和小弟上哪儿？”

宇文冲道：“待会儿我会告诉你的，你先吃点东西，我已经给你准备好稀饭了。”

辛龙生不知宇文冲葫芦里卖的是什么药，宇文冲殷勤地服侍他，他心里越发惴惴不安。

吃过了稀饭，宇文冲道：“这是你那天穿的衣裳，这是你的宝剑，幸而你挂在腰间，没有失掉。唔，还有几锭银子和一个玉瓶，这都是从你身上搜出来的，你瞧瞧还有什么失掉的没有？”

辛龙生道：“小弟拾回一条性命，已属万幸。身外之物，失掉也不算什么。宇文兄，你这样为小弟操心，小弟实是过意不去。”

宇文冲笑道：“好朋友嘛，这是应该的。”一面说话，一面拿起那只玉瓶，摇了几摇，接着说道：“这瓶里装的是什么药？”

辛龙生道：“这是王大夫给我的补药。”

宇文冲冷冷说道：“不对吧，我认得这玉瓶是车卫的东西。龙兄，咱们是性命之交，我想你也应该对我说实话吧。”

辛龙生见他神色不善，连忙说道：“是，是，我记起来了。这是车卫给我的药丸，他要我每隔一个月服一颗的，我也不知有什么功用。”

宇文冲面色稍稍缓和，说道：“总算你说了一半真话！”

辛龙生硬着头皮说道：“我当真不知有什么用。”

宇文冲道：“你不知道，我倒知道。这是你练了他的内功心法之后，必须服的解药。否则就痛苦难熬，功夫练得深了，还会有走火入魔的危险！”

辛龙生道：“是吗？车卫没有告诉我，他只是要我按月服食。”

宇文冲道：“车卫限你半年回山的，如今已经过去了四个月了，为什么玉瓶里还有三颗药丸？应该只剩两颗才对。”辛龙生只好设法圆谎，说道：“王大夫给我治病，他叫我只能吃他的药，不能吃别的药。”

宇文冲也知道他是说谎，心里想道：“这小子本来奸诈，但我还要用他，也就不必揭破他了。”当下笑道：“好，你既然用不着它，那就给我好了。龙兄，说起来我倒要多谢你，你把车卫的内功心法告诉我，这个月来，我依法行功，颇有进益，证明你告诉我的内功心法，一点不假。”辛龙生道：“我怎敢拿假的来骗你，咱们是曾经共过患难的呀！”

宇文冲似笑非笑地说道：“内功心法不假，可惜你没有告诉我，练这内功心法的后患。幸亏我和车卫是老对头了，对他的内功心法多少也知道一点，这才没有大吃苦头。”辛龙生知道他已经看破自己的居心，正在想要砌辞自辩，宇文冲却已代他说道：“车卫这厮老奸巨猾，他传你内功心法，原也不怀好意，他没有把后患告诉你，这话我倒还可以相信的。嘿嘿，说老实话，即使没有他这种解药，我也不至于就会走火入魔的。不过，有了这解药，对我当然更有好处啦。所以我还要一并多谢你。”

辛龙生不敢搭讪，宇文冲笑了一笑，接着说道：“龙兄，你知道我最怕的是什么？”

辛龙生奉承他道：“吾兄本领如此高强，小弟实在猜想不到你还会害怕什么？”

宇文冲道：“一山还有一山高，不错，我的本领或许是比你高些，但比起车卫可还是比他不上。不过，我也不是怕了车卫，否则我就不会要找他报仇了。我最怕的是车卫这老匹夫死掉！”辛龙生呆了一呆，说道：“这个我倒真是猜想不到。”

宇文冲笑道：“这很容易明白嘛，他若然早死，我就没法亲手报仇啦。嗯，他是你的岳父，我去报仇，你帮哪一边？”

辛龙生道：“宇文兄，你是知道的，我实在并不想做他女婿。”

宇文冲道：“那么，你是帮我的了。”

辛龙生给他迫得无法模棱两可，只好说道：“兄台于我有救命之恩，我当然是要帮你。”

宇文冲道："那很好，我现在已是等不及练成他这内功心法才去报仇了，你和我到舜耕山去找车卫，到时我会告诉你怎样暗算车卫。车卫见你依时回来，不会疑心你的。"

辛龙生这才知道他的企图，心中暗暗叫苦。只听得宇文冲又说道："你不帮我的忙，那也没有什么。但那时你就不是我的朋友了，我只能一并对付你啦。第一我的本领足以杀你，第二我还可以向车卫揭破你骗婚的劣行，车卫纵然恨极了我，他也不会放过你的！"

辛龙生在他魔掌之中，只能言不由衷地说道："我岂能恩将仇报，当然是要帮你，我兄不必多疑。"

宇文冲哈哈笑道："好，那么打今儿起，咱们算是拴在一条绳子上的蚂蚱啦。龙兄，我知道你的心意，你是新欢虽好，旧爱难忘，对也不对？"辛龙生暗暗骂了一声"无耻"，说道："吾兄取笑了。"宇文冲笑道："你不必瞒我，我知道你是念念不忘百花谷那位奚姑娘的。但车卫的女儿对你有情有义，你想来也是舍不得她的。"辛龙生虽然暗地骂他"无耻"，却也不能不承认是给他说中了几分心事，当下叹口气道："我和车姑娘订婚，那只是一时的权宜之计。不过她对我确实很好，我实是不想伤害她。"

宇文冲笑道："我会成全你的心愿的。到时我只杀车卫这老头儿，那丫头就留给你好啦。你喜欢要奚玉瑾也好，要这丫头也好，都由得你。嘿嘿，我对你可算是十分体贴了吧？"

辛龙生道："宇文兄，你对我这样好，我真不知应该如何报答你。"心中却在想道："目前我是难以摆脱他的魔掌，总有一天，叫他知道我的厉害。"

宇文冲大笑道："你帮忙我杀了车卫，那就是报答了我啦，还用得着什么报答。"心里则在想道："这小子口不对心，他还以为瞒得过我，真是不知死活。借他的手杀了车卫之后，那时叫他知道我的手段！"

两人各怀鬼胎，口头上却是称兄道弟。辛龙生在船上调养两天，气力已经恢复。两人舍舟登陆，一直往舜耕山去找车卫。

这一天，经过一个小镇，宇文冲要添购一些干粮，辛龙生也想买点东西，恰好碰上小镇的“墟期”，于是两人顺便赶集。

在拥挤的市集上，辛龙生忽地发现两个可疑的人物。这两个人似乎是分别多时的老朋友，在市集上偶然碰上的。他们说的是不同于小镇人们的外地口音，相貌都很粗豪，腰间胀鼓鼓的又似乎都藏有兵器。

这两人在人丛里发现对方，立即挤开旁人，旁人给他们碰得跌跌撞撞。有几个忍不住气地破口大骂。辛龙生装作劝架，接近他们。

他们谢过了辛龙生，走向一边，辛龙生留神听他们说话，只听得一个说道：“合字儿，老大呢？我趁着顺风船来找他的。”这是江湖上的黑话，“合字儿”意思即是同伙的朋友，老大是他们这个黑帮的头领，“趁顺风船来找他”，则是他有消息要禀告老大。另一个人也用江湖黑话回答，说是他有更重大的消息要告诉他。

辛龙生悄悄和宇文冲说道：“我想跟踪这两个人。”宇文冲眉头一皱，说道：“何必管这些闲事？”

辛龙生道：“你跟着我就是。”他一面和宇文冲说话，一面则在留神听那两个人说话。

拥挤的市集上，人声嘈杂。那两个人不知辛龙生在打他们的主意，但辛龙生则是有心听他们说话的，在嘈嘈杂杂的人声之中，仍然能够分别出来，听得相当清楚。

只听得一个说道：“你要买姜带回去？你不知道老大最讨厌吃姜？”一个说道：“没办法，姜是那老婆婆种的。讲交情嘛，我不买也得买，咱们的老大恐怕也是非吃不可！”另一个道：“啊，你说的就是这个消息？”那一个道：“不错，详情慢慢再告诉你。你要告诉我的消息又是什么？”另一个道：“此地不是说话之处，咱们路上说吧。”他们已是用江湖切口交谈，仍然不敢畅所欲言，可知他们要说的事情，一定是他们帮中的秘密，不足为外人道的了。

宇文冲是江湖上的大行家，那两个人说的“切口”（术语）他是听得懂的，却不知道他们说的是什么意思。心里想道：“龙新这小子不知和这两个人有什么关系？但我也不怕他飞出我的手心。他要跟踪这两个人，我就跟他去吧。”他自恃武功高强，心想即使这两个人是“龙新”的朋友，自己亦是不惧。何况“龙新”还有把柄捏在他的手里，谅他不敢轻举妄动。

但辛龙生却并不立即跟踪，而是走入一间笔墨庄里。宇文冲道：“你干什么？”辛龙生道：“先买一把扇子。”

辛龙生挑了一把描金扇子，说道：“店主人，请借笔墨一用。”扇子值二钱银子，他付了一块碎银，足足三钱有多，叫那主人不用找补。

店主人眉开眼笑，连忙给他磨好了墨，把笔拿来，说道：“相公是要画画吗？真是风雅，风雅！这把扇子是小店最好的上品扇子，配上相公的画，那就更好了。”

店主人在旁边大拍他的马屁，辛龙生提起笔来，却是一挥而就。画的哪里是什么图画，竟是一个狰狞可怖的骷髅头！在店主人惊愕之中，辛龙生收起扇子，一声不响地就走了。

走出了小镇，宇文冲忍不住问道：“你画这骷髅头是什么意思？”辛龙生道：“交朋友用的。”

宇文冲瞿然一省，已经猜到了几分，问道：“那两个人是什么人？”

辛龙生道：“是乔拓疆的手下。”

宇文冲道：“乔拓疆这股海盗的标志是骷髅旗，怪不得你要在扇子上画上骷髅头了。你是要报仇么？”

辛龙生道：“宇文兄，你和黑道白道都有交情，乔拓疆你是否相识？”

宇文冲道：“十多年前，有过一面之交。还曾切磋过武功呢。不过，你放心，论交情，我和你的交情当然是要比和乔拓疆的手下深厚得多，你要杀他的手下，我决不拦阻。”

辛龙生道：“宇文兄，可我还得请你帮一个忙。”

宇文冲笑道：“这两个人本领有限，我一看就知。你还怕对付不了他们吗？”

辛龙生道：“我不是要你帮忙我杀他们，我是要你帮忙我和他们套套交情。”

宇文冲恍然大悟，笑道：“哦，你是要套出他们的秘密，再杀他们，那也成呀。这个忙我帮你，走吧！”

那两个人走出小镇的时候，辛龙生早已留心他们走的方向，当下与宇文冲施展轻功，追了不多一会，就追上了。

那两个人认得辛龙生是刚才给他们做和事佬的那个人，见他追来，颇感诧异，一瞧四下无人，心里想道：“这小子忒也好管闲事，哼，他若是识破我们的秘密，那就索性连他的朋友也一并杀了。”

辛龙生首先走到他们跟前，张开扇子笑道：“刚才不便相认，咱们可是同一伙的兄弟呢！”那两个人看见扇上画的骷髅，吃了一惊，说道：“你贵姓呀，咱们好像没有见过？”

辛龙生轻摇折扇，说道：“我本来是替史大头领执鞭随镫的，蒙乔舵主赏识，要我过去。我是上个月才加入本帮的。”

乔拓疆这股海盗有千多人，和史天泽合流之后，大事招兵买马，又增添了千多人。这两个人有一个是离开本帮已有多时，另一个亦非乔拓疆的亲信，原来的帮中兄弟，他都不尽相识，心里想道：“原来是史天泽的马伕，新近才改投本帮的，怪不得我不知道。”问道：“你既然跟了乔舵主，何以一个人来到这里？”

辛龙生道：“前几天太湖之战你不在场吗？”那个人道：“啊，怪不得我好像曾经见过你，而且好像是不久之前的事情。只是想不起来，敢情咱们是在太湖共过患难的？”

辛龙生道：“对了。不过咱们不是在一条船上。但你不认识我，我却是认识你的。你和钟副舵主一条船，对不对？”

那人连声说道：“对，对。我也想起来了，你是和乔舵主一条船的？”他是因为辛龙生知道他，他却不知道辛龙生，觉得不好意思，是以信口胡猜。心想这人既然是从史天泽身边过来的，想必颇得舵主看重，应该是同一条船了。

辛龙生将错就错，说道：“对了，我正是和乔舵主一条船的。太湖之战，咱们全军覆没，乔舵主的座船也给王宇庭抢了，小弟幸而命不该绝，躲在芦苇丛中，拾回了一条性命。”太湖之战，他其实并未身经，但从宇文冲口中得知梗概，说来却是有如目击一般。

那人更无疑心，说道：“那天钟副舵主抢了一条官军的小船，杀出重围，小弟尾随其后，侥幸得以逃生，但上岸来，却失散了。啊，这位朋友是谁？也是本帮兄弟吗？”原来此时宇文冲也已来到了。

辛龙生笑道：“他不是本帮兄弟，但却是咱们帮主的朋友。”

宇文冲道：“小弟复姓宇文，单名一个冲字。”

那人吃了一惊，说道：“原来是宇文先生，失敬、失敬。”目光中露出半信半疑的神气，心里想道：“宇文冲是江湖上大名鼎鼎的人物，怎的却会和本帮一个新进弟兄如此亲近？”

宇文冲想道：“我已经答应帮他的忙，索性帮忙到底，给他圆谎吧。”于是微笑说道：“十多年前，乔舵主初到中原，我和他曾在沧州赵武师家里见过面，那时你在场吗？”那人说道：“那时我还是初进本帮，哪能随侍舵主？不过这件事情，我倒是好几次听过本帮的老前辈津津乐道。”

宇文冲笑道：“我和贵帮帮主可说是不打不成相识，当日彼此印证武功，我对他的大力金刚掌是十分佩服。那天侥幸打成了平手。”

那人说道：“我虽不在场，但听得本帮的老前辈谈起来，大家对宇文先生的绵掌击石如粉的功夫也是十分佩服的。可惜我没有这个眼福。”

宇文冲微笑道：“那也算不了什么。十多年前，其实我的绵掌功夫还未曾练得到家呢。当时我只能击碎一块石头。”说话之际，随手把三块石头叠在一起，一掌击下，三块石头，碎成无数小块。吓得乔拓疆那两个手下目定口呆。

宇文冲露了一手，证明自己的身份之后，接着说道：“这十多年我虽然是绝迹江湖，对乔舵主可还是十分怀念的。前几天听说他不幸遭败的消息，更是挂念。是以碰上了贵帮这位龙兄弟，我向他打听详情，一谈之下，大家也就一见如故了。”

辛龙生道：“可惜我也不知道详情。你们知道乔舵主的下落吗？”

那人说道：“我一上岸就和他们失散了。这位张兄弟是从东海回来的，他更不知道了。”正是：

海外归来寻旧主，相逢陌路探因由。

欲知后事如何，请听下回分解。

第九十四回　深入苗疆寻爱侣
误投罗网醉奇花

辛龙生道："啊，这位兄弟是从东海回来的吗？对了，我想起来了，乔舵主也曾和我说起你的事情。"

那人怔了一怔，忙道："说我什么事情？"

辛龙生道："乔舵主说他派遣一位兄弟回东海去探听黑风岛的消息，因为黑风岛主虽然不在岛上，但岛上有一个被黑风岛主捉去软禁的人，却是咱们的舵主最最关心的。乔舵主派去探听消息的那个人，想必就是你吧？"

那人听他说得确凿，只道他果然是新近得宠的帮主心腹，为了表功，连忙说道："不错。我正是打听到一个重大的消息，刚要告诉老王呢。"

他的伙伴说道："你说的那老婆婆是谁，我还未知道呢。"

辛龙生道："这老妖妇是辛十四姑，对吧？"

那人说道："不错。但辛十四姑如今已是不在黑风岛啦。"

辛龙生道："哦，这倒是怪事啦。这妖妇是被囚在黑风岛的，她不在黑风岛，又到哪里去了？"

那人说道："她是逃出黑风岛的。听说她偷了黑风岛主的千年续断，已经把琵琶骨驳续好了。是以我必须把这消息设法送给舵主，好让他有所提防。"

宇文冲听至此处，方始恍然大悟，心里想道："姜性辛辣，原来他们刚才说的切口，种姜的老妇就是暗指辛十四姑。辛十四姑正是这小子的姑姑，也怪不得这小子要急急忙忙追踪这两个人探听消息了。”

辛龙生听了他姑姑的消息，心中又喜又惊，神色却是丝毫不露，说道：“这妖妇如今躲在哪儿，你探听出来没有？”

那人说道：“听说是在湘西邵阳县邵家。邵家的新媳妇是她从前的侍女。”

另一个人忽道：“龙兄，你打听这个消息干吗？”

辛龙生道：“宇文先生是舵主的好朋友，我想请他去杀这个妖妇，替舵主除后患，宇文先生想必会答应吧？”

宇文冲暗暗好笑：“这小子倒是很会演戏，我只好再充一次配角了。”一本正经地说道：“这正是我想要说的话，给你先说出来了。”

那人说道：“龙兄，你当真是本帮弟兄吗？我好像见过你，但却并非是在本帮船上。”

原来这个人那天是在乔拓疆副手钟无霸的船上，钟无霸掷出铁锚，弄翻辛龙生那条小船，他是曾经目击的。只因当时距离颇远，对辛龙生的面貌看得不很清楚，而又以为他必然死了，是以刚才一时想不起来。

辛龙生目的已达，无需再行遮瞒，当下哈哈一笑，把那画有骷髅头的扇子撕破，说道：“不错，我是给你们这伙强盗弄死了又活过来的人，我是你们舵主的冤家对头，你认出来了吧？嘿嘿，哈哈，可惜你有眼无珠，已经迟了。”

那两人这才知道是上了辛龙生的当，惊怒之下，不约而同地向他扑来。

辛龙生积压了多日满肚皮闷气正自无处发泄，大喝一声：“来得好，我正要拿你这两个强盗消遣消遣！”一招“双龙出海”，双掌齐飞，向那两人斩下。他在那两人中间硬插进去，那两个人的拳头都打在他的身上，但他两臂平伸，双掌斩下，却也刚好“斩”着了那两人的颈项。一招奏效，登时变“斩”为抓，抓着了那两人的后颈一扭。

他本来要抓着那两个人，慢慢“消遣”一番，发泄闷气的。不料用力之大，连他自己也没有料到，只听得“咔嚓”一声响，两个人的颈骨同时给他扭断，叫也叫不出来，便似两根木头倒了下去，死了。

宇文冲冷眼旁观，心头一凛，阴恻恻地笑道：“辛兄，恭喜，恭喜，喜事不只一桩，你是双喜临门啦！”

这几天来，他一直是称辛龙生为“龙”兄的，此时突然改口称呼，辛龙生怔了一怔，但随即想道：“反正他已知道我的来历，如今让他知道多些，那也没有什么。”当下淡淡说道：“喜从何来？小弟的祸福都是操在老兄手上，你说这话，倒是消遣我了。”

宇文冲笑道：“辛兄，不用害怕。不错，我知道你的底细，也知道你和完颜豪结有梁子。但咱们不早就在荒谷里击过掌立誓的吗？咱们的秘密彼此知道，也相互遮瞒。我为你向车卫遮瞒，也当然不会向完颜豪告发你的。以后我还是把你当作龙新，免得叫‘辛兄’叫惯了，在人前一时改不了口，泄漏你的秘密。这样你可以安心了吧。”

辛龙生道：“多谢吾兄细心。但你说的什么两桩喜事，小弟可是还不明白。”

宇文冲笑道：“龙兄，你这是明知故问。你得到了你姑姑的消息，这是第一桩喜事。第二桩喜事，你的功力不但已经恢复，而且似乎更胜从前啦，这不是可喜可贺的事么？”

辛龙生刚才出乎自己意料之外地打死了那两个人，此际亦已明白了原因，心里想道：“赛华佗王大夫教我的吐纳功夫和车卫的内功心法配合，果然是有意想不到的效果。但只怕我现在还不是宇文冲的对手，可不要给他看破才好。”当下暗暗运一口气，脸色涨红，青筋暴露，连连咳嗽。宇文冲冷冷说道：“龙兄，你怎么啦？”

辛龙生道：“胸口发闷，有点不大舒服。敢情是刚才用力过度，一口气走入岔道。”宇文冲心中一喜，说道：“那你歇一会儿吧，让我给你看看。”辛龙生道：“不用费神，我自己打坐一会，调匀气息，就会好的。宇文兄，请你在旁护持，别让外人来骚扰小弟，那就行啦。”宇文冲道：“你我兄弟，何用客气，当得效劳。”

辛龙生走入密林深处，盘膝坐下，当真就做起吐纳的功夫。“赛华佗”王大夫传他这内息运行之法，必须心无二用，练到紧要关头，对外间一切，视而不见，听而不闻，此时一个不懂武功的人，也可以置他死命。故此行功之际，必须有人在旁保护。

这是一个极为冒险的举动，辛龙生知道宇文冲还要利用他，料想他不至于在未悉自己底蕴之前便行加害。他要摆脱宇文冲的魔掌，只能搏一搏这个险了。

宇文冲果然不疑有他，心里想道："看来他倒还是真心的相信我呢。他只是杀了两个人，就累成这个样子，以此看来，即使他的病完全好了，也不是我的对手，何用惧他。"于是守候在辛龙生身边，当真的尽了保护之责。

过了半个时辰，辛龙生深深地吸了口气，双目张开，笑道："好啦。宇文兄，多谢你了"此时他但觉精力充沛，心里想道："虽然还没有把握，也大可试它一试了。"

宇文冲道："好，那么咱们走吧。"

辛龙生道："喂，你走的方向不对。"

宇文冲怔了一怔道："怎么不对?"

辛龙生道："咱们是上哪儿?"

宇文冲眉头一皱，说道："你还未清醒吗，当然是上舜耕山找车卫这老儿啦。"

辛龙生道："不是小弟糊涂，恐怕是老兄糊涂吧?"

宇文冲道："我怎样糊涂了?"

辛龙生道："你刚才不是答应了小弟，陪我到湘西找我的姑姑吗?"

宇文冲道："这是我帮你骗骗那两个家伙，好让他们相信你的。你怎么认真起来了?"

辛龙生道："你不认真，我却认真。好吧，你不陪我去湘西，我一个人去算啦。"

宇文冲道："先上舜耕山，再陪你去湘西!"辛龙生冷笑道："我的亲姑姑在湘西，我可没有工夫陪你上舜耕山，理你的闲事!"

宇文冲哼了一声，怒道："大丈夫一言既出，驷马难追。你要反悔?"辛龙生打了个哈哈，说道："算了吧，你和我都不是大丈夫，咱们彼此彼此，只是一对小人!"

宇文冲强抑怒气，冷笑说道：“你别忘了，你有把柄捏在我的手里。我可以叫你身败名裂，也可以使得车卫杀你！”

辛龙生淡淡说道：“反正我已经是身败名裂了，随便你用什么阴毒的手段来对付我吧。我宁可让别人杀掉，也胜于任你摆布。”

宇文冲道：“好，你莫后悔！”

辛龙生冷笑道：“你要杀便杀，何必多言。但只怕你如今已是杀不了我了！”宇文冲大怒道：“好呀，我倒要看你恃着什么。凭你这点本领，我杀你易于反掌，可我偏不杀你，我有一十八种毒刑，让你慢慢享受。”

辛龙生道：“三十六种我也不怕！”

恐吓不成，宇文冲动了真怒，喝道：“不到黄河心不死，不见棺材泪不流，好，老子就成全你吧！”身形一晃，拦住了辛龙生的去路。左臂横伸，右手翻成阴掌，暗伏一招“倒曳蛮牛”的大擒拿手法。辛龙生早有准备，侧身一闪，长拳打出。

宇文冲喝道：“给我倒下！”说时迟，那时快，已是一把抓着了辛龙生的手腕。

宇文冲的擒拿手法擅于分筋错骨，只道一抓着辛龙生的手腕，就可以令他无法动弹。不料抓着了才知不妙。

陡然间只觉辛龙生的腕骨坚硬如铁，宇文冲顺势一拖，辛龙生亦已顺势反推。若在从前，双方功力相差甚远，即使辛龙生化解得宜，也非跌倒不可。如今相差不远，宇文冲倒曳的力道刚好给他反推的这股力道借用上了，等于两股力道加在一起，向宇文冲重重还击。饶是宇文冲见机得快，急忙松手，亦已踉踉跄跄地倒退两步。

辛龙生不容时机错失，飞身扑上，一招“双龙出海”，左掌打出“勾拳”，右拳直捣敌手前胸。宇文冲武功确是非同泛泛，身形未稳，随势便用上了“乱八仙”的拳路，一招“锁手钻拳”，向他脉门斩下。辛龙生化成阳掌避招还招，这一次双方是以硬碰硬，“乓”的一声，辛龙生跌倒一丈开外！

宇文冲哈哈笑道：“你这小子还敢逞强！”话犹未了，只见辛龙生一个“鲤鱼打挺”翻了起来，喝道：“这一拳我记下了，马上就要向你讨还！”

宇文冲道：“好，你的苦头吃得不够，那就让你多挨几拳!”口气虽然狂傲，心里已是有点发毛：“这小子的武功大非昔比，我打不死他，久战下去，只怕要弄个两败俱伤。”

辛龙生挨了这拳，虽然觉得很痛，却并不如想象那样厉害，信心大长!

双方再度交手，宇文冲不敢轻敌，已是颇有戒心，辛龙生则是越战越勇。数十招之后，宇文冲觅得对方破绽，“乓”的又打了他一拳。这一次辛龙生只是退了两步，竟没跌倒了。

宇文冲几次击不倒他，又惊又气，喝道：“好呀，看你还能挨得几拳!”此时他已是当真动了杀机，心里想道：“这小子不肯为我所用，索性就杀了他，也好向完颜豪领功。”起了杀机，痛下杀手。

可是双方气力都已经消耗了六七分，宇文冲痛下杀手，依然是杀不了辛龙生。辛龙生苦斗之下，吃了几次亏，浑身骨节作痛。胸中浊气一涌，亦是豁出了性命。剧斗中拼着挨对方几下，狠狠猛扑。一连几招进手招数，打得宇文冲暗暗吃惊，连连后退。辛龙生陡地喝道：“长债短还，先向你讨个利钱!”倏地欺身直进，一指点向他的“肩井穴”，宇文冲沉肩缩肘拆解这招，辛龙生突然反指为掌，一掌把宇文冲打翻。

宇文冲喘着气站起来，喝道：“好小子，今日有你没我!”三度交手，矫捷已是大不如前。辛龙生第一次将他击倒，心头大乐。不料乐极生悲，才出了几招，便觉浑身作痛，呼吸不舒，脚步虚浮，出拳无力。原来他的功力虽然大进，毕竟还是略输宇文冲一筹，他挨打了二三十拳之后，才打了宇文冲一掌。这一掌也是凭着一股勇气方能将他打翻的。打翻了对方，心中大喜，这口气一松，已是难以支持了。

双方都是疲态毕呈，十数招过后，宇文冲一招“双打奇门”，左右臂交叉打出，“蓬蓬”两声，双拳都击着辛龙生。辛龙生一个“鹞子翻身”，一招“五丁开山”，重重的一掌，也把宇文冲打个正着。

两人同时给对方打个正着，各自晃了几晃，都倒下去。

辛龙生暗暗叫苦，心里想道："我的气力已经用尽了，要拼命也不行啦。唉，想不到终于还是要丧在他的手里。"他极力挣扎，未能爬得起来，但宇文冲却已坐起来了。

殊不知宇文冲比他更为吃惊，心中同样叫苦。原来宇文冲新近练车卫的内功心法，虽说他有法克制练功的灾祸，前几天又服了从辛龙生手中取得的解药，但新练的内功和他原来的内功未能配合，平时不觉怎样，如今在剧斗之后就发作了。此时他必须调匀气息，引导散乱的真气归入丹田，否则便会有走火入魔的危险。

辛龙生见对方没有向他扑来，好生奇怪。趁这时机，乐得歇息一会。两人都如斗鸡似的盯着对方。

宇文冲忽地叹了口气，说道："你救过我的性命，我也救过你的性命，咱们本来应该是患难之交的好弟兄，想不到如今成了仇人。好，我不强迫你依从我了，你要找你的姑姑你就去吧。咱们以后还是朋友。"

辛龙生明知他说的不是真心实话，但却也不知他此际已是面临走火入魔的危险，暗自思量："他绝没有这样好心，定然也是像我一样，业已精疲力竭，害怕两败俱伤。"

双方都怕两败俱伤，辛龙生本来但求能够挣脱宇文冲的魔掌于愿已足，自忖胜他毫无把握，听他这么说，便站起来，冷笑说道："好，从今之后，咱们谁也不欠谁的人情，恩仇两结，各不相关！"宇文冲只盼他赶快走开，故意叹口气道："你不愿把我当作朋友，那也算了。我还是决意遵守诺言，不泄漏你的秘密。"

辛龙生以剑鞘当作拐杖，缓缓走出树林，看见宇文冲并没追来，这才放下了心。

他已经知道了姑姑的所在，湘西邵阳县的邵家乃是有名的武学世家，他到了邵阳，一打听便打听到了。

不过由于他还没有知道详情，踏进邵家所在的那个山村之时，心中仍是不免有点惴惴不安，想道："邵家父子都是武林高手，姑姑跑到他们家里生事，不知结果如何。万一她早已给邵家的人打败，我到邵家找她，岂不是自投罗网？"

正在他患得患失，徘徊道上之际，忽地抬头一看，迎面而来的一个老妇可不正是他的姑姑。

原来这一天正是辛十四姑擒获了谷啸风的那一天。她把谷啸风交给蒙赛花看管之后，便独自出来散步了。

蒙赛花对谷啸风有意，她是早已知道的，她把蒙赛花留在邵家陪谷啸风，正是要给蒙赛花一个机会。她的计划甚至是准备蒙赛花把谷啸风放走的，他们两人若是私逃，谷啸风逃出去自必是去找他的岳父，她就可以暗地跟踪了。但这一设计，必须谷啸风相信蒙赛花是出自真情，背她干的，这样他才会和蒙赛花去找他的岳父。是以这一设计，她也不让蒙赛花知道，免得她知道了反而做得不自然了。

她守在路口，遥遥监视，观察动静，忽见一个丑陋的汉子走来，不觉也是大为诧异。蓦地失声叫了起来："你，你不是龙生吗？"

辛龙生道："是呀，姑姑，你不认识我了？"

辛十四姑道："你怎么变成这个样子的？是谁害你的，快告诉我！"

辛龙生叹了口气，说道："这也是侄儿自己造的孽，怨不了谁。"

辛十四姑一双眼望着他，心中颇觉奇怪，说道："隔别一年，你不但面貌变了，性情也好像变了。听说你和百花谷的奚玉瑾成了亲，新妇呢？"

辛龙生道："她在金鸡岭。"辛十四姑道："什么，你们分手了吗？"辛龙生道："她以为我已经死了，不但是她，我的师父，我的朋友，所有认识我的人都以为我已经死了。唉，侄儿如今等于是再世为人，过去的事也不想再提了。"

辛十四姑道："苦命的侄儿，这一年来，想必你也是和我一样，经过许多劫难了。你有什么伤心事，难道和姑姑也不能说吗？"

辛龙生道："这些事说来话长，姑姑，咱们难得重逢，快快活活地过几天再说好不好？"

辛十四姑道："也好，你和我先回去吧。我就住在前面这家人家。这本是邵元化的家，如今给我占了。"辛龙生道："我知道。"

辛十四姑不禁又是一惊，说道："哦，那么你是特地来找我的了，你是怎么知道我在这里的？"

辛龙生道："是从乔拓疆手下一个小头目的口中获悉的。姑姑放心，这小头目已经给我杀了，他还没有见着乔拓疆呢。"

辛十四姑放下心上一块石头，说道："乔拓疆找我寻仇，我也不怕。不过我住在这里的秘密能够不让外人知道，当然更好。"

辛龙生道："邵家的人呢？他们是给你杀了，还是都给你赶跑了？"

辛十四姑笑道："你是不是惦记着邵家的一个人？放心，邵家的人我一个也没有杀。对啦，有一桩事情我正想告诉你，你知道了一定欢喜的。"

辛龙生道："什么事情？"

辛十四姑道："有一个你所讨厌的人，如今正给我关在邵家。嘿嘿，我也暂时不告诉你，待会儿让你惊喜一番。让你喜欢怎么样折磨他就怎么样折磨他！"

辛龙生吃了一惊，连忙问道："你说的可是侍梅？"

辛十四姑笑道："怎么，这丫头下毒手害了你，你非但不思报复，还要护着她么？"

辛龙生道："以前的事，我本来对她不住。俗语说得好：冤家宜解不宜结，何况我的'病'也已经好了，还报复什么？姑姑，我劝你也看开一些，人生最多不过百年，何苦到处结下冤家呢？"

辛十四姑又一次深沉地看着他，半晌说道："龙生，你真的变了。变得不像我的侄儿了。"辛龙生道："人总是会改变的，姑姑，你不欢喜我这样变么？"

辛十四姑默然半晌，说道："冤家宜解不宜结，或许你是对的，但我可不能做到。但你也不用担心，落在我手上的那个人不是侍梅。"

辛龙生道："不是侍梅，那又是谁？"

辛十四姑笑道："何必心急，过一会儿你就知道。这个人是你十分讨厌的一个人，相信你心底里会恨他比恨侍梅更多。"心里暗自想道："待会儿让你见着了谷啸风，且看你还说不说冤家宜解不宜结的话?”

谷啸风和蒙赛花在房间里听得两个人的脚步声走回来，心里都是暗暗奇怪，要知辛十四姑在武林中是没有任何知心的朋友的，这个人她能够带他到自己窃据的邵家来，显然交情极不寻常，“这是谁呢?”

蒙赛花吩咐谷啸风仍然装作昏迷之后，匆匆跑出去迎接干娘。见辛十四姑和一个丑陋的汉子一同回来，不禁吓了一跳。

辛十四姑道：“他是我的侄儿，你可以叫他做大哥。”蒙赛花这一惊更甚，颤声说道：“是，大哥。”

辛十四姑笑道：“她是我在苗疆所收的干女儿。那个人就是交给她看管的。赛花，那人醒了没有?”

蒙赛花面色发青，说道：“不，不，还、还没有醒来。”

辛十四姑一听就知她说谎话，笑道：“你尽心服侍他，我不会怪你的。醒了也不打紧，你的大哥正要和他说话呢。”

谷啸风躺在床上听见她们的谈话，几乎不敢相信自己的耳朵，心里想道：“她的侄儿? 她的侄儿不是只有一个辛龙生吗? 辛龙生早已死了。哪里又跳出一个侄儿?”

心念未已，辛十四姑和辛龙生已是推开房门，走了进来。

谷啸风和他打了一个照面，两人都不禁呆了一呆。谷啸风一呆之后，蓦地失声叫道：“龙大哥，是你！你还活着，这可好啦!”

这霎那间，辛十四姑给他们两人奇怪的表情也是不禁吓得呆了一呆，不解她的侄儿何以在谷啸风口中变成了“龙大哥”?

辛龙生呆了一呆，忽地以手掩面，发足疾奔，辛十四姑未来得及阻拦，他已经跑出大门去了。

辛十四姑只道侄儿见着了谷啸风，定要将他折磨的，不料他竟然不敢和谷啸风会面，赶快躲开，这可是大大出乎她的意料之外。她莫名其妙，急切之间，无暇思索，只好赶紧去追侄儿。

谷啸风茫然如梦，只听得蒙赛花在旁说道：“这可糟了，这可糟了!”

谷啸风瞿然一省，定下心神，问蒙赛花道：“什么糟了?”

蒙赛花搓着双手，一脸惶恐的神情说道：“她的侄儿回了啦。大祸临头，你还不知？”

谷啸风笑道：“这是好事啊，怎么说是灾祸？”

蒙赛花叹道：“对我的师父来说，这是好事，对你来说，就是灾祸了。”

谷啸风笑道：“不会的。你不知道，她的侄儿也是我的好友。”

蒙赛花道：“纵然是你好友，也是灾祸一桩。”

谷啸风道：“为什么？”

蒙赛花道：“她的侄儿回来，就用不着你了。你又不肯带她去找你的岳父，她的仇人，你对她还有什么好处？”

谷啸风神智渐渐清醒过来，暗自想道：“她这话说得倒也有理，以辛十四姑这样的蛇蝎心肠，我对她既然没有丝毫用处，她还何须留下我来？不过‘龙新’原来就是她的侄儿，这倒是我意想不到的。但纵然辛龙生要想维护我，只怕也是维护不了。”蒙赛花喃喃自语道：“怎么办呢？怎么办呢？”谷啸风苦笑道：“大不了她把我杀掉，你还是她要倚仗的人，她不会对你也下毒手的。”

蒙赛花道：“不，我不能让你死掉。”忽地眼睛放出光芒，看神情似是下了极大的决心，斩钉截铁地吐出四个字来：“我和你走！”

谷啸风苦笑道：“我走不动。”

蒙赛花道：“我有解药，快，你快服下。”

谷啸风道：“你为我背叛师父，这岂非连累了你？”

蒙赛花托着谷啸风的下巴，谷啸风嘴一张开，蒙赛花的一颗药丸立即塞进他的嘴巴。谷啸风说不出话来，那颗药丸已是咽下去了。

蒙赛花给他推血过宫，过了一会，说道：“好了点吗？”谷啸风道：“可以走了，不过——”

蒙赛花道：“别什么不过不过的了，快走！她一回来，咱们就走不了啦。”

谷啸风无暇思索，只好和她一同逃走。蒙赛花前头引路，走入了深山密林之中，没有看见辛十四姑追来，两人方始松下口气。

谷啸风道："多谢姑娘大恩大德，谷某容后图报。"

蒙赛花道："你说这话是什么意思？你要撇下我了？"

谷啸风好生为难，讷讷说道："我只是，只是不想连累姑娘。"

蒙赛花道："你不连累也已经连累了，你想我还能回去跟我师父么？"

谷啸风道："你不能回家去么？"

蒙赛花道："她也会找来的呀。假使我还没有回到家中，她就找着了我，这怎么办？"

谷啸风大感为难，心里想道："她救了我的性命，我是不该不理她的，但我可也不能永远陪着她呀。"当下牙龈一咬，说道："好吧，咱们有祸同当，我先送你回家。"

蒙赛花这才露出笑容，说道："其实咱们现在就像是拴在一条绳子上的蚂蚱，我离不开你，你也离不开我，我帮忙你就帮忙到底，你用不着先行送我回家。"

谷啸风怔了一怔，说道："那你想上哪儿？"

蒙赛花噗嗤一笑，说道："你不是要到我们苗疆去找你的岳父的吗？"

谷啸风道："不错。这又怎样？"

蒙赛花道："你是汉人，又不会说我们苗家的话，一个人跑进苗疆，只怕处处难行。有我和你一道，那就可以减少许多麻烦了。"

谷啸风听她说得有理，暗自想道："有她带路，自是方便得多。但只怕她是怀着别的念头，并非纯粹出于帮忙朋友。"

蒙赛花好似知道他的心意，说道："你放心，找着了你的岳父，我立刻就走，决不令你为难。谷大哥，我只想多陪你几天，我就于愿已足了。"

谷啸风听她说得如此痴情，心中于是不觉有点感动，说道："好，你把我当作大哥，我也不说什么客套话了，就把你当作妹子吧。我想珮瑛见着了你，她也一定会喜欢你的。"蒙赛花凄然一笑，说道："我也是十分想见你那美丽的妻子。咱们走吧。"

且说辛十四姑想不到辛龙生忽然逃走，当下顾不得再去理会谷蒙二人，连忙跑出去追赶侄儿。这个山村只有一条出路，没多久就给她追上了。

辛龙生叫道：“姑姑，你别逼我回去！你让我走吧！”

辛十四姑道：“你为什么要害怕谷啸风？他已经是毫无反抗之力，你喜欢怎么折磨他就可以怎么折磨他！”

辛龙生道：“姑姑，我求你一件事情。”

辛十四姑道：“什么事情？”

辛龙生道：“你放他走！”

辛十四姑道：“我好不容易才捉着了他，为什么要放他走？”

辛龙生道：“姑姑，你结的仇家还不够多吗，何必还要害谷啸风？姑姑，你就为了我的缘故，放他走吧。”口中说话，眼泪已是不禁滴了下来，说得十分诚恳。正是：

莲出淤泥而不染，可怜蛮女动真情。

欲知后事如何，请听下回分解。

第九十五回　无义亲姑萌恶念
有情蛮女护檀郎

辛十四姑看着侄儿，好像侄儿是个陌生人似的，半晌说道："这倒奇了，你竟然为这小子求情！龙侄，你虽然没有和我说过，你们的事情我也是知道的。谷啸风这小子本来是奚玉瑾的旧情人，你一直就是从心底里妒忌他、讨厌他、痛恨他，这可瞒不过我。那你为什么不趁这个机会杀掉他？只要我不泄露出去，就没有人知道是你杀的！"

辛龙生道："我宁可自己死了，也不能让你杀他！"

辛十四姑深沉地看着他，问道："你不痛恨他也不妒忌他了么？这是什么原因？"

辛龙生道："不错，我从前是妒忌他恨他的，但现在却是从心底里感激他。姑姑，你刚才可曾听见他叫我做'龙大哥'么？你可曾看见他惊喜的神情么？他是为了我仍然活在人间而欢喜的，他对我的这份关心决不是可以假装出来的。"

辛十四姑道："我正要问你，这是怎么一回事？"

辛龙生道："姑姑，你不知道，我已经是再世为人的了。当我是'辛龙生'的时候，谷啸风明知我妒恨他，他还是把我当作好朋友看待；当我改名换姓，叫'龙新'的时候，他也是把我当作好朋友看待，他曾经费尽心力要救我的性命，虽然我的性命不是他救的，我也不能不感激他啊！"

辛十四姑道："何以你要改名换姓？还有，你怎的变成这个样子，你也未曾说呢。"

辛龙生涩声说道：“我做了一件极大的错事，我无颜再见旧时相识，我若然还以辛龙生的面目出现，师父不会认我做徒弟，妻子也不会认我做丈夫的。好在我的面目已经毁了，因此，我就索性当作‘辛龙生’已经死掉，改名易姓，唤作‘龙新’了。”

辛十四姑道：“你究竟做了什么错事？”

辛龙生神情苦恼之极，不由自己的眼角渗出泪珠，说道：“姑姑，这件事情我一想起来就恨不得自己死掉，我实在是不愿意再提它了。”

辛十四姑道：“好，那你现在打算怎样？”

辛龙生道：“本来我还可以‘龙新’的面目出现的，如今已经给谷啸风识破我是‘辛龙生’了，我只能从此隐姓埋名，在深山幽谷之中过这一生了。姑姑，你是我现在唯一的亲人，你可以答应我两件事情么？”

辛十四姑冷冷说道：“你刚才求我一件事情，如今又加一件。好吧，你说来听听，我能够依从的就依从你。”

辛龙生道：“这两件事情，都是为了姑姑的好，也是为了我的好的。”

辛十四姑道：“对我是好是坏，我自己会下判断。你说吧。”

辛龙生道：“第一件是把谷啸风放了。姑姑，俗语说得好，冤家宜解不宜结，何况谷啸风与你并没冤仇。”

辛十四姑不置可否，说道：“第二件呢？”

辛龙生道：“姑姑，咱们回老家去，从此不问外事。你免了与仇人勾心斗角，不是可以少了许多烦恼？姑姑，你本来可以成为一派武学宗师的，闭门潜修武学，大可名垂后世，这对你不也是更好吗？”

辛十四姑淡淡说道：“还有没有第三件？”

辛龙生道：“姑姑，你依得这两件事情，咱们姑侄就可以安安静静、快快活活过这一生，侄儿还有何求？”

辛十四姑听他说得诚恳，心里踌躇难决，暗自想道：“我只有这个侄儿，他若也背弃了我，我当真是没有一个亲人了。但叫我从此闭门封刀，我又岂能甘心？”

姑侄二人面面相对，过了好一会子，辛十四姑忽地叹了口气，说道：“你说的这两件事情，第一件我依了你，第二件事我也依你一半。”

辛龙生喜道：“真的，你答应放谷啸风了？”

辛十四姑笑道：“其实我早已放了他了。我是刚才出门的时候，就悄悄吩咐我的干女儿放走他的，不信我和你回去看看。”

原来蒙赛花会把解药给谷啸风与他私逃之事，早已在辛十四姑意料之中。当下和辛龙生回去察看，果然不出她的所料，屋内已是杳无人迹。

辛十四姑道：“如何，这你可该相信我说的是真话了吧？”

辛龙生暗地留神，看见姑姑现出一丝得意的微笑，笑容一现即隐，好似怕他窥破内心的秘密似的。辛龙生心头微凛，他是深知姑姑的为人的，想道：“莫非其中有诈？”随即问道：“那么第二件事呢，怎样叫做只依一半？”

辛十四姑道：“我有一桩事情未曾办妥，不能现在和你一同回去。”

辛龙生道：“那是什么事情？”

辛十四姑道：“每一个人，总是有些秘密不愿意说的。你做了什么错事，不也是不肯告诉我么？不过，你若想要知道，我也可以让你知道。你跟我一同去办这件事。”

辛龙生道：“我做了错事，就不想再错下去了。姑姑，你那件事是否也是曾经做错了的，是的话，那我要劝你切莫错上加错了。”

辛十四姑心里已经很不高兴，侄儿的逆耳之言，她哪里还能够听得进去？辛龙生话犹未了，她已是气了起来，说道：“龙生，你是要教训我么？”

辛龙生道：“侄儿不敢。侄儿只是在想，一个人倘能心境平和，日子岂不是过得快活得多？”

辛十四姑冷冷说道：“你是我的侄儿，你应该知道我的脾气，我一向就是有仇必报，决不能容忍别人的人！我做的事，错也好，不错也好，谁也不能改变我的主意，纵然你是我的侄儿！”

辛龙生一声长叹，说道：“姑姑，你不肯听从我的劝告，我也没有办法，请恕我不能陪伴姑姑了。”

辛十四姑道：“小时候你从来都是听姑姑的话，如今我已依从了你一半，你还不满意，一定要弃我而去么？”

辛龙生道：“姑姑，你是不是还想去害人？”

辛十四姑怒道：“不许你这样无礼！别人害我一生，我为何不可报复？你什么也不知道，却怪责我！”

辛龙生道：“姑姑，我知道你是要去对付韩珮瑛的爹爹！他可不是十恶不赦的人呀！”

辛十四姑更是发怒，说道：“知道又怎么样？你是不是要去帮他？”

辛龙生道：“我已经做了许多错事，不能一错再错。姑姑，我劝你冤家宜解不宜结，你不肯听从，咱们只好各行其是了。我不会和你作对的，但也不会跟从你了。”

辛十四姑一阵难过，心里想道：“小时候我把他当作儿子抚养，他如今却不肯听我的话了。唉，侄儿虽亲，到底是隔着肚皮。如果我有一个亲生的儿子，那就好了。”想起自己为了韩大维终身不嫁，如今落得这般孤独，不禁好生后悔。不觉又再想道：“大维害了我一生，我对他如此痴情，他还要把我当作仇人，那次若不是黑风岛主调停，我的命都几乎丧在他的手上。”她不知怪责自己，只知怪责别人，思念及此，不禁浊气上涌，暴怒喝道：“好，你走，你马上走！别在这里惹我生气！”生怕自己忍不住气，疯狂起来，伤了侄儿。

辛龙生又是害怕，又是伤心，只好一言不发，怏怏离开。

暮色苍茫，辛龙生怅怅惘惘，独自前行，回头已经看不见姑姑的影子了。辛龙生心里苦笑，想道：“其实我也早应该知道姑姑是劝不转的了，不过，如今我可真是没有一个亲人了。”

真的没有一个亲人了么？忽地他的脑海中浮起车淇的倩影。

“我不管你的容貌是俊是丑，只要你的心地好，待我好，我这一生已是无复他求。我会加倍的好来对待你。”这是多么真诚的说话啊！想起了车淇的痴情，辛龙生不由得深深抱愧了。

“不，最少在这世界上还有一个亲人，这个亲人就是车淇。”

辛龙生想道。

当然，奚玉瑾更是他忘怀不了的，可是他们做了名义上的夫妻之后，却一直是同床异梦，甚至很多时候，两人无言相对，大家都觉得难受。不错，他是曾经深深地爱过奚玉瑾的，现在也还是这样。但他却从未有过“心心相印”的感受。

突然从他内心深处发出问话：“我是深爱玉瑾的，但我是真的毫无杂念地爱她的吗?”他一直以为是的，如今冷静下来，仔细一想，不觉在心里自问自答道：“我爱她的美貌，我爱她的能干聪明，我爱她的门第，她是有名的武学世家，我娶了她做妻子，可以夸耀人前，我想她帮忙我做将来的武林盟主。所以我才千方百计的要得到她，甚至不惜捏造谷啸风的死讯。是的，我是爱她，但却是掺杂了太多的杂念了。这又怎能怪得夫妻之间，没有心心相印的感觉呢?”再又想道：“玉瑾当初嫁给我，其实也是很勉强的。她以为谷啸风已经死了，我用未来盟主夫人的地位来引诱她，她这才愿意嫁给我的。不错，她嫁了给我，的确待我很好，她希望我做一个可以令她感到光彩的丈夫。唉，可惜我却做出了那样卑鄙的事情，她即使知道我还活在人间，一定也是十分鄙弃我了。不过她对我的‘爱’，不也是掺杂有许多杂念吗?”

奚玉瑾和车淇的影子相继在他脑海之中浮现，对于她们，他都有着一份深深的内疚。但忽地他却觉得车淇和他亲近得多，而他对车淇也有着更多忏罪心情。

“她是这么纯真的少女，在她的生命之中，从未有过第二个男子，我怎能欺骗她，抛弃她呢?”

“我会一天天地数着日子，等你回来的啊，你可别忘了半年之约!”想起了车淇临别的叮咛，辛龙生不由得又是惭愧又是感动了。终于想道：“姑姑的行为固然不对，但她有一句话倒是对的，做人应该恩怨分明。当然这句话还要看是对什么人，但是对车淇这样纯真的少女来说，我受了她的救命大恩，岂能不报?宇文冲如今正要去暗算他们父女，车卫武功虽高，只怕也是暗箭难防。我即使不想娶她为妻，也应该向她报一个讯呀!宇文冲那天和我斗得两败俱伤，他必须等到元气复原才会去找他们父女。我现在赶回去或许还来得及。”

思念及此，心意立决。辛龙生抬头一看，只见遍地阳光，突然心胸也好似开朗了许多，走起路来也轻快许多了。

阳光满地，谷啸风和蒙赛花走在通往苗疆的路上，心头却是有着沉重的感觉。

他挂念着韩珮瑛，不知她会不会途中遭遇意外，对于蒙赛花，他是无须负疚的，但却也感到欠着她的一份人情，不知如何报答。

谷啸风忙于赶路，他们走的是一条杳无人烟的山间僻路，不怕受人注目，他就在路上施展轻功。起初他还怕蒙赛花追不上，走了一程，蒙赛花不但始终与他并肩同行，而且还似乎比他走得更为轻快。原来蒙赛花自小在山区长大，经常和族人追捕野兽，虽没有练过上乘的轻功，却也走得很快。

不知不觉之间，谷啸风渐渐落后下来，想要加快脚步，双脚却是不听使唤，人也像飘在云里雾里似的，软绵绵的感到脚步轻浮、浑身乏力了。

蒙赛花回过头来，蓦然惊觉，说道：“谷大哥，你今天只吃了一碗稀饭，病才刚好，就要赶路，想必是饿坏了。”

给她一说，谷啸风果然觉得腹内空虚，十分难受。他放慢脚步，笑道：“不错，是有些饿了。咱们没带干粮，这怎么办?”

蒙赛花道：“不用担忧，咱们先找个地方歇歇，我有办法找寻食物。”谷啸风道：“也好，反正天也快要黑了。附近有人家吗?”蒙赛花道：“我知道前面有一座药王庙，咱们可以在庙里过夜。”

那座药王庙年久失修，两扇门的门板也都倒了。蒙赛花折了一束带叶的树枝，权充扫把，扫干净了地面的污秽，笑道：“谷大哥，你会不会生火?”

谷啸风笑道：“我又不是什么公子少爷，生火还能不会?”

蒙赛花道：“好，那么你烧一堆篝火，我去找可吃的东西。”

过了一会，蒙赛花捧着一兜的山芋回来，谷啸风道：“咦，你偷人家的芋头?”

蒙赛花笑道：“这是山里野生的山芋，没主人的，你烧来尝尝，尝尝它的味道比不比得上你们汉人种的香芋？”

谷啸风吃得津津有味，笑道：“我从来没有吃过这样好吃的芋头。你们苗家的物产真是丰富。”

蒙赛花道：“所以我们苗家非常提防你们汉人，以前一见有汉人踏入苗区，我们就赶他出去，甚至把他杀了。”谷啸风道：“为什么这样残忍？”

蒙赛花道：“残忍？你们汉人对我们苗家还残忍得多呢！我听族中的父老说，我们本来是住在平地的，湘西都是我们苗人的地方，不知什么时候起，给你们的官兵赶到山里去，抢了我们的耕地，占了我们的房屋，掳掠我们的女人，更杀了不知多少我们的男人。我们躲到深山，你们的官府还不肯放过我们呢，以前每隔十年八年，官兵总要来打我们一次，后来我爹做了峒主，叫我们苗人，不分男女，人人练武，汉人官兵吃了几次亏，近年才不敢来骚扰。”

谷啸风道：“汉人也是受官府欺压的，欺压你们的官兵和善良的百姓，可不能混为一谈。当然，汉人的官府这样残酷的对待你们，我听了也是十分难过的。”

蒙赛花道：“但跑进我们苗区的汉人，也都是十分狡诈，总想占我们苗家的便宜的。比如说，汉人卖给我们一块盐巴，就要换我们十斤的香菇。我们不知道价钱，后来有到过汉人地方做生意的人回来说，在汉人的地方，一斤香菇，可以换五斤盐巴。这些叫我们苗人吃亏的地方不说了，还有些汉人跑来拐卖我们的孩子和姑娘，也有给你们官府做细作的坏蛋。你说我们苗家怎能不对你们汉人深怀戒惧，要提防你们汉人呢？”

谷啸风道：“那你们就没有碰过一个好的汉人吗？”

蒙赛花道：“有是有的，好像张大颠和石棱这两个汉人，就曾经帮过我们苗人抵抗官兵。他们的武功很好，你知道他们吗？”

谷啸风道：“这两个人我都是认识的。如此说来，汉人中不也是有好人吗？”

蒙赛花道：“但却太少太少了。不过我知道你是汉人中的好人。”说至此处，面上一红，半晌，继续说道：“还有我的干娘，她曾经给我们苗人医过病，所以我爹也把她当作好人。但她却又是要我们和张石二人作对的，所以把我弄糊涂了。为什么汉人中的‘好人’也互相敌对呢？但你说她是坏人，我相信你的话。”

谷啸风道：“她是施点小惠，要利用你们苗人来反对汉人中的‘侠义道’的，并不是真正好人。蒙姑娘，世上有各种各类的人，十分复杂，有的汉人挑拨苗汉两族互相仇视，那是为了他们便于从中取利。跑进苗区的汉人大都是奸商和靠近官府的坏蛋，所以你们就觉得汉人中的好人太少了。其实汉族、苗族都是一样，好人永远是比坏人多的。”

蒙赛花道：“经你这么一说，我明白多了。我们总峒主的说法和你也差不多一样，所以最近两年，我爹爹也不似以前那样仇恨汉人了。”

谷啸风道：“我们汉人有句说话，四海之内皆兄弟也。你懂得这句话的意思吗？”

蒙赛花道：“是不是说各地方的人，都应该像兄弟一样和好？”

谷啸风道：“不错，肤色不同是天生的。种族不同，是千百年来，自然而然地形成的。可不论什么人，血管里流出的血都是红的。所以我希望你回去之后，要更进一步的帮忙你的爹爹，慢慢改变你们的苗家的看法，与汉人和好。当然，要使得两族和好，汉人的责任更大。我回到汉人的地方，也要和汉族的百姓多多说明这个道理。”

蒙赛花道：“那么坏人也要和他和好吗？”

谷啸风道：“当然除了坏人！”

蒙赛花道：“但好人坏人，有时也很难分别啊！”

谷啸风道：“不错，所以好坏之分，不能只看他做的一两桩事情。俗语说日久见人心，听他说什么话，看他做什么事情，日子久了，是好是坏，总可以分别出来。”

蒙赛花低首沉思，如有所悟。忽地跳起来道：“咦，好像是有什么人来了。”原来她是在深山里打猎惯了的，听觉特别灵敏。

果然话犹未了，便听得一个阴恻恻的声音说道：“当真是人生无处不相逢，嘿嘿，姓谷的小子，你想不到会在这里碰上老夫吧？”

声到人到，来的乃是和西门牧野、黑风岛主等人齐名的朱九穆。

这个朱九穆也正是谷啸风的岳父韩大维的仇人，韩大维曾经为他的修罗阴煞功所伤以致在病榻上卧了多年的，谷啸风那年跑去韩家想要和韩珮瑛解除婚约之时和他第一次碰上，想不到时隔两年，地隔千里，如今又在这里碰上了。

蒙赛花道："这是什么人?"

谷啸风道："这是一个坏人，我打不过他，你快跑吧!"说话之际，刷的拔出剑来，扑上去便刺朱九穆，意欲掩护蒙赛花逃跑。

可是蒙赛花却动也不动，仍然大马金刀地坐在地上吃山芋，好像没事儿似的。

朱九穆中指一弹，铮的一声弹开了谷啸风的长剑。谷啸风机伶伶地打了一个冷战，只觉一股寒意直透心头，不由自己地倒退三步，跌足叫道："赛花，你怎么还不跑呀!"

朱九穆哈哈笑道："谷啸风，你倒很有自知之明，知道打不过我，你说我是坏人，那就没有自知之明。不错，我是坏人，你又何尝不是坏人?"

蒙赛花骂道："胡说八道，他不是坏人!"

朱九穆道："你知不知道他是有了妻子的?他有了妻子，还勾引你，你说他还不是坏人?"

谷啸风斥道："狗嘴里不长象牙，看剑!赛花，快跑!"一招"银汉浮槎"使出，抖起了七朵剑花。朱九穆识得他这七修剑法的厉害，倒也不敢太过轻敌，当下接连拍出三掌，把修罗阴煞功加到了第七重，掌风奇冷，刺骨侵肤，谷啸风的手足都有麻木之感，本来是凌厉的剑招，使出去竟然力不从心，连忙吸一口气，退后三步，横剑守着门户。心里暗暗吃惊："我怎的如此不济?"

朱九穆哈哈笑道："谷啸风，你以为你有少阳神功就可以抵敌我吗?嘿嘿，现在你应该知道我的厉害了?你乖乖听我的话，我可以饶你一命。"

谷啸风家传绝学，一是七修剑法，一是少阳神功，这两者本来都是修罗阴煞功的克星。但一来因为彼此的功力相差尚远，二来他的精神刚刚恢复，少阳神功自也打了折扣。

蒙赛花坐在火堆旁边，亦是感到冷得难受，牙齿叩击，格格作响。此时她想跑也是没有气力了。

朱九穆笑道："你们两个都跑不了啦。嗯，你这苗女倒是痴情得很，你想不想救你的情郎？我向你打听两个人，你说实话，我饶你的情郎一命。"

谷啸风道："赛花，别上他的当！"

蒙赛花心里想道："这老坏蛋果然厉害，谷大哥说打不过他，看来不是假的了。我得想个办法帮他才是。"

思念及此，蒙赛花忽地站了起来，说道："谅你也不敢把我们怎样，谷大哥打不过你，我的师父却可以要了你的命！"

朱九穆怔了一怔，蓦地想起一桩事情，连忙说道："你的名字叫做什么花？"原来谷啸风的乡音，那个"赛"字他听得不大清楚。

蒙赛花缓缓说道："我姓蒙，叫赛花。告诉你我也不怕。"

朱九穆这回听清楚了，心里又惊又喜，说道："你是苗峒三公主，对不对？"

蒙赛花道："我不是什么公主，我是爹爹的第三个女儿，我爹是苗峒峒主。"

朱九穆心道："果然是她！"忙再问道："你师父是谁？"

蒙赛花道："我师父是辛十四姑，你问她做什么？"

朱九穆哈哈笑道："这正是踏破铁鞋无觅处，得来全不费工夫！我和你的师父是好朋友，正要找她。你是背了师父和这小子偷跑的吧？"

原来朱九穆这次之所以到苗疆，正是因为得到了韩大维躲在苗疆的消息，故而来找辛十四姑与他联手一同来对付韩大维的。辛十四姑收了一个苗峒的"公主"做干女儿，这件事情他也早有风闻的了。

蒙赛花则是只知其一，不知其二。辛十四姑曾经和她说过朱九穆这个人，她只知道朱九穆要巴结她的师父，而师父则对这个人甚为不满。却不知道朱九穆与她师父曾经有过一段貌合神离的合作，而朱九穆也知道谷啸风是辛十四姑所仇视的人，她把师父抬出来，想吓一吓朱九穆，要他放走谷啸风，结果当然是适得其反了。

朱九穆对辛十四姑或许还有点顾忌，对蒙赛花这个苗峒“三公主”的身份却是无须顾忌的，弄清楚了他们的底细之后，心里大为欢喜，想道：“我捉了这个小子，正好献给辛十四姑做见面礼。这苗女我迫她带我去找辛十四姑，谅她也不敢不从。”

蒙赛花不知就里，还在说道：“谁说我是和他私逃的？我是奉了师父之命带他回去见我爹爹的。你敢对他无礼？”

朱九穆大笑道：“你这野丫头还要骗我？嘿嘿，我非但对他无礼，我还要杀他呢！看你说不说真话？”

说话之际，接连又是拍出三掌。只听得当啷一声，谷啸风掌握不牢，长剑脱手坠地。

蒙赛花叫道：“你杀了他，永远也找不到我的师父。在这苗疆里我也能叫你寸步难行！”

朱九穆听了这话，倒是不能不有点儿顾忌了。当下手掌停在半空，说道：“韩大维躲在哪儿，你知不知道？”

蒙赛花道：“知道！”其实她是不知道的。谷啸风也只是知道他在某一个地方，确实的住址并不知道。故而才要蒙赛花带他到那个地方，再行仔细寻找。

谷啸风怕她说出那个地方，忙道：“赛花，别告诉他！”

朱九穆说道：“你把韩大维的住址和你师父所在都告诉我，我放他走！”他知道这苗女无甚心机，只待她一说出来，还不是任凭他的处置。

谷啸风叫道：“别上他的当！”

蒙赛花笑嘻嘻地说道：“好，我不但告诉你，我还可以带你去找我的师父。”

朱九穆笑道：“对啦，你这样做才是我的好朋友的好徒弟呢。我一定替你们遮瞒的。”

蒙赛花道：“告诉你实话，师父叫我带了这人去骗韩大维的，我才不是和他私逃呢。韩大维的住址她画了一个地图给我，在这儿呢，你看。”一边说话，一边掏出了一团东西握在掌心。

谷啸风正在大为惶惑，不知蒙赛花说的是真是假。蒙赛花已经走到朱九穆的面前，笑嘻嘻地说道："给你！"

陡然间把手一扬，只见一团烟雾，从她掌心飞出，朱九穆大吼一声，喝道："好丫头，竟敢暗算老夫！"一抓把蒙赛花抓住。但他也好像喝醉了酒一般，脚步踉跄，摇摇欲坠。

蒙赛花叫道："快跑！快跑！谷大哥，你快跑呀！"

原来她掌心里那团东西，乃是包着一撮药粉。这药粉正是用"千日醉兰"的花瓣研碎制成，能够令人昏迷不醒，比普通的蒙汗药厉害得多。

朱九穆仗着功力深湛，一觉不妙，立即闭了呼吸，但饶是如此，亦已着了道儿了。

谷啸风大为欣慰，心里想道："原来她是骗这老魔头的，但她舍身救我，我岂能弃她而去。"当下便即刷的一剑向朱九穆刺去，喝道："把她放下，饶你性命！"

朱九穆只觉昏昏欲睡，急忙一咬舌头，疼痛的感觉令他清醒了些。谷啸风一剑刺将过去，嗤的一声，在他衣裳上穿了一个洞，说时迟，那时快，朱九穆已是把蒙赛花的身子当作盾牌，转将过来，迎着谷啸风的剑尖，喝道："你刺！"

谷啸风连忙缩手，朱九穆哈哈笑道："多谢你提醒我，你要杀这丫头，那就来吧。对不起，我可要走啦。"

谷啸风投鼠忌器，但又不甘蒙赛花被他掳走，只好跟着追去。只盼朱九穆支持不住，蒙赛花能够挣脱他的魔掌，自己就可以过去帮忙她了。

哪知朱九穆的功力确是不凡，此时虽然昏昏欲睡，但他抓着了蒙赛花的穴道要害，蒙赛花仍是动弹不得。

蒙赛花叫道："谷大哥，你现在可以打得过他了，是么？那你就不必顾我了，快快把他杀掉吧！"

谷啸风再次喝道："朱九穆，你把她放下，我饶你一命！否则——"

朱九穆冷笑道："否则怎样？"

谷啸风本来是想恫吓他的，转念一想："倘若我说，我拼了不顾赛花的性命，只怕她听了当以为真，能不伤心？"心意踌躇，恐吓的说话，竟是讷讷不能出之于口。

蒙赛花却似知他心意，叫道："对，谷大哥，你不必理我。大不了拿我的一条性命换他的一条性命。只要你真的敢杀他，他就不敢杀我！"

朱九穆忽地笑道："谷啸风，你现在要杀我也不成啦！"正是：

忍见娇娃陷魔掌，相逢陌路斗强仇。

欲知后事如何，请听下回分解。

第九十六回　痴男怨女成佳偶
异丐奇人逐恶魔

谷啸风堪堪追上，距离只有数尺之遥，朱九穆反手一掌拍出，谷啸风顿觉寒风扑面，冷气浸肤，不由自已地打了一个寒噤。

原来朱九穆仗着深厚的内功，运行气血，“千日醉兰”的药力渐渐消散，此时他的功力已经恢复了三四分了。

他以三四分功力发出的修罗阴煞掌，谷啸风还能禁受得起，当下仍然紧追不舍，朱九穆冷笑说道：“谷啸风，你再不知好歹，这可当真是天堂有路你不走，地狱无门你偏要闯进来啦！”

谷啸风何尝不知道这个道理，心头一凛，想道：“现在趁他功力未曾完全恢复，我大概还可以胜得了他，再过一些时候，可就难说了。但我可怎能不顾赛花的性命。”

朱九穆反手接连劈出三掌，趁着谷啸风脚步稍慢之际，飞速前奔。谷啸风未能当机立断，转瞬之间，两人的距离又已拉开数丈。

追了一会，忽听得轰轰隆隆之声，原来是侧面山峰挂下一条瀑布，山泉飞瀑，在月光下如珍珠四溅。朱九穆挟着蒙赛花，本来可以从瀑布侧边绕过的，他却突然穿过了瀑布的水帘，这样一来，与谷啸风的距离又再拉开，有十数丈之遥了。

谷啸风发力急追，正愁追他不上。朱九穆忽地停下脚步，喝道：“好小子，你以为我当真怕了你吗？来呀，咱们斗斗！”呼的一掌拍出，登时寒飙卷地，谷啸风冷得难受，只能斜跃数步，避开风头。心中暗暗吃惊：“他的功力倒是恢复得好快呀！”

原来朱九穆冲过水帘，乃是特地要给冷水浇头的。这么一浇，他的睡意，已经全消，“千日醉兰”的药力也差不多完全消散了。

蒙赛花冷得发抖，颤声叫道：“谷大哥，你回去吧，不要为我和这老贼拼了。”她的武学虽然不精，此时亦已知道，时间拖得越长，谷啸风就越是不利。如今交手，胜负已是难知。

朱九穆哈哈笑道：“姓谷的小子，有胆的你追来！”

谷啸风横了心，喝道：“好，有胆的你放了她，咱们决一死战。”

朱九穆道：“好，咱们到前面平坦的地方去再斗一场，我答应放她，你敢不敢？”

谷啸风道：“我为什么不敢，你说的话可得算数。”

蒙赛花叫道：“谷大哥，别中他的缓兵之计！”

蒙赛花都能看出他的居心，谷啸风焉有看不出之理。不过他此际亦是没有别的办法好想，要救蒙赛花，只能锲而不舍了。

夜幕揭开，东方吐出了鱼肚白。他们从邵家出来，也差不多有两个时辰了。朱九穆迎着清晨的爽气，精神一振，自忖功力已经恢复了八九分，要活捉谷啸风也是有绝对的把握了，当下笑道：“转过这个山坳，就是一块平坦的草地。你只要能够接得我的十招，你们两人我都可以放走。”

蒙赛花叫道：“谷大哥，你不是他的对手的，走吧！”

谷啸风道：“不是他的对手，也要和他决一死战。我决不能让你独自受祸。”

朱九穆哈哈笑道：“瞧你不出，倒是一个有情有义的男子呢。那就来吧！”

说话之际，他已经转过那个山坳，忽地发现有个老叫化睡在地上，挡住去路。

山坳的出口形如喇叭，极为狭窄。这老叫化横过路口，枕着一个大红葫芦，呼呼噜噜的睡得正香。这情形，老叫化只要一个侧身，就会跌下深不可测的幽谷的，可是他却睡得毫无顾忌，好像没事人似的。

朱九穆是个江湖上的大行家，一见这个情形，当然知道这老叫化乃是异丐无疑。但因他是飞快地跑出山坳的，突然发觉这异丐，已是收势不及。

朱九穆心念电转："管他是什么人，且把他踢下去再说！"

心念未已，那老叫化忽地坐了起来，伸手一抓，喝道："要想谋财害命么？"

这一抓是对准了朱九穆脚踝的"阳谷穴"抓来的，幸而朱九穆武功已经恢复，急忙一侧身形，斜踢一脚，这才能够在间不容发之际，避开了老叫化的一抓。

朱九穆叫道："谁叫你挡在路口，我可瞧不见你，咱们河水不犯井水，你让路吧！"

那老叫化冷冷说道："好呀，这还算你有理呀？老叫化睡得正欢，你扰醒了我的清梦，纵然不是谋财害命，我也不能饶你了！"

说话之际，老叫化已是提起大红葫芦，劈面打来。朱九穆横掌一挡，老叫化喝道："岂有此理，你要打破我的宝贝葫芦。"葫芦往下一击，以朱九穆的掌力，本来一块石头也可以打碎的，被这葫芦一击，虎口竟是隐隐发麻，说时迟，那时快，老叫化转过身形，腾的飞起一脚，就踢他的屁股。

这两记怪招，饶是朱九穆见多识广，亦是从未见过。这霎那间，他无暇思索，立即把蒙赛花一抛，双掌迎敌。因为这老叫化武功实在太高，他也只有把蒙赛花抛开，才能够全力应敌，保全自己。

谷啸风刚刚跑出山坳，一跑出来，就看见蒙赛花被摔下去，不由得失声惊呼！

谷啸风和她距离甚远，要救也来不及。削壁悬崖，怪石嶙峋，荆棘遍布，眼看蒙赛花这一摔摔下去，不是脑浆涂地，也必遍体鳞伤，焉能还有命在？

惊呼声中，悬崖下山坡上的荆棘丛中忽然窜出一个人来，张开双手，刚好把蒙赛花接着。

这个人是个上身披着兽皮的粗壮少年，他接下了蒙赛花，轻轻地抚拍她道："蒙姑娘，别怕，醒醒，醒醒！"

谷啸风惊魂稍定，定睛一瞧，认得这个少年原来就是张大颠的那个哑巴徒弟，心中不禁大奇："他怎的会说话了？"

放下了心上的一块石头。谷啸风移转目光，向路口那边望去，那个老叫化和朱九穆正在打得十分剧烈。这老叫化当然是张大颠了。谷啸风喜上加喜，想道："有这位老前辈在这里，那是足可以对付这个老魔头了。"

朱九穆功力已经恢复，以第八重的"修罗阴煞功"掌力呼呼呼连发三掌，谷啸风距离在数十步之外，也感到寒意袭人，血液都似乎要为之冷凝，忙运少阳神功抵御。

张大颠哼了一声，说道："你这人不存好心，欺负老叫化衣衫单薄，想要冷死我么？好，且待我喝几口烧酒暖和暖和身子，再和你打。"

朱九穆怎肯容他从容喝酒，扑上去接连抢攻。张大颠身法极为溜滑，朱九穆一击不中，他已经抄起一条竹棒，说道："恶狗咬人，非用打狗棒打之不可！"竹棒一抖，幻出一片碧绿色的光华，登时就似有数十根竹棒从四面八方同时向朱九穆打来，朱九穆大吃一惊，不敢强攻，连忙撤回双掌，紧守门户。

张大颠一手持棒，一手拿着那个大红葫芦，仰着脖子，从容把葫芦里的酒都喝光了，打了个酒呃，哈哈笑道："好酒，好酒，老叫化精神来了，可以陪你玩个尽兴啦！喂，这酒委实不错，你要不要尝尝？"

朱九穆不敢分神说话，呼呼呼又是连劈三掌。张大颠一皱眉头，说道："我请你喝酒，你怎的这样没有礼貌？好，你不吃敬酒，你就吃罚酒吧！"

陡地张开大口一喷，一股酒浪匹练似的向朱九穆射来。眼前白濛濛一片，朱九穆急忙闭了眼睛，双掌护着面门。酒花雨点般的洒在他的身上，溅得他满头满面，竟然觉得有点火辣辣的作痛。朱九穆恐防着他暗算，连忙倒纵出数丈开外，不知不觉已是给对方迫上了悬崖。

酒浪喷完，朱九穆低头一看，只见身上的衣裳，蜂巢般的穿了无数小洞。

朱九穆这一惊非同小可，心里想道："这老叫化不知是哪里钻出来的，功力如此之高，看来我恐怕不是他的对手了。"心里打算

酒浪喷完，朱九穆低头一看，只见身上的衣裳，蜂巢般的穿了无数小洞。

"三十六计走为上计"，但这时张大颠已经反守为攻，他要走谈何容易？

张大颠好似看破了他的心思，从容不迫的把葫芦挂在腰间，笑道："要想走么？嘿嘿，相请不如偶遇，我在这里睡得好好的，是你扰醒我的清梦，既然碰上了，你就非陪我玩个尽兴不可。"左杖右掌，掌风杖影，罩着朱九穆的身形，将他迫得退无可退，朱九穆只好咬牙苦斗。

谷啸风看见张大颠已经胜券稳握，放下了心，挂念着蒙赛花不知是否受伤，于是便走过去看她。

蒙赛花悠悠醒转，睁开眼睛，发现自己躺在一个少年的怀里，不觉满面通红，要想挣扎起来，却是浑身乏力。

那少年道："别忙，别忙，我给你解穴道。"

蒙赛花是给朱九穆用独门手法点了穴道的，这少年学过解穴的功夫，但要解这独门手法的点穴，却还必须先探出她给封闭的是哪个穴道，然后才能以本身功力给她强行通解。

这少年是自小在深山里长大的，丝毫不知男女避忌，为了"认穴"只能在蒙赛花身上到处摸索。蒙赛花好在也是个并不讲究男女之嫌的苗女，不过却也羞得她藏着脸儿了。她伏在那少年的怀中，嗅得一股强烈的男子体臭，只觉这感觉十分奇妙，好像喝醉了酒一样，说不出是难受还是舒服。

费了许多气力，这少年终于把蒙赛花的穴道解开了。蒙赛花站了起来，只见谷啸风已是笑吟吟的站在她的面前。

蒙赛花脸上好似火烧，说道："我没事了。那老魔头呢？"

谷啸风笑道："那老魔头碰上了一个更强的对手，正是这位大哥的师父，如今正是狠狠揍他。你的性命是这位大哥救的，你知道么？"

救命之恩，蒙赛花岂有不知之理？谷啸风当然也知道她是知道的，他说这话，用意乃是给他们拉拢，要蒙赛花和他说话，别冷落了他。

蒙赛花低下了头，说道："多谢这位大哥救命之恩。"

那少年笑道："一点小事，算得什么？蒙姑娘我认识你的，我在你们苗疆住过几年的呢，曾经好几次见过你出来打猎，不过那时我想和你说话也不能够。”

蒙赛花好奇心起，说道：“为什么?”

那少年道：“因为半年前我还是一个哑巴。”

蒙赛花笑道：“后来你怎么会说话的？是得了什么灵丹妙药么?”

那少年道：“说起来你们也许不会相信，我什么药也没有吃，是一个大夫只凭着一根银针就把我医好的。”

谷啸风不觉也是好奇心起，想道：“天下除了赛华佗王大夫，还有谁有这样高明的医术？半年前那位王大夫正在扬州，当然不会是他。”于是与他握手道贺之后，便问他道：“那位大夫是谁?”

那少年道：“是一位姓石的走方郎中，有一天我的师父带了几个客人回家，这位石大夫就是其中之一。他知道我是哑巴，当天就替我治疗，用一根又细又长的银针在我的耳后刺进去，经过大概一个月的光景，每隔几天给我针疗一次，我就能够说话了。”

蒙赛花道：“才不过半年工夫，你学会了说这许多话，说得又这样流利，真不容易。”

那少年道：“我小时候本来会说话的，后来不知生了一场什么大病，才变成哑巴的。”

蒙赛花道：“我们苗人之中，也有一些哑巴，那位大夫医术这样高明，若是能够请得动他，那就好了。他还在你家吗?”

那少年道：“我们现在和一位韩老先生同住，那位石大夫也在那里的。”

谷啸风不觉心中一动，想道：“姓石的走方郎中？莫非就是邵湘华的父亲?”邵湘华乃是邵家的养子，本来姓石，父亲石棱因为避仇，隐姓埋名多年，一年前方始父子相逢的。石棱的仇人也正是乔拓疆和辛十四姑。上次谷啸风来苗疆找寻岳父，曾经和石棱见过一面。

谷啸风道：“那位韩老先生正是我的岳父。”

那少年道：“我早已知道了，韩老先生前几天还曾和我的师父提起你呢。啊，你的岳父为人真好，他还曾经教过我几招掌法，教我怎样运用内力呢。”

谷啸风道：“那几位客人又是些什么人?”

那少年正要回答，忽听得朱九穆大吼一声，似乎是受了伤的样子。

那少年道：“啊，上面打得不知怎么样了？咱们上去看看。”

谷啸风道：“对，咱们只顾说话，可错过了一次眼福了。”

话犹未了，只见悬崖上一个人像断了线的风筝一样跌下来，可不正是朱九穆?

朱九穆是给张大颠的掌力震下悬崖的，无巧不巧，正是朝着蒙赛花站立的地方跌下来。他身似流星急坠，眼看就要压在蒙赛花的头上。

朱九穆内功深湛，虽受掌力震伤，武功尚未消失。但跌势太急，峭壁上寸草不生，想抓着一件东西也不能够，跌下幽谷，焉能还有命在？忽见蒙赛花就在他的下面，心头大喜，登时在半空中一个鹞子翻身，头下脚上，双掌就向蒙赛花抓去。

只听得“蓬”的一声，原来是那少年跃上前去，挡在蒙赛花身前，刚好及时的接了朱九穆的这招“鹏搏九霄”。

双掌相交，朱九穆的身体斜飞出去，从蒙赛花侧面越过，再一抓已是抓不着蒙赛花了。那少年则是“咕咚”一声，坐在地上。

蒙赛花连忙拉他起来，说道：“多谢大哥，你又救了我的一次性命。你怎么样了?”

那少年道：“我没事，但只怕——”

蒙赛花道：“怕什么，你是受了伤吗?”

那少年道：“不是。咱们看那老魔头摔死了没有?”

不知怎的，朱九穆的急坠之势突然慢了下来，他们俯首察看之时，正好看见他在离地面数丈之处又是一个鹞子翻身，双脚平平稳稳的踏在地上。转瞬间跑得无影无踪。

那少年顿足道：“可惜可惜，我倒是帮了他的忙了。”

蒙赛花莫名其妙，说道：“你救了我的性命，却怎说是帮了他的忙?”

谷啸风笑道：“你刚才这招，当真是精妙之极。化解了那老魔头的掌力，本身又不受伤，虽然也是帮了他的忙，那也值得了。”

原来当时朱九穆凌空扑下，力道极猛，这少年虽是天生神力，倘若硬接，也是接不起的。故而他用了一招刚中寓柔的掌式，把朱九穆的掌力卸过一旁。朱九穆本是直线跌下来的，他这么一卸，朱九穆的身子也就给他的掌力带过一边了。急坠之势，经过这样一个转折，因此也就慢下来了。

蒙赛花听了谷啸风的解释，这才明白，说道：“大哥，你这都是为了我的缘故，只要你没伤，我的心就安然了。那老魔头就让他去吧。”

那少年笑道：“谷大哥，我刚才用的这招掌法正是你岳父教给我的。”

说话之际，张大颠已是走了下来，笑道：“可惜可惜，白白糟蹋了我一葫芦的好酒，还是未能摔死这老魔头。”

那少年道：“这都是徒儿无能之故。”

张大颠笑道：“你刚才使的这招，我已经看见了，我正要夸赞你呢。我不是怪你，我是怪我自己。老叫化多时未逢敌手，想和他多玩一会，是以没下杀手。想不到我的掌力少用一分他又误打误撞，迫得你用那一招，这就让他死里逃生了。”

蒙赛花道：“老先生，我爹很喜欢喝酒，大家都说我家的酒好，我也不知是真是假。几时你到我家里去，我叫爹爹陪你喝酒，请你品评品评。”

张大颠哈哈笑道：“你是为了我的徒弟才请我的吧？很好，我现在就去。”

蒙赛花喜道：“真的吗？”

张大颠道：“当然是真的。就只怕你们这些少年人不喜我这个老叫化作伴。”

蒙赛花天真无邪，听不出他话中有话，想了一想，说道：“跟你一起走，我不用担心那老魔头，也不用担心我的师父来捉我回去，岂有不喜欢之理，不过我答应了这位谷大哥，带他去找他的岳父的。他的岳父不是和你住在一起的吗？咱们不如先到你家，让谷大哥见了他的岳父，再一同到我家里喝酒好不好？”

谷啸风初时以为张大颠是开玩笑，后来见他似乎颇为认真，不像说笑的神气，心中一动，说道："张叔叔，莫非你们师徒正是有事去找蒙峒主的？"

张大颠笑道："你猜对了。有一伙坏人跑到苗疆，可能在这里捣乱，是以我要赶紧去告诉峒主，如今碰上了蒙姑娘，有她带我们去，那是更好啦。"

谷啸风道："既然如此，我不便耽搁你们啦。大叔，请你把住址告诉我，我一个人去就行啦。"

张大颠笑道："也不用这样着忙，我知道你一定有许多话问我的，反正现在已经有了蒙姑娘给我们带路，路上可以减少许多盘问的麻烦，咱们多谈一会，也不碍事。"

谷啸风道："我正有一件事情想要请问大叔，听说有几位客人来了你家，他们是谁？现在是否也和你一同搬去和敝岳同住？"

张大颠道："想必是我的徒儿告诉你的吧？说起来这几个客人你都是认识的，他们是石棱和邵家的全家四口：父亲邵元化，儿子邵湘华，女儿邵湘瑶和邵湘华的未婚妻子杨洁梅。"

谷啸风大喜道："我正是从邵家出来的，找不着他们，想不到他们已经在你那里了，我这一去，可正是一举两得。"

张大颠道："不过邵元化和他的女儿前几天又离开了。你只可以见得着石棱和邵湘华夫妻。"原来邵元化是为了躲避辛十四姑向他寻仇才搬去和张大颠同住的。他见了张大颠，得知辛十四姑已被囚在黑风岛上，但她后来又逃出来的事情，他可还没有知道，因此他和张大颠、韩大维相聚几天，就带女儿离开了。邵湘华是石棱的亲生儿子，父子已经相认，邵元化也就把他交还石棱了。不过邵湘华为报养父之恩，还是姓邵。

谷啸风大为高兴，说道："想不到来到苗疆，竟有这样的一个意外机缘，可以和好朋友相聚。对啦，我还没有问你呢，家岳的病好了没有？"

张大颠道："好叫你欢喜，你泰山大人的伤早已痊愈了。本来他已准备离开苗疆的，就恐怕你来找他，彼此错过，故而留在这里等候你来的，你又是怎样碰上这位蒙姑娘的？"

谷啸风道："她是辛十四姑的徒弟，我在邵家碰上她们师徒的。现在她已经知道那妖妇是个坏人了，故而决意背叛本师。"当下把日前的遭遇说了出来，有些不便告诉张大颠的就略过不提。

张大颠笑道："令岳武功早已恢复，又有石棱和他一起，那妖妇若是找来，只有自讨苦吃。"

谷啸风道："就只怕明枪易躲，暗箭难防。"

张大颠道："说得有理，这妖妇手段阴险毒辣，确是不可不防。"说至此处，注意到谷啸风的神色似乎有点不安，于是跟着就问他道："你在挂虑什么？有话要问我的，尽管说吧。"

谷啸风道："珮瑛来过没有？"他见张大颠说过了那几位客人，却始终没有提到韩珮瑛，心里已知有点不妙。果然便听得张大颠说道："珮瑛侄女也来了吗？可还没有见到她呀！"

谷啸风道："她动身在我之前，按说是应该到了的。"

张大颠安慰他道："这么远的路，或许她在路上有什么事情耽搁，那也不足为奇。而且你已经知道她没有碰上辛十四姑，想来也不至于另有什么危险的。"

谷啸风道："你刚才说有一伙坏人踏入苗疆，他们是谁？"

张大颠道："还没有知道清楚。昨日有一个和我相熟的苗人告诉我，他在深山采药，发现三个陌生的汉人，其中一个是头如巴斗，身高丈许的巨人，或许他说得有点夸大，不过像这样一个身材异乎常人的巨人，在江湖人物之中却只有一个。"

谷啸风道："你以为是乔拓疆的副手钟无霸？"

张大颠道："不错，我是猜疑是他。不过，听说乔拓疆正在江南和史天泽合伙，钟无霸又怎会到这里来呢？"

谷啸风道："史天泽已经战败，乔拓疆那伙海盗和他一同遭殃，也差不多是全军覆灭了。啊，这三个人恐怕就是史天泽、乔拓疆和钟无霸了。但愿珮瑛不要碰上他们才好。"

张大颠道："那个发现他们的苗人，并没见到女子。"

谷啸风忐忑不安，说道："你没有找过他们？"

张大颠道："他们躲在深山密林之中，要找他们谈何容易。我只能先去通知蒙峒主，叫他加紧提防。近日又有官军要来侵犯苗疆的风声，我是怕这伙坏人特地隐藏在苗疆与官军配合的。不过，现在咱们已经知道是史天泽这伙人了，这点倒是无须顾虑了。”

谷啸风道：“但史天泽这伙人可比官军更难对付。他的余党若然陆续来到，难免不在苗疆捣乱。”

张大颠道：“是呀，所以我还是要按照原来的计划，先去通知峒主。对，你也应该早点去见你的岳父了，还有什么要说么？”

谷啸风道：“我想要知道的都已知道了。现在只请大叔把地址告诉我就行啦。”

张大颠道：“好，我画个地图给你看，比说给你听清楚得多。”

谷啸风一直在和张大颠说话，不知不觉就忽略了蒙赛花和那少年，此时方始发觉他们早已走过一边，也正是蹲在地上，那少年在地上歪歪斜斜地写着大字。

原来蒙赛花在听到他们谈及韩珮瑛的时候，心里又是辛酸，又觉没趣，暗自想道：“他一心一意都在他的妻子身上，我在旁边，他恐怕都已忘记了。唉，那我又何必再去惹他讨厌。”

那少年对蒙赛花甚有好感，很想逗她说话，可又不敢。蒙赛花忽地对他一笑，说道：“你救了我的性命，我可还没有知道你的名字呢。”

那少年道：“我是个孤儿，自己也不知道自己的姓名的。跟了师父之后，师父姓张，我也就姓张了。师父给我取了一个名字，啊，蒙姑娘，你认得汉字么？”

蒙赛花道：“识得不多，你过那边写给我看。”此时她正在黯然神伤，故此特地借故躲过一边，以免老是听得谷啸风谈他的未婚妻子。

那少年道：“师父给我起的名字叫做石痴，石头的石，痴是痴心妄想的痴。”

蒙赛花道：“石头的石字我认得，痴心妄想的痴字我可不认得啦。你写出来给我看。”

张石痴笑道：“这个字笔画很多，我学了几天才会写的。”

蒙赛花看他在地上写了，心中忽生感触：“他写的是个痴字，唉，我对谷大哥可不也正是痴心妄想吗？”

张石痴抬起头来，见她一副如痴似呆的神气，不觉怔了一怔，说道：“咦，蒙姑娘，你在想些什么？”

张大颠微笑道：“他们两个似乎很谈得来呢。啸风，我抢了你的向导，你不怪我吧？”

谷啸风笑道：“你给我画这地图，可比向导对我更加有用。蒙姑娘和你同行，我也可以放下心上的一块石头。”

张大颠道：“哦，你在担心什么？”

谷啸风道：“蒙姑娘放走了我，那妖妇若是追来，我可无力保护她，岂不是连累她了。”

张大颠似笑非笑地看着谷啸风道：“如此说来，我把蒙姑娘带了去，既可以解除你的烦恼，对她又有好处，这倒是一举两得了啊！”话中有话，谷啸风听了不禁面上一红，但心里对张大颠可是好生感激。

原来张大颠惯于游戏人间，看似疯疯癫癫，其实却是深通世故的。谷啸风乃是去见岳父的，带了一个苗峒公主同去，纵然韩大维不说什么，谷啸风自己心里也有疙瘩。是以张大颠为他着想，才找个借口将他和蒙赛花分开，倒并不是他非要蒙赛花带路不行。

蒙赛花痴痴地看着那少年写自己的名字，忽地听得张谷二人似乎在谈论她，抬头一看，只见张大颠正在向她走来，蒙赛花道：“张老前辈，你说我什么？”

张大颠笑道：“没什么，你知道了我徒儿的名字了吗？”

蒙赛花笑道：“他教我认识了一个很难写的字，现在我可以叫出他的名了。”

张大颠道：“很好，你知道了他的姓名，此后就好称呼了，咱们走吧。”

蒙赛花道：“你等一等。”解下一个绣有孔雀的荷包，递给谷啸风道：“这个绣荷包我们苗族人看见了都会知道是我的，你带在身上，倘若遇上麻烦，你可以拿给他看。”

谷啸风接过绣荷包，心中暗暗为她祝福：“张大叔的徒弟和她倒是非常合适的一对，但愿他们能缔连理。”当下谢过了蒙赛花，便即分道扬镳。

韩大维所住的地方是罕见人迹的荒林，谷啸风走了一天，都没有碰见一个人。幸好他记牢了张大颠画的地图，才不至于迷路。

第二天入山更深，但见一处丛莽密菁，荆棘满道，山茅野草，高逾人头。谷啸风正行走间，忽听得后面有拐杖点地的声音，他躲在茅草丛中看出去，不由得大吃一惊，原来来的不是别人，正是辛十四姑。

辛十四姑也发觉了前面有人行路，但她只是隐约听见了谷啸风走路的声音，却还没有看见他。

辛十四姑一声冷笑，飞快追来，说道："你们没有胆量见我么？好呀，你们不出来，我可要放火烧了！"正是：

深入苗疆寻爱侣，风波叠起苦难行。

欲知后事如何，请看下回分解。

第九十七回　惊见荒原来玉女
相逢陌路斗强仇

谷啸风屏息呼吸，心里想道："且待她真的放火再说。"

谷啸风藏身之处，方圆数里之内，黑压压的都是高逾人头的山茅野草，倘若当真放起火来，火势定然蔓延得十分之快，辛十四姑轻功再高，只怕也逃不出火海。

辛十四姑提起竹杖，一面走一面在乱草丛中拨打，人没发现，却有两条长蛇受惊窜了出来，辛十四姑险些给蛇咬着，大怒之下，把两条蛇打死，"咔"的一声响，擦燃火石，喝道："我数到十下，你们再不出来，我非烧死你们不可！一、二、三、四……"

当然，这也还是虚声恫吓的，她高举火石，数到"七"字之时，一阵风吹来，她生怕真的烧着了茅草，连忙捻熄了火苗。

就在此时，忽听得有个人喝道："哪里来的妖妇，竟敢在这里放火烧山？"声音宛如金属交击，十分刺耳。

辛十四姑抬头一看，只见一个衣裳褴褛，形容憔悴的中年汉子，手中挽着一个水桶，从林子里走出来，看得出是个汉人。他挽着满满的一桶水，走路仍然走得很快，桶里的水也没溅出半点。

辛十四姑不觉心头微凛："这人躲在苗疆，不知是何路道？"但她自恃武功高强，虽然知道对方武功不弱，却也不以为意。当下哼了一声，也不答话，便向那人飞掠过去。

那人看见辛十四姑脚不沾地，竟似御风而行，在草上掠过，也是不禁吃了一惊。

说时迟，那时快，两人已是面对面的碰上了。辛十四姑停下脚步，冷笑说道：“你敢骂我？你是什么人？”

那人也冷笑道：“你敢对我无礼，你是什么人？”

辛十四姑冷冷说道：“我本来要杀你的，念在你愚昧无知，姑且饶你一命。但你必须老老实实回答我的问话，否则我还是不能饶你！”

那人好似听得一个极其有趣的笑话似的，哈哈哈大笑三声。辛十四姑怒道：“你笑什么？”

那人揉着肚子笑道：“我生平杀人如芟草，你居然用杀人来恫吓我，这不是可笑之至么？”

辛十四姑冷冷说道：“你笑够没有？我问你，你可有看见一个年纪和我差不多的女人和一个年轻貌美的姑娘？你能够帮我找着她们，你的性命还可保全。否则，嘿嘿，一时三刻之内，我就叫你笑不出来！”

谷啸风听了她这说话，不由得好生诧异：“原来这妖妇倒不是来捉拿我和赛花的。那两个女人却是谁？”

心念未已，只见那人掩鼻叫道：“好臭，好臭！”

辛十四姑怒道：“你胡说什么？”话犹未了，那人手上挽着的一桶水突然就向她泼了过来，冷笑说道：“你说话比放屁还臭，给你洗洗秽气！”

双方面对着面，中间的距离不过数尺之地，这桶水迎头泼下，辛十四姑如何能够躲避？她陡地身形拔起，但饶是她轻功超卓，应变得快，立即跃起了一丈多高，下半身也给泼湿了。

辛十四姑几曾受过别人如此侮辱，登时就施杀手，半空中一个“鹞子翻身”，脚未点地，手中的青竹杖已是向着那人凌空击下，喝道：“好，笑吧！”

只听得“乓”的一声，那只水桶裂成八块，碎片纷飞。原来是那人掷出空桶，接了辛十四姑这一招“鹏搏九霄”。

辛十四姑一杖击破水桶，脚尖亦已沾地，第二招第三招接续而来，“毒蛇吐信”、“骊龙探珠”，招招凌厉。杖尖所指，都是那人的要害穴道。

那人给她反击得连连后退，迫得凝神应付，果然是笑不出来了。

但那人的本领亦是委实不弱，退一步便消了辛十四姑的一分攻势。辛十四姑连攻八招，他接连退了八步，忽地长身而起，趁着辛十四姑攻势稍缓刚要换招变式的那霎那之间，蓦地抢攻，劈面一拳打出，是南派长拳中的一招“三环套月”。

“三环套月”本是一招十分普通的拳法，南北各派拳术，都有这招，大同小异。但这人使的“三环套月”，却是非常特别，与众不同。但见他拇指挺起，四指握得参差不齐，凸起三片棱角。刚猛的拳击之中，竟然暗藏着阴柔的打穴手法。

辛十四姑见他拳法古怪，身手敏捷，亦是不敢小觑，当下一个侧身斜闪，青竹杖横扫他的下盘，那人抢了攻势，长拳猛捣，扑入空门。辛十四姑迫得又退了一步。

双方你退我进，我进你退，不到半支香的时刻，辗转进退，已有六七次之多。彼此对抢攻势，有守有攻。辛十四姑虽然还是稍占一点上风，却也渐渐变成相持的局面了。

谷啸风躲在茅草丛中偷看，心中好生惊异：“这人能够和辛十四姑打成平手，应当是武林中的成名人物，可惜不知他是什么路道。”由于不知此人是友是敌，谷啸风本来想要出去和他联手的，也只能暂时观望了。

双方剧斗方酣，忽听得有个人哈哈笑道：“真是人生无处不相逢，十四姑，我正要找你，想不到就在这里碰上了。”

这人一说话，剧斗中的辛十四姑和躲在草丛里偷看的谷啸风，都是不禁大吃一惊。

原来这个人不是别个，正是在太湖兵败逃出来的那个乔拓疆。跟在他后面的还有一个身高一丈的巨人，是他的副手钟无霸。

辛十四姑心头一凛，想道：“加上一个乔拓疆我已是必败无疑，恐怕只有三十六计走为上计了。”但高手搏斗，急切之间，要走也难。辛十四姑硬着头皮说道：“姓乔的，你们并肩子上来吧！”

乔拓疆哈哈笑道：“辛十四姑，请你不用担忧，我不是来找你打架的，我是来找你讲和的。史大哥，大家都是朋友，住手吧！”

谷啸风这才知道，原来那人就是横行长江的大海盗头子史天泽。心里暗暗叫了一声“好险”，想道：“史天泽是通番卖国的奸贼，罪恶比辛十四姑更大，幸好我没有出去帮他，否则可就要铸成大错了。”

史天泽霍地跳出圈子，说道：“辛老前辈，你的武功确实是比我高明，佩服佩服！刚才我骂了你，你也骂了我，算是扯了个直，大家都不必计较了！”

对方已是占了绝对上风，却忽然罢手言和，大出辛十四姑意料之外。辛十四姑半信半疑，当下横杖当胸，冷冷说道：“你们耍什么花招？”乔拓疆笑道：“我是诚心和你讲和的，咱们谈一宗交易好不好？”

辛十四姑心里想道：“原来他是有所求于我，这就怪不得了。”于是冷冷说道：“什么交易，你先说出来听听。”

乔拓疆笑道：“这宗交易，对你对我，都有好处。不错，咱们是结有一点梁子，但这梁子不正是由于大家都想得到那部穴道铜人图解而起的吗？现在你已经知道不是在我手中，我也知道不是在你手中，这梁子已是不解自解。咱们还何必再斗下去，不如合股去做生意，你说对吗？”

辛十四姑道：“哦，你说的这宗‘交易’原来就是那部图解么？但既然不是在你手中，却拿什么来交易？”

乔拓疆道：“但我知道是在石棱手中，石棱的居所我也知道了，他是和韩大维住在一处的。”辛十四姑吃了一惊，说道：“他们住在一起？”

乔拓疆笑道：“不错。咱们打开天窗说亮话，你一个人是决斗不过他们二人的。我们以三敌二，胜算当然比你大得多，却也没有十分把握。但咱们四个人联合起来，那就有十二分把握了。你说如何？”

辛十四姑道：“好，我可以答应你，但得先听听你们的条件。”

乔拓疆道：“夺获那本图解，咱们各自抄它一份，公平了吧。”

辛十四姑道：“好。不过另外有件事情，你们可得依我。”

乔拓疆笑道：“总之咱们公平交易就是。你说吧。”言下之意，不言可喻，辛十四姑有附加的条件提出来，他们也是会答应的了。

辛十四姑道："石棱的死活我不管。韩大维可得给我处置。"

乔拓疆哈哈笑道："你放心，看在你老大姐的份上，我们还能杀了他吗？当然是由你处置了。但我们也有一件事情，可得请你多多帮忙。"

辛十四姑淡淡说道："咱们既然是一条路上的人，我做得到的，自然帮你的忙。"

乔拓疆道："你一定做得到的，听说你和这里苗峒的蒙峒主交情很好，是吧？"

辛十四姑道："是又怎样？"

乔拓疆道："实不相瞒，我们是在江南兵败，逃来这里避难的。准备在这里住一些时候，希望能够得到峒主的庇护。"

原来蒙古的灭宋计划乃是双管齐下的，一方面和宋国联盟灭金，灭金之后，大军渡江南下；另一方面则不待金国覆灭，先从西北进兵川滇，占领据点，暂时不将战事扩大，待金国一灭，这支军队便即出三峡、掠滇黔、下湖北，与正面的大军会师襄阳。史天泽、乔拓疆这伙人打的如意算盘是：先在湘西苗疆站好脚步，收容残部，势力够大的话便来个鹊巢鸠占，羽毛若还未够丰满，那就等待时机，待蒙古大军来了，再与之里应外合。

其实，实行这个计划，才是他们要和辛十四姑联手的主要目的，至于共享那本图解云云，不过是作为引诱辛十四姑的"饵"而已。

辛十四姑并不愚笨，虽然不知道他们的计划，也想得到他们是要利用自己，图谋对苗疆有所不利的了。但转念一想："如今我是势孤力单，不和他们合作，先就要吃了眼前亏。反正这样的合作于我亦是有利，他们即使伤害苗人，那又与我有何相干？"

乔拓疆看她眼神不定，说道："十四姑，你是不是还有其他条件？"

辛十四姑哈哈一笑，说道："你猜对了。我还要你们帮忙对付另外的两个人。"

乔拓疆道："是什么人？"

辛十四姑道："慢慢再说。这两个人武功低微，倘若碰上，用不着你们动手的。不过要请你们帮忙留意她们的行踪。”

乔拓疆哈哈笑道：“咱们如今是有福同享，有祸同当。这点小事，我们还能不答应你吗？但我刚才所说的事，老大姐，你可还未曾答复呢。”

辛十四姑缓缓说道：“好，有福同享，有祸同当。冲着你这两句话，这宗交易，咱们就算成交啦！明天我带你们去见峒主，包保你们可做峒主的贵宾。”

乔拓疆道：“为何不是今天？”

辛十四姑道：“今天我还要办一件事情。你急什么？”

史天泽道：“不错，反正咱们等这机会已等了许多天了，也不迟在这一天。辛大姐，请你到我们蜗居一坐，咱们再细细商量。”他比乔拓疆更为渴望这宗“交易”能够成功，故此不能不样样顺从辛十四姑之意。

辛十四姑面露笑容，淡淡说道：“对啦，你们帮我达成心愿，我也自当帮忙你们达成心愿。”

谷啸风藏在茅草丛中，方始松了口气，心里想道：“他们去见蒙峒主，不知打的是什么坏主意？好在张大颠已经赶在他们的前头，和蒙姑娘回去了。有这位前辈高人在蒙峒主身边，料想他们的诡计不能得逞。”

辛十四姑、乔拓疆这一行人已经走得远了，但山风吹来，他们的说话还是隐约可闻。乔拓疆似乎是在着急什么，大声说道：“要是今天找不着那两个人，那又怎么办？等到几时？”谷啸风凝神静听，听得辛十四姑断断续续的话语：“她们一定经过……我，我已发现了……”底下的话由于他们越走越远，谷啸风就听不见了。

谷啸风惊疑不定，暗自思量：“辛十四姑这么着急要找的这两个人却又是谁呢？”他恐怕过早出来，会给他们发现，心里想道：“反正也不差在一个半个时辰，我且再躲些时。珮瑛的爹爹和石老前辈一班就在对面那座山峰，今天晚上，是一定可以见得着他们的了。”

过了一会，但闻草丛中虫声唧唧，四野一片寂静。谷啸风正待走出草丛，继续赶路，忽地又听见有两个人的脚步声走来。

谷啸风不知是否辛十四姑那班人又再回来，于是暂缓举步。只听得一个十分熟悉的清脆声音说道：“七娘，快要到了吧？”

谷啸风几乎要跳起来，原来说话的这个女子，正是他日思夜想，为她担心不已的韩珮瑛！和她说话的那个人是孟七娘。

谷啸风本来就要跳出去大声叫她们的，一阵山风吹来，谷啸风瞿然一省，连忙强自抑制自己激动的心情，想道：“我这么一叫，那妖妇就在附近，听见了可是十分不妙！就是现在出去也不妥当，距离尚远，我难以细说分明，珮瑛见到了我，只怕也会失声呼叫的。待她们来得近了，我才可以用手势向她们示意。”韩珮瑛与孟七娘边走边谈，谷啸风已经可以看得见她们了。

孟七娘道：“你爹就住在对面那座山上，今晚一定可以赶得到的。”原来孟七娘在那次和韩大维相会之后，两人之间的恩怨业已细说分明。韩大维知道杀妻的凶手不是她，她也知道韩大维丧妻之后，此心已如槁木，对自己是只有友谊的了。“少年相识江湖老，旧梦如烟去不回。”孟七娘能够和他恢复友谊，亦已是心满意足了。

苗疆颇多珍奇的药物，孟七娘两年前所受的内伤尚还未好，于是趁这机会，游览苗疆，顺便找寻自己可需的药物。几天之前，正当她要离开苗疆回家的时候，碰上了韩珮瑛。其时韩珮瑛刚刚踏入苗疆，给苗人发现，双方言语不通，幸好得孟七娘解围。孟七娘碰见了她，当然是义不容辞的要带她去见父亲了。

且说谷啸风躲在茅草丛中，心头卜卜地跳。他不知道史天泽这些人藏身的地方，只盼韩珮瑛能够躲开他们，别让他们听到声息。可他又不能出声示警，叫她们不要说话。

孟七娘和韩珮瑛正是朝着他这方向走来，走得又近一些了。谷啸风正要等待她们再近一些，便即现身相见，忽听得韩珮瑛咦了一声，说道：“七娘，你看看那边是不是有个人？”

谷啸风吃了一惊，心道：“难道她们是发现了我？”心念未已，只听得冷冷地一声长笑，树林里飞快地跑出一个人！

谷啸风最担心的事情发生了，那个人拿着竹杖点地，竹杖一点，便是一掠数丈，宛似御风而行。可不正是辛十四姑是谁？

原来辛十四姑和很多苗人相熟，从曾与孟七娘、韩珮瑛见过面的苗人口中，得知她们的踪迹。她料准了孟七娘一定是带韩珮瑛去见她的父亲的，于是抄近路来拦截她们。她早已怀疑有人躲在茅草丛中，只不知是不是她们。因此她刚才根本就没有和史天泽回去，而是故意这样说说，好让躲在草丛里面的人出来的。她和史天泽等人则在林中藏匿，准备捕捉“猎物”，想不到躲在草丛里的人未见现身，孟七娘、韩珮瑛却是先来到了。

孟七娘挡在韩珮瑛身前，冷笑说道：“辛柔荑，你待怎样？”

辛十四姑得意洋洋地说道：“表妹，你是苗疆的新客，我比你早来得多。我不是主人也算得是半个主人，理该略尽地主之谊，招待你和这位韩大小姐！”

孟七娘拐杖一顿，怒道：“别说风凉话儿，划出道儿来吧。我与你结下的梁子由我了结，可不许你吓唬小辈！”

辛十四姑“哼”的一声，皮笑肉不笑地说道：“我知道你是一厢情愿，想做韩大小姐的后娘，就只怕别人未必肯要你吧。”

孟七娘给她气得发抖，提起拐杖斥道：“狗嘴里不长象牙！”一招“游空探爪”，龙头拐杖便打出去。

辛十四姑的青竹杖轻轻一拨，拨开了孟七娘的拐杖，冷笑说道：“表妹，这可是你自己要和我动手的，我这竹杖没长眼睛，万一失手，误伤了你，须怪不得我。唉，谁叫咱们是表姐妹呢？说句心里的话，我可实在不忍伤你。我劝你还是给我赔个罪吧，咱们表姐妹仍然可以和好如初。”

她口里说着“好话”，青竹杖的招数却是越来越狠，孟七娘分不出精神和她斗口，大怒喝道：“辛柔荑，我与你拼了！珮瑛，快走！”

韩珮瑛情知插不进手，但却怎能抛下孟七娘自去？她拔出剑来，正待上前助战，忽听得辛十四姑笑道：“她跑不了的，我肯放她走，也还有人要留她呢！”话犹未了，韩珮瑛面前已是出现了三个人，对她采取了三面包围的态势。

乔拓疆哈哈笑道：“对了，韩大小姐，令尊是我们的好朋友，我若不好好招待你，令尊面前怎能交代？你乖乖的跟我走吧，我带你去见令尊。”

钟无霸大吼道："女娃儿，你是不是敬酒不吃要吃罚酒？"

钟无霸身高逾丈，韩珮瑛从未见过这样可怕的巨人，不觉尖叫一声，连忙斜掠数丈，躲避他的追击。

孟七娘喝道："你们三个人好歹也算得是上得台盘的人物，欺负一个小姑娘羞也不羞？"

史天泽笑道："多谢你看得起我们。但这位姑娘是辛大姐要挽留的佳客，我又岂能不帮她留客？老钟，别吓唬她，让我好好的请她回去。"

他要讨好辛十四姑，一面说话，一面便追上去。乔拓疆料想他定能手到擒来，也就不去理会韩珮瑛了。当下回头观战，看了几招，便知辛十四姑稳操胜券，于是便向钟无霸摇手示意，叫他不必上去帮忙。

辛十四姑笑道："对啦。我们表姐妹是闹着玩儿的，你们可千万别要插手，免得她又要说我联合外人，欺负她了。"

史天泽铮铮铮的弹出三枚铜钱，这三枚铜钱从韩珮瑛头顶飞过，转了个弯，忽地又飞回来。韩珮瑛从来没有见过这种古怪的暗器打法，只好后跃闪避。

史天泽笑道："对了，还是请回来吧。"铮铮铮又弹出三枚铜钱。

韩珮瑛斜跃闪避，那三枚铜钱竟似长着眼睛似的，跟踪飞到。说时迟，那时快，史天泽已是疾如闪电地扑上前来。

忽听得叮叮数声，那三枚铜钱在韩珮瑛身边落下。茅草丛中突然跳出一个人来，飞出石子把铜钱打落，抢在史天泽的前头，来到了韩珮瑛跟前。

这霎那间，韩珮瑛又喜又惊，几疑是梦，失声叫道："啸风，是你！"

谷啸风道："不错，是我。咱们在一起，什么都不怕。"

史天泽看见谷啸风突然窜出，身手很是不凡，倒也不觉一怔，喝道："你是什么人？"

谷啸风不理会他，说道："瑛妹，你回去给你爹爹报讯，我抵挡他一阵。"

韩珮瑛微笑道："你不是刚说了吗？咱们在一起，什么都不怕。要死咱们也死在一起。"

谷啸风道："唉，我不是这个意思，你听我说……"他们经历过无数劫难，如今蓦地重逢，心情的激动可想而知。强敌当头，他们也似视若无睹了。

史天泽冷笑道："你们的情话留到阎王殿上再说。你这小子要想找死，我成全你！"

谷啸风刷的一剑刺出，史天泽一抓之下，陡然只见剑花耀眼，竟似有六七把长剑向自己刺到一般。史天泽心头一凛，疾忙一个移形换位，双掌一错，以极其凌厉的虎爪擒拿手抢攻数招。谷啸风的剑尖给他的掌力荡开，但剑势仍然不弱，和他抢攻。韩珮瑛宝剑出鞘，与谷啸风并肩御敌。

史天泽忽地喝道："且住，你使的是任家的七修剑法，你是任天吾的什么人？"

乔拓疆笑道："史大哥，这小子叫做谷啸风，他这七修剑法是从任家偷去的。虽然他是任天吾的外甥，甥舅却是早已翻脸的了，大哥不必顾忌。"

史天泽说道："原来如此，好吧，看在任天吾份上，我饶你一命，只把你捉去给你舅舅发落就是。"

谷啸风的七修剑法虽然精妙，但史天泽的武功实在太强，十数招一过，他已是无法再抢攻势，只能招架了。好在韩珮瑛这两年来的武功也大有进展，两个联手，还可以勉强抵敌得住。

乔拓疆道："史大哥，这小子和我也有点梁子，你交给我吧。"

史天泽要保持黑道第一高手的身份，淡淡说道："我要看看这名闻武林的七修剑法有何奥妙，你别打岔，这小子逃不出我的掌心的。"

乔拓疆打了个哈哈，说道："对，七修剑法很难有机会得以一窥全豹，史大哥，你慢慢消遣这个小子，让他施展整套的剑法，可别忙收拾他。"他已是看得出来，史天泽要想取胜只怕也得在百招开外，是以把话说在前头，让史天泽的面子好过。

谷啸风正在吃紧，忽听得嘹亮的笛声随风飘来，宛如黄莺出谷，十分悦耳。抬头一看，只见山坡上走下来一男一女，男的是邵湘华，女的正是杨洁梅。

荆棘野茅，高逾人头，茅草丛中的厮杀，在山上是看不见的，走下了山坡，可就看得清楚了。这对小夫妻把臂同游，正在满怀欢畅之际，忽地发现了辛十四姑、孟七娘、乔拓疆和谷啸风等人，不禁大吃一惊。

邵湘华叫道："啊，是谷大哥！"连忙发出一声长啸。杨洁梅咬牙切齿地说道："哼，这妖妇阴魂不散，又在这里出现，不用说，一定是冲着咱们来的了。"她骂的当然是辛十四姑了。

他们二人虽然吃惊，却还是走向前来。辛十四姑倒是不禁有点诧异了，想道："他们这样胆大，定有所恃。难道韩大维就在他们后面？"当下虚晃一招，闪过了孟七娘的龙头拐杖，回身就是一把淬过毒的梅花针，向他们二人飞去。

孟七娘焉能容得她腾出手去害人，身形骤转中振臂斜肩，铁拐疾如电闪的朝着辛十四姑面前一晃，迅即便向她的"太阳穴"点去，这一招正是攻敌之所必救，她的功力虽因内伤未愈，不及从前，招数的精奇可没有减弱。辛十四姑自己也不敢轻敌。挥手一发金针，上半身向后陡缩半尺，青竹杖自左至右画了一道半弧形，架开了孟七娘的铁拐。但也由于她是在激斗之中偷空发射暗器的，发出的梅花针略失准头，杨洁梅握着邵湘华的手，一个"比翼双飞"的轻功身法，梅花针从他们身边飞过，嗤嗤之声不绝于耳，却没有一枚打着他们。

说时迟，那时快，钟无霸已是双臂箕张，跑上来拦截他们，哈哈笑道："辛大姐，不用你老人家出手，你要他们怎样，只管吩咐！"辛十四姑道："你替我把这忘恩负义的丫头拿下，别伤她的性命。"钟无霸道："好，那就给你一个死的，一个活的！"张开蒲扇般的大手，立即向邵杨二人抓下。抓向邵湘华的那招五指成钩，霸道之极，正是一招可以洞穿对手头颅的杀手。

邵杨二人双剑齐出，幸亏钟无霸是想要活擒杨洁梅，向她抓来的一招远远没有他对付邵湘华那招的霸道，杨洁梅刷的一剑刺过去，近身之际，陡地变了个方向，钟无霸一抓抓空，险些手指给她削断。

钟无霸怒火勃升，一声大吼，腾身再扑。邵湘华叫道："爹爹快来!"话犹未了，只听得铃声叮当，一个走方郎中（江湖医生）打扮的老汉，手提一柄"虎撑"（古代走方郎中所用的一种工具，大约是七尺长的一条杆棒，一端开有利爪，系着铜铃，平时可用来挑药箱，遇敌时可用作兵器），也不知是在哪里钻出来的，突然间就出现在他们的面前。

谷啸风吁了口气，心里想道："原来他们是和石老前辈一起出来的，怪不得有恃无恐。不过对方四个人个个武功高强，石老前辈一人只怕还是寡不敌众。要是韩伯伯也来了那就好了。"原来这个走方郎中不是别人，正是邵湘华的生父石棱。

钟无霸不知石棱的厉害，冷笑喝道："你这混饭吃的野郎中，先救自己的命吧!"呼的一掌，向他当头劈下。

石棱不慌不忙地提起"虎撑"一格，笑道："你这大而无当的家伙此言差矣，你焉知我只是混饭吃而没有真本领的呢?"

只听得"蓬"的一声，跟着铃声响个不停。钟无霸有开碑裂石之能，只以为一拳就可以打断他的"虎撑"的，哪知道自己的臂骨反而几乎碎裂，当下一声大吼，一记左勾拳又打出去。

石棱的"虎撑"乃是青铜铸造的，外面加上一层油漆的，见他居然敢用血肉之躯硬碰硬接，也是不禁心中一凛，想道："这厮当真是铜皮铁骨，好，我和他斗巧，不和他斗力。"此时钟无霸已是飞身扑上，左拳打到，距离极近，石棱的"虎撑"急切间撤不回来，钟无霸身长逾丈，居高临下，眼看这一拳就要打在石棱的头盖上。也不知怎的，突然间钟无霸那大水牛般的身躯竟似皮球般地抛了起来，蓬的一声巨响，跌出数丈开外。原来石棱是以"四两拨千斤"的上乘武功，轻轻的一招"拂云手"就把他摔出去的。钟无霸的外功差不多登峰造极，但这种精妙的内家功夫他却是造诣不深。

乔拓疆本来是袖手旁观的，看见钟无霸受挫，不由得大吃一惊，连忙上前迎敌。

谷啸风叫道："石伯伯，这厮是通番卖国的奸贼乔拓疆，你手下可别留情!”

乔拓疆已知石棱是个高手，但自恃武功高强，却也不俱，闻言打了个哈哈，说道：“你自称不是混饭吃的郎中，我就试试你的真实本领!”

石棱喝道：“好，你就试吧!”虎撑一抖，抖起碗口大的枪花，向乔拓疆胸膛就戳过去。正是：

艰难留得余生在，除奸斩寇不留情。

欲知后事如何，请听下回分解。

第九十八回　镜破钗分怜弱息
珠还璧合庆团圆

乔拓疆滴溜溜一个转身，蓦地手中多了一柄寒光闪闪的宝刀，原来他的腰带乃是一柄百炼精钢的缅刀，除非碰到劲敌，平时是不肯轻易使用的。

只听得一阵断金戛玉之声，震得各人耳鼓嗡嗡作响，乔拓疆一刀劈着石棱的虎撑，火星蓬飞，虎撑损了一个缺口，乔拓疆的虎口亦是给震得发麻。

乔拓疆倏地换招，刀中夹掌，再度扑攻。武学有云刀主刚，剑主柔，但他的刀法却是刚中寓柔，轻灵之极，石棱的虎撑横胸一拦，乔拓疆的缅刀已经转了方向。只听得“蓬”的一声，这次却不是兵器相碰而是双掌相交了，乔拓疆的一掌蕴藏着小天星的掌力，石棱竟然给他一掌推开。乔拓疆哈哈大笑，正待连环进击之时，忽地不由自己地打了一个圈圈，说时迟，那时快，石棱已是抢先扑了过来，喝道：“你笑得太早了吧？接招！”

原来石棱发出的一掌，用的乃是善能以柔克刚的“柔云掌法”，藏有三重内力，初发之时，不觉十分厉害，过后方知。幸而乔拓疆的小天星掌力也是刚柔并济的上乘功夫，所以才只转了一圈，否则早已跌倒了。

双方试了两招之后，彼此已知虚实。乔拓疆在兵器上稍占便宜，石棱的内功则略胜一筹。正是旗鼓相当，难分胜负。当下大家都抖起精神，奋战劲敌。

钟无霸爬了起来，气得哇哇大叫，就要上前助战。乔拓疆道：

“老钟，你收拾那两个小娃儿吧！但也可别伤了他们的性命。”

邵湘华笑道：“爹爹打伤了的落水狗，咱们若是给它咬着，那也太无能了。”杨洁梅笑道：“不把它宰了，它还是要咬人的啊！”邵湘华道：“对，那咱们就合力宰之吧！”

钟无霸大怒道：“你这两个娃娃也敢奚落于我！好呀，乔大哥，请恕我不听你的话了，这两个娃娃，我非杀了他们不可！”

邵杨二人双剑联防，钟无霸伤了一条手臂，果然颇是吃亏，几次扑攻不逞，险些还受了伤。钟无霸也是武学行家，受挫之后，猛然一省，当下只好沉着了气，和他们缠斗，邵杨二人仗着轻灵的身法，和他绕身游斗，稍稍占了一点上风，但急切之间，可还胜他不得。

石棱眼观四面，耳听八方，初时颇为儿子担心，待见到他们已经占了上风，这才放下了心上的一块石头。

但辛十四姑也是放下了心上的一块石头了。

辛十四姑暗自想道：“以韩大维那样的姜桂之性，他若然来了的话，焉能容得女儿女婿受人欺负？又焉能目睹孟七娘遭我之困而袖手旁观？”要知辛十四姑最担心的就是韩大维来到，但如今已经过了这许多时间，韩大维仍然未见出现，她心上的一块石头自是可以放下来了。

孟七娘内伤未愈，本来就不是她的对手，如今她失去了顾忌，孟七娘更难招架。急怒之下，只好行险求逞，陡地欺身进招，疾冲过去，龙头拐杖箭一样的猛戳对方，这一招实是孤注一掷，冀图两败俱伤的打法。

辛十四姑笑道：“表妹，你的病还没有大好，怎能这样的不爱惜身子呀？”青竹杖轻轻一转，倏地搭上了龙头拐杖，用了个“转”字诀，把孟七娘连人带杖，拖得转了两圈。

她口里说得“亲亲热热”，下手可是绝不留情，狠辣之极。原来她这一招正是要耗损孟七娘的内力，要令她力竭遭擒的。

辛十四姑内力在孟七娘之上，两人的兵器一搭上了，孟七娘哪里摆脱得开？如此一来已是变成了双方比拼内力了。

孟七娘转了两圈，摆脱不开，只觉眼前金星乱冒，胸中气血翻腾。不禁倒吸了一口凉气，心里想道："我决不能落在这贱人手上，受她侮辱!"正想自断经脉，自行了结之时，忽觉对方的内力松了一些，孟七娘好生诧异："她的打法分明是要我伤上加伤，难道她还会念表姐妹之情么?"

心念未已，只听得辛十四姑"咦"了一声，跟着喝道："什么人?"

孟七娘喘过口气，抬头一看，这才发现有一个青衣老者不知什么时候来的，此际正是站在她们的面前。

那青衣老者不言不语，看了一会，这才忽地说道："你就是辛十四姑吧?"目光冷森森的，把辛十四姑看得心里发毛。

辛十四姑怒道："你是什么人?不错，我就是辛十四姑，你待怎样?"

青衣老者道："不怎么样，我要问你一桩事情，你跟我走!"

辛十四姑也看得出对方是个高手，但却怎肯功亏一篑，就放过了孟七娘?当下冷笑说道："凭你一句话就要我跟你走?你总得抖露一手功夫让我看看吧?"

青衣老者淡淡说道："我叫你们罢手，哪个不听话的，就朝着我来吧!"

说到一个"来"字，倏地插在辛十四姑和孟七娘之间，双手一分，已是把她们的龙头拐杖和青竹杖分开。手法之快，当真是难以形容。

孟七娘哇的一口鲜血喷了出来，喝道："辛柔荑，你好狠毒!这位前辈——"

青衣老者冷冷说道："我不管你们的闲事，你也用不着谢我。我只是为了自己而来，要找这姓辛的婆娘说话。"孟七娘为人高傲，受了这老者的冷落，心里想道："他虽然不是存心救我，总是于我有恩。但此时也犯不着向他讨好，日后倘有机会，我报答他便是。"她口吐鲜血，只觉真气涣散，眼前一阵阵金星乱冒，想要过去帮忙韩珮瑛，亦是有心无力。当下只好镇摄心神，运气行血，青衣老者不理会她，她也不去理会他们了。

辛十四姑猜不透这老者的路道，却不甘心受他驱遣，趁着他回头与孟七娘说话之际，青竹杖一挥，突然就向他后心点去。

这一招乃是辛十四姑的得意绝招，名为“变幻鬼影”，招里藏招，式中套式，竹杖一抖，虽然只是一招，却可以变化成七个落点，看对方如何应付，落点就可以由虚化实，任意施为，点中对方穴道。

哪知这青衣老者的武功当真是深不可测，背后竟似长着眼睛似的，头也不回，伸指疾弹，只听得铮铮数声，辛十四姑一个“细胸巧翻云”，倒纵出数丈开外。青衣老者冷笑道：“你还不服气吗？再不听话，我可不和你客气了！”原来他用的是“弹指神通”的功夫，弹开辛十四姑的竹杖。辛十四姑的竹杖虽没脱手，虎口亦隐隐感到酸麻。

辛十四姑游目四顾，心里想道：“乔拓疆与石棱看来乃是功力悉敌，只怕一时难分高下。但史天泽却是胜券稳操，看来无须多少时候就可以收拾谷啸风这个小子，活捉韩珮瑛这个丫头了。我只要和史天泽联手，就可以胜得这老匹夫。”

打定了拖延时候的主意，辛十四姑一跃跃开，说道：“你找我何事，这里都是我的好朋友，但说无妨。”

青衣老者说道：“是你的好朋友，可不是我的好朋友，我不高兴在这里说。”

辛十四姑道：“你总得透露一点消息，做买卖也该双方各让一步嘛！”

青衣老者道：“好，那我就让你略知我的来意，也好令你放心和我一起走。辛龙生是不是你的侄儿？”

辛十四姑道：“是又怎样？”

青衣老者道：“我就是要找他！”

辛十四姑道：“你找他为了何事？”

青衣老者道：“你赶快和我去找他，慢慢和你说。”

辛十四姑道：“这侄儿我已经有几年没见过面了，怎知他在何处？”

青衣老者怒道：“胡说八道，我分明知道他是来依靠你的。哼，你不吃敬酒，那就吃罚酒吧！”

辛十四姑道："你听哪个说的？不瞒你说，我只有这个侄儿，我也正要找他呢！"那日辛龙生和她反面，拂袖而去，令她难过了许久。她这个说话，倒是不假。

青衣老者识破她的用心，冷笑说道："你想拖延时候是不是？哼，我可没有工夫和你胡扯，找不着你的侄儿，我就着落在你的身上！"冷笑声中，一抓向辛十四姑抓下！

这一抓却抓了个空，辛十四姑的真实本领比不上他，轻功却是并无逊色。青衣老者一抓不中，如影随形地跟踪疾上，五指如钩，第二抓第三抓接续而来。

辛十四姑几曾受过如此欺凌，心里又惊又气，还得担心万一韩大维也来到了，那时更是想逃也逃不了。眉头一皱，叫道："且慢！"

青衣老者冷冷说道："我不听你的花言巧语，赶快和我去找你的侄儿！"

辛十四姑格格笑道："你也一大把年纪了，怎的这样毛躁？好吧，我和你去。"

青衣老者冷笑道："谅你也跑不掉！前头带路！"辛十四姑道："不过，我有一句话可得说在前头，答不答允，这是你的事。"青衣老者停了手喝道："有话快说，有屁快放！"

哪知辛十四姑用的还是缓兵之计，趁这青衣老者防备稍为松懈的这霎那间，突然一挥衣袖，飞出一件暗器，只听得"乓"的一声，暗器在半空中爆炸，登时喷出一团烟雾，烟雾中金光闪烁，向青衣老者当头罩下。那闪烁的金光，乃是无数细如牛毛的梅花针。

原来这是辛十四姑费了许多心血练成的一宗独门暗器，名为"毒雾金针烈焰弹"，练成之后，从未使过，本是准备用来对付韩大维的，如今却给这青衣老者迫得她不能不用了。

爆炸声中，青衣老者大袖一挥，呼呼呼三记劈空掌劈出，荡开烟雾，满天的火星随风飞散。

青衣老者振袖一拂，喝道："金针还你！"原来那些细如牛毛的梅花针为数太多，他的劈空掌扫荡不尽，还是有数十枚插在他的衣袖上。

他这衣袖一挥，梅花针反射回去，辛十四姑大吃一惊，想不到他的武功如此奇高。好在她的轻功也极超卓，在这间不容发之际，身形平地拔起两丈多高，反射回来的梅花针从她脚底飞过。

青衣老者冷笑道："米粒之珠也放光华，我知道你擅于使毒，好，我就让你瞧瞧，看你的什么毒雾可能伤得了我!"正好一阵风吹来，青衣老者迎风而立，向那飘来的毒雾淡淡吸了口气，哈哈笑道："好香，好香!"

辛十四姑的看家本领奈何不了对方，这一惊更是非同小可，心里想道："相持下去，只有更糟，看来只有三十六计，走为上计了。"

青衣老者喝道："哪里跑?"只听得竹杖点地的"笃笃"之声，转眼之间，辛十四姑的身形已是在百步开外。

青衣老者一声长啸，说道："好，我就和你比比轻功!"他说了这句话之后，众人都以为他就要马上追上去的，哪知他却是从容举步，一点不像辛十四姑那样气急败坏地飞奔，似乎早已成竹在胸，稳操胜算。原来他是个武学的大行家，辛十四姑虽然跑得飞快，却给他看出了后劲不继的毛病。那是因为辛十四姑和孟七娘先斗了一场的缘故。

此时石棱与乔拓疆的恶斗已是渐渐分出强弱之势了，乔拓疆以削铁如泥的宝刀，使完了八八六十四路的泼风刀法，兀是占不到石棱的半点便宜。石棱的一柄虎撑指东打西，指南打北，抢了七成以上的攻势。

青衣老者从石棱身旁掠过，忽地哈哈一笑，说道："原来你这个野郎中还活在世上。"石棱笑道："我也想不到你尚在人间。"

乔拓疆见他们二人相识，大吃一惊，好在青衣老者一阵风的就掠过去了，并没有出手相助石棱。乔拓疆趁石棱回过头去和那青衣老者说话的时候，立施杀手，一刀平肩削去。

石棱早已料到他有这招，正是要卖给他这个"破绽"的。只听得"当"的一声，火花四溅，石棱的虎撑反手一扫，虎撑给缅刀斫了一个缺口，但虎撑上的钢爪却把乔拓疆的衣服撕破，幸亏乔拓疆还算躲闪得快，否则已是开膛破腹之灾。石棱这边占了优势，谷啸风、韩珮瑛那边联手和史天泽苦斗，却还是稍处下风。青衣老者走过他们身旁之时，忽地停下脚步一望，赞道：“好个七修剑法，你想必是谷啸风了？”

谷啸风分不出精神说话，只能点了点头，心里好生诧异：“这位老前辈我从未见过，他怎的会知道我？”

心念未已，只听得那老者说道：“辛龙生曾欠你一份人情，我是知道的。”说到“知道”二字，突然挥袖一拂。此时谷啸风刚使到一招“白虹贯日”，长剑向前平刺；史天泽一个“搂膝拗步”，反臂擒拿。谷啸风的剑点本已落空，但给那股袖风一拂，剑尖一弹，恰好转到史天泽移动的那个方位。高手搏斗，只差毫黍，史大泽避招进招，本是恰到好处的，这一来却又恰好给谷啸风的剑尖刺着了。

青衣老者高声喝彩，说道：“谷少侠，好一招白虹贯日，真是后生可畏，令人高兴。史天泽，你输给了谷少侠，若不服气，尽管找我算账。嘿嘿，我现在可没有工夫看你出丑，对不住，少陪了!”他仍是从容举步，好像寻常走路一般，但却走得非常之快。说到“少陪”二字，已是转过山坳，人影不见了。

谷啸风刺伤史天泽这一招如有“神助”，当然不是“神助”，而是那青衣老者以出神入化的上乘武功暗中助他一臂之力。谷啸风固然明白，史天泽也是知道的。但谷啸风不明白的是他为什么要这样帮助自己，心里想道：“听他的口气，他助我这一臂之力，乃是要报答我的一份人情。但正如他所说的，欠我一份人情的是辛龙生，何以他要替辛龙生报答？”

史天泽暗暗叫了一声“好险!”想道：“幸亏没有伤着要害，以这老匹夫的武功，他刚才倘若施展杀手，只怕我不死也得重伤。”原来青衣老者之所以不施杀手，乃是为了要让谷啸风成名，让他自己去打败黑道上的第一高手史天泽。再者以他的武功和身份，要杀史天泽，也只能在和史天泽单打独斗之时，而不能在他和别人交手的时候。他既然为的只是报答谷啸风一份人情，故而暗中相助，也就只能相助得“恰到好处”了。

不过这一剑虽没伤着史天泽的要害，却是伤在他右臂“曲池穴”的，“曲池穴”受了伤，一条臂膊亦已使动不灵了。

此时邵湘华和杨洁梅双剑合璧，亦已把钟无霸杀得哇哇大叫，他空有一身气力，也是只能招架的了。原来他给石棱伤了之后，跳跃不灵，邵杨二人采用绕身游斗的打法，一有瑕隙可寻，便疾风暴雨的攻他十招八招，无懈可击之时，又立即退了下去。这样的打法，深得“以己之长，攻敌之短”的要旨，钟无霸吃亏在跳跃不灵，自是无可奈何。

孟七娘喘息已定，缓缓站了起来，把龙头拐杖重重一顿，沉声说道：“史天泽，你欺负我的晚辈，我倒要看你有什么能为？珮瑛，你退下，让我给你打发这厮！”其实她的内力尚未恢复，不过虚声恫吓而已。

但此时史天泽以一对二，已是处在下风，如何还敢恋战？何况他只知道孟七娘的武功和辛十四姑不相上下，并不知道她现在已是强弩之末呢。

史天泽一声长啸，他们这边的三个人同时逃走。钟无霸气愤难消，腾的一腿横扫过去，“轰隆”一声，把一棵大树踢得倒下来，邵湘华、杨洁梅正要追去，倒是给他吓了一跳。

石棱笑道：“穷寇莫追，由他去吧。”当下众人聚拢一起，韩珮瑛掏出手帕，给孟七娘抹干净嘴角的血迹，说道：“七娘，你没事吧？这次多亏你舍命保护我，免我受那妖妇的毒手。我以前却一直错怪了你，真是对你不起。”

孟七娘脸上绽开笑容，说道：“好孩子，只要你知道我对你好，我就十分快乐了。不过说起来这次却是多亏了那青衣老者呢，可惜我不知道他是谁。”

谷啸风道：“石叔叔，你和他是老朋友，是吗？”

石棱说道：“二十年前，我和他打过一架，正应了那句俗话，不打不成相识，后来他还曾帮过我一个忙呢。”

邵湘华笑道：“爹，你说了半天，还没有说出那人是谁？”

石棱说道：“这人姓车，单名一个卫字。”

孟七娘吃了一惊，说道：“原来这人就是二十年前纵横江湖的大魔头车卫，怪不得本领如此高强。但他在江湖上似乎只是昙花一现，不知什么缘故?”

石棱说道：“不错，我和他相识几年，他就莫名其妙的失了踪，我也不知什么缘故。不过，就我那几年来和他的交往而论，我倒觉得他只能算是一个介乎邪正之间的人物，并不是无恶不作的魔头。”

谷啸风道：“孟姑姑，这位车老前辈和辛十四姑姑侄有甚过节，你知道吗?”

孟七娘道：“辛柔荑从前倒是曾经和我谈过这个人，但我们和他则是素不相识的。不过最近两年我和辛柔荑变成了仇人，她们姑侄的事我就不知道了。”

韩珮瑛道：“他迫那妖妇和他去找辛龙生，不知什么缘故? 听他刚才的口气，对那妖妇十分严厉，但对她的侄儿却似乎并无恶意。”

谷啸风道：“是呀，他是为了辛龙生的缘故才助我一臂之力的，看来他还似乎是把辛龙生当作子侄一般的自己人呢，这事当真是令人猜想不透。”

孟七娘道：“辛龙生这小子也不是好人，一张油嘴滑舌，比他姑姑还要奸狡。我见了他就讨厌。说不定就是因为他会讨人喜欢，车老头子给他哄了。”

谷啸风道：“我倒觉得辛龙生不是这么坏，虽然他不大老实，却也还是侠义中人。”

韩珮瑛道：“最近你可曾见过他么? 听说他和奚玉瑾成了亲，是不是真的? 唉，我和玉瑾差不多三年没见面，对她可是十分怀念呢!”

谷啸风笑道：“这次你回去就可以见着她了。据我所知，她已经去了金鸡岭。一个人去的。”

韩珮瑛道：“辛龙生呢?”

谷啸风道：“不错，她和辛龙生是去年成了亲，但后来发生了几件离奇的事情，她早在三个月之前，就以为辛龙生已经死了。”

韩珮瑛道：“这是怎么回事?”

谷啸风把发生在辛龙生身上的几件奇怪事情一一说了出来，听得韩珮瑛大为诧异。

“这么说他倒的确是来找过他的姑姑，那位车老前辈的消息也是灵通得很。但你和他不是好朋友吗？他却为何要躲避你呢？”韩珮瑛说道。

谷啸风道：“是呀，他不但要躲避我，似乎还在躲避玉瑾。在扬州的时候，他就不肯见她。真是令我百思不得其解。”

韩珮瑛叹道：“玉瑾姐姐是个要强的人，不知他们小两口子有甚误会，以致辛龙生要装死躲他？但愿他们能够和好如初，白头偕老。”

谷啸风笑道：“她正在为了未知丈夫的死活而伤心，你这次回去，正好可以把这个好消息告诉她。”

石棱笑道：“韩姑娘，你爹日夕盼你，还是让我把你们小两口子的好消息赶快带回去给他吧。”

邵湘华叫道：“啊，韩伯伯已经来了！”

他们是边走边谈的，此时正在山腰行走，只见山上飞快地跑下一个老头，可不正是韩大维是谁？

韩珮瑛不由得热泪盈眶，叫道：“爹，我终于找到你了！你瞧，啸风也来了呢！”

韩大维左手挽着女儿，右手挽着谷啸风，也是不由得老泪纵横，良久良久，这才说得出话：“前年我只是单独见到瑛儿，去年我在这里又只是单独见到啸风，今天总算把你们两个人都见着了。你们成了亲没有？”

韩珮瑛面上一红，说道：“那年你叫孟镖头护送我到扬州，但因兵荒马乱，婚事只好耽搁下来。上次我见到你，你正在病中，我怕引起你的忧虑，所以没有如实禀告。”她听得父亲这样问她，已知父亲定是已经知道了他们尚未完婚的事实。心中甚是忐忑不安：“不知他还知道多少？”

好在韩大维并不知道他们的那次婚变，当下哈哈笑道：“那也好，你们尚未完婚，我倒可以亲自给你们主持婚礼了。”

韩珮瑛满面通红，说道：“爹，你的病都已好了？”

韩大维道：“这都是你这位石叔叔的功劳，是他给我治好的。”

石棱说道："我可没想到你好得这样快。"

韩大维微笑道："我昨晚子时练功，本来准备练一个时辰的，不知不觉忘了时候，待得功行完毕，推窗一看，这才看到红日西斜，整整过了半个晚上，一个白天了。因此急急忙忙来找你们。石兄，我的奇经八脉都已打通了，体中的余毒也尽都消除了。"

石棱给他贺喜，笑道："我就是因为你练功正在练到紧要关头，所以不敢打扰你。怪不得你健步如飞，原来已是大功告成了。"

杨洁梅道："韩伯伯，这么说你是一天没有吃过东西的了？饿不饿？"

韩大维笑道："我但觉精力弥漫，如今见了你们，更是十分高兴。一点都不觉得饿。"

石棱哈哈笑道："好了，如今咱们两家人都是同庆团圆了，再也没有什么挂虑啦。"

韩大维道："啸风，瑛儿，你们的婚事，我想——"

韩珮瑛面上一红，说道："爹，还有一件紧要的事情，我们的事慢慢再说。"

韩大维道："哦，还有什么紧要的事情？"

韩珮瑛道："史天泽、乔拓疆、钟无霸这三个奸贼刚刚和我们交过手，恐怕现在还躲在林子里面。详情我慢慢告诉你，咱们先去搜查这三个奸贼好不好？"

韩大维道："不错，这三个奸贼不除，终是苗疆之患。咱们在蒙峒主治下托庇，也该报答主人，这就去吧。石大哥，咱们两家人分成两路，遇上敌人，以蛇焰箭报讯。找不着敌人，明天这个时候，原地会合。"

韩珮瑛拉着孟七娘道："孟姑姑，你和我们一处。"言下之意，已是把她当作"一家人"看待，孟七娘又是欢喜，又是惭愧。

路上韩珮瑛这才把刚才的遭遇，一一告诉父亲。韩大维道："哦，原来车卫也重现江湖了，这可真是我意想不到的事。这么说来，我倒是欠了他的一份情分了。"

韩珮瑛笑道："他为了辛龙生报答谷大哥的人情，你为了我们报答他的人情，刚好扯了个直。但却叫我们做小辈的惭愧了。"

韩大维笑道："我的人情还只是一句空话呢，但愿将来能够找得着他。"

谷啸风道："是呀，要寻觅辛龙生恐怕也非找着他不可。"

韩珮瑛道："他已经追赶那妖妇去了。爹，你知不知道，那妖妇潜入苗疆，正是要对你偷下毒手的呀。"

韩大维道："我料得到的，她恢复了武功当然是要找我报复了。不过，她能够这样快逃出黑风岛，倒是有点出乎我的意料之外。"说至此处，回过头来，再次向孟七娘道谢，多谢她救护女儿之恩。

孟七娘脸上绽出笑容，说道："过去我做了许多错事，对不起你，你不怪我，我已经感激了，多谢什么。"

韩大维喟然叹道："过去的事，大家都不必再提了。当务之急，还是赶快去搜查那三个奸贼吧。"

经过一天一夜的搜查，只在林中发现了一间倒塌了的房屋，那是用木头搭盖的房子，碎成一块一块，韩大维是个武学行家，一看就知掌力震塌的。说道："看来这间房屋，想必就是那三个奸贼匿藏之所了。他们回来拿了东西，余愤难消，打塌了这间房屋泄愤。"

当下他们四人回到原地，只见石棱一家人已经先在那里，而且还多了一个张大颠。

韩大维喜道："老叫化，你这么快就回来了？"

张大颠道："我还给你们带来一个好消息呢！"

韩大维道："什么好消息？"

张大颠道："我把史天泽这伙潜入苗疆的消息告诉了蒙峒主，他立即派人四处查探，今早已经得到确实的消息，有人看见他们逃出苗疆了。"

韩珮瑛道："爹，那咱们可以回家啦。"

韩大维道："史天泽这伙人虽然走了，但却有个消息，听说官军又将侵犯苗疆呢。"

张大颠道："这个消息我们也打听清楚了，不是大队官军，只是一个把总（镇守地方的中级军官）想来欺负苗人，捞点油水而已。没有史天泽这伙人配合他们捣乱，做不出什么来的。我和石大哥暂时留在这里，相信也可以帮忙蒙峒主抵御他们了。”

韩大维道：“好，那么我们一家子明天就走，今晚咱们先回去畅饮一番。”

谷啸风道：“张伯伯，我们明天不拟去向蒙峒主辞行了，请你代我向他们父女道谢。”

张大颠笑道：“我还有一个消息告诉你，那位‘三公主’蒙赛花和小徒已经订了婚了。”

谷啸风大喜道：“这可真是一件天大的喜事，我早就祝盼他们能够成为一对了，想不到比我盼望的还来得快。”

张大颠笑道：“他们苗人只要男女情投意合，好事一说就成。可不像咱们汉人那样还要诸多做作的。”

第二天韩大维父女和谷啸风、孟七娘便即离开苗疆，他们经过许多灾难，终于得到大团圆的结果，心情畅快自是可想而知。唯一令得他们牵挂的事情就只是车卫追踪辛十四姑，不知结果如何？正是：

惘惘恩仇俱了结，夫妻父女庆团圆。

欲知后事如何，请听下回分解。

第九十九回　强中更遇强中手
恶人自有恶人磨

且说车卫锲而不舍，一路追踪，终于在第二天的黄昏时候，追上了辛十四姑。

辛十四姑又惊又气，说道："你苦苦相迫，不过是为了找寻我侄儿罢了。我早就和你说了实话，你又不信。"

车卫冷笑道："你口中花言巧语，心里可在打着鬼主意，打算怎样害我，你当我不知道么？嘿嘿，你的那些毒功，我也领教过了，还有什么伎俩使出来吧！"

辛十四姑说道："我是迫不得已才暗算你的，你耐心一点，听我解释如何？否则你杀了我，也没有用。"

车卫暗自想道："这妖妇是辛龙生的姑姑，我杀了她，只怕这小子更不肯做我的女婿了。哼，这小子忘恩负义，按我往日的脾气，我是要连他也一并杀了。只是我那宝贝的女儿却一心向着他，我也没有办法。"想至此处，说道："好，你说吧。"

辛十四姑道："实不相瞒，韩大维和孟七娘是我的仇人，昨天我正在和仇人拼斗，你要把我拉开，我自是不能甘心。当时我之所以要暗算你，就是为了这个缘故。"

车卫说道："我不管你和别人的恩怨，你暗算我的事情，我也可以置之不问。现在我只是问你的侄儿，其他的你都可以不必解释。"

辛十四姑道："何以你一定要找我的侄儿？"

车卫说道："他欠我一笔债，我要抓他回去。但你可以放心，我要他还债，对他只有好处，没有坏处。”

辛十四姑道：“他是不是欠了你的一份人情？”

车卫说道：“也可以这样说吧。找着了辛龙生，我自会详细告诉你。如今我可要请你少说闲话，休再啰唆。”

辛十四姑道：“好，我和你说老实话。不错，辛龙生是来找过我，但见面不到几个时辰，他与我言语失和，又已走了。”

车卫说道：“他去哪儿？”

辛十四姑道：“我不知道。不过他临走时候说过这样的话，他说一个人可以不报私仇，但受人之恩，却是非报不可。他既然是欠了你的人情，依我看来，恐怕无须你去找他，他已经回去找你啦。”

辛十四姑这次说的倒是真话，但车卫却怎能相信她的说话，眉头一皱，说道：“你想把我骗走是不是？好，即使他是回去找我，我也要你跟我同走。总之要落在你的身找着辛龙生。见着了他，我才放你！”

车卫的打算是，抓了辛十四姑作为人质，辛龙生是她的侄儿，迟早自会出现。辛十四姑这一气可就大了，须知她一向为人高傲，几曾受过别人如此威胁，只因车卫武功远胜于她，她迫不得已才这样低声下气的，心中已是感觉十分受委屈的了。如今车卫竟要拿她做人质，你想她如何能够忍受？

怒气填胸，不觉现于辞色。辛十四姑竹杖一顿，说道：“你如此苦苦相迫，未免太过了吧！”

车卫冷冷说道：“我说过要怎样做，就一定要这样做。你高兴也好，不高兴也好，非得依我不行！”

辛十四姑怒道：“我平生所作所为，从来不听别人指挥，我不高兴，你是天王老子，也不能叫我听你的话！即使打不过你，也要和你拼了！”

车卫淡淡说道：“你要拼命，那也没用！我不杀你，但一定要你听我的话！”

辛十四姑道：“我宁愿死在你的手里，决不听你的话！哼，你要杀我，只怕也没那么容易！”

车卫侧目斜睨，冷笑说道：“哦，你还有什么看家本领未使出来吗？我倒要瞧瞧！”

话犹未了，忽见辛十四姑“哇”的一口鲜血喷了出来。车卫倒是不禁给她吓了一跳，好生诧异：“尚未动手，怎的她就口吐鲜血？”

心念未已，辛十四姑运杖如风，已是向他攻来。车卫使出一招空手入白刃的功夫，夺她竹杖。这一招手法极为奇妙，果然一抓就抓着了她的杖头。

但当他的手指和青竹杖接触的时候，尚未抓牢，忽然如受电震，手指不由得不急忙松开。原来辛十四姑的内力直透杖尖，竟然令得他的手少阳经脉也微微受了震荡。

车卫大吃一惊，心里想道：“这妖妇真是邪门，怎的功力会突然增进如许！难道她昨天当真是隐藏了看家本领不露么？”

不过车卫虽是吃惊，却也并不惧她。当下哈哈一笑，说道：“老夫近二十年来未遇对手，好，今天就和你打个痛痛快快吧！”

笑声中车卫招数倏变，竟把双手笼在袖中，就凭两条袖管，和辛十四姑的一根青竹杖相斗。他的内功早已练到能够隔物传功的境界，长袖挥舞，与竹杖相交，噼啪有声。辛十四姑的竹杖点不着他的穴道，可是他要把辛十四姑的竹杖卷出手去，却也不能。

斗了三五十招，辛十四姑的竹杖挤扫过来，劲道已是不及从前。车卫正要施展厉害的杀手，辛十四姑忽地又是“哇”的一口鲜血喷出！

这口鲜血一喷，辛十四姑青竹杖上的劲道忽地陡增，车卫挥袖一卷，卷着了她的杖头，只听得“嗤”的一声，衣袖竟然给她戳破，杖尖几乎点着了车卫胸口的“璇玑穴”。车卫疾退三步，不由得心头一凛，蓦然想起：“邪派中有一种极为怪异的内功，名为天魔解体大法，在自伤身体之后，功力可以突增一倍。这妖妇使的莫非就是这种功夫？”

辛十四姑状类疯狂，一招迫退了车卫，便即连抢攻势，狂风暴雨般的挥杖猛击，狞笑说道：“反正我活着也没什么意思了，至不济也得与你拚个两败俱伤。”

原来“天魔解体大法”是不能轻易使用的，一用之后，必然大伤元气。而且用这种邪派功夫，也只能收一时之效，不能持久，所突增的功力，真气一衰，便要消退的。是以辛十四姑必须速战速决，方能与车卫拼个两败俱伤。

车卫心里想道：“她宁愿不要性命，也不肯和我去找辛龙生。莫非她刚才说的话并非骗我，她的侄儿真的已经离开她了？我本来不想取她性命，何苦与她纠缠。”

可是车卫想要摆脱她，她却不肯放过车卫。车卫暗暗叫苦，只好沉着应付，脚踏九宫八卦方位，步步后退，以精微奥妙的上乘武功，每退一步，就消解对方一分攻势。

双方恶斗了五十多招，车卫仍然未能脱身，饶是他功力深厚，亦已是大汗淋漓，吁吁气喘。

辛十四姑亦是暗暗叫苦，她的攻势受挫，气力又已渐渐不加，心里想道：“我若再使天魔解体大法，倘若能够与对方同归于尽，那还值得。若是不能，我岂不是要白送了一条性命？”原来天魔解体大法是不能连续使用的，她已经喷了两口鲜血，再喷一次，过后不死也必重伤。此时她在一阵狂攻之后，神智稍稍清醒了些，不觉暗暗后悔。但骑虎难下，欲罢不能，只好仍是狂攻不已。

就在辛十四姑正要第三次施展“天魔解体大法”，而车卫也正想和她讲和，劝她罢手之际，忽听得暗器破空之声，两颗石子突然向车卫飞来。

车卫吃了一惊，心道：“原来这妖妇在这里还埋伏有高手，我倒是上了她的当了！”挥袖一拂，把两颗石子反弹出去。辛十四姑趁这时机，一杖扫来，快如闪电。车卫在抵挡暗器之时，早已料到她要乘机施展杀手，但毕竟还是难以兼顾，给她的杖锋戳着，好在尚未伤着要害。

说时迟，那时快，只见茅草丛中已是跳出一个人来，哈哈大笑。

车卫哼了一声，喝道：“原来是你！”那人哈哈笑道：“不错。你想不到吧？嘿嘿，我等这一天已经等了二十多年，你我之间的这笔账，我可要和你好好的算一算了。”大笑声中，双掌齐出，便即攻来。

车卫冷笑道："你这小子还是像二十年前一样的没有出息，你向我寻仇，我不怪你，偷施暗算，算是什么'好汉'行径？"

车卫是又惊又怒，辛十四姑则是大为诧异了。"这人不知是谁，我与他素不相识，他竟肯助我？但听他的口气，他似乎也是和这老匹夫结有冤仇。好，不管他是怎么样，有这样的一个高手助我，我倒是命不该绝了。"

那人连抢了十数招攻势，这才冷冷笑道："你当年横刀夺爱，何尝不也是对我暗算？嘿嘿，今日我杀了你，能有何人知道，怕什么江湖好汉笑话？"

原来这个人不是别个，正是车卫的大仇人宇文冲。二十年前，他深爱的表妹——扬州知府岳良骏的女儿嫁给了车卫。他设计谋害车卫不成，反而害死了表妹。说起来本是他偷施暗算，但他却不知自责，对车卫更是恨之入骨。这二十年来，他隐姓埋名，绝迹江湖，苦练武功，为的就是要找车卫报仇。辛十四姑和车卫开始恶斗之时，他早已窥伺在旁了，他是等到最有利的时机方始现身的。

辛十四姑乘机抢攻，车卫虽是武功超卓，亦难兼顾。掌风杖影之中，"卜"的一下响，原来是车卫为了闪避宇文冲的一招杀手，又给辛十四姑打了一杖。

这一杖打着了他，却并不如何疼痛。车卫不觉有点诧异，想道："怎的她的力道似乎大不如前？哦，对了，想是她的天魔解体大法不能持久，而她有了帮手，自也不愿太过耗损真气，连续使用了。"

宇文冲不知其中奥妙，看见辛十四姑得手，心中大喜，当下双掌翻飞，堵住了车卫的后路，防他逃走，哈哈笑道："车卫，你不行啦，趁早自寻了断吧！否则落在我的手中，你要死只怕也不容易了。""自寻了断"，就是叫车卫自尽的意思。

车卫勃然大怒，喝道："没出息的小子，你以为乘人之危，就可以如你之愿了么？哼，哼，车某今日就是死了，也得先毙了你！"

车卫一怒，宇文冲倒是不敢和他硬碰了，只见他双掌翻飞，掌势飘忽之极，霎时间，四面八方都是他的影子，但车卫却打不着他。原来这正是他为了对付车卫，费了二十年工夫苦练的一套掌法。

但车卫是何等样人，焉能容他得逞？他首先沉住了气，化解对方攻势。

车卫不愧是个武学的大行家，不到三十招，便已渐渐摸清宇文冲这套掌法的路数。剧斗中陡地一声大喝，运掌如风，欺身直进，径劈宇文冲的前胸。

双掌相交，只听得“蓬”的一声，车卫身形一晃，宇文冲倒退三步。辛十四姑挥杖攻向车卫下盘，车卫一个“旱地拔葱”，跃身避过。说时迟，那时快，宇文冲退而复上，又扑来了。

这一掌双方是以内功相斗的，宇文冲竟然没有跌倒，倒是大出车卫意料之外。

蓦然一醒，车卫不由得又惊又怒，大声喝道：“你这不要脸的小子，竟敢偷了我的内功心法！你是从谁的手上偷来的？快说！”

宇文冲哈哈笑道：“也好，我就告诉你，让你死得瞑目。是你心目中的未来爱婿辛龙生当作礼物送给我的！我只是却之不恭，方始受礼罢了。我才不屑去偷你的东西呢！”

车卫暴怒如雷，喝道：“辛龙生这小子居然也是这样忘恩负义，好，我先毙了你，再找这小子算账！”不过他虽然暴怒如雷，却也放下了一重心事。原来他最初还以为宇文冲乃是趁着他不在家里的时候，跑去欺负他的女儿，迫令车淇交出本门的内功心法的。

辛十四姑听了他们的对话，不觉一阵茫然，莫名其妙：“龙生不是和奚玉瑾成亲了的么？怎的又会是这姓车的女婿？”

宇文冲冷笑道：“辛龙生早就不愿做你的女婿啦，你强迫他迎娶你那嫁不出去的女儿，怪得他忘恩负义么？”

他这几句说话，既是说给车卫听的，也是有意说给辛十四姑听的，目的在于激怒车卫，同时也好解除辛十四姑心中的疑惑。

车卫果然怒火攻心，纵声叫道：“你这小子学了我的内功心法，可惜还未学得到家！”怒极而笑，笑得宇文冲毛骨悚然。大叫声中，车卫的掌力已是排山倒海而来，招招都是杀手。

辛十四姑果然上了宇文冲的当，心道：“原来如此！”青竹杖划了一道圆弧，助宇文冲化解车卫的连环攻势，冷冷说道：“姓车的，你欺人太甚，纵然我的侄儿真是你的女婿，我也决不能帮你！”

车卫喝道：“谁要你帮？哼，哼，你们两个都不是好东西！但你们想要联手杀我，可还没有这么容易！”

车卫气愤填胸，本来对辛十四姑有几分手下留情的，此时也毫不留情。

车卫须眉怒张，勇猛搏击，手脚起处，全带劲风。饶是辛十四姑心狠手辣，也不禁暗暗惊心。宇文冲叫道：“沉住气对付他，他支持不了多久了！”

果然话犹未了，只见车卫身形摇晃，脚步看来已是虚浮无力。辛十四姑放下了心，青竹杖一招“横云断峰”拦腰扫去，冷冷说道：“不错，这老杀材已是强弩之末了，咱们联手毙了他！”宇文冲哈哈大笑，同时施展杀手。

车卫只觉喉咙发甜，眼前金星飞舞，他咽下冒上喉咙的一口鲜血，忽地一声长啸，喝道：“你们也未免笑得太早了，且叫你们见识我的厉害！”

掌风杖影之中，只听得“蓬”的一声，宇文冲长拳捣出，击着了车卫的胸膛。随着“喀嚓”一声，却是车卫抓着了他的拳头，一招分筋错骨手法，把宇文冲的一条右臂扭脱了臼。

说时迟，那时快，辛十四姑的青竹杖已是指到了他胁下的“气愈穴”，车卫反手一掌，青竹杖脱手飞出。辛十四姑这一惊非同小可，要想施展轻功避开，忽觉浑身酸软，双腿竟然不听使唤。

车卫回过头来对付辛十四姑，宇文冲这才脱得了身，连忙伏地一滚，滚出数丈开外。

车卫一把揪住了辛十四姑，噼噼啪啪打了她几记耳光，喝道：“你打我三杖，我还你三巴掌，这笔债算作一笔勾销。今日权且饶你一命，下一次你给我碰上，可就没有这么好运道了。你发什么呆，滚吧！”

辛十四姑有生以来几曾受过如此侮辱？这几巴掌打得她面门红肿，但却不是伤得怎么厉害，她却一口气咽不过来，晕过去了。

待她张开眼睛，只见宇文冲正在扶着她，车卫却不见了。

辛十四姑又羞又怒，说道：“那老贼呢？”

宇文冲道："那老贼料想也是伤得不轻，他早已走了。辛老前辈，咱们都是折在他的手里，这个仇还须咱们联手来报。"原来他是躲在茅草丛中，看见车卫走了之后，接好断臼，又再回来的。

辛十四姑试运一口真气，只觉浑身刺痛，不由得心头一凉，惨叫说道："我不成啦，帮不了你的忙了！"原来她连用两次天魔解体大法，早已元气大伤，又加上怒气攻心，伤得更重，料想不死也得大病一场，在这荒山僻野，一病起来，那也是必死无疑了。何况即使有人照料，侥幸不死，武功也难恢复。她一生倔强，如何肯忍受病痛的折磨？是以她说此话，已是起了自尽的念头。

宇文冲似是知道她的心意，说道："辛老前辈，你可别萌短见。"说罢拿出一支人参，说道："这是长白山的千年老山参，功能培元补气，你吃了它，三天之内，定能复元。武功料想也没多大影响，那时咱们就可以再去找那个老贼报仇了。"这支老山参本是岳良骏所收的一份最贵重的寿礼，宇文冲拿了他的，此时恰好给辛十四姑派上了用场。

辛十四姑道："你是谁？你为什么对我这样好？"

宇文冲报了自己的名字，接着说道："第一，我和令侄是好朋友。第二，车卫是咱们共同的敌人。说句老实话，要找这老贼报仇，你一个人不行，我一个人也不行。只有咱们两个人联手对付他，才有指望。"

原来宇文冲是追踪辛龙生来到苗疆的，他也知道辛十四姑是个本领高强的女魔头，他本来的打算就是想要骗辛十四姑助他报仇的。恰好碰到车卫找辛十四姑的麻烦，这在他来说，也可说得是"天从人愿"了。

辛十四姑这一生从没有过知心的朋友，唯一的亲人辛龙生又离开了她，在她这最伤心失意的时候，突然有个宇文冲对她大献殷勤，叫她焉能不受感动？心里想道："不错，他是有求于我，才会救我性命，但天下哪有毫无私心的人，他对我可比我的侄儿还好得多！"正因为她是私心极重的人，遂以为天下人都是像她一样，因此也就觉得彼此利用乃是"天经地义"的事，什么是好，什么是坏，分辨不清，这就不知不觉上了宇文冲的当了。

宇文冲说的话本是半真半假，辛十四姑却是完全相信，一点不疑。当下接过了那支老山参，咬牙说道："好，这条性命算是你给我的，只要我的武功恢复，誓必助你报仇，即使咱们联手，仍然打不过老贼，大不了也是把这条性命再送掉而已，那也算不了什么。"

宇文冲笑道："不能力敌，就用智取。咱们再去寻仇，用不着和他硬拼。"

辛十四姑道："你有什么妙法？"

宇文冲道："他有一个女儿，咱们赶在他的前头，到他家里把他的女儿先捉了去。那时即使暗算这老贼不成，我也有办法制伏他了。"

辛十四姑道："对。这老贼若是当真如你所说，是受了伤，咱们就可以赶在他的前头了。如何整治他的女儿，你交给我办！"要知辛十四姑擅于使毒，车卫有本领抵御她的毒功，她的女儿定然没有这个本领，这是辛十四姑可以料想得到的。

车卫果然是如宇文冲所料，元气大受损伤。剧斗过后，他走入密林之中，找了一个隐蔽的地方，盘膝静坐，默运玄功，自行疗伤。

也不知过了多久，忽听得有两个人的脚步声走来。车卫心头一震，颇为后悔刚才没有杀了辛十四姑，心里想道："要是他们去而复来，此刻我可没有抵抗之力了。"

只听那两个人交谈道："咦，好像有一个人躲在附近，你听这是不是呼吸的声息？""你怎么知道是人，或许是藏在草丛中的野兔呢？""不管他是人是兽，咱们过去瞧瞧。"

车卫听得这两个人的声音好熟，心中一动，伸出头去一瞧，只见来的是一个和尚，一个道士。

那道士叫道："在这里了，啊呀，你，你，你不是车老大吗？"

车卫也是又惊又喜，说道："邓兄、丘兄，你们怎么都变作了出家人了，我几乎认不得你们了呢！"

原来来的这两个人却是一鸣道人和百悔和尚。一鸣道人的俗家名叫丘大鸣，百悔和尚的俗家名叫邓伯京，二十多年之前，他们和车卫本是交情相当亲密的朋友。

一鸣道人说道："我们的事，说来话长。不过简单的说，我们是因为厌倦了黑道的生涯，所以才出家的。"

百悔和尚握着车卫的手，哈哈笑道：“我以为你早已死了，原来你还活在世上。要是我知道你还没有死，我就不必出家了。”

车卫道：“为什么？”

百悔和尚道：“你的事，我已大概知道一些。宇文冲是不是你的仇人？”

车卫道：“是又怎么样？”

百悔和尚道：“宇文冲这厮也是我们的仇人，当时我之所以遁入空门，乃是为了躲避他的。要是我知道你还没有死，我早就找你联手了。”

车卫哈哈笑道：“原来如此，这么说来，你虽然削光了头发，也还是凡心未死呢。”

百悔和尚笑道：“我本来就是个狗肉和尚。师父赐我法号百悔，要我忏悔过去种种罪孽，我可是休说‘百悔’，‘一悔’都未悔呢。”

车卫心中一动，说道：“你们何以跑来苗疆？”

百悔和尚笑道：“这句话我也正想问你。”

一鸣道人忽道：“车老大，你是受了伤吧？刚才你是正在运功疗伤？”

车卫说道：“你这牛鼻子眼力不错，我老车今日栽了个不大不小的筋斗。”

百悔和尚吃了一惊，拍拍光头，说道：“我可真是粗心大意了，只顾和你说话，却不知道你受了伤。你歇歇吧。”

车卫笑道：“这点伤要不了我老卫的命，其实也不是什么伤，只是一场苦斗之后，内力耗损较多而已。”

他说得似乎“轻松”，但用了“苦斗”这两个字，却是令得一鸣道人和百悔和尚都不能不大大吃惊了。

百悔和尚道：“和你交手的是什么人，如此厉害？”

车卫说道：“一个就是你们刚才说的那个宇文冲，还有一个是辛十四姑。这妖妇其实也不怎么厉害，只是有点邪门功夫，以致我竟然给她拼得两败俱伤。不过，他们吃的亏恐怕还是要比我大得多。”

百悔和尚又惊又喜，说道：“你碰上了宇文冲？你可知道他来苗疆作甚?”

车卫因为和他们隔别了二十年，不愿意把自己的私事一下子就说给他们知道，当下说道：“这小子跑来苗疆，料想不会有甚好事。嗯，现在应该轮到我来问问你们了，你们双双来到苗疆，却又是为了什么?”

一鸣道人心中一动，说道：“你和辛十四姑这妖妇交手，你知不知道她有个侄儿，名叫辛龙生?”

车卫道：“你问他做什么?”

一鸣道人说道：“实不相瞒，我们正是来找辛龙生的。”

车卫怔了一怔，说道：“你们和他有仇?”

一鸣道人笑道：“刚刚相反，他是我们的朋友。”

车卫道：“哦，这小子竟然是你们的朋友？我可没有想到。你们不以为他是个坏人吗?”

一鸣道人说道：“他的姑姑是坏人，他可是我们侠义道中的人物。实不相瞒，我们是受了太湖七十二家总寨主王宇庭之托，来找寻他的。”

百悔和尚忍不住说道：“车大哥，辛龙生是不是你的徒弟?”

车卫说道：“何以你这样猜想?”

一鸣道人这才说道：“我们曾因误会和他交过手的，当时我就怀疑他的武功是你所授，问他，他却不肯回答。”

当下，他们把那次在荒谷搜捕宇文冲，碰上辛龙生之事，原原本本的和车卫说了。车卫一皱眉头，说道：“我不管这小子是侠义道不侠义道，他和宇文冲在一起，还能说是什么好人?”

一鸣道人说道：“那你错了，他只是上了宇文冲的当而已。我们和他交谈之后，他已经完全明白宇文冲的为人了。”

车卫心里想道：“若不是他们说明原委，我也几乎上了宇文冲的当。”当下问道：“那你们又怎么知道他来了苗疆?”

百悔和尚笑道：“我们不但早知道他来了苗疆，而且也还知道他现在已经离开苗疆了。”

车卫怔了一怔，说道：“你们碰上了他?”

百悔和尚道：“不错，我们正是在昨天踏入苗疆的时候，在路上碰见他的。”

车卫诧道：“你们既然是受了王宇庭之托，来找他的，碰上了他，就该和他一同回去呀，何以你们仍在这里？”

一鸣道人说道：“这有两个原因，第一，他不肯和我们回去太湖；第二，我们知道宇文冲也来了苗疆，料想就是跟来追踪他的，但辛龙生却还未知道。”

车卫说道：“啊，你们怎么知道这许多事情？”一鸣道人笑道：“这个说来可就话长了。”车卫说道：“我不怕话长，请你们告诉我，越详细越好。”

百悔和尚说道：“这件事情，要从一个小镇上的一宗命案说起，有一天，这个小镇上死了两个人，是给人用重手法点了穴道死的。这两个人是乔拓疆的手下。但你猜他们是被谁所杀？”

车卫说道：“是辛龙生杀的吧？”

百悔和尚道：“不错，但当时和辛龙生在一起的还有一个宇文冲。”

车卫说道：“这个小镇是不是禹城北边百多里的那个青龙集？”

百悔和尚道：“啊，你已经知道这桩事情了？”

车卫说道：“我是只知其一，不知其二。告诉我这个消息的人，他并不认识宇文冲，但辛龙生的面貌特别，他则是记得清清楚楚。”

原来车卫有一个旧属在青龙集，车卫因为将近到期，尚未见辛龙生回来，于是亲自出来寻找。他虽然隐居了二十年，但因他昔日叱咤江湖，有许多跟随过他的老部下散居各地，因此他的消息还是很灵通的。他后来一打听，就知道了辛龙生的真正身份了，他恼怒辛龙生冒名骗他，于是根据线索，一路追踪，追到了青龙集。

在青龙集的他那个旧属，当然是懂得江湖切口的，那日乔拓疆的两个手下在小镇上用切口交谈，给他听见，其后又看见辛龙生赶出去追杀他们。这件事，他告诉了车卫，车卫方始知道辛十四姑躲在苗疆，而据此推测，料想辛龙生定是去找他的姑姑，因此这才一直追踪到苗疆来的。正是：

苗疆逢旧友，快意话平生。

欲知后事如何，请听下回分解。

第一〇〇回　联手二奸施毒计
伤心一曲寄深情

一鸣道人继续说道："那天赶集的人，也有太湖的兄弟在内。他们听得那两个强盗用切口交谈，立即加以注意。后来辛龙生追了出去，他们也暗暗'缀'（跟踪之意）在后面。"

车卫笑道："怪不得我的那个部下躲在林中窥察动静的时候，看见一个樵子挑着一担柴在那条小路经过，前面传来了厮杀声，他还是继续前行，这么大胆，想必这樵子就是你们太湖的兄弟了？"

一鸣道人笑道："不错，他们连环跟踪，这可正是应了一句俗语：螳螂捕蝉，不知黄雀在后呢。"

百悔和尚接着说道："车大哥，前半段你已经知道了，我说后半段的事情吧。辛龙生杀了乔拓疆的那两个手下之后，要去苗疆找他姑姑，宇文冲却要他到舜耕山去，两人言语不和，走了一段路，就在荒林里打起来。"

车卫说道："啊，这段事情我还没有知道，结果怎样？"心想："宇文冲的武功比辛龙生高得多，这场打架，只怕他吃亏不小。"虽然业已知道辛龙生没遭毒手，听至此处，也不禁暗暗为他担忧。

百悔和尚说道："结果是两败俱伤，不过宇文冲却似乎伤得较重一些，辛龙生当天便能动身，宇文冲却是躲在树林里一天，第二天才动身的。"

车卫大为奇怪，心里想道："相隔不过半年，龙生的武功怎能精进如斯，居然可以和宇文冲打成平手了，难道他又得了什么奇遇么？"

一鸣道人接下去说道："但辛龙生却不知道宇文冲跟踪他，他是见了我们之后，才知道的。他得知这个消息，神情似乎甚为着急，连话都不肯和我们多说，就匆匆走了。"

车卫说道："为什么他不肯和你们重回太湖，他总该说了一些什么吧？"

一鸣道人道："他说他欠了一个人的恩情，非得报答那人之后，不愿现身江湖。他还恳求我们，叫我们把他当成已经死了。他还在生的秘密，只能告诉王寨主一个人。至于什么原因，他可就不肯多说了。车大哥，你知道么？"

车卫说道："他和王宇庭的交情比我厚得多，你们是王宇庭的使者，尚且不知，我又焉能知道？"

他口里是这么说，其实他心里是知道的，此际他正在暗自思量："他说他欠了一个人的恩情，这个人自必是指我了，宇文冲要迫他到舜耕山，不用说也必定是要利用他暗算我了，他为我们父女，不惜与宇文冲性命相搏，这么看来，这小子倒也还有点良心。"

百悔和尚说道："当时我曾说道，宇文冲这小子是我们共同的仇人，这小子如今来了苗疆，你何不和我们回去，找着了这小子报了仇再说。他说宇文冲这小子若在苗疆找不着他，只怕很快就会离开的。所以不如分道扬镳，让我们在苗疆搜查宇文冲，他则赶去一个地方，那个地方是宇文冲在找不着他之后，可能也要去的。"

车卫听至此处，瞿然一省，说道："那我也要走了！"

一鸣道人已经料着几分，说道："你是要去找辛龙生？"

车卫说道："不错。老实告诉你们吧，他也可说是我的徒弟，他要去的地方，可能就是我的家！"

百悔和尚道："你这些年来，隐居在什么地方，我可还未知道呢。"

车卫叹口气道："你们也把我当作已经死了吧。倘若我的恩仇能够一一了了，或许将来我会自己去见你们，否则我是什么朋友也不愿意见了。"

一鸣道人知他怪僻的脾气，不敢多问，说道："但不知你的伤养好了没有？我看也不在乎迟一天吧？你继续在这里运功疗伤，我们可为你抵御野兽侵袭。”

车卫说道：“多谢你们的好意，但我可不能等了。我这点伤算不了什么，在路上也可以自行疗伤的。”

和一鸣、百悔分手之后，车卫独自前行，心潮起伏，想道：“辛龙生和百花谷的奚玉瑾已经成了亲，却来骗我的女儿，此事我是决不能饶他的。但他赶回去的原因，料想也必定是恐怕宇文冲趁我不在家的时候，跑去伤我女儿，哼，这小子骗婚之罪难饶，但却也还知道知恩报恩，倒叫我不知道要拿他怎么办了？”随着又想道：“从各方面得知的消息看来，这小子毁容之后，曾经见过奚玉瑾，却不肯认她，这又是什么缘故呢？世间怪事很多，或许他们夫妻之间，也有什么不足为外人知道的事情？这事必须见着了辛龙生，方能问个水落石出。现在无谓多费心思去想。”

前后三批人赶往舜耕山，辛龙生走在最前面，辛十四姑和宇文冲在中间，车卫则是最后一个动身。但只有车卫知道全盘真相，辛龙生则是只知道宇文冲可能要到舜耕山对车淇偷施暗算，并不知道他的姑姑和车卫都跟在他的后面。

十天时间，他赶了一千多里路程，路上倒是平安无事，但踏入舜耕山之时，却是心乱如麻了。

“她对我这样痴，这样真，我实是不该再骗她了。”辛龙生心里想道。

一个天真无邪的少女脸孔浮现在他的面前，这是车淇的影子。“她是一个多么可爱的少女啊！唉，我说了真话，她不知道要如何伤心呢？我又忍心伤她的心吗？”

忽地面前的那个少女的幻影一变，变作了一张冷森森的脸孔，那是车淇的父亲车卫。辛龙生打了一个寒噤，想起了那日临行之际车卫对他的告诫：“本门戒律，严禁欺师灭祖，我若发现你有欺骗我的事情，定不饶你！还有，我只有这一个女儿，若然你做了对不起她的事情，哼，哼，那你也休想在我手下活命！”

辛龙生打了一个寒噤，又再想道：“或许我还是继续瞒着他们父女，更好一些。我误期归来，车卫当然是要盘问我的。但反正有宇文冲这桩事情，我如今赶回来给他报讯，这谎话也不难编。”

想至此处，辛龙生内心交战，忐忑不安。车淇的幻影消失了，车卫的影子消失了，奚玉瑾的影子却在他面前浮现出来。辛龙生内疚于心，不由得脸上发烧，又再想道：“我和玉瑾是挂名夫妻，也还有着夫妻名分。我若是和车淇成了亲，那又怎对得住她？虽说我们做了这一年多的挂名夫妻，本来就是同床异梦。”

正直与邪恶，在内心交战，终于正直的一面占了上风，辛龙生想道：“一错不能再错，我怎能同时欺骗两个少女？何况谎话总有一天会被戳破，那时我固然不能活命，她们只怕也要更伤心更恨我了。”

“大丈夫来得光明，去得磊落。我但求心之所安，就是丢了性命，也胜于苟活人间。我和宇文冲这桩事情告诉了车卫，然后把我的身世秘密也都告诉他，他怎样处置我，那就是他的事情了。”辛龙生心意已决，胸襟豁然开朗，迎着秋天的阳光，缓缓走上山去。

山风吹来，他隐隐听到少女的歌声。是车淇在唱着一支轻快而又略带几分幽怨的民间小调。

车淇也是像他一样，心乱如麻。此际她正在山坡上采集野花，编结花环。

“今天是十月十五，他已经过期一个月了，为什么还不回来呢？龙大哥是不会骗我的吧？或许他是在路上碰着什么事情，耽搁了行期了？”

无邪的少女的心灵是容易相信别人的，尤其是自己的爱人。车淇浴着阳光，编着花环，心中的一点忧郁渐渐消散，她哼起了一支小调。

只听得她曼声唱道：“莫不是雪窗萤火无闲暇，莫不是卖风流宿柳眠花？莫不是订幽期错记了荼蘼架？莫不是轻舟骏马，远去天涯？莫不是招摇诗酒，醉倒谁家？莫不是笑谈间恼着他？莫不是怕暖嗔寒，病症儿加？万种千条，好教我疑心儿放不下！”

这是一支从弹词“西厢记”的曲调变化出来的小曲，在当时民间极为流行。曲辞描写张生进京赴考，一去不归，莺莺惦念之情。

辛龙生听得如醉如痴，暗暗叹了一口气，想道：“她这样相信我，我真是怎么可以负她？”

她独自在闺房里胡猜乱想，猜这也不是那也不是，故此，“好教我疑心儿放不下”了。

唱这支小曲，本来应该表达莺莺的反复思疑，其乱如麻的心境的，但在车淇口里唱了出来，虽然也带几分忧郁，但那一点儿忧郁，却似淡云遮盖不住燃烧的太阳，整支曲子的风格还是轻松愉快的。显然她是相信她的“张生”，不是莺莺那个张生。莺莺那个张生是负心汉子，她的张生是不会负她的。

辛龙生听得如醉如痴，暗暗叹了一口气，想道：“她这样相信我，我真是怎么可以负她？”此时他正在山涧之旁，临流照影，现出他丑陋的颜容，他不禁又再想道：“我和玉瑾结为夫妻，认真说来，其实乃是各怀私心。这世界上真正喜欢我的人，恐怕还是只有一个车淇。”想至此处，不禁又是欢喜，又是自惭。“且待我叫她惊喜一番，我要对她说道，你不用多猜疑了。你看我不是回来了吗?”辛龙生心道。

他正要偷偷上去，准备突然出现在车淇面前，好叫她惊喜的时候，忽地听得一个熟悉的声音小声说道：“你听这妞儿正在想情郎呢，咱们可来得正是时候。”

辛龙生大吃一惊，这声音可不正是宇文冲的声音吗？他伏在茅草丛中，偷偷张望出去，只见和宇文冲一起上山的还有一个妇人，这一看可令得辛龙生更是吃惊不已了，“姑姑怎的竟会和他一起？看情形他们的交情似乎还是很不寻常呢。”

这山上本来没有人工开辟的路，辛十四姑和宇文冲二人，也是像辛龙生一样，是在茅草丛中找路走的。走的是同一方向，距离却在二三十步之外，辛龙生一听见宇文冲的声音就躲起来，还没有给他们发现。

宇文冲和车卫有仇，辛龙生是知道的，但他却不知道车卫与辛十四姑也结了梁子的后来之事，是以一时之间，还想不到他的姑姑竟然也是要来暗算车淇的，对他们的同时出现，就不禁大惑不解了。

他一时拿不定主意，心里想道：“我且听听姑姑说些什么?”

心念未已，只听得辛十四姑已在说道：“我不熟悉她家情形，你先去哄她，我在这里给你把风。”

宇文冲道：“好。料想车卫这老贼也不会这样快就赶回来，你若看见她肯把我带回家去，那就是她给我哄得服服帖帖了。那么，你只须再等一个时辰，就可以放心来啦。”

辛龙生伏在茅草丛中，听见了他们的阴谋，不由得又是痛心，又是惊骇。痛心的是姑姑非但不肯听从他的劝告改恶从善，反而变本加厉了。惊骇的是他的姑姑竟与他的仇人串通，来暗算一个毫无心机的少女。

车淇编好花环，刚要回家，忽听得背后似有人声，回头一看，只见一个陌生汉子，站在她的面前。

车淇吃了一惊，说道：“你是谁？”

宇文冲捏造了一个假名，说道：“我是辛龙生的朋友。”

车淇怔了一怔，说道：“辛龙生又是谁？”

宇文冲道：“你还不知道吗？辛龙生就是你的‘龙大哥’龙新呀。”

此言一出，车淇不禁惊喜交集，她盼望已久的“龙大哥”的消息终于给她盼到了。虽然她的心里有几分疑惑，为什么她的“龙大哥”要捏造一个假名？但此时也无暇追究了。她忙问道：“啊，原来你是龙大哥的朋友吗？我却没有听他提过你的名字。那么你是不是他叫你来的？他怎么样了？”

车淇虽然是说从没听过他的名字，但从她的语气听来，宇文冲已是知道她是相信他了。心里想道：“想不到这丫头如此容易受骗，不过，为了坚定她的信心，我还是按照原来的计划，先给她看一件‘信物’吧。”

宇文冲慢条斯理地掏出一块碎布，说道：“你想必是车淇姑娘了？车姑娘，你还认得这件东西吗？”

车淇在辛龙生临行的前夕，曾为他赶缝一件新衣，她一看就认得这块碎布正是从她所缝的那件新衣撕下来的，因为不但布料相同，上面还有她亲手绣的花朵。但此际回到她手中的这块碎布，色泽已是污黄，而且还隐约可以看得出有一点血渍。原来这块碎布乃是宇文冲那日与辛龙生打斗之时，从他身上撕下来的。

车淇又喜又惊，喘着气问道：“这块碎布，你，你是怎样得来的？”

宇文冲道：“就是你的‘龙大哥’给我的呀，你相信我是他的朋友了吧？”

车淇连连点头，叠声说道：“当然相信，当然相信。这是我给他缝制的新衣呢。文大叔，请你赶快告诉我吧，他为什么要把这块碎布给你？他现在究竟是怎么样了？何以碎布上会有血迹？”

她急，宇文冲却不着急，仍然是慢条斯理地说道：“车姑娘，你这几个问题，我会答复你的。但我还要告诉你一件事情，我不但是你‘龙大哥’的朋友，和你的爹爹也是老朋友呢！”

车淇道：“真的吗，那就更好了。我爹出去正是去找龙大哥的，你可曾也见着了他？”

宇文冲道：“都见着了，你不用这样着急，我慢慢告诉你。

“我和令尊相识在二十年之前，他和令堂成婚的时候，我还曾经喝过他们的喜酒呢。令堂姓岳，是扬州岳知府的女儿，对不对？可惜在你出生之后没多久她就死了。”

车淇并不知道母亲的身份，但母亲姓岳，是扬州人氏，她却是听得父亲说过的。她见宇文冲说得如此确凿，更是相信了，心里想道：“原来这位文叔叔和我爹妈都是熟识的，爹不肯告诉我有关妈的事情，我都可以问他了。不过现在还是要知道龙大哥的消息要紧。”于是说道：“我爹既然见着了龙大哥，何以他们不一起回来？”

宇文冲叹口气道：“他们是不会一起回来的了！”

车淇大吃一惊，说道：“为什么？”

宇文冲道：“你慢慢听我说。你爹差遣龙新到扬州干一件事情，和他约好，要他半年之内回来的，是不是？”

车淇说道：“是呀，我爹就是因为他过期未归，所以才出去找他的。”

宇文冲说道：“我正是家住扬州，你爹和我虽然二十年没有往来，但还是互通消息的。他差遣龙新到扬州的时候，曾托人递个消息给我，叫我暗中监视龙新。你要知道你的龙大哥在扬州干什么事情吗？”

车淇知道父亲的性格，心里想道：“怪不得爹放心让龙大哥去，原来是早有安排，有这位文叔叔监视他的。”当下说道：“他干什么事情，你慢慢和我说也不迟。请你先告诉我，他现在究竟如何？我爹找着了他之后，是不是他们二人之间，曾发生了一些什么事情？”

宇文冲道：“好的，我把后半段的事情先告诉你吧。

“我是你爹的老朋友，和你的龙大哥则是半年前在江湖上结识的，当时算不得深交，是这次他到了扬州之后，我们才变成好朋友的。

“他在扬州办妥那件事情之后，我跟踪他，看见他走的另一条路，我忍不住就现身和他相见，劝他回你的家里去，但他却不肯回去。”

车淇忍不住又问道：“为什么？”

宇文冲道：“起初我也不知道为什么，后来你爹找着了我们，他怒气冲冲地质问你的龙大哥，我听了他们的对话，这才知道个中原委。”

车淇怔了一怔，说道：“什么原委？”

宇文冲道：“你的龙大哥在江湖上并非无名之辈，他真名叫辛龙生，是江南武林盟主文逸凡的掌门弟子。令尊这次亲自出马访查，一查就查得清清楚楚了。”

车淇说道：“他改名换姓，虽有欺瞒我爹之嫌，但这也是一件小事呀。”心里想道：“他是文大侠的掌门弟子，我爹知道了应当欢喜才对，为什么不能原谅他呢？”

宇文冲淡淡说道：“不错，这是小事一桩。但另外还有一件事情，他也瞒着你爹，那可就不是小事了。”车淇吃了一惊，说道：“还有什么事情？”

宇文冲一个字一个字的缓缓说了出来：“辛龙生是早就有了妻子的！他不敢回来，就是为此！”

此言一出，好似晴天起了霹雳，平地响起焦雷，车淇几乎不敢相信自己的耳朵，呆了好一会子叫道："我不相信，我不相信！"

宇文冲叹了口气，说道："这是真的！所以你爹才发那样大的脾气。"

车淇不觉又是一惊，这一惊比刚才那一惊更甚，连忙问道："我爹把他怎、怎么样了？"

宇文冲道："你爹一见了他就怒气冲冲，要将他打死！"

车淇吓得面如死灰，顿足说道："爹怎能这样鲁莽，连分辩都不肯让他分辩么？"

宇文冲道："你爹的脾气你应该知道，他在火气头上，焉能容他分辩？当时我也在旁，正要劝他，他已经一掌打下去了！"

"嘤"的一声，吓得魂不附体的车淇，就像风中火烛一样，摇摇欲坠。

宇文冲扶住她，说道："车姑娘，你醒醒，别心慌，他还没有死！"

车淇定了定神，说道："文大叔，你别哄我，我爹一掌还能打不死他？"

宇文冲道："是我在那千钧一发之际，将他一手拉开。他没有给打着要害。不过，唉！"

车淇刚刚松了口气，听得那个"唉"字，心头又压上了千斤巨石了，急忙问道："不过怎样？"

宇文冲道："他没有给打着要害，但也受了重伤！"

车淇道："有没有性命之忧？"

宇文冲道："你听我说。你爹本来还不肯饶他的，经我苦劝，你爹见他已经受了重伤，这才罢手。他伤得很重，好在还没性命之忧。"

车淇道："那么，他现在哪里？"

宇文冲道："他有一个姑姑，名叫辛柔荑，排行十四，人称辛十四姑。二十年前，在江湖上也是鼎鼎有名的人物，你知道么？"

车淇说道："爹爹从不与我谈论江湖的人物的。他现在是在他姑姑那里么？"

宇文冲说道："不错，我将他送到辛十四姑那里养伤，他却嚷着要见你一面。”

车淇道：“啊，他要见我？”

宇文冲道：“他初时或许是问心有愧，不敢回来见你。但在重伤之后，他说若不能见你一面，向你解释，他死了也心里不安。”

车淇吁了口气，想道：“他一定是有难言之隐，在他心里还是只有一个我的。”说道：“他伤得这样重，怎能回来？”

宇文冲道：“我劝他安心养伤，养好了伤再说。他说养好了伤，只是你爹早已回家，你听了爹的说话，一定恨死他了。”

车淇摇了摇头，说道：“他猜错了，我是怎样也不会恨他的。”

宇文冲道：“他怕你恨他，更怕你伤心气恼弄坏身子。他求我带他到你这里来，但我却怎能答应？后来我说，不如我替你捎个信儿给车姑娘吧，你有什么话要向她解释的，我也可以替你说呀。经过我再三苦劝，他才点头。撕下一幅汗衫，给我作为信物。”

车淇道：“他怎么说？”

宇文冲道：“他只说要你相信他，叫我劝你放心，他永远不会负你的。”

车淇说道：“我相信他的，但他仅只是说了这两句话么？”

宇文冲道：“是呀，我也曾对他说，你总得对人家的姑娘解释解释呀。你有了妻子，却又改名换姓和人家的姑娘定了亲，不解释清楚，人家不当你存心欺骗她么？他说他是要向你解释的，就只能亲口和你说。”

车淇心里想道：“果然他是有难言之隐。”说道：“其实他不解释，我也不会以为他是存心欺骗我的。”

宇文冲赞道：“车小姐，你真是一位好姑娘。据我所知，他和奚玉瑾只是挂名夫妻，这头婚事，其中定有蹊跷。”

车淇面上一红，说道：“我不想知道那位奚姑娘的事情。我只想知道他还说了些什么？”

宇文冲道：“啊，对了，他想见你，却怕你不想见他。叫我先试探试探你的口气。”

车淇说道：“用不着试探了，我当然是愿意见他的。不过要待他伤好再说。”

宇文冲道："幸好他不是伤着要害，他姑姑有上好的金创药，据我估计，大概不久也会好了。"

车淇说道："那么你回去报讯，叫他伤好了来吧。"

宇文冲道："不过他却还有一样担心呢！"

车淇说道："他担心什么？"

宇文冲说道："他担心你的爹爹不肯让他进门。"

车淇花容变色，说道："爹不准他进门，我就死给他看。"

宇文冲摇头道："这不是办法。"

车淇说道："那你有什么好办法？"

宇文冲叹了口气，说道："你爹的脾气我知道，你也知道。我害怕辛龙生若是来了，只怕你爹不仅不许他进门，一时火起，还会打死他呢！"

车淇说道："那你快说你的办法呀！"

宇文冲道："我想把他的姑姑请来，咱们三人共同想法对付你的爹爹，你愿意见他姑姑么？"

车淇说道："当然愿意。不过她能够抛下侄儿么？还是和侄儿一起来？"

宇文冲道："我来的时候，龙生的危险期已经过了。她家里还有丫头的。"

车淇说道："啊，那你就快点叫她来吧。"

宇文冲道："实不相瞒，她现在只怕也快要来到了。她和我约好，叫我先来一天的。她叫我先来，是为了要探听你的口风，你相信她，她才能见你。"

车淇说道："她准备怎样对付我的爹爹？是硬来还是软来？"

宇文冲道："她说她的办法要见了你才说，但我相信她是不会硬来的。嗯，咱们说了这许久话，不知不觉天色都快要黑了。"

车淇瞿然一省，说道："文大叔，我真是糊涂啦，你远道而来，我这个做主人的，却一点也不会招待。你和我一起回家吧。你还没有吃中饭吧，我弄点东西给你吃。"

宇文冲道："不用客气。那么我就在你的家里等龙生的姑姑好了。说不定她今天就会赶到的。"

辛龙生伏在茅草丛中，看见宇文冲已经走到车淇身边，不由得又惊又怒，可又不敢叫喊。他怕他一叫喊，虽然可以提醒车淇不要上他的当，但却怕宇文冲会下毒手。

“不知姑姑何以会上他的当，和他同谋？我必定要把姑姑拉到我这边来，才可以制伏那个恶贼。”辛龙生心想。好不容易等到宇文冲和车淇一同走回家去，他就在草丛里跳出来。

辛十四姑正在暗暗欢喜，准备再等些时，就去车家的，突然看见辛龙生出现在她的面前，不觉吓了一跳。

“姑姑，你知道这个宇文冲是什么人吗？”辛龙生急不可待，一见面就向他的姑姑发问。

辛十四姑怔了一怔，说道：“他不是你的好朋友吗？”

辛龙生恨恨说道：“什么好朋友？我几乎死在他的手里！”

辛十四姑吃了一惊，说道：“为何他要杀你？”

辛龙生道：“说来话长，总之他是个又阴险又狠辣的魔头，姑姑我要求你！”

辛十四姑道：“你求我什么，慢慢再说，我要和你先说宇文冲。他决不会无缘无故的要杀你的，总得有个原因。”

辛龙生见她盘根问底，只好把真情吐露出来：“因为他是车卫的仇人！”

辛十四姑道：“那又与你何干？”

辛龙生道：“我却曾受过车卫的活命之恩，他要迫我做他的帮凶，谋害车卫，我不愿意。”

辛十四姑冷冷说道：“还不仅仅是为了这个缘故吧？你和车卫的女儿——”

辛龙生道：“不错，车姑娘对我很好，他们父女都是我的恩人。姑姑，我要求的就是千万别伤害这位车姑娘。”

辛十四姑冷笑道：“怪不得车卫那么着急找你，原来这样！哼，你是不是和那丫头订了亲？”

辛龙生道：“姑姑，你听我解释，——”

辛十四姑道：“我只问你是也不是？快说！”

辛龙生低下了头，轻轻说了一个“是”字。

辛十四姑道：“原来你是见异思迁！好，那么我倒要问你了，你和车卫的女儿订了亲，却把奚玉瑾置于何地?”

辛龙生道：“姑姑，我不是见异思迁。我，我一时说不明白。但总而言之，车卫父女是我的恩人，宇文冲则是我的仇人。姑姑，你不帮我，却反而帮我的仇人。再说车姑娘和你往日无仇，近日无冤，你又何苦助纣为虐，伤害一个无辜的女子?”

他不说这话也还罢了，一说之后，辛十四姑听了更如火上加油，冷笑说道：“你不用说了，我早已全都明白了。哼，我要说你，你是好歹不分!”

辛龙生道：“怎么反而是我好歹不分?”

辛十四姑道：“宇文冲哪里是要杀你，他是要拦阻你不可和那丫头成婚。说老实话，我并不喜欢奚玉瑾，但更不喜欢车卫的女儿。你要和她成亲，我也决不答允。”

辛龙生道：“谁说我要和她成亲？但他们父女对我之恩，我总不能不报呀！那宇文冲……”

辛十四姑道：“宇文冲对你是一番好意，车卫要你做他女婿，却是居心叵测!”正是：

是非难识别，泾渭各分流。

欲知后事如何，请听下回分解。

第一〇一回　廿年方洒坟前泪
万事无如劫后哀

辛龙生见越说越是纠缠不清，着起急来，大声说道：“姑姑，好意也罢，坏意也罢。我只求你可别帮他。车姑娘与你无冤无仇，你为什么要害她呢？为了我的缘故，救救她吧。事情过了之后，我会详细告诉你的。”

辛十四姑亦是忍无可忍，这才冷冷说道：“不错，这丫头与我无冤无仇，但她的父亲与我却是有冤有仇！”

辛龙生呆了一呆，说道：“怎的我从来没有听你说过？”

辛十四姑冷冷说道：“你现在知道也未为晚！要不要我再告诉你一遍？”

这件事完全出乎辛龙生意料之外，不觉又是着急又是惊惶，一时间竟然说不出话来。

辛十四姑已在继续说道：“你听着，车卫于你有活命之恩，宇文冲却也是我的救命恩人！你要恩怨分明，我也要恩怨分明！”

辛龙生哀求道：“即使车卫是你仇人，他的女儿却是无辜的。你就不能为了我的缘故，饶了她吗？”

辛十四姑斩钉截铁地说道：“不行！”

辛龙生气愤填胸，大声说道：“姑姑，你若还把我当作侄儿，你就帮我。否则我自己去对付宇文冲，只求你袖手旁观！这个你总可以答允吧？”

哪知话犹未了，辛十四姑竹杖一举，已是以迅雷不及掩耳的手法点了他的穴道。辛龙生卜通倒地，火红的眼睛睁得大大的还在盯着他的姑姑。

辛十四姑淡淡说道："你不识好歹，只能让你稍稍吃点苦头。"正在盘算，找个什么地方安放辛龙生，忽觉背后微风飒然，辛十四姑反手一杖，喝道："什么人？"

那人一跃闪开，笑道："辛大姐，认不得老朋友了吗？"

辛十四姑起初还以为是车卫回来，回头一看，这才知道是任天吾。

辛十四姑道："哦，原来是你，你鬼鬼祟祟来跟踪我做什么？"

任天吾赔笑道："辛大姐，你别误会。我是车卫的邻居，就住在前山的，你不知道么？"辛十四姑道："我听人说过了，实不相瞒，我正是来找车卫的晦气的，你是不是要替你的邻居出头？"

任天吾笑道："实不相瞒，我与车卫也是面和心不和的，但他不犯我，我也无谓犯他而已。你找他的晦气，在我正是求之不得。"

辛十四姑道："好，既然如此，那你就请回去吧，别阻我的事。"

任天吾却不肯走，指了指躺在地上的辛龙生，说道："他不是你的侄儿吗？"

辛十四姑眼皮一翻，冷冷说道："我的事，不用你管！"

任天吾笑道："辛大姐，你教训侄儿，我怎敢多管闲事？我只不过想给他求个情而已。"

辛十四姑道："哦，你和他相识？"

任天吾道："令侄曾在我家里住过。"

辛十四姑道："你想怎么样？"

任天吾道："请你别重责他，就把令侄交给我看管如何？"

辛十四姑正因为无处可以安置侄儿，感到为难，听他这么一说，心里先就愿意了。不过，任天吾的为人她是知道的，她却是不能无所怀疑，当下说道："你是要把他带回家里？"任天吾道："不错，难得老大姐光临，我正想请你们姑侄到寒舍小住几天。不过，老大姐现在有事在身，我只好先请你的侄儿了，想来老大姐前往车家，大概也不便携同令侄吧？"辛十四姑瞅了任天吾一眼，淡淡说道："老任，你别在我的眼前耍花枪，快说实话，你要在我的侄儿身上打什么主意?”

任天吾笑道：“老大姐太多疑了，我怎敢有不利于你们姑侄的存心？但实不相瞒，我是有一件事情，想向令侄请教的。”

辛十四姑道：“什么事情?”

任天吾道：“小女红绡，给奚玉瑾和黑风岛主的女儿宫锦云串通，将她诱拐，私自离家。至今不知下落。”

辛十四姑吃了一惊，说道：“有这样的事?”

任天吾说道：“奚玉瑾不正是你的侄媳妇吗？所以，我想向令侄打听打听小女的下落。”

辛十四姑道：“据我所知，他们只是一对有名无实的夫妻，而且很久不在一起了。这事情是怎样发生的?”

任天吾道：“我知道他们现在不在一起，但当时他们夫妻却是一同来到寒舍的。这件事发生之后，我知道令侄夫妻便已分开，令侄另外看上车卫的女儿，住到车家去了。不过拐骗小女之事，令侄是曾参与其间的。我向他打听，想来老大姐也认为是应该的吧?”

辛十四姑心里想道：“黑风岛主也是我的仇人，他的女儿和龙生夫妻做出这样的事，这事任天吾不管，我也要管。借这件事，将来我向黑风岛主寻仇，也可以多一个任天吾帮手。”当下说道：“好，你尽管把我的侄儿带去，要怎样盘问他就怎样盘问他。但只别打他重伤就行了。”

任天吾笑道：“老大姐放心，我不会伤令侄一根毫发的。”

任天吾把辛龙生带回家里，辛十四姑放下一重心事，便独自上山了。

车淇正在家里坐立不安，忽听得“笃、笃、笃”的竹杖点地之声，连忙走去开门。宇文冲装出诧异的神气，说道：“辛十四姑倒是来得好快呀!”他还恐怕辛十四姑来得太快，引起车淇的疑心，岂知在车淇的心里，却是怨她来得慢了。

辛十四姑一见车淇，满面春风的便拉着她的手笑道：“这位是车姑娘吧，啊，车姑娘长得这样标致，真是我见犹怜，怪不得我的侄儿那么喜欢你。”

车淇羞红了脸，说道：“龙，龙……嗯，辛大哥怎么样了?”

她叫惯了辛龙生做“龙大哥”，一个“龙”字说出了口，这才蓦然省起，连忙改口。

辛十四姑道：“你放心，龙生好得很快，出乎我的意料之外。他本来要和我一起来的，是我叫他多养几天。不久也会来的。”

车淇喜道：“好，我见到他，那就好了。”

辛十四姑道：“我可正在担心呢。”

车淇说道：“担心我的爹爹？”

辛十四姑道：“不错，据我所知，令尊正在回家途中，至迟明天，说不定今天晚上就到。你能否见得着龙生，就要看咱们应付得是否得法了。”

车淇说道：“我年轻识浅，请姑姑指教。”

辛十四姑道：“令尊对舍侄怒火未消，恐怕不能容他进门，我在这里，给他知道，也是大大不妙。所以，第一步，你不能让令尊知道我们躲在你的家中。”

车淇说道：“第二步呢？”

辛十四姑道：“第二步的做法嘛，我主意倒是有了，但你必须相信我才好！”

车淇说道：“我当然相信姑姑。”

辛十四姑道：“令尊武功太高，我想让他暂时消失武功，那时我才能和他好好的谈一谈。为我那不肖侄儿，向他求情。”

宇文冲道：“对，这是无可奈何的办法。这样，即使辛龙生在这两天来到，你爹要打死他也不能够啦。”

车淇心中忐忑不安，拿不定主意，听得他们都这么说，只好说道：“但怎能令我爹爹暂时消失武功？”

辛十四姑道：“我自有办法，只要你听我安排。你附耳过来吧。”

车卫做梦也想不到辛十四姑和宇文冲躲在他的家里，不出辛十四姑所料，第二天早上他就回到家里来了。

车淇依照辛十四姑的所教，装作毫不知情的样子，说道：“爹爹，你怎的去了这许多时候方才回家，可找着了龙大哥没有？”

车卫脸上好像铺了一层寒霜，哼了一声说道：“别提你的什么龙大哥了，提起他我就生气!”

车淇说道：“他怎样了?”

车卫说道：“第一，他不姓龙，他姓辛，他对咱们说的姓名来历，全是假的!”

车淇淡淡说道：“第二呢?”

车卫并不知道女儿早已知道这些事情，只道她要大吃一惊的，岂知与他料想的竟然不同，不觉心里有点诧异，想道：“淇儿心地纯良，全然不懂人间有欺诈之事，她对龙生一片真情，龙生是姓龙还是姓辛，她自是觉得无关紧要了。”又再想道：“但正因为她对龙生想得太好，倘若知道了他另有妻子的这个真相之后，不知要如何伤心了?”

他本来是想把真相和盘托出，把辛龙生好的一面和坏的一面都说出来，让女儿自己决定的。此际却是不禁有点踌躇，不知要如何措辞方好了。

车淇道：“爹，你怎么不说话呀?”

车卫说道：“第二，他、他有一件很对不起你的事情，但说来话长，这个，这个……”想起女儿如此纯真，辛龙生却欺骗她，不禁又有点气呼呼了。

车淇却在心里想道：“听爹爹这么说，文叔叔和辛姑姑告诉我的那些事情果然不假!”当下说道：“爹，你先喝一杯茶吧，消消气再说。这是女儿给你泡的菊花茶。”

车卫端起茶杯，笑道：“你好像知道我会今天回家，把我喜欢喝的菊花茶泡好了等我回来?”

车淇说道：“爹，你不知道我多盼望你回家呢，我算算日子，这几天你总应该回家了，所以我天天泡好了一壶菊花茶等你，总算给我盼着了。这还是刚刚泡好的呢。爹，你趁热喝下。”

车淇素来不善说谎，但这番话是辛十四姑教过她好几遍的，说来却是不露痕迹。

车卫老怀欢慰，笑道：“难得你这样孝心，好，我喝了茶再和你说。”

他一点也没疑心，把一杯茶喝了。清清喉咙，说道：“淇儿，你听我说，但可不许你哭。”

车淇说道：“爹，你回家了，我高兴还来不及呢，有什么事情值得我伤心流泪？”

车卫叹了口气，说道：“这件事情，只怕会令你伤心的。但你是我的女儿，你一定要坚强一些，伤心也不许哭。”

车淇说道：“爹，我不会哭的，你说吧。”

车卫缓缓说道：“辛龙生，他，他……”突然“当”的一声，茶杯摔在地上，碎了！

车淇吃了一惊，说道：“爹，辛龙生究竟怎样？你气得把茶杯摔了！”

车卫双目一瞪，喝道：“我现在不是气辛龙生，我是生你的气，你这究竟是怎么一回事情？”

车淇道：“什么一回事情？”

车卫道：“你为什么在我喝的菊花茶里下毒？是什么毒药，快说！”

原来辛十四姑下的毒药乃是可以令人筋酥骨痺的一种烈性毒药。车卫倘若早有防备，先行运功抵御，喝了这杯毒茶，也不至于有什么大不了的害处，但由于他对女儿毫无疑心，待到知是中毒，要想凝聚真气之时，已是迟了。此际他半边身子业已酥麻，动弹不得。

车淇说道：“爹，你不用害怕。这是什么毒药，我不知道，但我知道你只是暂时消失武功而已。爹，我先向你赔罪，我是不得已才这样做的，你别生我的气好吗？你这样瞪着我，我心里害怕！”

车卫伤心之极，叹了口气，暗自想道：“要是连自己的女儿都靠不住了，这世上我还能相信谁人？”当下颓然说道：“好，你说，你这毒药是哪里得来的？有什么迫不得已的事情，竟然要对爹爹下毒？”

话犹未了，忽听得一个阴恻恻的声音说道：“车卫，我和你说！”辛十四姑一面说话，一面走出来了，宇文冲跟在她的后面。

这霎那间，车卫是又惊又气又怒，但也恍然大悟了，原来女儿是上了这妖妇的当！

车卫喝道：“你、你、你这妖妇，你竟然骗我女儿，向我下毒！”

辛十四姑冷冷说道：“不错，是我指使她的！我要叫你的女儿亲手害你，方能令你伤心。嘿嘿，你这老贼自负武功盖世，想不到今日也会落在我的手中吧？好，一报还一报，且待老娘慢慢的消遣你！”冷笑声中，把手一扬，就要打车卫的耳光。

车卫忽地“呸”的一声，一口浓痰吐出。辛十四姑只道他已毫无抵抗之力，哪想到他还有此绝招？一口浓痰，正吐着她的掌心，辛十四姑掌心的“劳宫穴”一麻，不觉吃了一惊，急退两步。

原来车卫正在凝聚真气，驱除毒质。只因毒药太过厉害，他所凝聚的真气，不够作驱毒之用。但以他毕生功力所聚的真气吐出的这口浓痰，却是不弱于高手所发的一枚铁莲子。

辛十四姑掌心剧痛，一条右臂竟是不听使唤，大怒之下，拿起了青竹杖，上前要打车卫。

在辛十四姑要打车卫之时，车淇也是惊得呆了！

车淇再不懂事，亦已知道上当。她呆了一呆之后，无暇思索，便即扑上前去，嘶声叫道：“你怎么可以这样对待我的爹爹？你不是和我说好了的吗？你，你——”

辛十四姑左臂挥动竹杖，把车淇迫得墙角，冷笑说道：“别做你的春秋大梦了，你的父亲是我仇人，你知不知道？你以为我会要你做侄媳妇吗？辛龙生早就有了妻子，纵然他肯收你做他侧室，我也决不容你这贱货进门！”

车淇气得面色苍白，骂道：“老妖妇，我不信你是龙大哥的姑姑，你骗我害我爹爹，我和你拼了！”

辛十四姑给她缠得心烦，冷笑说道：“好，你拼吧！”青竹杖高高举起，呼的一杖向她打下！

忽听得“叮”的一声，原来是宇文冲抓起桌上的一支烛擎，把她的竹杖格开。辛十四姑愕然说道：“怎么，你要维护这个丫头？”

宇文冲道：“请看在我的面上，饶她一命。”

辛十四姑阴恻恻地说道：“哦，你是看上了这丫头的美貌？”

宇文冲道："辛大姐，别这样说。她长得和她母亲简直一模一样，我不能害她！"

辛十四姑道："哦，原来你是在怀念你的旧情人了。好，那么，车卫是你的仇人，你总可以让我杀他了吧？"

车淇叫道："爹，女儿对不起你，我先走一步了。"蓦地跃起，一头向墙壁撞去。

宇文冲想不到她如此烈性，大吃一惊。连忙拉她，幸亏刚好赶得上，但车淇的额角已是碰伤，鲜血染红了粉面。

宇文冲点了车淇穴道，上前拦阻辛十四姑，说道："辛大姐，我与他有不共戴天之仇，你让我处置他吧。"

辛十四姑道："哦，我要打他你也不许？"

宇文冲道："这老贼虽然可恶，毕竟也是一位武学宗师，咱们也别太侮辱他了。我会替你报复他的。辛大姐，你不如先到任家去走一趟吧。我还有点私事，要和他了一了结。"

辛十四姑心里想道："宇文冲这小子打完了斋不要和尚。不过，我倒也是要去任家一趟。"当下冷冷说道："你救过我的性命，我把这两个人的性命交给你处置，算是还你人情。"

宇文冲打躬作揖道："辛大姐，别误会。待会儿你到这屋子后山的墓地来找我，瞧我如何处置咱们共同的仇人。我会令你称心满意的。"

宇文冲送走了辛十四姑之后，回过头来，对着车卫发出一阵得意的狂笑。

车卫哼了一声，说道："你得意些什么？"

宇文冲哈哈笑道："我笑你的愚蠢，我说过要报仇的，你却竟敢不以为意，以为我永远也奈何不了你了，嘿嘿，现在你终于落在我的手中了吧！车卫，当年你没杀我，如今后不后悔？"

车卫冷冷说道："车某平生做事，从不后悔，当年你值不得我来杀你，现在也值不得我来杀你。你这没出息的小子，始终是没出息的小子。哼，哼，你和那妖妇联手，也还只是敢偷施暗算，我就当作是自己不小心，给毒蛇咬了一口，虽然很不值得，那也算不了什么。"

这番话可说是对宇文冲轻蔑到了极点，宇文冲脸上变了颜色，却忽地又大笑道："你想激怒我一刀杀了你，让你死得舒服，是么？我可不会上你这个当！嘿嘿，不管是斗智也好，斗力也好，总之你是落在我的手中了。不但你要任凭我的处置，你的女儿也在我的掌握之中啦。你尽管看不起我吧，等会儿叫你知道我的厉害！"

车卫听他说到了自己的女儿，心里可不由得不有点惊慌了，当下一声冷笑，说道："欺侮一个小姑娘，算得什么好汉？你若还有点出息的话，要怎样报复我，尽管报复，可不能害我的女儿！你在我身上'招呼'（用任何毒辣手段之意），三刀六洞，车某决不皱眉！"

宇文冲又是哈哈笑道："你不用拿说话挤我，我不会害你的女儿的。"

他走到车淇身旁，轻轻给她揩抹干净脸上的血迹，定着眼珠看她。忽地叹了口气，拿出金创药来替她敷上。

车淇给他点了穴道，动弹不得，只能对他怒目而视，骂道："无耻奸人，你害我的爹爹，我做了鬼也不放过你，你杀我吧。""呸"的啐了宇文冲一口。

宇文冲也不动怒，叹了口气，说道："你真像你的妈妈。我不会害你的，因为你虽然是车卫的女儿，但也是文玉的女儿。你别骂我，你要知道我为什么要害你的爹爹吗？"

车卫喝道："狗嘴里不长象牙，淇儿，别听他的说话！"

宇文冲冷笑道："你怕我说出事情的真相么？车淇，我告诉你，你的母亲是我的表妹，我们本来是一对情人。你爹不知用的什么卑鄙手段，把她从我的手中抢了去。后来他还害死了你妈。倘若不是他抢了文玉，你就是我的女儿了。你说，我该不该向他报复？"

车卫说道："淇儿，别相信他的话。你妈是真心爱我的，害死你妈的却是他！当年他串同你妈的庶母，骗你妈对我下毒。就像今天他骗你对我下毒一样。后来你妈发现了，她一时想不开，自寻短见，把那碗毒药也喝了。我不愿意你心上留下伤痕，这些事情我一直没有告诉你。"

车淇听了，又是伤心又是难过，说道："爹，我当然相信你说的话，不会相信他的鬼话。我妈怎会喜欢一个奸险阴毒的人，他只不过是一头想吃天鹅肉的癞蛤蟆而已。”

车卫哈哈笑道：“对，让他这头癞蛤蟆自己气爆肚子吧。”

宇文冲气极怒极，喝道：“你这丫头，我有心饶你一命，你却帮你爹爹骂我！”提起手掌，向她粉脸掴去。

车淇毫无惧色，说道：“我不帮我爹，难道还帮你吗？好，你打死我吧！”

宇文冲的手掌忽地又缩回来，叹口气道：“唉，谁叫你是文玉的女儿呢？许你骂我，我可不能打你。不过，你的爹爹我可是不能饶他的了。走吧！”

他一手拖着车卫，一手拖着车淇，便走出去。车卫失了抵抗的能力，喝道：“你待怎样？为什么不在这里杀我！”

宇文冲冷冷说道：“我不杀你，我只要把今天得意的事情告诉文玉。你和我到她的墓地去，我要在她的墓前处置你！”

车卫哈哈笑道：“好罢，我能够死在爱妻的墓前，那也很不错呀！走就走吧！”

车淇心里打定了主意，爹爹若给仇人害死，她自己也决不会独生，说道：“爹，都是女儿不好，害了你了。爹。你要和妈团圆，我也陪伴你们。”

车卫说道：“淇儿，别这样想。你妈当年自寻短见，我痛不欲生。若不是为了你，我早已随她去了。我不愿意你学你的妈，能够活下去你就活下去吧。这次的事情，你是上了奸人的当，我怎会怪你呢？不过，你也要记着这次教训，以后切不可轻信人言了。”

车淇口里不说话，心里却还是拿定主意，想道：“我是爹爹的女儿，爹爹一世英雄，我决不能苟且偷生。爹爹别的话我听，这番话和他平日对我的教导不同，我不能听。”

宇文冲拖着他们二人，终于到了车卫妻子的墓前。宇文冲放下他们，冷笑说道：“车卫，你自负文武全材，当年恃此诱骗了我的表妹。今天我不杀你，我只要废了你的武功，削了你的十指，割了你的舌头。让你武不能提刀，文不能握笔，有口也不能说话。哼，哼，看文玉还喜不喜欢你？”

宇文冲状类疯狂，发出的狞笑，令得车卫也不禁暗暗心惊，心里想道：“我一世英雄，决不能受他如此侮辱！”可惜他所凝聚的一点点真气，刚才在力唾辛十四姑之时，业已耗尽，此时要重新积聚，急切之间，哪里能够？也即是说，他要想运用内功，自断经脉，亦已不能了。

车淇早已打定主意，大不了便是一死，倒是并不怎么害怕，但听得宇文冲要用这样毒辣的手段害她父亲，却是不禁急怒交加，破口大骂了：“你，你这头癞蛤蟆，你，你这条毒蛇，你怎能这样害我爹爹！”

宇文冲冷笑道：“车姑娘，不管你骂我什么，你是救不了你爹爹的了。你向我求情或者还有商量。”

车卫朗声说道：“淇儿，你是我的女儿，不许哭，更不许向敌人求情！”

宇文冲冷冷说道：“好，待我祭了文玉，回头就处置你。你有什么要对女儿交待的，赶快交待吧，算是我对你格外开恩。”

车卫用尽气力挣扎，慢慢挪动身子，挨近女儿，轻轻抚摸车淇的头发，低声说道：“你爹一生做了不少错事，今天的报应，或许也是我应该得的。你倘若能够侥幸逃生，去找你的辛大哥吧。”

车淇满面泪光，忽地说道：“爹，我要你告诉我一件事情。”车卫说道：“你要知道什么？”车淇说道：“辛大哥究竟是怎样的一个人？他是不是真的有了妻子？他是不是真的负了女儿？”

女儿这么一问，却是令得他大大不安了。车卫心里想道：“淇儿在这死别生离之际，还要探问真相。我怎能令她伤心？”

宇文冲在车夫人墓前喃喃祷告，也不知他说的是些什么。正当车卫踌躇莫决，不知如何回答女儿之际，宇文冲的祷告已经完毕，站起来了。车淇急道：“爹，你怎么不说话呀，难道他，他……”

车卫一咬牙根，说道：“淇儿，我来不及和你细说了，我只能告诉你，你的辛大哥还是一个有良心的人，他，他会照顾你的。”

车淇脸上泛起笑容，说道：“爹，那我就放心了。只要他有良心，即使他做了些什么错事，我也会原谅他的。”

宇文冲一脸狞笑，说道：“你们父女的话说完了没有，我可要动手啦！”

车卫喝道：“你要怎样折磨我，尽管冲着我来，别让我的女儿在这里！”

宇文冲哈哈笑道：“车卫，我只道你是天不怕地不怕的好汉，原来你也有害怕的事情么？”

车卫怒道：“你这没出息的小子，谁害怕你？但我与你结的仇冤，可与我的女儿无关，你向我报仇好了，何必折磨我的女儿？”

宇文冲冷笑道：“你是怕你女儿目睹你受刑的惨状么？哈哈，你刚才不是还要教训女儿，叫女儿不可向我求情么？如今你是不是向我求情了？”

车卫大怒道：“好，你动手吧！我做鬼也不饶你！”

宇文冲拔出一柄匕首，在车淇面前晃了一晃，说道：“车姑娘，我是看在你的面上，才饶你爹爹一命的。我削了他的手指，碎了他的琵琶骨，割了他的舌头，他死不了的。但你却可以做个孝顺的女儿，服侍你的爹爹一生了。”

车卫大怒之下，一口浓痰吐出，骂道：“宇文冲，你还是一个人吗？”

宇文冲抹去了脸上的痰涎，冷冷说道：“你急什么，我马上就成全你了，好，你怕见你女儿受惊，我先剜掉你的‘招子’（眼珠）！”刀锋移转，对准车卫的眼睛。

车淇一声尖叫，晕了过去。这霎那间，她心里最后想的是：“我和爹爹一起去了，辛大哥不知道在什么地方？但愿他能够知道今天的事情，给我和爹报仇！”

车淇做梦也想不到，他的辛大哥就在她的“邻居”任天吾的家里。

宇文冲将他们父女拖向墓地之时，也正是任天吾在家里向辛龙生百般盘问的时候。辛龙生打定主意，不理会他盘问什么，总是回说：“不知。”

任天吾冷笑道：“你在扬州见着了奚玉瑾，你当我不知道吗？你再不说，可休怪我不客气了！”

辛龙生道："我见着玉瑾，可没见着你的女儿！你的女儿根本不是和玉瑾同在一起。"

任天吾道："不错，那一天，她不是和奚玉瑾一同走的。但她在外面根本没有相熟的人，她跑出去，不是依靠奚玉瑾还能靠谁？"

原来那日任红绡以死相胁，不许父亲拦阻奚玉瑾与宫锦云。任天吾把她带回家里，初时看守很严，后来日子久了，就没有那么严了。任红绡养好了伤，一天晚上，悄悄地溜了出去，连一封信也没有给父亲留下。

辛龙生道："你说的这些事情，我半点也不知道。除非你要我编造一套谎话，否则我拿什么答你！"这倒不是假话，他的确是不知道的。

任天吾疑心极重，当然他是不肯相信辛龙生的说话的。但辛龙生闭口不言，他也是没有办法。当下只好将他囚禁起来，待见到了辛十四姑再说。正是：

痛失掌珠无处觅，老谋深算亦徒劳。

欲知后事如何，请听下回分解。

第一〇二回　往事堪嗟怀玉女　余威犹足退凶徒

辛龙生本来就给他的姑姑点了穴道的，任天吾还不放心，又用自己的独门手法，加点了辛龙生的两处麻穴。普通的手法点穴，十二个时辰之内，可以自解，他用的这种重手法独门点穴，却必须他亲手解穴才行。辛龙生先后被两大高手，点了三处麻穴，口中能够说话，身体丝毫不能动弹。

任天吾将他放在一间雅致的客房，说道："这是你上次睡的房间，我还是把你当作世侄看待。希望你今晚仔细想想，别辜负我对你的好意，明天和我说实话吧。"辛龙生哼了一声，不理不睬。任天吾笑道："少年人莫要火气太大，你把长辈都得罪了，对你可没好处。"走出去随手关上房门。

辛龙生躺在黑漆漆的房间里，往事一幕幕涌上心头。

这是他上次睡过的房间，如今客房变作了囚房，他的心情也和上次完全两样了。

上次他和奚玉瑾来任家之时，夫妻间虽然早已同床异梦，但最少也还维持表面的和谐，如今则是他连见奚玉瑾也不敢见了。

奚玉瑾第一次没有听他说话，就是那次来到任家之后开始的。

回顾过去，辛龙生深深感到自己的丑恶，不由得心灵战栗了。那次他是因为探听得黑风岛主的女儿宫锦云被软禁在任天吾的家里，他想把宫锦云掳作人质，这才要妻子与他一同来"拜访"任天吾的。奚玉瑾和任家是世交，和任天吾的女儿更是自小相识的闺中好友，他要奚玉瑾帮他的忙，那晚偷偷地把宫锦云抢了出去，好用来交换当时还被囚在黑风岛上的他的姑姑。

黑暗中奚玉瑾的影子在他面前摇晃，他好像感觉得到奚玉瑾的冷冷目光注视着他，那是鄙弃他的目光。

“玉瑾本来一再劝告过我，叫我不要这样做的，我却鬼迷心窍，一定要她听我的话，帮我的忙。结果她口头答应我的要求，却反过来把宫锦云救走了，还带走了一个任红绡。

“其实不待我把公孙璞推下悬崖，给她瞧见，她才鄙弃我的。在来到任家之时，她已经知道我是存心不良了。

“我要把宫锦云拿去换我姑姑，岂知我的姑姑竟是那么一个坏透了的女人，我把她当作姑姑，她已经不把我当作亲侄儿了。她宁愿相信我的仇人宇文冲，也不相信我。幸好当时我要做的那件坏事，没做成功。

“如今我落在任天吾的手中，这也是我存心不良，该得的报应吧。唉，可惜我丝毫不能动弹，我真是恨不得我死了还好。只是现在我要自尽也不可能了。”

正当他思前想后，深心愧悔，想要自尽的时候，忽地另一个少女的影子浮现在他的面前，那是车淇的影子。

“觉往者之不可谏，知来者之可追。”辛龙生心里想道：“姑姑和宇文冲正在去害车淇，我必须救她，我不能死!”

尽管他自知力量有限，即使不是被任天吾所囚，也未必救得了车淇，但只要自己活着，最少还有着一个希望。

“听姑姑和宇文冲的口气，他们是要利用车淇作饵，钓车卫上钩。当然他们无所爱惜于车淇，但最主要的目的，则还在于谋害车卫。我若是能够脱身，无论如何要阻止他们的这个丧尽良心的勾当。唉，但我却又怎能脱身呢?”

他消除了自尽的念头，心中稍稍宁静下来，想道：“天无绝人之路，但愿这句老话不会骗我，反正我在这里胡思乱想也是没有用处，不如莫去想它。且待明天天亮再说。”

长夜漫漫，他不愿胡思乱想，又不能抑制心头的愁绪，于是试一试“赛华佗”王大夫传给他的内功心法，试试凝聚真气，以图自行运气冲关。他深知辛十四姑和任天吾的独门点穴手法，都是十分厉害，对自行解穴，本来就没存着多大希望，只是长夜无聊，找件事情做做，也好抑制自己别去胡思乱想而已。

哪知“天无绝人之路”这句老话，果然不错。他试用王大夫传他的内功心法，过了也不知多久，奇迹忽然出现了。

先是一丝暖气从丹田缓缓升起，渐渐流遍全身。突然之间，他那三处被封闭了的穴道，气血畅通，不解自解！

原来车卫的内功心法极为霸道，辛龙生后来又练了王大夫所传的内功心法，这两种内功刚柔相济，配合起来，有意想不到的效力，终于把被封闭的穴道全都冲开。

这时正是曙光微露的第二天的破晓时分了。但任家的人则都还在梦中，没人起床。

辛龙生心头狂喜，站了起来，伸拳踢腿，试出自己的功力正在逐渐恢复，心里想道：“任天吾这笔账慢慢和他再算，现在当务之急，是先去救车淇。”

他打开窗子，跳了出去。任天吾做梦也想不到他能够自行解穴，辛龙生神不知鬼不觉的就走出了任家。

辛龙生跑出任家之时，也正是辛十四姑走来任家的时候。幸好辛龙生走的是山后的一条小路，没有给他的姑姑撞上。

辛龙生抄后山的捷径，一口气跑到车淇家里，只见地上一个茶杯碎成片片，人影却是一个不见。

“他们到了哪里去呢？难道淇妹已经遭了他们的毒手了？”心念未已，忽地隐隐听了一声尖叫，从屋后面的松林传来。正是车淇的叫声。

墓园里车淇一声尖叫，晕了过去。宇文冲把刀锋移转，对准车卫的眼睛，发出一阵得意的狂笑。

就像猫捉住老鼠，要把老鼠戏弄一番似的，宇文冲的刀锋对着车卫，哈哈笑道：“车卫，你想不到会落在我的手中吧？我等了二十年，总算给我等着了今天了！”

就在他的狂笑声中，忽地一枚石子飞来，刚好打着他的匕首，刀锋荡过一边。

宇文冲大吃一惊，喝道：“什么人?”说时迟，那时快，辛龙生已是旋风一般向他扑了过来。

宇文冲喝道：“好呀，原来是你这小子!”辛龙生喝道：“不错，是我！你害了我的淇妹，我非杀你不可!”“当”的一声，长剑疾刺过去，把宇文冲的匕首削为两截。

宇文冲掷出匕首，反手擒拿，辛龙生回剑削他手腕，宇文冲喝道：“撤剑!”呼的一掌劈下去。他的拳脚功夫比辛龙生高明得多，辛龙生剑招便刺，削了个空，手腕被他劈了一下，长剑果然“当啷”坠地。

宇文冲那日和他斗个两败俱伤，本来对他也是有些顾忌的，但交手两招之后，试出辛龙生的功力似乎反而不及从前，登时放大了胆子，哈哈笑道：“你来得正好，你既然是有情有义，我就成全你，让你们翁婿在地府团圆吧。至于你的淇妹，她只能给你守寡了。”

辛龙生火红了眼，拼命搏斗，猛如怒狮。但可惜他穴道方解，功力尚未完全恢复，拳脚功夫不及对方，不过数招，又给宇文冲打了一拳，跌出一丈开外。

宇文冲冷笑道：“怎么样？是你能杀我还是我能杀你?”

辛龙生一个“鲤鱼打挺”翻起身来，喝道：“即使死在你的手上，也要和你拼命!”宇文冲正在过来想要擒他，想不到他这样快就能跳了起来。宇文冲一招“游空探爪”向他肩头的琵琶骨抓下去，辛龙生一个“倒踩七星步”，沉肩缩肘，向宇文冲胸口猛撞。宇文冲这一抓若然抓下，未必抓得碎他的琵琶骨，但可以将他抓伤。不过给他这么一撞，自己只怕也非受伤不可。宇文冲胜券稳操，不愿和他拼命，连忙缩手变招。

车卫张开了眼睛，说道：“辛贤侄，我已经知道了你是一个重情重义的人，以前我错怪你了。今日你为我们父女拼命，车某死了，也感激你。你走吧!”

辛龙生说道：“车老伯，你一世英雄，我不能看着你给宵小所欺，我不走!”

说话之间，他又给宇文冲打了一拳，但宇文冲也给他劈了一掌。虽说他着的这拳沉重得多，但已不像刚才那几次只是挨打了。

车卫说道："龙生，你听我的话，留得青山在，不怕没柴烧。走吧，走吧！"话中之意，不问可知，乃是要辛龙生留着性命，给他报仇了。

宇文冲见辛龙生越战越勇，亦是暗暗吃惊，心里想道："不错，辛龙生这小子已是练成了车卫的内力心法，今日若然杀不了他，再过几年，我必定被他所杀。"当下一声冷笑，说道："车卫，你现在才教他逃命，已经迟了！"招数一变，只见四面八方都是宇文冲的影子，把辛龙生的身形，笼罩在他的拳风掌影之中。

车卫叫道："走乾门，退巽位。玄鸟划砂！"辛龙生怔了一怔，蓦地省起这是车卫教他破解敌招的方法，立即依法施为，虽然还是迟了一点点，给宇文冲一抓抓破他的衣裳，但毕竟还是把宇文冲凌厉的攻势化解了。这一招倘若没有车卫指点，他被撕破的恐怕就不是衣裳而是一大片皮肉了。

车卫接连指点几招，辛龙生渐渐和对方扳成了平手。宇文冲大怒喝道："你这老贼，我先毙了你！"托地跳出圈子，放开辛龙生，直奔车卫。

辛龙生大喝一声，猛扑上去，这一招没有车卫指点，给宇文冲反手一掌，将他摔了一个筋斗。

车卫心头一凉，暗自叫道："糟了，糟了！"他自己早把性命置之度外，担心的是辛龙生给宇文冲这么重重一摔，只怕伤得不轻。一受重伤，那就要想逃跑也不能了。

宇文冲哈哈笑道："好小子，你自身难保，还敢保这老贼？回头我再来收拾你！"

哪知话声未了，他已走到车卫跟前，只觉背后劲风飒然，辛龙生又扑来了。宇文冲大怒道："你这小子当真不怕死吗？"

辛龙生道："不错，我就是不怕死！"双掌一交，辛龙生斜跃两步，宇文冲也是身形一晃，几乎跌倒。原来辛龙生过了这许多时候，功力已是渐渐恢复，虽然他摔了好几跤，但彼消此长，还是比初上来的时候，更见精神。没有车卫的指点，也差不多可以和宇文冲打成平手了。

宇文冲见他如此顽强，不禁有点胆怯，说道："辛龙生，我和你的姑姑是朋友，你何苦和我拼命？看在你姑姑的情面，我可以放你走，你走吧！"

辛龙生气往上冲，喝道："你害了车姑娘，我就要和你拼命！"口中说话，手底丝毫不缓，只听得噼啪连声，他给宇文冲打了两拳，宇文冲也给他打了一掌。

宇文冲给打着腰部，肋骨一阵疼痛，心里想道："这小子真是邪门，怎么越打气力越大了？久战下去，只怕我杀不了他，反而为他所伤了。"当下吸一口气，消除疼痛，一招"三环套月"，把辛龙生迫退一步，说道："谁说我害了车姑娘？你不信，你自己过去瞧瞧，看她是不是死了？"

辛龙生冷笑道："我才不上你的当，你骗我走开，你好去暗算车老前辈是不是？"冷笑声中，掌法一变，攻得更狠。

宇文冲刚刚暗算车卫不成，无法自辩，怒从心起，喝道："好小子，天堂有路你不走，地狱无门你偏要闯进来，你既不知死活，我就成全你吧！"呼的一掌劈出，力道突然增强许多，辛龙生双掌齐出，竟也招架不住，又摔了一跤。

原来宇文冲偷学了车卫的内功心法之后，自知火候未到。本来不敢在对敌之际强行运用的，但因看见辛龙生越战越勇，料想是他练了车卫内功心法的功效，他不愿意与辛龙生拼个两败俱伤，因而也就试用自己偷学来的本领了。

两人同样使用车家所传的内功心法，宇文冲原有的基础比辛龙生胜过不止一筹，是以本来就处在下风的辛龙生自不免要更加吃亏了。

但辛龙生仍然是顽强之极，一跌倒立即又跳起来，无论如何，也要和宇文冲缠斗。奇怪的是车卫却不再出言指点他了。

宇文冲斜眼一瞥，只见车卫趺坐地上，垂首闭目，俨如老僧，心里想道："这老匹夫想是知道指点也没有用，只好不出声了。看这情形，他大概是要自行运气驱毒，但辛十四姑的酥骨散何等厉害，他内功再好，谅也不能在三两个时辰之内恢复如初？"但他曾不止一次领教过车卫的本领，想是这样想，可着实还是有点忌惮。

于是加紧向辛龙生攻击，希望能把辛龙生打得重伤不起，回过头来就可收拾车卫。

哪知他尚未能再次打着辛龙生，车卫忽地一声长啸，站了起来，朗声说道："龙生，退下，让我和他算账！哼哼，宇文冲你这没出息的小子，你欺侮我也欺侮得够了，有胆的你莫逃！"

车卫这一声长啸，把宇文冲的耳鼓震得嗡嗡作响。树叶在啸声中簌簌落下。

宇文冲最担心的就是车卫恢复武功，如今听这啸声，显然是中气充沛之极，中气如此充沛，非有深厚的内功莫办。宇文冲吓得魂飞魄散，立即没命飞逃。

辛龙生道："车老伯，穷寇莫追，由他去吧。"车卫说道："不行。你照料淇儿，我非找这小子算账不可！好小子，有胆的你莫逃，你不是来找我报仇的吗？我缚起一只手和你单打独斗！"宇文冲哪里还敢回头，听得车卫的脚步声背后追来，他唯恨爹娘生少了两条腿，跑得更加快了。心里暗自想道："幸亏他是刚刚解了酥骨散之毒，轻功似乎大不如前。我只要能够逃到任家，和辛十四姑、任天吾三人联手，那就用不着害怕他了。但盼在逃到任家之前，可千万莫要给他追上。"

宇文冲哪里知道，他以为车卫恢复了武功的，其实却是假的。

原来车卫在宇文冲与辛龙生搏斗的那段时间，重新凝聚真气，真气运行之后，只勉强可以施展轻功而已，原有的武功远远尚未恢复。

他那一声长啸，乃是耗掉凝聚的真气，方能发出的。倘若要他依样画葫芦的再来一声长啸，他就决计不能了。但那一声长啸，听在武学行家的耳朵里，却确是显得内功深厚之极。宇文冲焉能分辨真假？

车卫之所以要吓走他，一来是为了挽救辛龙生的性命，像辛龙生刚才那样的打法，即使能够取胜，过后也必定大病一场，甚至性命不保。二来他借口去追赶宇文冲，可以让辛龙生有个机会，和他的女儿相叙。

车卫心里暗暗好笑："这小子倘若有胆量回过头来和我搏斗，

我这条老命可是要糟了。好，我再假意追他一会，待他跑得远了，然后慢慢回去吧。现在可还不能给他看出破绽。”当下继续虚声恫吓，紧追不舍。

车淇被父亲的啸声惊醒，一睁开眼睛，就看见辛龙生在她身旁。

车淇大喜之下，跳了起来，叫道：“龙大哥，当真是你，我，我这不是做梦吧？”

辛龙生柔声说道：“我答应过你要回来的，不是吗？”

车淇说道：“那恶贼呢？”

辛龙生道：“你爹爹已经恢复武功，宇文冲这恶贼给他赶跑了。”

车淇说道：“啊，那么我遭遇的事情，你都知道了？”

辛龙生道：“知道了。我，我很抱歉，我给你带来这么大的灾祸。”

车淇怔了一怔，说道：“我不懂你的意思，他们害我，与你何干？”

辛龙生道：“我真是做梦也想不到，我的姑姑竟然和你爹爹的仇人串同来害你们父女。”

车淇说道：“那个恶妇当真是你姑姑？”

辛龙生道：“不错，是我姑姑。但我已经和她闹翻了。”

车淇心里忐忑不安，望了辛龙生，低声说道：“那么你姑姑说的话是真是假？她说你已经、已经有了妻子？”

辛龙生心痛如绞，过了好一会子，才缓缓地点了点头，说道：“她没骗你，那是真的！”

此时，辛十四姑在任天吾的家里，也正是碰到了一桩她意想不到的事情。

任天吾听说车卫中了她的酥骨散之毒，业已遭擒，大喜说。道：“这老匹夫一向崖岸自高，看不起我。好，待会儿我和你一同去看，看看宇文冲拿他怎样报仇？但现在我却先要求你一件事情。”

辛十四姑道："什么事情？"

任天吾道："令侄甚是倔强，我问他，他什么也不肯说，请你劝一劝他。"

辛十四姑道："我这侄儿令得我也是十分头痛，不过我既然来了，当然是要去劝劝他的，你就带我去见他吧。"

任天吾打开辛龙生所睡的那间客房，这才发现辛龙生已经跑了。

两人这一惊都是非同小可，辛十四姑说道："我是点了他的麻穴的。"任天吾道："我也用独门手法点了他的两处麻穴，奇怪，他怎么会自行解穴？"

辛十四姑道："龙生的本领深浅我是知道的，我点了他的麻穴，他决计不能自解，何况你又加点了他的两处麻穴，莫非是有人将他救了出去？"

正在他们疑神疑鬼的时候，任家的一个家丁气急败坏地跑来报道："老爷，外面有三个客人定要见你。"

任天吾道："是什么人？"

那家丁道："是一个老头和一双少年男女。"

任天吾道："姓甚名谁？"

那家丁道："不知道。"

任天吾道："你好糊涂，没问清楚，就让他们进来吗？"

那家丁道："不是我让他们进来的，是他们硬闯进来的，如今他们已坐在客厅等候你了。"

任天吾道："你们没有拦阻？"

那家丁道："葛大叔用力推那老头，也不见那老头还手，葛大叔便跌了个四脚朝天。"这个"葛大叔"乃是任府管家，在下人之中，武功最好。

辛十四姑吃了一惊，说道："这是沾衣十八跌的功夫，老任，看来这些人是找你生事的来了。"

任天吾眉头一皱，说道："好，且待我去看看是什么人，吃了老虎的心，豹子的胆，竟敢跑到这儿生事。"

任天吾情知来者不善，善者不来，但恃着有辛十四姑在旁，心想对方是一个老头，两个年轻男女，年轻人本领再强也强不到哪里去。自己和辛十四姑联手，足可对付当世任何高手，还何须惧怕一个老头？

哪知一见了这三个人，任天吾固然是大感意外，辛十四姑更是吓得立即跑了。

这三个人，一个是韩大维，一个是韩大维的女儿韩珮瑛，另一个则是任天吾的外甥、韩珮瑛的丈夫谷啸风。

原来韩大维从一鸣道人和百悔和尚的口中，知道车卫住在舜耕山，但舜耕山山高林密，却不知道车家坐落何处。当然他们若是搜遍整个舜耕山，也可以找得到车家的，但未免太费时日了。因此他们先来找任天吾。任天吾是谷啸风的舅舅，他的住址谷啸风是知道的。而谷啸风也正要找这舅舅算账。

他们来找任天吾的目的之一，是要任天吾带引他们去找车家，目的是希望在车家能够打听得到辛龙生的下落。

出乎他们意料之外，他们在任家发现了辛十四姑。

辛十四姑更是做梦也想不到会碰上了韩大维，此时她吓得魂飞魄散，一瞧见了韩大维的影子，立即回身便跑，哪里还会顾及任天吾？

韩大维喝道："好呀，原来你这妖妇也在这儿，往哪里跑!"

任天吾叫道："有话好说，给我一个面子!"韩大维双臂一振，任天吾拦不住他，登登登的倒退了六七步。韩大维飞快的追上前去。

辛十四姑把手一扬，飞出一个黑黝黝的圆球，"乓"的一声，圆球在空中爆裂开来，喷出一团浓雾，浓雾中金光闪烁，是无数细如牛毛的梅花针。

这暗器名为"毒雾金针烈焰弹"，正是辛十四姑最厉害的一种独门暗器，要特地用来对付韩大维的。

韩大维呼呼呼地发出三记劈空拳，恍如风卷残云，浓雾登时消散。

但浓雾消散之后，辛十四姑的影子也不见了。

韩大维料想已是追不上她，恨恨说道："又便宜了这妖妇一趟。好，跑得了和尚跑不了庙，任天吾，你怎么说？”

任天吾没有韩大维那样深厚的内功，吸进了一口毒雾，呛得他直咳嗽，此时正在运功驱毒。韩大维一把揪住了他。

幸亏任天吾只是吸进少许毒雾，以他的内功造诣，还不至于有大妨碍。他吐出了一口浊气，苦笑说道：“韩大哥，谷啸风是你的女婿，是我的外甥，咱们好歹是亲家，你就不能给我几分面子？”

谷啸风冷冷说道：“我没有你这个舅舅。”

任天吾心里暗暗吃惊，却装模作样的板起脸孔说道：“你的母亲和我虽然兄妹失和，毕竟也还是一母所生的同胞兄妹，你怎能不认我这个舅舅？”

谷啸风冷笑道：“你别装模作样，你应该知道，我不是为了替母亲出气来的。你对我的母亲不好，我固然气恼，但私事我也还可以不谈。”

任天吾道：“那你要谈什么？”

谷啸风愤然说道：“你根本不能配做我的舅舅。”

任天吾越听越是吃惊，强作镇定，哼了一声，说道：“我任天吾在江湖上也不是无名之辈，你是自命侠义道的了，你可知道侠义道的朋友见了我也要尊称我一声任老爷子么？你有我这样一个舅舅，难道还辱没了你不成？”

谷啸风冷笑道：“那是因为你假仁假义，骗过了侠义道的朋友。”

任大吾道：“哦，你是因为看见辛十四姑在我这里，才这样说么？不错，我知道她是一个恶毒的妖妇，但我与她并无过节，她来拜访我，我以客礼相待，那又有什么不对？啸风，刚才的事，你是亲眼见到的，她施放歹毒暗器，连我也想害在里头，若然我是和她勾结的一号人物，她岂能下这毒手？”

韩大维道：“辛十四姑为何要特地来拜访你？”

任天吾道：“实不相瞒，她与车卫有仇，找我和她联手，我没有答应。”

谷啸风道：“这件事也还可以暂且不谈，我问你，余化龙是不是你的大弟子？”

任天吾道："不错，这又怎样？"

谷啸风道："他是蒙古鞑子收买的一条走狗，青龙口之役过后，他与鞑子兵同在一起，曾经给我碰上。他做的许多坏事，我都知道！"

任天吾心头大震，表面则佯作大怒说道："这个不肖畜生，瞒着我私通鞑子，我必定亲自清理门户，把他毙了！贤甥，多谢你告诉我。"

谷啸风冷笑道："余化龙已经招供了，他做的坏事，都是他的师父指使他的！"

任天吾颤声说道："胡说八道，这逆徒想是要求脱身，连师父也诬蔑了。他含血喷人，你也相信他么？"

谷啸风道："任天吾，你倒撇赖得干净，青龙口之役，你还记得么？"

任天吾道："你提起这件事情，那就更可心证明他是陷害我了。那次我和你替丐帮押运你岳父的藏金，送给紫罗山的义军，在青龙口遭遇西门牧野和朱九穆率领的鞑子兵，我身受重伤，险死还生，啸风，当时你也是在场，曾经目击的啊！"

谷啸风冷笑道："任天吾，那是你假戏真做，做得太好了。"

任天吾变了面色，说道："你这是什么意思？"

谷啸风道："你正是和那两个魔头串同了谋夺上官复寄存在我岳父家里那批宝藏的，后来未能成功，你又假作见义勇为，替丐帮押运宝藏，暗地里却把消息叫余化龙送给蒙古鞑子，好让他们在丐帮运宝必经的路上截劫。这不但余化龙已经招供，宫锦云在我岳父家里，也曾亲眼看见过你，不过你不知道她躲在床底罢了。那时，正是我的岳父家遭那两个魔头大肆杀人放火之后，可是他们还没有找到那批宝藏。"

任天吾咬了咬牙，强辩道："好，你叫余化龙和宫锦云来和我对质！"

谷啸风道："余化龙已经逃往蒙古去了，当然将来我还是要找他算账的，现在可是不能。宫锦云现在金鸡岭，你要对质，我与你到金鸡岭去见她。"

任天吾道：“很好，那就到金鸡岭再说。”心想有这许多时日，自己总可图个脱身之计。

韩大维识破他的心思，冷笑说道：“你别想使用缓兵之计，其实用不着对质，我已知道谷啸风说的话全是真的。一人做事一人当，任天吾，你认了吧。”

任天吾硬着头皮撒赖到底，说道：“你们都不许我分辩，好，你们杀了我吧！”

谷啸风道：“对质也可以的，不必现在马上就去。不过，任天吾，我还是劝你老实一点，过去你虽然做过许多坏事，但只要你老老实实，决心悔改，你也还有将功赎罪的机会。而且眼前就有这样一个机会。你愿意做人还是愿意做鬼，那就全看你了！”正是：

人鬼殊途凭自择，回头未晚早思量。

欲知后事如何，请听下回分解。

第一〇三回　忏情长有飘鸾恨
历劫空余解珮哀

任天吾道："你们要我如何？"

谷啸风道："第一，你和鞑子怎样勾结，老老实实的招供出来，第二，侠义道中，有多少像你这样的人受了鞑子收买？你把所知的告诉我们。"

任天吾冷冷说道："还有没有第三？"

谷啸风道："第三，就是说到眼前的事了。辛十四姑在你这里出现，你总不能完全推掉关系，但我们也不想追究你与她怎样同恶相济，只想知道她的侄儿辛龙生的消息。你若能够帮忙我们找着了他，也算是一件小小的功劳。"

任天吾心道："原来他们也是有所求于我。"吃了一颗定心丸，缓缓说道："你说的第一第二两桩事情，对我是莫须有的罪名，我根本无从回答。第三桩事情，辛龙生的消息嘛，我倒知道。"

谷啸风和他毕竟还有一点舅甥之情，心里想道："要他立即痛悔前非，招供一切秘密，那是近于奢望。但只要他有一点向善之心，那就不妨假以时日，慢慢劝他回头。"于是说道："好吧，那就把你所知的先说出来，辛龙生现在在哪里？"

任天吾道："实不相瞒，辛龙生就在这里。你们若是早来半日，还可以见得着他。"

谷啸风道："现在呢？"

任天吾道："他是昨晚他的姑姑送来我这里的，他的姑姑本来已经点了他的穴道。不知怎的，今天早上，却不见了他。想是昨晚已经逃走了?”

谷啸风又喜又惊，说道：“你说的是不是真话?”

刚刚说到这里，韩珮瑛从里面走出来，说道：“不错，这次他说的倒是不假。”原来韩珮瑛已经在里面盘问任家的家人，证实了昨晚确实是有一个面有伤疤的少年在任家住宿，但一大清早又私自逃了。

任天吾道：“贤甥，这你可该相信了吧，做舅舅的不会欺骗你的。”

谷啸风道：“他逃往哪儿，你可能猜想得到么?”

任天吾道：“多半是逃到车卫的家里，据我所知，他和车卫的女儿颇有感情。听说车卫不知他是使君有妇，还招赘他做女婿呢。”

谷啸风道：“好，你带我们到车家去找他。”

任天吾苦笑道：“这不过是举步之劳，我当然可以帮你们的忙。但你们总不能把我当成俘虏看待呀。”

韩大维一想，任天吾毕竟是谷啸风的舅父，看在女婿的面上，也不可令他太过难堪，于是把揪着任天吾的手放开，说道：“好，只要你老老实实，咱们就还是亲家。前头带路吧。”

任天吾道：“从后园出去，可以快些。请随我来。”谷啸风正要说好，韩大维却道：“我们也不争在快这一时半刻，我从大门进来，便要从大门出去。”谷啸风不禁有点奇怪，心里想道：“岳父一向是急性子，为什么忽然性情改了?”

心念未已，忽听得韩珮瑛“哎哟”一声，任天吾就像背后长着眼睛一样，反手一抓，一把将她抓住，迅即飞起一脚，又向谷啸风胸口踢来。

这霎那间，谷啸风惊得呆了，任天吾飞脚踢他，他竟然不知躲避。幸亏韩大维动作甚快，在这间不容发之际，横肱一撞，将谷啸风撞过一边。他用的是股巧劲，谷啸风给他撞得倒退了六七步，一点也不觉得疼痛。

韩大维一招“斩龙手”，横掌如刀，疾劈他的膝盖，任天吾陡的一缩身形，却把抓着的韩珮瑛推上前来，喝道：“好，你不怕伤了你的女儿，那就来吧。”韩大维早已害怕任天吾这个人靠不住，不

任天吾正要挟着韩珮瑛跃过墙头，却给韩大维用两颗小小的泥丸打着穴道。

料虽有提防，还是给任天吾快了一步，把自己的女儿抓到手中。此时他投鼠忌器，只好把疾劈下去的一掌又疾的收回来，喝道："有话好说，先放我的女儿。否则，哼，哼，你也应该知道我的厉害!"

任天吾冷冷笑道："我就是因为知道你的厉害，所以才迫得出此下策，委屈令嫒陪我一会。嘿嘿，你信不过我，我也信不过你，待我到了安全的地方，我自会放你的女儿回去!"

韩大维一个"移形换位"，身形斜闪，似退实进。倏地扑去。任天吾喝道："你当真不要女儿的性命了么?"韩大维一扑不中，任天吾抓着韩珮瑛，业已跃上墙头，这堵墙是将后院和花园隔开的。另一面就是任家的花园了。任天吾跃上墙头，大为得意，暗自想道："只要我踏入花园，你韩大维武功再强十倍，也是难奈我何。"

就在他要跳下去的时候，突然腿窝的"冷渊穴"和右臂肘尖的"曲池穴"同时一麻，不由得把手一松，韩珮瑛从墙头上直跌下来，谷啸风跑过去将她接住。

任天吾也是一个倒栽葱，从墙头跌下，但他却是跌向另一面，跌到花园里去了。

原来他是给韩大维用两颗小小的泥丸打着穴道的。

内功练到炉火境界，摘叶飞花，当作暗器，可以致人死命，韩大维用的就是这种功夫。这两颗小小的泥丸，打出去无声无息，任天吾一来是想不到他竟敢如此冒险，不顾自己的女儿，二来他正在跃上墙头，泥丸从他背后打来，毫无声息，确也难于发觉，待他突然感到穴道酸麻之时，已经迟了。

韩大维冒险偷袭，一举成功，立即跟踪追去，跃上墙头，喝道："奸贼，哪里跑?"

任天吾也是好生了得，被打中了两处穴道，跌了下去，居然一个"鲤鱼打挺"，立即就能跳起身来，哈哈笑道："韩大维，有胆的你下来!"

只见他倏地窜进一个假山洞口，把洞口的石头一扳，"轰隆"一声，洞口已是给大石封闭，在那"轰隆"一声过后，洞口射出无数乱箭，原来他这个花园里面，是埋伏有无数机关的。

韩大维脱下长衫，迎风一挥，拨落乱箭，情知已是无法抓着任天吾，只好跳回院子这边。

有十几支乱箭射过墙头，幸好谷啸风早已抱着韩珮瑛躲到一座假山后面，这才没有给乱箭所伤。

韩大维吃了一惊，说道："瑛儿，你怎么啦?"只见她的右掌一片红肿，掌背翘起，扳不下来，谷啸风正在给她揉搓。

韩珮瑛笑道："那老贼要跳下去的时候，给我在他胸口打了一掌。我的手腕，似乎有点转动不灵。"原来她是给任天吾的内力反震弄伤了手腕的。不过，若是没有她这一掌，只怕韩大维虽然打着了任天吾的穴道，她也要跟着任天吾跌到花园那一面的。

韩大维替女儿推血过宫，令她手腕恢复原状之后，说道："刚才我那一招用得很是冒险，幸好你够机灵，和我配合，否则只怕还是要受他所制。瑛儿，你的武功比以前大有进步，这是啸风和你切磋之功吧?"韩珮瑛笑道："他把少阳神功传了给我，爹爹，你真够眼力，一看就看了出来。"

韩大维恨恨说道："可惜还是给任天吾这老贼跑了。"谷啸风满面羞惭，说道："这都是我的错，我已知道了他是老奸巨猾，却还顾念甥舅之情，望他回心向善，几乎害了瑛妹。"

韩大维道："不关你的事，我也是大意了些。他这花园遍布机关，我曾经听人说过。刚才他说要从后园出去之时，我已经起了疑心，但还想不到他竟敢如此大胆，把我女儿拿去作为人质。"

韩珮瑛道："爹爹不必发气，反正女儿没事。就让他跑吧。多行不义必自毙，他跑得了这次，跑不了第二次。"

韩大维余怒未消，说道："太便宜这老贼了，咱们可得另外找个人带路啦。"

韩珮瑛笑道："这个容易，任家的那个管家，一定知道车家所在，咱们要他带路，不敢不从。"

车卫吓走了宇文冲，但怕他看出自己的破绽，又再回头，是以仍然穷追不舍。

他心里暗自好笑，口里则在大呼小喝，吓得宇文冲只顾逃命，不敢回头。

追了一程，车卫心里想道：“适可而止，我也应该回去了。”

正在他假意喝骂，脚下止步之时，宇文冲也突然停下脚步。

车卫心头一凛：“难道他看出了我的武功恢复乃是假的？”只好硬着头皮，又追上去，喝道：“宇文冲，有胆的你莫逃跑，回来和我一决雌雄！”

只见宇文冲突然好似发狂一样，在树林里手舞足蹈，树叶给他的掌风扫得纷纷落下，满空飞舞。

宇文冲口中发出“荷荷”的叫声，像是负伤的野兽在狂叫，饶是车卫力持镇定，也是不禁为之心悸。

宇文冲突然喷出一口鲜血，回过头来，厉声叫道：“反正我是要死的了，好呀，车卫，我就和你拼了吧！”狂叫声中，已是向着车卫冲跑来，完全像是一个发了疯的狂汉！

车卫一见这个情状，登时恍然大悟，心中暗叫：“不好，他敢情是自知就要走火入魔了。”

原来车卫的独门内功心法，若是练得不得其法，练到一定火候，必然走火入魔。宇文冲从辛龙生那里骗取了车卫的内功心法，却不知辛龙生也骗了他，辛龙生告诉他的内功心法，乃是真假混杂的。

即使是真的内功心法，得不到解除走火入魔的诀窍，也要遭殃，何况宇文冲练的是半真半假的内功心法，是以一旦发作起来，就更加痛苦难当了。

宇文冲看似发了狂，内心还是有一半清醒的，此时他也发现自己上了辛龙生的当，走火入魔发作之后，性命定然难保。是以他要趁着自己还能运用内功之时，跑回来和车卫拼命。而在走火入魔之前的片刻，就像狂人一样，气力是要比常人大出许多的。

车卫一觉不妙，要想逃跑，已是来不及了。说时迟，那时快，宇文冲已是像旋风一样，扑到他的面前，车卫只好把凝聚的真气，孤注一掷，全力接他一掌。双掌相交，“乒”的一声，车卫跌出一丈开外！

宇文冲一口鲜血喷了出来，狂笑叫道：“车卫，车卫，你也活不成啦！哈哈，我要亲手杀了你，让你死在我的前头，看你还敢瞧不起我么？哈哈，哈哈哈，哈哈！”

车卫气力已经耗尽，急切间竟是爬不起来，不由得心头一凉：“想不到我今日竟然死在疯子之手！”

“哈哈，哈哈，哈哈，哈哈！”四面山峰响起回声。宇文冲的狂笑虽然停止，笑声仍然从深山密林之中传了出去。

在他的狂笑声中，正有三个少女向他这方向来。

这三个少女，一个是奚玉瑾，一个是宫锦云，一个是任红绡。

她们是从金鸡岭来的，为的也是要打听辛龙生的消息。

原来太湖的七十二家山寨总寨主王宇庭在辛龙生出走之后，业已弄清了辛龙生的身份，于是立即派人向金鸡岭报讯，她们三人是先到王宇庭那里，得到了进一步的消息之后，才赶来舜耕山的。

其时王宇庭已经接获一鸣道人和百悔和尚从那小镇派人送回来的第一个报告，说是打听得辛龙生和宇文冲同行，宇文冲要迫他到舜耕山去找车卫报仇。

她们尚未知道辛龙生和车卫有何关系，也不知道宇文冲和车卫结了什么梁子，但车卫的住址，任红绡则是知道的，她也想借这机会，回家探望，于是在接获了第一个报告之后，便即动身了。

这也是鬼使神差，错有错招。幸亏她们没有在太湖再待两天，不知道后来的事情。第二个报告送来的时候，她们已经离开了。第二个报告是说辛龙生和宇文冲闹翻，一先一后，各自奔赴湘西苗疆。要是她们接获第二个报告，她们就一定是前往苗疆，而不会来舜耕山了。

这么一来，她们和辛龙生刚好是相差一日，回到了舜耕山。而又刚好碰上了宇文冲要杀车卫。

任红绡将抵家门，顾虑重重，心情甚是不好。她想回家探望，又怕爹爹将她囚禁。

宫锦云给她出个主意，叫她先找一个家人打听情形，看她父亲是否气已消了。若是不便父女相见，也好偷偷一会母亲。

正在她们商议之际，宇文冲的狂笑传到她们耳中。

任红绡吃了一惊，说道：“你们听，这个人说是要杀车卫！”

宫锦云道：“咱们过去看看，我认识宇文冲，看看是不是他？”

任红绡道："车卫是我的邻居，虽然我爹不喜欢他，从不许我到他家里玩耍，但我想我爹不喜欢的人，多半会是好人，他有灾难，咱们应该帮他的忙。"

她们来得正是时候，但一见当前的景象，她们也不禁给吓呆了。

只见宇文冲口吐白沫，手舞足蹈的在狂叫，形状十分可怖。车卫躺在地上，正在挣扎着要爬起来。

宇文冲看见她们，突然向她们跑来。

宫锦云喝道："宇文冲，你干什么，你认不认识我？我爹爹是黑风岛主！我不许你伤害这位车伯伯！"原来宇文冲和黑风岛主宫昭文颇有交情，五年前还曾经到过黑风岛的。

宇文冲瞪着火红的眼睛，盯着宫锦云看了一看，忽地狂笑道："我认识你，你是车卫的女儿，哈哈，我今日要死了，你来得正好，我要你们父女都陪我死！"

宫锦云叫道："我不是姓车，你见过我的，我是锦云！"

宇文冲叫道："胡说八道，你是车淇，不，不，你是我的梅表妹！哈哈，我生不得和你成亲，死后也得和你同穴！"狂笑声中，一抓就向宫锦云抓了下来。原来他已经完全失去了理智，当真变成了疯人了！

宫锦云连忙使出穿花绕树的身法，一飘一闪，从他的掌底钻过去，饶是她身法轻灵，只听得"嗤"的一声响，身上穿的衣裳也给宇文冲撕烂了一幅。

任红绡连忙拔刀拦阻，宇文冲叫道："好丫头，你也陪我死吧！我的梅表妹是官家女儿，她要两个丫头服侍。你，还有你，都和我去服侍她吧！"狂叫未休，已是双掌齐出，一抓抓向任红绡，一抓抓向奚玉瑾。

他人已疯狂，武功却没消失，出招又狠又妙。"卜"的一声，任红绡的手腕给他中指弹着，双刀脱手。宫锦云连忙将她一拉，迅速跃开，这才没有给宇文冲抓着。

三个人中最镇定的是奚玉瑾，一见不妙，使出了一招半虚半实的剑法，宇文冲在疯狂的状态，出手虽狠，却不能辨别对方剑法的虚实。一抓抓下，奚玉瑾剑锋倏转，刺着了他的肩头。

可是宇文冲在疯狂的状态中，竟也不知疼痛，奚玉瑾的剑尖未曾拔得出来，他已是握着剑柄，抢了奚玉瑾的宝剑，自己拔出来了。

宇文冲哈哈大笑，抡剑舞了一个圆圈，把三个少女吓得远远躲避。

车卫忽地冷冷说道："宇文冲，你知道你是什么东西?"

宇文冲显出一片茫然的神情，剑尖指着车卫，说道："你说我是什么?"

车卫冷笑道："你是一只癞蛤蟆，天鹅肉没吃成，自己先自气破肚皮死了!"

宇文冲一声怪叫，喝道："你是何人，胆敢这样骂我?"

车卫缓缓说道："你忘记了么?好，我提醒你，玉姑娘是你的表妹，我是你的表妹的丈夫。嘿嘿，不单我说你是癞蛤蟆，你的表妹也是这样说你的，所以她才嫁给了我。"

宇文冲猛的一瞪眼睛，叫道："不错，你是车卫，是我的仇人!好呀!你咒我死，我先杀了你!"

车卫哈哈笑道："宇文冲，你不成啦!癞蛤蟆怎么能够杀人?不信你来试试!"

宇文冲大吼一声，舞着宝剑，便冲过去。那副狰狞的模样，吓得三个少女都不敢再把眼睛看他，任红绡为车卫捏了一把冷汗，心里想道："车伯伯不逃跑也还罢了，怎的还特地去激怒这个狂魔来杀自己?"

心念未已，忽听得一声撕心裂肺的厉叫，任红绡大着胆子回头一望，只见宇文冲已是倒在地上，翻腾打滚，地上一摊鲜血。车卫仍然盘膝而坐，距离大约在三丈之外，完全看不出他有曾经动过手的模样。

原来宇文冲的"走火入魔"已经发作了。

本来在走火入魔发作之后，还有一段苟延残喘的时间，不会马上发作得这样重的，但因他给车卫一激，气怒交加，这就发作得更快和加重了。

"走火入魔"发作到最后一个阶段，那种痛苦，超过世上的任何毒刑。宇文冲痛苦难堪，狂叫道："车卫，你杀了我吧！"

车卫冷冷说道："我说你没出息，你果然没出息，怎么临死还要求我？"

宇文冲脸上的肌肉都抽搐得变了形，突然一声狂叫，把夺自奚玉瑾的那柄宝剑，一下插进自己的心窝。

三个少女看见这样惨厉的景象，不觉都是为之心悸。奚玉瑾心里想道："这个宇文冲固然该死，但车卫做得也未免太过分了。"

车卫这才松了一口气，抹去了一额冷汗。他刚才这一招实在是险到极点。宇文冲倘若还有一点气力，这三丈的距离一冲过来，后果真是不堪想象。

奚玉瑾大着胆子把自己的剑拔出来，将宇文冲的尸体移过一边。任红绡这才敢于上前说道："车伯伯，你没事吧？刚才真是吓死我了。"

车卫想起刚才的险状，这才知道吃惊。只觉双腿酸软，已是不听使唤。任红绡将他扶了起来，车卫吁了口气，说道："贤侄女，多谢你啦，这次真是多亏了你们，否则你车伯伯的这条老命，只怕早已没了。"

任红绡道："咱们是邻居，本来应该守望相助。车伯伯，你用不着和晚辈客气，我扶你回家吧。"

车卫叹口气道："贤侄女，你真是一位好姑娘。我没事，可以慢慢走回去了。你是和好朋友回家吗？"

任红绡说道："不错。但不知我家里情形怎样？车伯伯，你近来可曾见过我的爹爹吗？"

车卫说道："啊，那我劝你还是暂且别回家吧。"

任红绡吃了一惊，说道："我家发生了什么事情？"

车卫说道："我是今天刚回来的，没见过你爹爹。不过，我却知道辛十四姑正在你的家中。你这位朋友是黑风岛主的女儿，恐怕还是避免见她的好。"

任红绡道："好，那我先送伯伯回家吧。车伯伯，我想向你打听一个人。"

车卫说道：“这人是谁?”

任红绡道：“辛龙生。”

车卫怔了一怔，说道：“你和辛龙生认识?”

任红绡道：“我是受了朋友之托，想要打听他的下落。车伯伯，你倘若是有他的消息，请你帮我这个忙。”

车卫已知有点不对，但他是个恩怨分明的人，一想这三个少女救了自己的性命，岂能推说不知？当下苦笑道：“你们打听辛龙生的消息，算是找对了人了。实不相瞒，辛龙生和小女就在上面。”手一指上面的松林。

宫锦云是急性子，一听之下，大喜说道：“瑾姐，这回总算给你找着了。你先去见见他吧。”

奚玉瑾心情激荡，她本来是要来见辛龙生的，此时却禁不住有点踌躇了。但终于这样想道：“我和他的事情，不管是好是坏，总是有个交代。我是应该和他当面谈个清楚的。”于是也就不再说话，径自走了。

车卫呆了一呆，说道：“这位宫姑娘我是知道的。那位瑾姑娘是——”

任红绡道：“她是我的好朋友奚玉瑾，百花谷奚家的女儿。”

车卫心头一颤，心道：“原来果然是龙生的妻子来找他了。唉，这件事情本来是龙生做得不对，但我的淇儿却不知如何伤心了。”

在路上奔跑的奚玉瑾是心情激荡，忐忑不安，在松林中静听辛龙生说话的车淇，却是花容惨淡，柔肠寸断了。

“她没骗你，那是真的!”这句话从辛龙生口里说出来，证实了辛十四姑所说的那些事实。这对车淇来说，当真是有若一个晴天霹雳，把她惊得呆了。

没有责骂，没有哭泣。有的只是一副木然的神气。她比辛龙生所想象的还要伤心，辛龙生也给吓慌了。

辛龙生咬了咬嘴唇，低声说来：“淇妹，我该死，我对不住你。但你会找到一个比我更好的人的，我叫你爹爹回来，我，我走了!”

也不知车淇是听不见他的话还是故意不回答他，她只是呆呆的望着他，什么都没有说。

辛龙生说到一个“走”字，本来已经站了起来，但一见她这副神气，双脚却是再也不能移动了，他轻轻的握着她的小手，重又坐到她的身旁。可是说些什么好呢？大错是自己铸成的，能有什么言语可以叫她不伤心呢？

“你姑姑说的话都是真的？”车淇终于开口问他了。

辛龙生心痛如绞，只能点了点头，说道：“不错，都是真的。”

“她说，你是真心喜欢我的，那么这也是真的吗？”

辛龙生怔了一怔，他知道说出心里的话，车淇更要伤心，但他可不能骗她。于是说道：“这也是真的。不过，我还是不能不离开你。”

“我不明白，你怎么能够同时喜欢两个人？”车淇幽幽说道。虽然还是伤心，但看得出比刚才，她已是恢复了几分清醒了。

辛龙生面上一阵青一阵红，半晌说道：“我是死了一次的人，是你使得我还有活下去的勇气的。我敬重玉瑾，但我和她一直是挂名夫妻。”

车淇诧道：“为什么？”

辛龙生道：“我有难言之隐，但总之我并不是存心骗你。唉，淇妹，我和你说实话吧，初时我为了获得你爹的庇护，我是把有妻子的事情瞒住了你，但后来，你，你对我那样好，我想在我妻子的心中，我是早已死了的人，我、我就情不自禁的喜欢你了。我喜欢你这也是真的。”

车淇说道：“你有苦衷，我不会责怪你。不过，这对你的妻子来说，却是不公平的。”

辛龙生道：“是，我知道。所以我是非离开你不可了。请你原谅我吧。”

车淇回过了头，不想看他离开，但正好就在这个时候，一个出乎她意料的人，却突然出现在他们的面前了。

“莫非我是身在梦中？”这霎那间，辛龙生几乎不敢相信自己的眼睛，他咬了咬嘴唇，很痛，知道不是梦了，失声叫道：“玉瑾，是你！”

奚玉瑾淡淡说道：“你意想不到吧？我是特来向你贺喜的。”

“啊，我和淇妹说的话，她大概都已听见了。”辛龙生心里想道。他只道奚玉瑾说的这两句话是故意讽刺他的，不由得大是尴尬，一时之间，竟不知道要如何回答才好。

倒是车淇在一呆之后，立即恢复了镇定，说道：“奚姐姐，你来得正好，以前我不知道你是辛大哥的妻子，现在已经知道了。辛大哥他遭了许多灾难，身心都是受尽折磨，正需要一个好妻子来照料他。恭喜你们夫妻团圆，我可应该走了。”

奚玉瑾微微一笑，拉着车淇，柔声说道：“车姑娘，你别走，我有话要和你说。”

辛龙生忐忑不安，说道：“玉瑾，这都是我的过错，不关车姑娘的事，你要责怪，尽管责怪我好了。”

奚玉瑾笑道：“龙生，你误会了。我是真心来向你贺喜的，车小姐是位好姑娘，你遇上她，这是你的福气。”接着回过头来和车淇说道：“咱们虽然是第一次见面，我可打从心眼里喜欢你。我比你痴长几岁，你若不嫌弃，就把我当作姐姐吧。你愿意听一听我这个做姐姐的心腹话么？”

她说得十分诚恳，令得车淇心里有个奇妙的感觉，觉得这个从未见过面的奚玉瑾，当真就像她的亲人一样，是一个可以信赖的大姐姐。于是她不自觉的停下了脚步，说道：“好姐姐，你说吧，我听你的。”

奚玉瑾缓缓说道：“龙生，请你相信我，我是真心为你高兴的。”

辛龙生茫然说道：“你为我高兴什么？”

奚玉瑾道：“第一，你大难不死，今天我能够见得着你；第二，我刚才已经说过了，你能够碰上车小姐这样的好姑娘，这还不值得我为你高兴，向你贺喜么？”

辛龙生叹了口气道：“玉瑾，人生往往有许多意想不到的事，我也很难和你说得明白。”

奚玉瑾道：“你不用说，你的遭遇，我已知道。你的心事，我自信也能懂得。因为我和你有同样的感受。”

说至此处，奚玉瑾又再回过头来，和车淇说道：“不错，我是龙生的妻子，但也正如他刚才和你说过的那样，我们只是一对挂名夫妻。我和他的这段姻缘，自始至终，就是一个错误。但好在这个错误，现在还可以挽回。”正是：

终身叹为虚名误，好姻缘变恶姻缘。

欲知后事如何，请听下回分解。

第一〇四回　惘惘幽情埋旧地
重重恨事走天涯

车淇呆了一呆，说道："奚姐姐，我感激你对我的好意。但我不能让你为我牺牲。"

奚玉瑾说道："不，你完全想错了。对我，这是一种解脱，并非牺牲。

"龙生，以前咱们大家都没有说真话，现在可不能像从前那样，骗自己也骗别人了。你说对吗？"

辛龙生点了点头，说道："玉瑾，你一向比我坚强，比我勇敢。对着你我实在觉得惭愧，你说吧。"

奚玉瑾说道："龙生，我想你现在心里也会承认，我们的婚姻，根本就是一个错误了吧？做夫妻，最紧要的是情投意合，但我和你却从来未曾有过心心相印的感觉，我的性情和你也有很大差别。你承认这一点吗？"

辛龙生默默无言地点了点头。

奚玉瑾继续说道："你做过错事，我也做过错事。首先，我之所以答应嫁给你，心里就是存着不正当的念头。我是贪慕江南武林盟主夫人的虚荣，这才应承婚事的。因为你是文大侠的掌门弟子，大家都认为你一定也将是江南武林盟主的继承人。"

辛龙生深深为她的坦白所感动，终于也红着面说道："我、我心地更坏，我和你相识之时，早已知道你是有了意中人了。但因你们奚家是武学世家，你是名门侠女。我欣羡你的才貌，更想倚仗你的家世，于是不惜千方百计，拆散你的大好姻缘。我、我实在是害了你!”

奚玉瑾心中悲苦，强忍眼泪，凄然一笑，说道：“过去的事不必再提了。咱们大家都有错处……”

辛龙生说道：“我的错还不止此，还有更大的错呢。公孙璞的事情……”

奚玉瑾道：“我也早已知道啦。只要你知错能改，你还可以做个好人。大家也会原谅你的。”

辛龙生心情激动，不禁哭了出来。奚玉瑾亦是忍不住眼泪，她回过了头，咬了咬嘴唇，缓缓说道：“有的错误难以挽回，有的错误则是回头未晚。好在咱们还不至于错得不可收拾。但一错不能再错，这位车姑娘你是无论如何也不能负她的了。你答应我这件事情吧！我这是肺腑之言!”

辛龙生道：“那么咱们呢?”

奚玉瑾道：“咱们以后还是朋友!”

辛龙生道：“多谢你给我的金玉良言，从今以后，我一定要洗心革面，做个好人。但你说的那件事，却不是我单方面所能答应的。”

奚玉瑾道：“这你自己去和车姑娘说吧，我无需插在你们中间，我走了!”

车淇热泪盈眶，牵衣叫道：“好姐姐，你别走!”奚玉瑾笑道：“傻妹妹，这里已经没有我的事情了，我怎能老是陪伴你们呢。”轻轻甩开车淇，一笑飘然而去。

辛龙生呆呆地望着她的背影，渐行渐远，终于看不见了。和奚玉瑾的这个结果是他意想不到的，他也感到了有如奚玉瑾所说的一种“解脱”的喜悦，但在喜悦的同时，却有更多的自惭。

正当他呆呆出神的时候，忽听得车淇在他耳边噗嗤一笑，将他惊醒过来。

“你笑什么?”辛龙生如梦初醒，惶然望着车淇。

车淇笑道：“我是笑你没有福气，这样好的一个妻子，你却轻易地把她放走了。你感到后悔吗?”

辛龙生正容说道：“我碰到你，是我更大的福气。”车淇红晕双颊，低下了头，说道：“你用不着讨好我，我哪里比得上奚姐姐呢。”

辛龙生笑道：“你们两人真是有如姊妹一般，她说你好，你也说她好。碰上你这是我的福气！这句话奚玉瑾刚才不也是这样说吗？”车淇怃然说道：“可惜她已经走了，我真是巴不得有这样一位好姐姐。”

辛龙生继续说道：“说老实话，我对奚玉瑾也是十分敬佩，但对你更是更多的欢喜。”车淇心里甜丝丝的，低下了头，默然无语。耳边听得辛龙生轻轻的一声叹气。

车淇说道：“好端端的你为什么又长嗟短叹了？”

辛龙生道：“淇妹，但我自知我是配不起你。”

“你为什么这样说？”

“淇妹，你好像一块未雕的美玉，我却是满身沾满了污泥浊水的人。刚才你也听到了我的过去的一些事情，你能够喜欢像我这样卑劣的人吗？”

车淇抬起了头，柔声说道：“我不管你过去做了多少错事，但我知道你现在是个好人。这也是奚姐姐说的，人谁无过，知错能改，善莫大焉。你不用自惭，只要你喜欢我，我一定永远陪伴你。”

满地阳光，辛龙生心中的云翳也都在阳光下消散了。

奚玉瑾踽踽独行，心中感触更多。解开了和辛龙生的这个“死结”，她的心情是轻松的，但想到过去的一切，她却又是十分惆怅了。“有些错误可以改正回来，有些错误却是一错就难以挽回了。”她心里想道。

“早知今日，悔不当初！”奚玉瑾想起往事，不由得一阵心酸，“如果我不是误信人言，以为啸风已死，我怎会落得今日的下场？这只能怪命运的播弄吗？如果不是我自己把持不定，又焉会铸成大错？唉，不知珮瑛见着了啸风没有，我可是无颜再见他们了。”

自怨自艾之后，跟着就是自惭。满地阳光，耀眼生缬，奚玉瑾忽地吃了一惊，想道：“原来我的内心深处还有这许多污秽的东西，真是应该抖在阳光之下一晒了。珮瑛比我好得多。她和啸风才是最合适的一对，过去的已经过去了，我应该为他们高兴才是。难道我与他没有成为夫妻，就不能成为朋友吗？”

正在她怅怅惘惘，自开自解之际，忽听得有人“啊呀”一声叫起来道：“啸风，你瞧，那不是奚姐姐吗？奚姐姐，奚姐姐！”一个少女飞快地向她跑来，可不正是她感到愧对的韩珮瑛。后面跟着的少年自然是谷啸风了。

奚玉瑾又惊又喜，说道：“你们怎的也都来了？”韩珮瑛笑道：“我爹也来了。我们是来这里找人的。你猜猜我们找的是谁？”奚玉瑾道：“啊，原来韩老伯亦已脱险了，你们合家团圆，当真是可喜可贺哪。”

韩大维和那个给他们带路的任府管家故意放慢脚步，走在后头，哈哈笑道：“瑛儿，你别卖弄聪明了，你要奚姐姐猜，奚姐姐才要笑你糊涂呢。无事不登三宝殿，她到这里，当然也是来找人的。你们要找的是同一个人，这还用得着猜吗？”

奚玉瑾黯然说道：“不错，我和你们所要找的正是同一个人。”

韩珮瑛连忙问道：“那你见着了辛大哥没有？”

奚玉瑾道：“见着了。”

韩珮瑛怔了一怔，说道：“那你们为什么不在一起？”

奚玉瑾道：“他用不着我和他在一起的。”

韩珮瑛吃了一惊，说道：“什么，他真的做了对不起你的事情？”

奚玉瑾道：“不是的，他比以前好得多了，不过，不过——”

韩珮瑛道：“不过什么？说呀！”

奚玉瑾虽说已经想得通了，仍然不禁有点尴尬，低声说道：“不过，我们觉得还是分手的好。你先别问我什么原因。我会慢慢告诉你的。嗯，我现在告诉你一个令你高兴的消息。”

韩珮瑛料想她定是有难言之隐，当下也就不再追问，笑道：“我们能够在这里见得着你，这已经是十分值得高兴的了。还有什么令人高兴的消息？”

奚玉瑾道：“有一个曾经爱慕过你的人，你还记得吗？”

韩珮瑛怔了一怔，说道：“奚姐姐，你是和我开玩笑吗？”

奚玉瑾笑：“这人不是男的，是个女的。”

韩珮瑛恍然大悟，说道：“哦，你说的这个人敢情是宫锦云，她也来了吗?”想起自己昔日女扮男装，给宫锦云误会的往事，不觉失笑。

奚玉瑾道：“不错，和我一起来的，还有一个你未曾见过面的朋友呢。”

韩珮瑛道：“这个人又是谁呢?”

奚玉瑾道：“是任天吾的女儿，名叫红绡。”

韩珮瑛颇感意外，说道：“哦，是任天吾的女儿，她怎的也和你们一起?”

奚玉瑾道：“莲出污泥而不染，她和她的父亲可是大大不相同。她是私逃离家，现在又和我们一同回来的。哈，一说曹操，曹操就到，你瞧，这不正是她们来了——”

只见宫锦云和任红绡扶着一个老者，从那边山沟转弯处走出来，韩珮瑛顾不得与宫锦云招呼，连忙回过头去和父亲说道：“这位老伯就是那日救助女儿的那位前辈高人。”

韩大维是个武学大行家，一看车卫步履蹒跚，就知他受了内伤，真气未能凝聚。当下走上前去，说道：“阁下想必是车老先生了。在下韩大维，小女多蒙救命之恩，特来拜谢。”宫锦云、任红绡早已退过一旁，韩大维伸出手来，便与车卫相握。

车卫苦笑道：“韩兄客气了。我现在已经是一只脚踏进棺材里面的人啦。”要知韩大维乃是侠义道中久已成名的人物，车卫早年和正派中人结怨颇多，他见韩大维伸手出来，心中还是不免有点儿顾虑，恐怕韩大维是有意来试他的武功。是以先在话语之中，透露自己受了伤的。

哪知，双掌一握，车卫只觉一股暖气，从掌心透入，片刻之间，流遍自己的奇经八脉，直达丹田，当真有如猪八戒吃了人参果一般，有说不出的舒服。这才知道韩大维乃是用本身的真气助他疗伤的。

车卫又惊又喜，说道：“久仰韩兄是内家高手，果然名不虚传，多谢，多谢。寒舍就在不远，请和令嫒到蜗居歇歇如何?”任家那个管家站在一旁，看着他们攀交，心中七上八落。

韩大维和车卫交谈的时候，宫锦云也在和韩珮瑛吱吱喳喳地说个不停，彼此的遭遇，大家也都知道了。

车卫邀请韩大维到他家里，韩大维正要回答，韩珮瑛忽地悄悄的一拉父亲衣袖，说道："宇文冲已经死了，奚姐姐也见着了辛龙生啦。咱们先陪这位任姐姐回家好不好？"

韩大维颇感意外，说道："哦，宇文冲已经死了吗？他也算得是江湖上的一流好手，怎么死的？"

奚玉瑾说道："多行不义必自毙，他是自己走火入魔死的。"

车卫苦笑道："我就是着了辛十四姑和他的暗算，以致真气涣散，几乎为他所害。幸亏刚才这三位姑娘来得及时，救了我的一条老命。"

韩大维老于世故，在听了女儿的说话之后，心里已在想道："听瑛儿的口气，似乎不想前往车家，这大概是为了避免令奚玉瑾难堪的缘故。"于是抓着车卫的说话，说道："多谢车兄好客的盛意，咱们一见如故，我也不想和车兄客气了。车兄，你的真气现在刚开始在凝聚，似乎应该回去闭门练功，以免功力有所损耗。将来我有机会再来向车兄请益如何？"

车卫瞿然一省，说道："多谢韩兄指教，我回去闭关三日，韩兄若是没有别的紧要事情，三日之后，请来寒舍盘桓些时，好吗？"

韩大维见他盛意拳拳，说道："好，三日之后，我来应约就是。"

车卫说道："那么令嫒和奚姑娘她们？"

奚玉瑾笑道："车老前辈和韩伯伯乃是当世的武学大师，你们两位切磋武学，我们可是插不进口的。我们也还有另外一些事情，只待送任姑娘回家之后，我们就要离开此地了。"

车卫最挂念的是女儿的终身大事，而女儿的终身大事，却是和奚玉瑾有最密切的关系的，他不便明言，只好说道："既然如此，我也不便强留你们。但奚姑娘，你不等待辛龙生和你一同回去吗？"

奚玉瑾微微一笑，说道："我用不着和他回去啦。我和他的事情已经当着令嫒的面说清楚了，车老伯，你回去问令嫒就知道啦。"

闻弦歌而知雅意，车卫一听这话，心上放下了一块石头，说道：“好，多谢奚姑娘今日帮了我的大忙，他日若有需要老朽之处，老朽定当图报。”语意双关，表面听来是指奚玉瑾等人刚才助他脱险之事，其实是感激奚玉瑾成全他的女儿的婚事。

车卫得韩大维之助，功力已经恢复几分，当下独自登山。韩大维父女等人，也陪任红绡回家了。

谷啸风和任红绡是未曾见过面的表兄妹，两人行过见面礼之后，任红绡道：“我妈常常和我说起姑姑的，只恨爹爹固执，不许我们两家往来。不过表哥的消息我们还是时时听到的，听说你在江湖上闯出很大的名头，我们母女都是十分高兴。你这次来得真好，妈若是见到了你，不知道该如何欢喜呢。姑姑好吗?”谷啸风道：“好。表妹，我在不久之前，听说你已经到了金鸡岭，我也是十分高兴。”

任红绡想起一事，说道：“我听得车伯伯说，有个江湖上出名的妖妇辛十四姑正在我们家里，你知道吗?”

谷啸风道：“我正是从你们家里出来的，辛十四姑这妖妇早已给我们赶跑了。”

任红绡道：“啊，那你见过了我的爹爹没有?”谷啸风道：“见过了!”任红绡瞧他说话的神情，心知有点不妙，连忙问道：“我爹，他，他对你怎么样?”

谷啸风叹了一口气，说道：“表妹，我说出来，你可别见怪。”任红绡道：“爹爹的为人我是知道的，我也不值他的所为呢。表哥直说无妨。”心想莫非他们是言语失和，已经动过手了。

哪知谷啸风说出来的真相，比她想象的还要坏。她听说父亲通番卖国，不肯听从谷啸风的劝告，还要下毒手害韩珮瑛等等事情，不觉呆了。

韩珮瑛安慰她道：“表妹，你别难过，你和你爹不同，我们不会因为你爹看不起你的。”

任红绡道：“我有这样的爹爹，真是愧对你们。只不知爹爹跑了没有？表哥，我、我想求你一件事情……”

谷啸风已知其意，说道：“你爹是我舅舅，我也还要尽我最大的努力，希望能够令他回到正路上来的。表妹，我和你一同劝他，你以父女之情感动他，说不定他能够回头的。”

任红绡道：“但愿如此。表哥，你和我爹争吵的时候，我的妈妈有没有出来？”

谷啸风道：“我没有见着舅母。”

任红绡心里想道：“他们在家里闹得天翻地覆，妈不会不知道的，为什么不出来劝架？”思疑不定，便即回头问那管家道：“莫大叔，我妈妈不在家么？”

那个管家这才说道：“大小姐，我说给你听，你莫伤心。老夫人已经死了。”

任红绡大吃一惊，说道：“我妈死了？怎么死的？”

那管家道：“你走了之后，老夫人日夕惦记你，和老爷也不知吵了多少次。她是得病死的。”

这一下恍如晴天霹雳，登时把任红绡惊得呆若木鸡。奚玉瑾连忙扶稳了她，说道：“绡妹，你醒醒。人死不能复生，伯母——”任红绡呆了片刻，这才哇的一声哭了出来，叫道：“娘，都是不孝的女儿害了你了。”奚玉瑾安慰她道：“伯母年过六旬，寿终正寝，也算得是福寿全归了。人死不能复生，绡妹，你目前应该做的是节哀顺变，可别太过伤心了。”

好不容易劝得住任红绡止了眼泪，大家继续前行。走了一会，忽见一缕缕的黑烟，从山坳那边吹过来，登高一望，连熊熊的火光也看得见了。任红绡和那管家都是不禁失声惊呼，原来正是她的家里起火。

一个打击接着一个打击，吓得任红绡六神无主，面色全都变了。奚玉瑾紧紧握着她的手，说道：“绡妹，你镇定一些。咱们过去察看，先行救人要紧。”

幸亏任家是倚山修建，后面是寸草不生的峭壁，前面有一道瀑布冲下来造成的山涧阻止去路，火势才没有蔓延烧到山上的松木。敢情这把火业已烧了很久，此时火势已经减弱，任红绡抵达家门之时，只见她的家已是烧成一片瓦砾了。

瓦砾堆中散发出焦臭的气味，任红绡定睛看时，发觉火场中横七竖八的躺着许多尸体，烧得都几乎变成了焦炭。其中距离最近的一具尸体，仆倒在大门外面，看得出是挣扎着爬出来而终于不支毙命的。只有这具尸体的面目还隐约可辨，是服侍她的一个婢女。

任红绡哭道：“冬梅，你死得好惨！爹爹，爹爹，女儿回来了，你听得见女儿在叫你吗?”她虽然对父亲并无好感，但毕竟还有父女之情，心想父亲武功卓绝，也许能够逃出火窟，不过只怕也难免受了烧伤，躲在附近。

果然她叫了几声，只见在山涧边的乱石堆中，爬出一个人来。任红绡又惊又喜，连忙跑去迎接，但一个“爹”字未曾叫得出，却又不禁蓦地一呆，大为失望了。原来这个逃出火窟的人，不是她的父亲，而是她家里的一个花匠。

不过能够见着一个家人也总是好的，任红绡定了定神，说道：“老王，这是怎么回事？为什么突然发生这场大火？我爹呢?”

那个花匠老王浑身湿透，像个落汤鸡似的，抖了抖身上的水珠，唉声说道：“大小姐，你回来了，你用不着找老爷啦!”

任红绡心头一震，叫道：“什么，我爹已经死了么?”

花匠老王忽地抬起头来，眼中射出愤恨的目光，缓缓说道：“老爷没死，只是我们该死！大小姐，我知道你是好人，你可别怪我说，你爹爹的手段好狠毒呀!”

任红绡大惊道：“老王，你这话是什么意思？我爹，他，他怎么样?”

老王恨恨说道：“这把火是老爷自己放的，我们这些家人也是他动手杀的。”

任红绡几乎不敢相信自己的耳朵，半晌失声叫道：“你说什么？我爹，他怎会这样？他是发了疯吗?”

老王冷冷说道：“老爷没发疯，只是我们没有醒觉得早。其实今日之事，我是应该早就想得到的。”

奚玉瑾道：“老王，你慢慢说吧，你说的今日之事，究竟是怎么一回事?”

老王说道：“前面的事情我知道得不大清楚，我只知道今早来了几位客人，和老爷为难，把老爷打得逃到后园的假山洞里。其中一个客人，还是老爷的外甥呢。这是事情过后，小三子告诉我的。”说话之际，双眼望着谷啸风。

谷啸风道：“不错，你说的那个客人就是我了。还有两位是我的韩伯伯和韩姑娘。”

老王继续说道：“你们走了之后，小三子溜到花园里刚刚和我谈起这件事情，忽听得钟声当当，我忙即赶去聚集。”

任红绡在旁给谷啸风解释道：“这是我爹定下的规矩，钟声一响，合家上下就要聚集一起，听他训话。但这样的事情是很少有的。”

那花匠老王接下去说道：“老爷叫我们聚集了来，对我们说道，他是被仇家追上门来，不能再在此处容身了，因此要我们帮他放火烧掉房屋，我们愿意走的就跟他走，不愿意走的就留下。”

任红绡心里想道：“爹爹把劝他向善的人当作仇家，这固然不对。但如此处理，也还算得是通情达理呀。何以后来又要动手杀人呢？”

谷啸风道：“你大概是不愿意跟他走的吧？”老王说道：“不错，我当然不愿意跟他走，不但是我，家里的仆人十九都是不愿意跟他走的。愿意跟他走的只有三个人，这三个人是他从外面带回来的黑道人物。”

谷啸风道：“为什么你们不愿意跟他走？”

老王转过头来，向任红绡说道：“大小姐，你爹和女真鞑子，和蒙古鞑子暗中都有往来，其实我们底下人都是知道了的，只不过瞒着你罢了。”谷啸风道：“你们不愿走，他怎么样？”

老王说道：“他说：‘好的，你们点燃了火，马上走吧。’哪知火头一起，他和他那三个心腹，却各守一方，不论我们逃向哪方，都给他们抓了回来。一抓回来，就向火窟一摔。他们用的乃是分筋错骨手法，给摔倒的人，谁也爬不起来。只能活生生的给火烧死！”

韩大维大怒道：“早知如此，我实不该对他手下留情！”

任红绡欲哭无泪，“嘤”的一声，几乎晕了过去。奚玉瑾扶稳了她，说道：“任姐姐，这不关你的事。”任红绡颤声说道：“我做梦也想不到，我爹爹，他，他竟然这样狠毒，老王，我实在没脸见你。”

老王说道："大小姐，我知道你是不值老爷所为，才出走的。说老实话，我痛恨老爷，可并不恨你。"

任红绡目蕴泪光，低下了头说道："你们待我这么好，但我却是愧对你们。老王，好在你还能够逃出性命。"

花匠老王继续说道："幸而我还算及时醒觉，在老爷下令放火之时，我已经站在荷塘旁边，故意慢吞吞的放火烧一座亭子，他一动手杀人，我便跳进荷塘。荷塘下面有道暗渠，通向外面。我钻进暗渠的时候，还听得那些一时间没有烧死的人在痛骂老爷！"

任红绡恨恨说道："你不必再叫他老爷了，我也不能再认他做父亲啦！"

老王抹了抹眼泪说道："他们死得真惨，任天吾这、这老贼可还在哈哈大笑，他说：'你们别怪老爷我狠毒，你们跟了我这许多年，知道我不少秘密，我怎能让你们跑到外面泄漏我的秘密。'"

任红绡脱下一个手镯，说道："老王，你把这手镯拿去变卖，到外地谋生吧。"老王说道："大小姐的东西，我不敢要。"任红绡道："你不要那就更增我的罪过了。"老王只好拿了手镯，说道："大小姐，你是好人，我不会将你和你爹一样看待的。"

老王走后，任红绡道："葛大叔，请你带我去祭我妈妈的坟，过了今天，你也走吧。"

这个葛大叔是任府管家，当然也是任天吾亲信的人了，他正自惴惴不安，不知韩大维等人要将他如何处置，听了红绡的话，有如吃下了一颗定心丸，又是感激，又是欢喜，说道："大小姐，有一件事情，我还未曾告诉你。"

任红绡道："什么事情？"

那葛大叔道："老夫人是给你爹气死的。"

任红绡不觉又吃一惊，连忙问道："为的什么？"

那姓葛的管家道："大小姐，你还记得那个来过咱们家里的颜公子颜豪吗？"任红绡道："他怎么样？"

那姓葛的管家道："原来他是金国御林军统领完颜长之的儿子。不是姓颜，而是复姓完颜。"

任红绡道："他的身份我早已知道了。"

那姓葛的管家接下去说道："老夫人初时不知，后来也知道了。你跑了之后，老爷大发脾气，说是已经把你许配给那个姓颜的，非要把你抓回来不可。老夫人严辞质问他，说：'你自命是侠义道中的领袖，为什么要把女儿嫁给女真鞑子？'老爷最初还想掩饰，问老夫人：'你是听得哪个多嘴的家人胡说八道？'老夫人道：'你是想知道这个人好把他杀了灭口么？我偏不告诉你。'老爷恼羞成怒，便说道：'你既然知道，那我也不必瞒你。不错，完颜豪是大金国的小王爷，咱们攀上这门亲家有什么不好？俗语说识时务者为俊杰，大宋的江山眼看不能保了，我还要充什么侠义道？'

"老夫人道：'好吧，你要做狗也好，做俊杰也好，那是你的事，我的女儿决不能嫁给鞑子！'老爷这就破口大骂：'你骂我是狗？哼，妇道人家，嫁鸡随鸡，嫁狗随狗，即使我是一条狗，你也非得跟我不可！'他们在房中吵闹，越吵声音越大，后来只听得'卜通'一声，似乎是老夫人给老爷推跌地上。第二天老夫人就死了。"

任红绡越听越惊，又气又恨，哇的一声哭了起来，说道："妈，我还只道你是给我这个不孝的女儿气死的，原来你是给那个无耻的老匹夫害死的！可恨他是我生身之父，我不能亲手杀他为你报仇。但那个完颜豪我是非得杀他不可！"

那姓葛的管家道："据我猜测，老爷这次离开此地，多半就是去投奔完颜长之。"

奚玉瑾跟着劝慰她道："完颜长之父子不仅是你的仇人，也是我们义军的敌人。你先和我们回到金鸡岭去，总有一天，我们不但会给你报仇，也会为咱们所有的汉人报仇，把鞑子赶出去的。"

祭过了母亲的坟墓，任红绡遣走那个管家，说道："表哥、表嫂和奚姐姐，从今之后，你们就是我的亲人了。"谷啸风道："不，金鸡岭的义军都是你的亲人，咱们走吧。"

韩大维道："我和车卫有约，不能失信于他。啸风，你替我照料阿瑛，半年之后，我到金鸡岭为你们主持婚礼。"正是：

爱恨恩仇都了了，欲偕良友隐名山。

欲知后事如何，清看下回分解。

第一〇五回　甘愿幽居陪玉女
却从何处觅檀郎

韩珮瑛面上一红，说道："爹，你不用为我们的事情着急。不过，你和车卫切磋武功，也无需要住半年呀。不能早点到金鸡岭来么，大家都在盼望你呢。"

韩大维道："我多年卧病在床，和许多老朋友都没往来了。应了车卫之约，我也还想去拜访几位老朋友呢。"

谷啸风道："爹，我和你同往车家好么？"

韩大维怔了一怔，说道："你不陪珮瑛去金鸡岭么？"

谷啸风道："我只是想见一见辛龙生，见过了他，我就走的。"

韩珮瑛道："对，你和辛龙生是好朋友，应该去看一看他。我们在前头慢慢地走，等你。"

车卫正在静室练功，车淇替父亲招待客人。韩大维说道："你不必惊动令尊，我在你这里住下，过两天我再见他。"

车淇说道："是，爹爹已经对我说过了，客房我也准备好了。不过，我们只有一间客房，请你们两位别嫌简陋。"

谷啸风道："我只是来见一见辛大哥的，辛大哥不在这里么？"

车淇说道："他刚刚去屋后的松林，拾取枯枝，谷大哥，你去找他好不好？"

原来辛龙生正是因为看见他们上山，才故意躲开的。

谷啸风在松林里找着了辛龙生，辛龙生苦笑道："丑媳妇终须要见家翁，想不到小弟今天就变成了这样的一个丑媳妇了。"

谷啸风叹道："辛兄，你何必避开我们呢？人谁无过，你在扬州帮了义军的忙，大家都不会看轻你的。”

辛龙生道：“我知道你们已经原谅我了，但我自己觉得惭愧。”跟着说道：“其实我也不是想避开你，我是想和你一个人说些心里的话。我知道你会独自到这里来找我的。”

谷啸风道：“辛兄，多谢你把我当作能够倾吐心腹的朋友，你有什么活，请说吧！”

辛龙生道：“我和玉瑾的事情，想必你已经知道了？”谷啸风点了点头，辛龙生继续说道：“你知道我最感惭愧的是什么，我最惭愧的是对不住玉瑾，也对不起你。”

谷啸风道：“过去的事别提了，玉瑾也没怪你。”

辛龙生道：“不，我是想赎罪。谷兄，我有一件事情求你，或许你是很难答应的，不过我若是不说出来，心里就不舒服。”

谷啸风道：“那你就说出来吧。”对辛龙生想说的话，心中已是隐隐猜着几分。

果然便听辛龙生说道：“我害了玉瑾一生，这罪孽只怕是无法补救的了。如今我但盼她能够得个好的归宿，稍稍减轻我的罪孽。谷兄，我有一个秘密，除了车淇之外，从来没有告诉过外人的。我和玉瑾虽然成了亲，但这一年多来，我们始终都只是挂名夫妻。谷兄，我也知道，玉瑾的心里如今也还是喜欢你的。谷兄，你懂得我的意思么？”

谷啸风苦笑道：“我懂得你的意思，但过去的事我已是不想再提了。不过我和玉瑾也还是好朋友的。”

辛龙生默默说道：“我知道你有了韩姑娘，我要求你的事情，原是强人所难。只是我的罪孽无法减轻，我唯有抱憾终生了。”

谷啸风安慰他道：“你也用不着太过自责，你们今天这个结局，在我看来，毋宁说还是值得庆贺的。”

辛龙生道：“庆贺什么？”

谷啸风道：“试想你们若是做一世同床异梦的夫妻，双方的苦痛岂不是更无了结之期？如今你和她不是夫妻，但她却是你一个真正的朋友了。”

谷啸风的话语拨开了辛龙生心中的迷雾！辛龙生瞿然一省，说道："人生得一知己便可无憾，你的话原是不错。不过我还是觉得对不起玉瑾。她一日得不到归宿，我也一日难以心安。"

谷啸风正容说道："玉瑾的心胸可比你开朗得多，如今她正准备回金鸡岭去和大家一起呢。辛兄，你不要记挂自己的事情，你也会快乐的。如今大江南北的豪杰，正在同心合力，准备抵抗鞑子的南侵，我们不也应该把儿女私情暂时搁在一边么？"

辛龙生抬起头来，但见遍地阳光，心中不觉也是豁然开朗。说道："谷兄，多谢你的金玉良言。"

谷啸风道："辛兄，我希望不久咱们可以在金鸡岭见面。只要你心里不存芥蒂，你和车姑娘到金鸡岭去，我想玉瑾也会十分高兴见到你们的。否则你回到令师那儿，帮他的忙，助江南义军的一臂之力，那也很好。"

辛龙生想了一会，说道："我本来想埋名隐迹，在荒山幽谷过这一生的。现在我也知道是不可能了，不过，我恐怕还要在这里住一些时，待车老前辈恢复之后，我与车淇再定行止。"

谷啸风道："那也好。车淇是一位好姑娘，你是应该体贴她的。"

刚说到这里，便听得车淇在呼唤辛龙生。

辛龙生应道："我和谷大哥在这儿。你不在家招待客人，跑来找我干嘛？"

车淇笑道："韩伯伯叫我不要和他客气。我见谷大哥去了许久，尚未和你回来，我放心不下，所以也就来了。"

辛龙生笑道："我们好友相逢，不知不觉就谈得忘记回家了。其实你也用不着担心，宇文冲已经死了，我的姑姑和任天吾也给赶跑了，我还会遭遇什么意外的灾祸呢？"

车淇说道："我知道。但不知怎的，我总是惦记着你，过了时候不见你回来我就放心不下。"她是个天真烂漫的姑娘，虽然有个第三者在旁，她也是毫无顾忌的说出心里的话。

辛龙生心里一片甜丝丝的，想道："啸风的话说得不错，我敬重玉瑾，但我和淇妹一起却是比和玉瑾一起快乐得多。"于是一笑说道："好，那么咱们现在回去吧。"

谷啸风道："辛兄，请你回去代我告诉敝岳，珮瑛她们在前头等我，我不回去和他告辞了。"

谷啸风独自下山，想起辛龙生和他说的这番话，想起和奚玉瑾的往事，虽然他决不会迷恋过去，但也不禁有点惘然，慨叹人生的变化，往往出人意料之外。"珮瑛是不会心存芥蒂的，玉瑾大概也不会的，但只怕她和我们一起，还是不免有时会触起她的伤心。"谷啸风心里想道。

日影西移，谷啸风加快脚步，在日落之前，赶上了韩珮瑛她们。但只见韩珮瑛、宫锦云和任红绡三个人，还有一个奚玉瑾却不见了。

韩珮瑛道："啊，你回来了，可见着了辛龙生没有？"

谷啸风道："见着了。车家父女待他很好，我本来想请他和咱们一起回金鸡岭的，但恐怕他还要过些时候才能成行了。"

韩珮瑛道："不错，他身体所受的创伤还小，心上所受的创伤却大，让他在车家休养，身心都复原了才出山，那也好的。"

两人的想法正好相同，谷啸风不觉笑道："瑛妹，你真会体贴人。我也是这样想的。玉瑾呢？"

韩珮瑛笑道："我以为你一来就会问她的，怎么现在才问。她走啦！"

谷啸风怔了一怔，说道："为什么她不和我们一道到金鸡岭去？"

韩珮瑛故意说道："我怎么知道？但我想你是应该知道的吧？"

宫锦云笑道："别作弄他了，谷大哥让我告诉你吧。"

当下宫锦云揭开谜底，原来奚玉瑾乃是前往临安（即杭州）。

谷啸风恍然大悟，笑道："我真糊涂，其实是应该早就猜想得到的。辛龙生的师父江南武林盟主文逸凡隐居在杭州灵隐山的中天竺峰，玉瑾如今已经知道了他的下落，当然应该去告诉他的师父。"

一行四众，继续前行。宫锦云故意和任红绡走在前头，好让他们说话。

走了一会，韩珮瑛忍不住问道："辛龙生和你说了一些什么？"

谷啸风道："正如你刚才所说的，他身体所受的创伤还小，心上所受的创伤却大。他深深感到对不住奚玉瑾，我给他开解，好不容易才说得他心头开朗一些，但他那份内疚的心情恐怕还是不能在短期内消除了。”

韩珮瑛叹道：“一失足成千古恨，再回头是百年身。幸而辛龙生还算回头得早。他的内疚是应该的，说实在话，我也是很为奚姐姐的遭遇感到难过呢。”说至此处，忽地把一双明如秋水的眼睛望着谷啸风。

谷啸风道：“我相信他们心上的创伤都会慢慢好起来的。”

韩珮瑛道：“但愿如此。不过——”

谷啸风觉她神色有异，怔了一怔，说道：“不过什么？”

韩珮瑛微微一笑，说下去道：“奚姐姐和辛龙生已经分手，其实你若想早点医好她心上的创伤，那也容易得很！我会成全你们的。”

谷啸风满面通红，说道：“瑛妹，你怎的和我说这样的话？过去是我的错，因为我们虽然自小订亲，我对你一直还很陌生。如今可是大大不同了，你就是赶我跑，我也不会离开你的。”

韩珮瑛道：“说实在话，我自知比不上奚姐姐。你和她闹到今天这样的结局，我也很为你们可惜呢。”

谷啸风正容说道：“你说实在话，我也说实在话。奚玉瑾精明能干，和她相处的确会是感到她的光彩迫人的。但你却是光华内蕴，有如未雕的璞玉，更说得清楚些，奚玉瑾的好处，一眼可以看得出来，你的好处，却需要时日，才能慢慢领略。而一旦发现了你的好处，那就必然要给你深深吸引了。珮瑛，我过去做过对不住你的事情，难道你现在还是芥蒂于心，一直不能原谅我吗？”

韩珮瑛笑道：“我和你说笑，你怎么急起来了。好了，我知道了你这个人不能说笑，以后不和你说笑好啦。”其言似有憾焉，其心则喜之。两人说出心里的话，感情不知不觉又进了一层，残留在他们心上的最后一点阴影也消除了。

韩珮瑛忽地发觉落后许多，走在前面的宫锦云正在似笑非笑的回过头来望她，觉得有点不好意思，便道：“她们不知谈些什么，谈得那么高兴，咱们上去看看。”

四人会合一起，宫锦云笑道："你们的体己话儿说完了么？"

韩珮瑛佯怒道："好呀，我有心带个消息给你，你却拿我来开玩笑，我不告诉你了。"

宫锦云一怔道："什么消息？"

韩珮瑛笑道："你最挂念的是什么人？"

宫锦云连忙问道："他怎么样了？"

韩珮瑛笑道："他是谁？你说得明白一点！"宫锦云嗔道："我诚心问你，你却来捉弄我。"韩珮瑛这才说道："啸风，把公孙璞的消息告诉她吧。"

谷啸风道："三个月前，他和我奉命到扬州劫粮，事情完了之后，他留在扬州帮忙义军办理赈济难民的工作。"

宫锦云道："怪不得我在金鸡岭见不着他。"原来她上次到金鸡岭的时候，韩珮瑛已往苗疆，蓬莱魔女又恰好不在山寨，她没有一个熟人，自是不好意思随便找人打听。别人也不会把这样在当时来说还是最机密的事情告诉她。

谷啸风笑道："你这次重到金鸡岭，一定可以见着他了。"

宫锦云道："我才不担心他呢。"

韩珮瑛笑道："真的吗？我记得你好似对我说过，那天你被迫和他分手，整整一天，吃不下饭。"

宫锦云面上一红，半晌，叹口气道："我不是担心他，我是担心我的爹爹，他不许我和他一起。"

谷啸风道："听说令尊和蓬莱魔女结有梁子，是吗？"

宫锦云道："就是呀，柳盟主（即蓬莱魔女）是璞哥爷爷的义女，璞哥是叫她柳姑姑的。他如今又已是正式参加了金鸡岭的义军，做了柳盟主的属下。爹爹知道了，只怕更要为难他了。"

韩珮瑛道："那么你这次和我们到金鸡岭，你敢不敢留下来？"原来宫锦云上次到金鸡岭去，就是因为怕给父亲知道，只敢留宿一宵的。

宫锦云道："我拼着爹爹不认我作女儿，我可是顾不了那么多了。"

韩珮瑛道："对，这是你自己的终身大事，你应该自己拿稳主意。"这"终身大事"四字，从韩珮瑛口里说出来，可是包藏有两重意思的，一是指她的婚事，一是指她的前途。

宫锦云感到友情的温暖，脸上发烧，心里也是热呼呼的，说道："多谢你的鼓励，我会拿稳主意的。"韩珮瑛见她说得这样庄重，笑道："我初次见你的时候，你是一个顽皮的小子，如今可变成了大人啦。"宫锦云想起自己假扮拾煤球的小厮，戏弄韩珮瑛的往事，亦是不觉失笑。

一路平安无事，这日终于回到了金鸡岭。她们以为可以见得着公孙璞的，不料结果仍然是令她们失望。

蓬莱魔女早已回山，韩珮瑛介绍宫锦云与她相识之后，便即打听公孙璞的下落。

蓬莱魔女说道："宫姑娘，公孙璞早已和我说过你了。可惜你迟来三天，公孙璞从扬州回来，又出去了。"

谷啸风道："他去哪儿？"

蓬莱魔女道："黄河五大帮会的总舵主洪圻日前托人向我致意，意欲加盟义军，要我派一个人去商谈加盟之事。公孙璞于他们有恩，自是最适当的人选，因此我就派他去了。"

宫锦云和谷啸风等人都是大为失望，谷啸风道："不知他什么时候回来？"

蓬莱魔女说道："大概总得在禹城（黄河五大帮会的总舵所在）逗留十天半月吧。"跟着笑道："啸风，你回来得正好，有件事情，恐怕也得麻烦你去走一趟呢。"

谷啸风道："什么事情？"

蓬莱魔女道："你还记得震远镖局的总镖头孟霆吗？"

谷啸风笑道："怎么不记得，那年他千里迢迢的护送珮瑛从洛阳来到扬州，我还未曾向他道谢呢。"韩珮瑛睨他一眼，说道："那时你见着他，只怕不是多谢他，而是要大大怪责他呢。"

蓬莱魔女微微一笑，说道："孟霆这个人虽然开设镖局，却是重义轻利之人。啸风，我想你到大都去见他一趟。"

谷啸风诧道："他在大都？"

蓬莱魔女道："他的镖局本来是在洛阳的，前年蒙古兵攻入洛阳，把他的镖局毁了。他准备把镖局在大都重开。"

谷啸风道："你是要我代你向他致贺？"

蓬莱魔女道："还有更重要的事情。孟霆有意思暗中帮忙咱们义军，他的震远镖局是数十年的老字号，交游广阔，不论黑道白道，各方面都有人缘。咱们的人难以在金京长期立足，正好请他做咱们的耳目。另外，你到了大都，还可以凭借他的关系，联络各方豪杰。"

谷啸风道："好的，你要我几时去，我马上动身。"

蓬莱魔女道："听说他的震远镖局已经选择好日子了，定期明年正月十六在大都重振旗鼓。距今还有将近两个月之多，时间是足够的。你一路劳累，歇几天去也不迟。"

谷啸风道："我是走惯路的，山寨若果没有别的事情，我倒想早日前往大都，也好联络各方豪杰。"

蓬莱魔女道："也好，那你就明天动身吧。"

韩珮瑛早已想要说话，此时方有机会说道："柳盟主，我，我……"

蓬莱魔女笑道："你也想和他一道前往大都，是么？"

韩珮瑛有点不好意思，说道："说起来，我还欠孟霆一千两金子呢。我没金子给他，也该向他道谢。"

蓬莱魔女道："你怎的欠他金子？"

韩珮瑛道："前年他护送我到扬州去的时候，我爹说好了给他二千两金子，先付一半，另一半待他回转洛阳之时再付。哪知他回转洛阳之时，我家早已遭逢变故，给朱九穆和西门牧野这两个魔头毁了。我爹一直没有见过他。"

蓬莱魔女道："对啦，我还没有问候令尊呢。你们父女既然在苗疆重会，何以他老人家不和你一起回来？"

韩珮瑛说明原委之后，跟着说道："我爹说半年之后会到这儿，在这半年之中，我反正没事，和啸风到大都一趟，回来就刚好赶得上为我爹爹接风了。"

蓬莱魔女这才笑道："珮瑛，你别以为我不近人情，你们小两口子，我本是应该让你们一同去的，只因我刚才考虑你爹来了，不见女婿，也得见着女儿，是以我没有提你。如今既然还有半年的时间，你爹才来，那你就和他一同去吧。"

宫锦云忽道："柳盟主，多我一人同去，可以吗？"

蓬莱魔女似乎业已知道她的心思，当下笑道："你是客人，来去都随你的意思，有什么不可以呢？不过，我希望你别往大都，大都毕竟是金国的京城，人多去了反而不好。这样吧，反正他们前往大都，也是要顺道经过禹城的，你和他们到了禹城，请留下来，我拜托你一件事情。"

宫锦云道："什么事情？"她口里这样发问，其实心中已是隐约猜着了几分。

果然便听得蓬莱魔女说道："公孙璞在禹城的长鲸帮总舵，你们到禹城的时候，料想他还是在那里的。你找着了他，和他一起回来。"

宫锦云正是因为想要早日见到公孙璞，才要求和谷韩二人一同离山的。她给蓬莱魔女说中了心事，双颊微红，低头说道："多谢盟主允准。"

任红绡道："让我也凑个热闹好不好？我有个舅舅在大都，我妈死了，我想给舅舅报个讯。"原来她另外打了个主意，自从她在管家的口中，知道父亲前往大都投奔完颜长之之后，就想有日也到大都，以死谏父。这也是她内疚于心，化解不开的缘故。

蓬莱魔女可不知道她的心事，想了一想，说道："你们三女一男一路同行，恐怕会惹人注意。"

宫锦云笑道："我有办法，我是扮惯了男子的，我可以仍然扮作一个小厮。"

韩珮瑛笑道："这次你用不着扮作腌臜的小厮，你这样俊俏，扮作一个书生最好。"

蓬莱魔女道："好吧，你们就权充两对兄妹吧。"

计议定当，第二日，他们四个人一同来的又一同去了。不过四个人却是各怀心事，心情最忧郁的是任红绡，最兴奋的则是宫锦云了。

她可不知，她想要早日见到的公孙璞，此时却正在半路遭遇一件意外的灾难。

公孙璞是在他们三天之前离开金鸡岭的，他们下山那天，公孙璞已经到了一个名叫"符离集"的地方，这个地方距离禹城只有两天路程。

这天他忙于赶路，经过市集，也忘记要吃午饭，走了一会，不知不觉，感到有点饥渴。

正好路旁有个茶馆，但这茶馆却是半掩着门。认真说来，还不能算是“半掩着门”，因为有一扇门板已经倒塌，店主人将它竖起来，倚着墙壁，两扇板门自是不能合拢。

公孙璞眼光射进去，只见里面虽然是茶馆的设备，但却冷冷清清，没有一个客人，只有一个老婆婆在扫地。

公孙璞颇为失望，心里想道：“看这模样，这间茶馆大概正在修理，今天是不做生意的了。”

但当他正要继续赶路，去找另一间路旁茶馆的时候，却忽然给这间茶馆门前的一桩奇异的物事吸引。

原来这间茶馆门前，是设有几条石凳供给客人热天乘凉的，其中有一条石凳断为两截。

石凳的四只脚陷在泥中，只是当中断为两截，断口处光滑如削，凳面也没有参差不齐的缺口。公孙璞是个武学的大行家，一看就知是给内家高手劈开或者踩断的。要知像这样坚硬的石凳，若是给石匠用锤斧凿开，必定会有许多碎石给敲离本体，凳面也定然是“伤痕”斑驳的了。只有以浑厚的内力突然一击，一瞬之间立即将它震断，才会弄成这个样子。

公孙璞本来要离开的，发现了这桩奇异的事情，却是想要一询究竟了，于是便去敲门。

店主人吃了一惊，颤声问道：“是谁?”公孙璞道：“过路的客人。”那老婆婆从未合拢的板门缺口张望出来，见是一个背着雨伞的乡下少年，看模样是个老实人，这才放了点心，说道：“对不住，我们今天不做生意。”

公孙璞道：“请两位老人家行个方便，我只要吃点稀饭，或者喝两杯茶也行。请容我进来歇歇吧。”

茶馆这对老夫妻见他说话和气，样子又不似坏人，这才移开了一扇板门，说道：“客官请进，粗茶淡饭，我们还是可以拿得出来奉客的。”

这是一间简陋的茶馆，只有四张桌子，两张是木头桌子，另外两“张”桌子，却只是两块长方形的青石块，各自垫在两块石头上，当成桌子使用的。那两张木头桌子已经损坏了，一张断了两条腿，倚在墙边，另一张当中穿了一个大洞，亦已不能使用。还有装置在屋角烧茶水的“老虎灶”也毁了一角。看情形，似乎不久之前，有人在这茶馆大打出手。

那老公公道：“老伴儿，你给客官弄稀饭，拿一碟咸菜出来，请客官见谅，我们今天不准备做生意，什么东西都没有，客官将就吃点吧。”

公孙璞道：“我是但求裹腹，于愿已足，你老人家不用张罗。”坐了下来，忽地又在那张石桌上发现一桩更奇怪的物事。桌面上有一圈凹痕，公孙璞把茶杯一放，刚好符合这个凹痕。饶是公孙璞的武学深湛，见这形状，也不禁大吃一惊，心里想道：“不知是什么人有此功力，他把茶杯放在石桌上，竟然能够深陷桌子，弄出这样一圈凹痕。”

那老公公道：“客官定然觉得奇怪，是么？”公孙璞道：“是呀，怎会弄成这个样子的？”那老公公叹了口气，说道：“小店昨天遭逢不幸，没来由有人在我这里打架，几乎把小店毁了。”

公孙璞掏出一锭银子，说道：“我也是穷苦人家出身的，深知穷人的苦楚。你们小本生意，遭遇不幸，可蚀不起。这一点点银子，你拿去用吧。”

那老公公怔了一怔，说道：“客官，你不过在我这里吃碗稀饭，我怎能要你如此破费？”

公孙璞道：“这只是略表我一点心意而已，你们肯招呼我，我帮你们一点小忙，那也是应该的。”

那老公公千恩万谢接下银子，公孙璞道：“昨天你们碰上的，究竟是怎么一回事情，可以说给我知道么？”

那老婆婆端了稀饭出来，说道：“我活了几十年，还没有见过你这样好心的客人。我说给你听。说漏了的，老伴儿，你再给我补上。

“昨天大约是中午时分，有一对少年男女来到小店，要了一碟卤牛肉、一壶酒和两碗白粥，看他们的样子，好像是一对小夫妻。

“他们刚刚喝了两杯，又有一个老头子进来，这老头子穿着一件青布长袍，面上也透着青气，令人一见，就不觉心里打战。”

公孙璞听说是个青袍老者，不觉心中一动，问道：“这老者有没有留胡须的？”那老婆婆道：“有两撇短须，看样子就不像是个好人。”有点不解，不解公孙璞何以问得这样仔细。

公孙璞道：“后来怎样？”

那老婆婆道：“那青袍老者进来之后，那对小夫妻似乎很是惊慌，可也不敢就跑出去。那老者大马金刀地坐下来，坐的正是客官你现在坐的这个位子。我给他倒了一杯茶，他把茶杯一顿，随即拿了起来，石块上登时就现出这圈凹痕了。

“他把茶杯拿起，哈哈一笑，说道：‘这真是人生无处不相逢，贤侄女，想不到在这里碰上你，请你们小两口子过来，咱们同喝几杯如何？’

“那姑娘说道：‘公公、伯伯，我爹就在后头，你等一等，我去叫他快来。我的酒量不好，我爹可以陪你喝酒。’”

公孙璞诧道：“她为什么把那老者叫做公公，又叫做伯伯？”

那老婆婆道：“我也不知道，但我确实听得她是这么叫的。”

公孙璞想了一想，终于恍然大悟，心道：“姓宫的人很多，想必是那位姑娘当时吓得慌了，声音打战，接连说出两个‘宫’字，她叫的是‘宫伯伯’，这老婆婆却听成了公公伯伯了！”当下笑道：“你听错了，这人大概是姓宫的吧。”

那老婆婆继续说道：“那老者听了那位姑娘的话，作了一个手势，按一按示意叫她坐下，冷笑说道：‘我知道你爹爹到江南去了，你用不着骗我。嘿嘿，就是你的爹爹在这儿，我也不怕！你们两个跟我回黑风岛去吧！’”正是：

魔头履中土，陌路又相逢。

欲知后事如何，请听下回分解。

第一〇六回　力抗强仇挥宝伞
肯令胡马践神州

公孙璞虽然早就猜着那青袍老者是谁，但听得“黑风岛”三字从这老婆婆口中说了出来，仍是不禁心头一震，想道：“我没猜错，果然是黑风岛主宫昭文。那对少年男女想必是奚玉帆大哥和厉赛英姑娘了。”当下连忙问道：“后来怎样，是不是就打起来了？”

那老婆婆道：“老伴儿，后面的事情，该你说了。”原来当黑风岛主和奚厉二人大打出手的时候，她早已吓得躲进房中。

那老公公接下去说道：“不错，他们说得好好的，忽然就打起来啦。那姑娘当时斟了两杯酒，拿过去敬那老者，说道：‘宫伯伯，你要我们跟你到黑风岛去，那未尝不可。但也用不着这样着急呀，我先敬你一杯。’

“那青袍老者哈哈笑道：‘乖侄女，你敢情是要考一考你宫伯伯的功夫？我知道你会下毒，我喝了你这一杯毒酒，你总应该帖帖服服的跟我回去了！’

“我听了他们的对话，心里不由得暗暗吃惊，我只道那个老者是个坏人，却不料那样美貌的姑娘也会下毒。”

公孙璞道：“下毒害人当然是不好的，但对付坏人，那就是以毒攻毒了。大概那位姑娘自知打不过那个老者，因此给他出个难题。也不能说她不对。”

那老公公老于世故，听得公孙璞帮那对少年男女说话，怔了一怔，笑道：“客官，你似乎知道他们是好人？”

公孙璞道：“实不相瞒，他们是我相识的朋友。那个青袍老者我也认识的，他是个大坏人。”那老公公和那老婆婆都是吃了一惊，两双眼睛望着公孙璞，一时间竟是不敢说话。公孙璞微笑道：“两位老人家不用害怕，我和你们说实话，就因为相信得过你们是好人。我不会对你们有所不利的，即使我要去找那老者打架，也不会在你们的店子里。”

那老公公放下了心，笑道：“客官，我也知道你是好人。”于是继续说道：“那老者和那姑娘各自拿着一杯酒，就在那老者喝酒的时候，那姑娘突然把她拿着的这杯酒向老者面上一泼。

“哎呀，他们当时的动作真是快得难以形容，我只听得一片乒乒乓乓、轰轰隆隆之声，这间店子就好像要倒塌似的，我慌忙躲到‘老虎灶’的后面，霎那间这三个人都出到外面去了。我这才敢偷偷地张望出去，只见本来是那对少年男女跑在前头，突然间那老者从他们的头顶飞过，落在外面那棵柳树下的一条石凳上，喝道：‘你们再不听话，可休怪我翻脸无情！’”

公孙璞心道：“原来那条石凳是给黑风岛主踩断的。”

那老公公继续说道：“那姑娘叫道：‘你欺侮我，我爹爹绝不与你干休！’那老者冷笑道：‘我已经是看在你爹爹的面上，对你手下留情的了。你还用你的爹爹吓我？嘿嘿，你不愿意跟我回去那也可以，你这情郎可非得跟我回去不可。否则，嘿嘿，我不信他的脊梁比这条石凳还硬！’

“那少年拔出剑来，似乎是要和那老者拼命，但那少女拉着他，在他耳边说话，似乎是在劝他什么。当然他们的耳语，我是听不见了。

“过了一会，那少年低下了头，和那位姑娘走在前面，青袍老者走在后面。转眼之间，三个人都走得没了踪迹。

“我这才敢出来察看，哎呀，桌子打断了腿，‘老虎灶’也给打缺一角。我侥幸没给伤着，现在想起来都还害怕。”

奚玉帆是公孙璞的好友，厉赛英更曾于他有恩，公孙璞心里想道：“听他说的这个情形，奚大哥和厉姑娘是给锦云的爹爹押走了。这件事情，我可不能不管。”

他再掏出一锭银子，说道：“我的朋友在你们的店子里打架，我实在过意不去。”那老者道：“你已经给了我一锭银子啦。”公孙璞道：“刚才那点银子是代我的朋友付酒钱的，这锭银子则是赔偿你的损失，给你修理店子的。时候不早，我可要走啦。”

那老婆婆眉开眼笑的代丈夫接下银子，笑道：“小哥，你真是个善心人。就算有人再在我的店子大打一场，这些钱也足够我修理了。”那老公公笑道：“这样的玩笑可开不得，你忘记了你昨天躲进房里，还吓得撒尿么？”那老婆婆啐了一口，说道：“呸，这样见不得人的事情，亏你也说得出口。”

公孙璞正要背起雨伞离开，忽地听得脚步声响，只见有三个人来到门前。公孙璞见了这三个人，不由得大吃一惊。

最前面那个是披着大红袈裟的番僧，公孙璞不知他是谁，但跟在后面的两个汉子公孙璞却是认识的。

这两个人是完颜豪的随从，瘦的这个是大魔头西门牧野的侄儿西门柱石，较为胖点的那个则是以快刀驰誉江湖的独孤行。这两个人和完颜豪一起在韩侂胄的相府之时，公孙璞曾经和他们见过面。

那红衣番僧公孙璞虽不认识，但一看他的眼神，便知他的内功甚为深厚，本领只有在那两人之上，绝不在那两人之下。

西门柱石阴恻恻地说道：“真是人生无处不相逢，相府一别，只道后会无期，想不到又在这里碰见了你。我们完颜公子对你可是挂念得紧呢！”

公孙璞打量那红衣番僧，红衣番僧也在打量着他，大家都看出了对方不是常人。红衣番僧翻起一双怪眼，说道：“这人是谁？”独孤行说道：“这位公孙少侠正是黑风岛主的女婿。他们翁婿的事情，大师想必是早已知道了。”

红衣番僧点了点头，说道：“贫僧名叫乌蒙，是从和林来的。令尊昔年在蒙古之时，和家师龙象法王是好朋友，我也曾有幸见过令尊一面。”

公孙璞心头一凛，想道：“这场架恐怕是难以避免的了。西门柱石和独孤行还好对付，这个乌蒙可是来头不小，非得认真对付不行。”

原来这个乌蒙乃是蒙古国师龙象法王的大弟子，成吉思汗生前有十八个得力的武士被封为“金帐武士”，乌蒙名列第三，本领之强，可想而知，他本来是俗家弟子，但因按照师门规矩，必须做三年和尚，今年正是他做和尚的第二年，是以他虽然并未剃光头发，身上穿的却是喇嘛服饰。

店主老夫妻见他和这个相貌凶恶的番僧扯上交情，都是不胜骇异，那老婆婆颤声说道：“客官，他们是你的朋友？”公孙璞摇了摇头，说道：“他们都是有权有势的人，我这穷小子可不敢攀交。老婆婆，你有家务要做，你忙你的去吧。不必在这里招呼我了，反正我也就要离开的了。”老婆婆得他暗示，吃了一惊，慌忙躲进房里。

那老公公也是吓得面如土色，正要躲开，乌蒙喝道：“你开店的懂不懂开店的规矩，客人上门，你也该问问我们要吃点什么，喝点什么呀？嘿嘿，公孙少侠，你可别太客气，你我虽是初会，令尊和我却是渊源不浅，我不敢自居你的长辈，咱们也总算得是朋友吧。难得在此相会，你怎么就要走了？坐下坐下，咱们同喝几杯，好好谈谈。哼，店家，你还不快去准备酒菜？看你这穷店子大概也没有什么好酒菜的了，你有什么就弄什么吧，我不吩咐你了。”

那老公公道：“对不住，小店什么可吃的东西都没有了，我们今天本来是不准备做生意的。”乌蒙斥道：“胡说八道，你不做生意，怎么又让他进来。”

公孙璞道：“你瞧我吃的什么？我吃的只是稀粥，他们剩下的两碗稀粥早已给我喝光啦。你们要吃东西，我陪你们去找。”

乌蒙说道：“我并非定要吃东西，只想和你谈谈。咱们就在这里说话，何须另外去找地方。请坐，请坐！”说话之际，伸出蒲扇般的大手，向公孙璞肩头一按。

公孙璞暗运护体神功，只觉对方这一按的力道竟如泰山压顶，大得出奇。心里想道：“我现在如果和他打起来，只怕毁了这间茶馆，殃及店家，不如稍忍些时，找个机会再把他们引开。”当下说道：“好吧，你要说些什么，尽管说好了，用不着拉拉扯扯。”

乌蒙给他的护体神功反震，亦不由自主的身形一晃，心头微凛，想道：“这小子年纪轻轻，功力竟似不亚于当年他的父亲。”

他按不下公孙璞，知难而退，把手移开，公孙璞挺了挺腰，这才坐下。

乌蒙大马金刀的在公孙璞对面坐了下来，说道："承蒙世兄不弃，愿与贫僧论交，那就请恕我直说了。"西门柱石和独孤行却不进来，而是一左一右，站在茶馆门前。这是因为一来他们的身份比不上乌蒙，不便和他"平起平坐"，二来也是恐防乌蒙拦堵不住，他们要防备公孙璞逃走。

公孙璞道："在下不敢高攀，'论交'二字是用不上的，大师有话，请直说吧。"

乌蒙勉强笑道："公孙少侠，你这话未免太见外了。其实你也应该知道，说起来咱们可还当真算得是自己人呢。"

公孙璞面色一沉，说道："你是蒙古的大和尚，我是宋国的小百姓，我不知这'自己人'三字从何说起？"

乌蒙皮笑肉不笑的打个哈哈，说道："令岳黑风岛主宫老先生如今正是和家师一起，颇为敝国大汗的重用，少侠难道不知？"

公孙璞冷冷说道："这是他的事情，与我无关。"乌蒙又是一声干笑，说道："我也曾听说你们翁婿有点失和，贫僧正是为此想给你们斡旋，让你们翁婿重归于好。"

公孙璞道："你待如何斡旋？"

乌蒙说道："有件事情，公孙少侠或许还未知道，令岳和家师月前业已到了大都，就住在他们的主人完颜王爷的王府。不过大约十天之前，令岳又因另外有事，暂时离开大都，实不相瞒，我们这次出来，就是恐怕令岳那件事情棘手，特地来接应他的。如今在这里碰见少侠，这可正好，我和你一同去找令岳。"

公孙璞欲探听消息，心想："来得正好。"便即说道："你能否先告诉我，他在什么地方，办的又是什么事情？"乌蒙喜道："令岳是在禹城的长鲸帮总舵，这么说，少侠是愿意和我们同去了？"

公孙璞淡淡说道："这是你替我说的，我可并不愿意。"

乌蒙面色一沉，说道："公孙少侠，你是存心戏耍我么？"

西门柱石忽道："我有一个新的发现，禀告大师。柳树下那条石凳，被人断为两截，看来正是宫老先生的武功家数。"

乌蒙盯了公孙璞一眼，说道：“你们翁婿已经在这里会过面了？”

公孙璞道：“让你自己去猜吧，我用不着向你禀告。”

乌蒙身为蒙古国师的大弟子，几曾受过别人如此奚落，当下就想发作；但转念一想，还是暂且忍住，说道：“少年气盛，也是免不了的。但你们翁婿，总以和睦为佳，你还是听我劝告吧。我可以和你先到大都，你做完颜王爷的上宾，等待你的岳父回来。这样你有三个好处。第一，令尊生前曾有帮助敝国统一天下之志，是以才投奔家师的。你可以继承令尊遗志。第二，你们翁婿可以和好如初。第三，家师现在完颜长之的王府，你到了那里，家师念在你是故人之子，定然好好看待你的。说不定还会指点你的武功。不是我自夸师门，家师武功天下第一，这是武林所公认的。你可别错过这个机会。”他口里说着第一、第二、第三之时，手指就向石桌画一画，话说完了，石桌上就现出了三画凹痕，每一画入石三分，一般深浅。

公孙璞冷笑道：“你说的这三桩事情，都是我最讨厌的事情！”口中说话，手掌就向桌面“抹”去，内力所到，石屑纷飞，转眼之间，把那三画凹痕抹得干干净净。

乌蒙吃了一惊，骂道：“你这小子，连你自己死了的父亲也要骂在里面么？”

公孙璞道：“我正以做不肖子为荣。人各有志，你管不着！”

说时迟，那时快，几乎是同一时间，两个人倏地都跳起来，乌蒙朝他劈面一掌打去，公孙璞早已把玄铁宝伞倒持手中，伞柄一伸，乌蒙化掌为抓，饶是他变招得快，掌缘已是和伞柄擦了一擦，腕骨疼痛欲裂，一抓之下，虽然抓着伞柄，迅即又给公孙璞的内力震开了。西门柱石叫道：“这是玄铁宝伞！”他这一出声警告，本是在乌蒙刚刚发掌之时，话未说完，乌蒙已是着了道儿。

公孙璞喝道：“要打架到外面去打！”大喝声中，翩如飞鸟地扑出大门。独孤行快刀电斩，只听得当当连声，火花飞溅，独孤行的快刀刀口反卷，给荡开去，西门柱石侧身一闪，还未来得及施展毒掌功夫，公孙璞已是掠出门外。乌蒙喝道：“好小子，往哪里跑?”拔步急追。

公孙璞本来可以摆脱敌人的纠缠，但一想反正双方都是要到禹城，始终无法避开，倒不如就在此地和他们一拼，虽然胜败难料，但总胜过大家到了禹城之后，他们与黑风岛主会合，自己却是必败无疑。而且还有一层，公孙璞之所以前往禹城，乃是代表金鸡岭义军去和黄河五大帮会订立盟约的，如今他业已从乌蒙口中得知消息，说是黑风岛主也往禹城，乌蒙是蒙古国师的大弟子，他又是奉了师父之命偕同西门柱石和独孤行去接应黑风岛主的，这两件事情连在一起来想，不问可知，他们到禹城的目的，正是和自己相同，是要收服黄河五大帮会的了。“我决不能让他们的阴谋得逞，黑风岛主倘若得到他们帮手，更加如虎添翼，我即使和他们拼个两败俱伤，那也还是值得的。”公孙璞心想。

主意打定，公孙璞便即故意装作轻功略逊于乌蒙的模样，让他渐渐把距离拉近。

乌蒙也有他的打算，原来他是垂涎于公孙璞的玄铁宝伞。他见识了玄铁宝伞的厉害之后，心里便在想道：“怪不得完颜豪曾经费了许多心力，想要抢这小子的玄铁宝伞。这柄不起眼的宝伞，原来果然是件宝贝。”利令智昏，是以虽然明知公孙璞的武功了得，但恃着有西门柱石和独孤行做他帮手，仍是紧追不舍。

双方的距离渐渐拉近，乌蒙回头一看，只见西门柱石和独孤行亦已追了上来，不用担心会给公孙璞各个击破了，当下便即纵声笑道：“好小子，看你还能跑得到哪里去，有胆的回来和我一决雌雄。”

公孙璞故意又稍稍加快脚步，让乌蒙追得更急。突然一个凝身止步，玄铁宝伞反手一挥，喝道：“好，我就与你再决雌雄!”

乌蒙话是那么说，却想不到公孙璞真的就听他的说话，突然反扑。幸亏他应变还算得宜，一个侧身斜步，在间不容发之际，硬生生的身形急窜，如箭离弦，斜跃出一丈开外。只听得“嗤”的一声，衣裳的下摆已给伞尖戳破，乌蒙立足不稳，一跤摔倒地上。

公孙璞一击不中，心里暗暗叫声可惜，急忙回过头来，抡起宝伞再打。

乌蒙身手确也敏捷，在地上一个打滚，居然立即便能跳起身来，正好迎上公孙璞的玄铁宝伞。

这次乌蒙已是有所准备，跳起来的时候，早已脱下所披的袈裟，袈裟一抖，宛如一片红云，裹着玄铁宝伞。玄铁宝伞无坚不摧，但袈裟却是轻柔之物，伞尖可以戳破它，打却是打不烂的。

袈裟轻飘飘的随着铁伞飞舞，似裹非裹，只是罩着公孙璞的身形。玄铁至刚，袈裟轻柔，武学中有“以柔克刚”之说，公孙璞的玄铁宝伞受了克制，威力难以尽量发挥，一时之间倒是奈何乌蒙不得。不过“以柔克刚”，也还须视乎双方的功力而定，两人的功力在伯仲之间，公孙璞的宝伞固然难以取胜，乌蒙的袈裟要想卷夺他的宝伞，亦是不能。

乌蒙运上内力，袈裟宛如涨满的风帆，饶是公孙璞内功深厚，也感受到了它的压力。公孙璞心道：“好，我就和你拼内功！”右手的宝伞一挑，左掌一招“大鹏展翅”，斜劈过去，“蓬”的一声，把乌蒙那件袈裟打得好似泄了气似的塌下来，乌蒙喝道：“好小子，你别逞能，让你也见识见识我的龙象神功！”大喝声中，还击一掌。这一次双掌相交，却是公孙璞退了两步，乌蒙则只是身形一晃。并非公孙璞的内力逊于对方，而是因为公孙璞的内力大半用在玄铁宝伞之上，他掌伞兼施，对方这一掌却是全力打来，他自是难免有点相形见绌了。

公孙璞心里想道：“据说龙象法王所创的龙象功，若是练到了最高境界，足可以与武当派的太极玄功、少林寺的金刚掌力相抗，果然名不虚传。”原来“龙象功”的最高境界是第九重，天下只有龙象法王一人到达这个境界，但乌蒙是他的大弟子，也已练到了第七重。

论功力公孙璞并不吃亏，吃亏的是他用的玄铁宝伞十分沉重，挥舞起来，甚耗内力。而乌蒙的袈裟轻柔之极，虽然也要运用内力，才能使得出神入化，但比较起来，总是要比使用玄铁宝伞省力得多。

不过一物有其弊也有其利，玄铁宝伞毕竟还是无坚不摧的宝物，乌蒙的袈裟必须把全身遮拦得风雨不透，方能抵御。否则稍有不慎，就要受伤。

乌蒙身形一晃，重抖袈裟，斗了片刻，西门柱石和独孤行双双赶到。西门柱石在韩侂胄相府之时，曾经吃过公孙璞的大亏，此时恃着人多，打了个如意算盘，想待同伴耗损了公孙璞的内力之后，他才施展杀手，获取渔翁之利。于是采取绕身游斗的打法，一合即分，稍沾即退，乘暇抵隙，寻觅公孙璞的破绽，却不和他硬碰硬接。

独孤行也是吃过公孙璞的亏的，不过他以快刀见长，却是必须急攻。他知道玄铁宝伞的厉害，急攻之中也是采取轻灵的打法，避免硬碰。快刀电闪，在公孙璞的身前身后，身左身右交叉穿插，每一招都是一掠即过。

公孙璞迭遇险招，心里想道："若不出奇制胜，只怕是必败无疑的了。"但对方三人，都是高手，各有各的独门武功，各有各的独特打法，他要想各个击破，谈何容易？莫说破敌，突围也不可能。

饶是他内功深厚，力敌三大高手，久战之下，亦已额头见汗。激斗中乌蒙袈裟一抖，裹着他的宝伞，呼的一掌猛劈过去，这一掌他用到了第七重的龙象神功。

公孙璞接了这一掌，身形摇晃，额头上黄豆般大小的汗珠更是一颗颗的接连滴下。西门柱石在旁窥伺，早已等待这样的一个机会，一见有机可乘，立即使出毒掌功夫，一招"偷营劫寨"，趁着公孙璞身形未稳，背向着他之际，突然偷袭，掌劈公孙璞后心的"天柱穴"。

公孙璞反手一掌，西门柱石给他的掌力一震，退出两步。虽然退出两步，心里却是暗暗欢喜。原来他发觉公孙璞的内力，竟然比他想象的还弱，而且他那一掌虽没打个正着，指尖亦已触着了公孙璞的后心大穴。

西门柱石所用的毒掌功夫名为"腐骨掌"，本是桑家两大毒功之一（*另一毒功名为"化血刀"*）。西门柱石的叔父西门牧野发掘桑家女婿公孙奇的坟墓，偷了桑家的毒功秘笈，自己练成之后，又再传给侄儿。但公孙璞也从他母亲的手里，学到了外祖家传的毒功。而他这两大毒功的造诣，比西门柱石还要深厚得多。

正是因此，所以西门柱石不敢一上来便用毒掌和公孙璞硬拼，必须等待公孙璞的内力大大耗损，自忖可以胜过他的时候，方能下手。他耐心等到了公孙璞刚刚接过了乌蒙第七重的龙象功始行偷袭，可说是选对了最适当的时机。

西门柱石退开两步，定睛一看，只见公孙璞面上现出一重黑气，这是业已中毒的迹象。西门柱石心头大喜，叫道："这小子中了我的毒掌，他支持不了多久啦！"

果然不过片刻，只见公孙璞脚步踉跄，玄铁宝伞虽然仍在挥舞，使出来已是不成家数。独孤行见此情状，料想西门柱石之言不假，放大胆子，欺在公孙璞身边，快刀闪电般的劈将过去！

哪知公孙璞正是要他如此，只听得"铮"的一声，独孤行的那柄本来就卷了口的钢刀，给公孙璞使出弹指神通的功夫，倏的一弹，脱手飞上半空。

说时迟，那时快，公孙璞玄铁宝伞抡开，劲风呼呼，乌蒙的袈裟也裹它不住，慌忙出掌抵御，这才勉强挡住了公孙璞的攻势。

西门柱石大吃一惊，还幸他并没有跟随乌蒙进击，这才没有给玄铁宝伞打着。他惊诧之余，心里想道："这小子分明是中了毒，怎的突然间就能转弱为强，如此勇猛？"

心念未已，只听得公孙璞已是冷笑说道："西门柱石，你的腐骨掌还得再练十年！哼，你自己中了毒还不知道，赶快回去治伤吧！若还动手，你这条小命，可活不过一个时辰啦！"

不说破西门柱石还未发觉，一说破之后，他内心一寒，果然便觉得掌心隐隐有麻痒痒的感觉，登时头晕目眩。

原来公孙璞是因为在襁褓之时，便曾中毒，幸得他母亲悉心调理，明明大师又传他最上乘的内功心法，这才得以长大成人的。（事详拙著《狂侠天骄魔女》）由于他自幼锻炼，身体自然而然的培养了一种抗毒的本能，故而他刚才敢于不用内力和西门柱石的毒掌相抗，却令西门柱石作法自毙而不自知。

西门柱石这才知道中计，这一惊当真是吓得魂飞天外，哪里还敢恋战？只恨爹娘生少两条腿，连忙飞跑。

西门牧野哈哈笑道："公孙少侠，你打伤了我的侄儿，这笔账咱们怎么算法?"

独孤行的钢刀给公孙璞以“弹指神通”的功夫，弹得飞上半天，一条手臂都已酸麻，亦是心胆俱寒。西门柱石一跑，他跟着也跑。

乌蒙硬着头皮喝道：“好小子，你使奸计我也不怕你。”公孙璞道：“好，那你莫跑，咱们如今可以公公道道的单打独斗了。且看是你的龙象功厉害还是我的本领高强？”

乌蒙口出大言，其实亦已胆怯。他本来是想以进为退，猛攻几招，跟着就跑的。给公孙璞揭破，略一踌躇。说时迟，那时快，公孙璞已是猛扑过来，他想跑也跑不成了。

要知乌蒙是三人中武功最高的一个，是以公孙璞存心不杀他也要令他受伤，好折掉黑风岛主的一条臂膀。这次再度交锋，还焉能容他再占便宜？

乌蒙心里自己安慰自己道：“这小子以一敌三，激斗了一场，内力损耗不少。我把第七重的龙象功施展出来，未必就输定给他。他的玄铁宝伞，我这件袈裟也还对付得了。”于是仍依前法，挥舞袈裟，紧裹宝伞，腾出一掌，使出了第七重的龙象功，把刚猛的掌力，发挥得淋漓尽致。

哪知他的如意算盘打得好，公孙璞的打法已是大不相同。公孙璞也仍然是以掌对掌，但他那把玄铁宝伞已不是合起来当铁棍使用，而是张开来反卷乌蒙的袈裟了。

这一来袈裟以柔克刚的功能登时对消，玄铁宝伞滴溜溜的转成圆圈，反裹袈裟，饶是乌蒙暗运玄功，施展绝技，那件袈裟也是要跟着圆伞飞舞。

剧斗中公孙璞抓紧战机，伞尖使劲一挑，随着一招“云麾三舞”，乌蒙那件袈裟当中破了一洞，挂在他的伞上。两人的内力都用得急劲之极，公孙璞的宝伞滴溜溜的转，乌蒙身不由己的跟着他转了两个圈，这才猛然一省，连忙松手，说时迟，那时快，公孙璞宝伞已是当成小花枪使用，平胸挑来，乌蒙立足未稳，如何能够避开？无可奈何，只好硬拼。

乌蒙的本领也是委实了得，在这间不容发之际，身形一仰，腾出手来，居然一抓抓着了伞头。公孙璞猛地一声大喝，呼的一掌便劈下去。玄铁宝伞同时向前急挺。

乌蒙在双重攻击之下，应付大感为难，若不抓牢宝伞，只怕胸口要给刺个透明的窟窿，但力量一分，只怕又抵挡不了公孙璞那浑厚异常的掌力。

百忙中无暇思索，明知危险，也只好见招拆招了。乌蒙一矮身躯，放开宝伞，双掌齐出，用到了第七重的龙象功，全力抵御公孙璞的一击。

幸亏他还算应付得宜，他陡地矮了半截，避开胸腹要害，玄铁宝伞尖贴着他的肩头刺出。公孙璞刺了个空，立即变刺为压，玄铁宝伞重逾百斤，这一压乌蒙如何禁受得起，肩胛骨登时断了一根。

此时两股刚猛的掌力也已相击相撞，乌蒙的功力本来是和他在伯仲之间的，肩胛骨断了一根，突然一阵剧痛，第七重的龙象功已是难以持续，只听得“蓬”的一声，乌蒙就像一个皮球般的给抛起来，抛出了数丈开外！

乌蒙哇的喷出一口鲜血，但在重伤之下，居然也还能够一个鲤鱼打挺，翻起身来，如飞疾走。公孙璞笑道：“别跑得太快，提防用力过度，你不死也要得个痨病。”正要去追，哪知笑声未已，忽觉喉咙发甜，一口鲜血涌上喉头。公孙璞定一定神，这才发觉自己也是用力过度，虽然内伤不算严重，亦已疲劳不堪了。

公孙璞心里想道：“这厮肩胛骨断了一根，内伤也只有比我更重，他纵然保得了性命，也非大病一场不可。”乌蒙无力去助黑风岛主，公孙璞的目的已达，便也不去追他了。

公孙璞的内伤虽然不重，但不立即调理，身体总是会妨害。敌人都已败走，他安定的坐下来，默运玄功，自己疗伤。

正在他运功到了紧要关头，却忽听得一个人阴恻恻地笑道：“公孙少侠，你打伤了我的侄儿，这笔账咱们该怎么算法?”公孙璞大吃一惊，跳起身来，只见一个老者已是站在他的面前。这老者不是别人，正是西门柱石的叔父西门牧野。正是：

龙象神功何足惧，再凭宝伞斗强仇。

欲知后事如何，请听下回分解。

第一〇七回　化解毒功驱恶客
且凭秘笈作冰人

公孙璞提来玄铁宝伞，喝道："好吧，你要乘人之危，那就来吧！"他在激战过后，气力都还未曾恢复，玄铁宝伞拿在手中，竟有沉甸甸的感觉。

西门牧野皮笑肉不笑地打了个哈哈，说道："你不用害怕，我不要你的性命，你刚才是怎样打伤我的侄儿的，尽可依样画葫芦的朝我使出来。咱们就比画比画毒掌的功夫。嘿嘿，你若还害怕，要我不出手嘛那也可以，俗语说杀人不过头点地，你伤了我的侄儿，那就给我磕三个响头也就行了。"

公孙璞怒道："放你的屁，打不过你，大不了死在你手上，要我屈服，那是万万不可能！"怒喝声中，抡起铁伞，劈头便打。

西门牧野"哼"了一声，说道："好倔强的小子，但怎样打法，可就由不得你了！"轻轻一拨，拨开玄铁宝伞。公孙璞虎口一热，宝伞几乎掌握不牢。

公孙璞倘若是气力充沛的话，玄铁宝伞拿在他的手中，就是一件无坚不摧的利器，此际却反而成为他的负累了。十数招过后，这重逾百斤的玄铁宝伞拿在他的手里，已是渐渐施展不开。

西门牧野觑个真切，猛地喝道："撒手！"一招"玄鸟划沙"，五指并拢，向公孙璞虎口一划，公孙璞缩掌抽身，要把玄铁宝伞挥个弧形反打回来，不料却是力不从心，说时迟，那时快，只觉手上突然一轻，玄铁宝伞已是给西门牧野夺了过去。

西门牧野扔掉玄铁宝伞，哈哈笑道："如何？还是用你的毒掌功夫吧!”公孙璞拼着豁出性命，心里想道：“这魔头大概是想从我的手中窥探桑家秘笈的奥妙，我偏不上他的当。”当下不用母亲所授的外祖父这门毒功，使出了江南大侠耿照所传的大衍八式。

这“大衍八式”本是威力极强的一门上乘武功，但可惜公孙璞力不从心，十成的威力三成都发挥不到，不过数招，又给西门牧野迫得他不能不硬接硬碰，四掌一交，西门牧野的掌心竟似有一股粘黏之力，把他的手掌粘住，要摆脱也摆脱不开。公孙璞的掌心微有麻痒之感，知道对方已是用上毒功，而且是两种毒功同时运用，左掌使的是“腐骨掌”，右掌使的是“化血刀”。

对方用上了毒功，内力催动之下，毒质源源向他掌心侵袭，若给毒气侵入心房，那就是必死无疑的了。公孙璞并不怕死，但却不甘平白的死在他的手上。在这样形势之下，公孙璞虽然不愿使用毒功，却也给迫得不能不用桑家的两大毒功和他周旋了。

公孙璞曾得明明大师传授他佛门的上乘内功心法，有正宗的内功作为基础，拿来运用桑家的两大毒功，论功力虽然还比不上西门牧野，但若论造诣的精纯，却是远在西门牧野之上。

双方对掌，过了约半支香的时刻，西门牧野露出又喜又惊的神色，心里想道：“原来还有这样奥妙的运功方法，这可要比公孙奇自创的解毒功夫高明多了。”

西门牧野的掌力逐渐加强，公孙璞却是逐渐变成了强弩之末，呈现油尽灯枯之象了。他心里一凉，只道性命已是难保，待要拼死一击之时，西门牧野忽地把双掌松开，说道：“你气力不加，歇一会再打吧。嘿嘿，这可不是乘人之危了吧?”

原来西门牧野所得的桑家毒功，是从公孙奇的墓中偷来的。这两大毒功练到了高深的境界时，会有走火入魔的危险，公孙奇当年就是因此而死的。不过他在临死之前，却想出了一种可以化解走火入魔之灾的武学，添注在桑家的毒功秘笈之上。

公孙奇所创的武学未曾经过实验，是否有效，尚未可知。西门牧野兼修并练，在把桑家两大毒功练到了第七重境界之时（最高是第九重），发觉公孙奇自创的解毒功夫，虽然不是没用，但却只能治标而不能治本。可以拖延走火入魔的期限，但到了最后，除非不运用这两大毒功，否则一用毒功，仍然难逃此厄。

当然，公孙奇所创的解毒功夫，能够保全性命，已经算得是很大的成就了。但在西门牧野说来，他练这两大毒功，为的就是要称霸武林，若然练到了登峰造极之时，反而不能拿来使用，这又何必练它？

公孙璞没有料错，西门牧野确实是为了向他“偷师”，这才一定要迫他和自己较量毒掌的功夫的。不过公孙璞也是只知其然而不知其所以然，西门牧野如何“偷师”的诀窍，他还没有知道。

明明大师所授的内功心法精深博大，西门牧野要想在一时半刻之间完全领悟，如何能够？此时他只不过略窥行径，业已发觉其中的奥妙，令他心痒难熬了。是以他此际之所以放松公孙璞，并非出于好意，而是在于要尽悉公孙璞的武学底蕴。

公孙璞隐隐猜想到他的用意，但他要跑也跑不了，无可奈何，还是只能和西门牧野一拼。西门牧野待他歇了一段时间之后，料想他已经可以运用内功，便又迫他动手，依样画葫芦的又把他的双掌粘住。

于是者经过三次之多，西门牧野仍未穷悉底蕴。公孙璞可是力竭筋疲，无论如何也支持不住了。

西门牧野哈哈一笑，收回双掌，说道：“你要保全性命，随我上京去吧。”

公孙璞跌出一丈开外，跳起身来，凛然说道：“大丈夫宁折不弯，我公孙璞岂是贪生怕死之辈？”他自知难逃魔掌，便欲自断经脉而亡。

哪知他的内力已是耗了十之八九，想要自断经脉，亦是不能。内力一震，经脉未断，却引起胸口的一阵剧痛，冷汗涔涔滴下。

西门牧野哈哈笑道：“可惜你这大丈夫已是求生不得，求死不能。嘿嘿，你要死是死不去的，徒增痛苦而已。不如乖乖的听我的话，倒还可以求生。”笑声中走到公孙璞面前，伸手就抓。

眼看公孙璞难逃魔掌，忽听得有个冰冷的声音，就似在西门牧野的耳朵旁边说道：“好不识羞，好歹你也算得是个成名人物，却来欺负一个后生晚辈。”

西门牧野大吃一惊，回头一看，只见来的是个身材魁梧、满面红光的老者。西门牧野认得这个老者不是别人，正是与黑风岛主宫昭文齐名的东海明霞岛主厉擒龙。

厉擒龙说话的声音如同在他的耳旁，其实双方的距离还是在数十步之外。原来厉擒龙是恐赶救不及，特地用传音入密的功夫，把声音凝成一线，远远传来，吓一吓西门牧野的。

西门牧野知道上当，回过头待要再抓公孙璞之时，已经迟了。厉擒龙身形疾起，早已挡在公孙璞身前，挥袖一拂，只听得嗤的一声，他的衣袖给撕去了小小的一片，但西门牧野却给他这挥袖一拂之力，不由自己的接连退了三步。这一招看来是双方都吃了一点小亏，但比较起来，还是西门牧野吃的亏稍为大些。

厉擒龙冷笑道："怎么，你还是要逞威风吗？要逞威风，向我来逞好啦！欺负后生晚辈，算得什么好汉？"

西门牧野道："我与你河水不犯井水，你管我的闲事干嘛？我也不是要伤这小子的性命，用不着你替他担心。"

厉擒龙道："你以为我是瞎子吗？他宁愿死也不愿受你劫持，我一看就看出来了。我最佩服这样有志气的年青人！"原来厉擒龙早已知道公孙璞是奚玉帆和他女儿的朋友，是以非救他不可。

西门牧野怒道："这么说，你是打算管这闲事的了？"

厉擒龙道："不错，这闲事我是管定的了！不仅打算而已。"

西门牧野怒容满面，似乎就要发作的样子。厉擒龙冷冷地盯着他，准备他突然发难。不料西门牧野却忽地又是哈哈一笑，说道："好吧，看在你老兄的份上，你把这小子带去。"

厉擒龙道："这位公孙少侠，我当然是不能让他落在你的手上的。不过，你可也不能这样快就走！"

西门牧野似乎颇感意外，怔了一怔，说道："我已经卖了你的人情了，你还要什么？"

厉擒龙道："你偷了人家的东西，如今也该还给人家了吧？"

西门牧野又惊又怒，喝道："你说什么？"

厉擒龙哼了一声，缓缓说道："你挖了公孙奇的坟，偷了他殉葬的桑家秘笈，你当我不知道么？我的脾气，要嘛不管闲事，要管就管到底。你挖人家父亲的坟墓，罪实不轻，如今我只要你把偷了的东西物归原主，已是便宜你了。”

西门牧野道：“原来你是觊觎桑家的毒功秘笈!”

厉擒龙道：“我是主持公道!”

西门牧野对厉擒龙虽然颇为忌惮，但要他忍气吞声，把既得之物双手奉上，却是心有不甘，当下一声冷笑，说道：“好，你有本领，自己来拿!”

厉擒龙笑道：“你既然要我动手，我唯有遵命了!”

双掌一交，西门牧野斜跃三步，定睛瞧时，只见厉擒龙眉心隐隐现出一条黑气，但却是一现即逝。西门牧野暗暗吃惊，想道：“这老兄的功力确是在我之上，看来我这腐骨掌是奈何不了他了。”

厉擒龙道：“你还有化血刀的功夫，一并使出来吧!”

西门牧野骑虎难下，索性一不做二不休，左掌一翻，掌心俨若涂脂，喝道：“你要见识化血刀，那就让你见识吧。”

桑家的两大毒功，“化血刀”比“腐骨掌”大为厉害，厉擒龙接了一掌，面上也笼罩了一层黑气，但这层黑气也是一现即逝。西门牧野被他掌力一震，这次却是直退出了五六步之外，这才稳得住身形。

厉擒龙冷冷说道：“化血刀我见识过了，你还有什么更为厉害的功夫吗?”

西门牧野料想脱身不了，拼到底的话，厉擒龙或许也难免要受毒伤，但自己可是性命难保。他心念一转：“这本毒功秘笈其实还是不能免除走火入魔之难的，让这老兄取去，他自视甚高，料想不会向公孙璞讨教，那就害害他也好。”

厉擒龙见他眼珠闪烁不定，冷笑道：“你还在打什么鬼主意?”

西门牧野道：“你又不练毒功，要这秘笈何用?”

厉擒龙道：“你管我有没有用，我是要你吐出贼赃！正主儿就在这里，难道你还不该还给人家么?”

西门牧野打了一个哈哈说道：“厉岛主，我和你也算得是相识多年的老朋友，你又何必在我面前装作正人君子？打开天窗说亮话，我看你未必是想要物归原主吧？不过，你假若要拿去做人情的话，我劝你还是多想一想的好。说不定你要送给他的那个人，也是我的老朋友呢。当真如此，那你就多一事不如少一事了。”

厉擒龙怔了一怔，心里想道：“这老贼也真是鬼灵精，居然识破我的心思，难道是黑风岛主告诉他的?”

原来厉擒龙之所以要这毒功秘笈，的确有如西门牧野所料，是要拿去送给一个人的，这个人就是黑风岛主。

厉擒龙曾经欠下黑风岛主一笔人情。两年前乔拓疆这伙海盗侵入他的明霞岛，他被困在乔拓疆所布的七煞阵中，那天恰值黑风岛主来访，给他解了围，是以他曾答应黑风岛主为他取得桑家的毒功秘笈作为报酬。

西门牧野哈哈笑道：“厉岛主，我说得对吧?”

厉擒龙跟着想道：“不对，不对。黑风岛主和这老贼都是一模一样的忌刻小人，他们如今虽是一伙，也还是各怀心病的。黑风岛主意欲借刀杀人，焉肯明白的告诉他？大概是他不知从哪里得到风声，早就对黑风岛主起了疑心的。我那条计策多半还可以用，不但可以用，说不定还可以令他们二人都中计呢。”想至此就故意哈哈大笑，说道：“我要来何用，随你去猜。你若认为你的所料不差，那不是对你正好吗？这本毒功秘笈转一转手，就仍然可以回到你的手上了!”

西门牧野也有他的打算，心想既然打不过厉擒龙，那就不如舍弃这本秘笈了。“他已经给我说破了他的心思，想来他是不会拿去送给黑风岛主的了，我又何妨给他。我倒还有希望可以解除走火入魔之危，他却未必能够。”主意打定，便即把那本毒功秘笈拿了出来，向厉擒龙抛去。

厉擒龙接到手中，说道：“你这秘笈，是真是假？我警告你，你若是拿假的骗我，休想逃出我的掌心!”

西门牧野哈哈笑道：“是真是假，有这位桑家的外孙在此，一看便知。我岂能骗你。”厉擒龙道：“好，你走吧!”

西门牧野走后，厉擒龙回过头来，察看公孙璞的伤势。

公孙璞道：“厉伯伯，我要告诉你一件事情。”

厉擒龙眉头一皱，说道：“你的内力耗损不少呢，先别说话，我给你推血过宫。”

厉擒龙紧紧握着他的双手，以本身内力助他运气行血，过了一支香时刻，公孙璞头上冒出热腾腾的白气，本来是苍白的脸色亦已渐渐转为红润，厉擒龙暗自想道：“他不过二十来岁年纪，内功竟然如此深厚，真不愧是当世三位武学大师的衣钵传人。怪不得我用不着如何费力，就可以打败西门牧野这个老魔头，想来这老魔头在折磨公孙璞之时，自己的内力至少也耗损了几分了。”

公孙璞吁了口气，说道：“厉伯伯，多谢你啦，我的血脉都已畅通，不碍事了。”

厉擒龙笑道：“你多谢我，我可不敢居功。要不是你内功深厚，只怕我全力帮你的忙，你也要大病一场。不过，目前虽说已无大碍，至少也还得休息一天。”

公孙璞道：“我已经可以跑路了，有厉伯伯在一起，也用不着担心碰着强敌，我不想耽搁这一天了。”

厉擒龙怔了一怔，心道：“你去什么地方，怎知道我一定会陪伴你？”心念一动，便即问道：“对啦，你刚才说有一件事情要告诉我的那是——”

公孙璞道：“我得到了令嫒的消息，她，她——”厉擒龙又惊又喜，连忙问道：“她怎么样了？”公孙璞道：“她和奚玉帆大哥一起，已经给黑风岛主掳去了。”当下把事情的经过原原本本的说了出来。

厉擒龙大为感动，说道：“原来你是为了赶到禹城去救他们，不惜连番苦斗，这才伤在西门老魔之手的。我早已知道你曾经帮过小女不少的忙，如今又几乎为她丧了性命，我真是不知如何感激你才好。”

公孙璞道：“老伯别说这话，令嫒也曾救过我的性命的。而且奚大哥也是我的好朋友呢。”

厉擒龙诧道：“小女本领和你相差很远，她焉能救你的性命。”

公孙璞道：“实不相瞒，黑风岛主虽是晚辈岳父，但因我不肯听他的话，他却是曾经想要把我置之死地的。有一次我被他追踪，眼看逃不过了，好在碰上令嫒，将他骗过。”

厉擒龙笑道："原来如此。你们翁婿不和，我也早有风闻的了。你不用担心，我自有妙法，叫他非把女儿心甘情愿的嫁给你不可。"

公孙璞面上一红，说道："多谢老伯关心。这、这——"

厉擒龙哈哈一笑，说道："你不用害羞。我和你虽然相识未久，我可很喜欢你的为人，恕我倚老卖老的说一句心里的话，我对你就如子侄一般，这个忙我是一定要帮你的。"说罢，拿出了那本桑家秘笈，递给公孙璞，接着说道："这是你家的东西，你看看这是不是真本？"

公孙璞翻阅一遍，看见秘笈上他父亲添注的字迹，不觉悲从中来，难以自抑，哽咽说道："这是真的。但它却也是害人的东西。我听家母说过，我爹之死，固然是由于多行不义，自取其咎，但练这毒功秘笈却也是致死之由。"

厉擒龙道："你不要难过，你爹的事情我知道。我还知道他后来走火入魔，也是颇有悔意的。说句实在话，你爹确实不能算是好人，但他有这样一个好儿子，也可以为他赎过了。"接着笑道："你说这是害人的东西，许多邪派中人，却把他当作武林异宝，梦寐以求呢。"

公孙璞道："多谢老伯给我夺回家父之物，但我可不能要它。老伯若然同意，我看还是把它烧了的好。"

厉擒龙道："我本来应该还给你的，你不要它，那就借给我用一用吧。"

公孙璞道："这是老伯之力夺回来的，如何处置，自当由老伯做主，不过小侄知道的却不能不告诉老伯，这本秘笈，虽经家父添注了解毒之法，却还是不能免除走火入魔之危的。"

厉擒龙道："你真是一个忠厚老实的人。不过，你所说的，我也早已料到了。要是这本秘笈已经完美无瑕，西门牧野这老贼恐怕还不肯交给我呢。但我正是因为它还有弊害，所以才要它的。说得更明白些，我并非自己要练这毒功秘笈。"

公孙璞怔了一怔，说道："那么老伯要来何用？"

厉擒龙缓缓说道："实不相瞒，我是要拿去送给一个人，这个人就是你的岳父黑风岛主。”

公孙璞又是吃惊，又是诧异，说道：“老伯的用意是——”

厉擒龙道：“我曾欠他一笔人情，因此我答应为他取这秘笈还他人情的。”

公孙璞道：“他一定还不知道，练这毒功秘笈会引致走火入魔。”

厉擒龙道：“不错。所以实不相瞒，我最初的用意也是打算以毒攻毒的。”

公孙璞心地淳厚，暗自想道：“不错，黑风岛主是个邪恶的人，但我们也用邪恶的手段对付他，那不是和他一样了?”

厉擒龙继续说道：“对尧舜，行揖让，对桀纣，动刀兵。邪恶的手段，有时恐怕也是要用上一用的。不过，我现在的主意却又改了。”

公孙璞道：“老伯打算如何?”

厉擒龙笑道：“我是打算利用这本毒功秘笈，给你们翁婿做鲁仲连。你要知道，你的岳父是武林中顶儿尖儿的人物，以他的武学造诣，练这秘笈，不用多久，就可以升堂入室，那时他的走火入魔之难也就快要发作了。嘿嘿，那时他就非得求你不可啦。你懂了吧?”

公孙璞方始恍然大悟，心里想道：“这个计策果然毒辣，但也确实有用。到了黑风岛主当真有求于我之时，我也可以乘机劝他改邪归正了。”

厉擒龙道：“还有一层，据我所知，你的岳父投奔蒙古之后，似乎也不是怎么得意，西门牧野与朱九穆这两个魔头和他都是怀着心病，想要排挤他的。这本毒功秘笈到了你岳父的手上，迟早会给这两个魔头知道，那时他们对你的岳父更为忌刻。你的岳父在那边立足不住，对你不也大有好处吗?”

公孙璞道：“宫岛主若能改邪归正，这正是我所盼望的事情。老伯用心良苦，小侄不胜感激。不过令嫒还是在他手上，咱们恐也不宜耽搁了。”

厉擒龙却是毫不紧张，神色自如地说道：“不用担心，他不敢害我的女儿的。大概是拿我的女儿来要挟我，一方面阻止我与他为难，一方面要我履行以前的诺言罢了。如今这秘笈已经在我手里，正好可以拿来和他交易啦。我担心的倒是你的余毒还未去净，无论如何也得歇息一天，否则目前纵无大碍，后患却是无穷了。”

公孙璞是个武学行家，自然也是知道其中利弊的，在厉擒龙劝告之下，深感他的爱护之意，当下也就听他的话，多耽搁一天了。

在这一天当中，厉擒龙仍依前法，以本身真力助他运功驱毒，公孙璞本身有深厚的内功，又得他之助，因此虽然不过一天的工夫，不但他的残毒已经去净，而且功力也恢复了七八了。

不过，由于他在路上多耽搁了一天，谷啸风、韩珮瑛、宫锦云和任红绡这一行四众却已赶在他的前头，早几个时辰，先到了禹城了。

到了禹城，宫锦云笑道：“瑛姐，你还记得咱们在仪醪楼初次相会的往事么?”韩珮瑛笑道：“你这馋嘴的煤黑子（拾煤球的小厮）大概是想起了仪醪楼的佳肴美酒了吧?”原来那次仪醪楼之会，宫锦云就是扮成一个“煤黑子”去戏弄韩珮瑛的。

宫锦云笑道：“瑛姐，你真是最懂得我的心事的人，这次我请客，不用你破费了。”接着回过头来对任红绡道：“这仪醪楼是北五省最有名的酒楼，据说是纪念发明酿酒的老祖宗仪狄的，仪狄是大禹的臣子，所以在这禹城开店。”任红绡道：“那是一间老字号?”宫锦云道：“这还用说?罗隐诗中有云‘愧对前贤贪旨酒，不辞醉倒仪醪楼。’罗隐是初唐的人，他的诗中已提及仪醪楼，少说也几百年的历史了吧?他们自酿的美酒呀，有名叫做拼命酒。”任红绡道：“为什么取这样的名字?”宫锦云道：“这是浑名，虽很粗俗，却是有来由的。据说不会喝酒的人，到了仪醪楼，也宁愿不要性命，拼着醉死的。这酒有多么好，你就可想而知了，还有在仪醪楼你还可以吃到他们妙法烹调的刚捞上来的黄河鲤鱼，那是鱼中极品。”任红绡笑道：“你不要再说了，说得我也流涎了呢。”

谷啸风道：“咱们还是先到长鲸帮，找着了公孙大哥再来吧。”

宫锦云道：“反正咱们今晚会赶到长鲸帮的，急什么?再说咱们也还没有吃午饭呢。”

谷啸风道："我是怕一喝起酒来，又得耽搁多些时候了。我的酒量也不大好。"

宫锦云笑道："原来你是怕自己喝醉了，那也不要紧呀，醉倒了有瑛姐扶你。"

韩珮瑛笑道："你日盼夜盼，盼着见你的璞哥，到了这里，反而不急了。好，你既然不急，我们又何妨奉陪。"

宫锦云这才说道："黄河五大帮会的人，经常有人进出仪醪楼的，我是想找个人带路。"

一行四人上了仪醪楼要了一张临窗的桌子，一面喝酒，一面眺望黄河。宫锦云向店小二招一招手，叫他过来，说道："你还认得我么?"

店小二仔细一看，首先认出了韩珮瑛，跟着认出了宫锦云，想起她们曾在这里打过架的事，不由得惴惴不安，张大了嘴巴，说道："原来是两位客官再度光临，你们是洪帮主的朋友，对吧?"

宫锦云笑道："不错，你的记性很好。这次你放心，我们不是来打架的了。"

店小二陪着她苦笑，好像有什么话要说，又不敢说出来的样子。

宫锦云道："洪帮主好吗?"店小二道："好久没有见过他老人家了。"宫锦云这样问是有用意的，用意之一是让其他的客人知道她和长鲸帮的洪帮主甚有交情，长鲸帮的帮主洪圻是黄河五大帮会的领袖人物，食客中若有五大帮会中人，定会过来和她搭话；用意之二，是要从侧面打听，打听公孙璞来到了禹城没有。

要知公孙璞是北五省绿林盟主蓬莱魔女的使者，他若然已经来到，洪圻和五大帮会中的首脑人物必定会在仪醪楼设宴招待他。不料店小二的回答却是许久没有见过洪圻，宫锦云听了，大为失望，心里想道："难道璞哥还没有来到禹城?还是已经来到了却不便在外间公开露面?"

这天仪醪楼上的客人不多，除了他们这张桌之外，只有寥寥六七个客人，分据三张桌子。不一会儿，这几个客人忽地一个接一个，全都结账走了。也不知他们是害怕惹祸上身，还是其中确有帮会人物，故此要赶回去报讯。

任红绡笑道：“先喝酒吧。啧啧，这酒确实不错，我不会喝酒的也要拼命喝它了。”

宫锦云问不出什么，只好让那店小二走开。她挟起一块鲤鱼笑道：“黄河鲤鱼要趁热吃，你喝醉了也不怕，鲤鱼汤就可以解酒。咦，谷大哥，你在呆看什么？再不动筷，这盘鲤鱼可就没你的份啦。”

谷啸风道：“你瞧吴梦窗这首词写得多好。三千年事寒鸦外，无言倦凭秋树。逝水移川，高陵变谷，谁识当时神禹。……”原来他正在看墙上挂的一幅中堂。

韩珮瑛道：“不错，这是缅怀大禹治水功德的一首词，虽然伤感的味道太浓，却也是感援遥深呢。梦窗（吴文英）是南渡之后的词人，想不到他的这一首词却也传到了北方，还有人写了起来挂在这酒楼上。”谷啸风道：“这首词写在这仪醪楼上正是再合适不过。你瞧，咱们从这窗口望出去，就可以望见大禹当年治水所驻的老龙口呢。禹城因大禹而得名，这仪醪楼酒又正是纪念大禹和仪狄君臣的。”

宫锦云笑道：“你们两个书呆子别再考据了，酒都冷了呢。”

就在此际，忽听得有三个人的脚步声走上楼来。一个苍老的声音说道：“这仪醪楼的美酒，你们实是不可不尝。”一个粗豪的声音哈哈笑道：“我打算一口气喝它几十斤，就只怕这酒楼没有这么多的陈年佳酿。”正是：

心事暂抛谋一醉，且将旨酒涤烦忧。

欲知后事如何，请听下回分解。

第一〇八回　惊见小城潜巨寇
喜斟旨酒撮良缘

跟着又是一个人笑道："仪醪楼藏酒上百年的少说也有十几缸，你喝是喝不完的，我倒是怕你这样鲸吞牛饮的喝法，尝不出美酒的滋味，那就未免太煞风景了呢。"

谷啸风一听得这三个人说话的声音不觉变了面色。忽听得"当"的一声，宫锦云的酒杯跌在地上，碎成片片。看来她比谷啸风还更吃惊。说时迟，那时快，这三个人已经出现在他们的面前。

原来这三个人一个是宫锦云的父亲黑风岛主，一个是东海盗魁乔拓疆，还有一个则是乔拓疆的副手钟无霸。乔钟二人是三个月前在苗疆和谷啸风交过手的。谷啸风大吃一惊，心里想道："怎的他们也这样快逃出了苗疆来到了禹城了，糟糕，一个黑风岛主已足够我们应付，加上这两个恶贼，今天只怕是凶多吉少了。"

钟无霸一眼认出了谷啸风，哈哈笑道："原来你这小子也在这里，老子正要找你!"迈开大步，走近他们这张桌子，张开蒲扇般的大手，一抓就向谷啸风抓下。

谷啸风端坐不动，拿起一双筷子对着钟无霸掌心的"劳宫穴"。钟无霸一缩手变抓为劈，掌锋斜扫，谷啸风的筷子跟着变招点他的脉门。他是用筷子使出绝妙的七修剑法，一时间钟无霸倒是不敢硬抓。

宫锦云笑道："你们是老朋友，相请不如偶遇，何不坐下来吃点东西?"挟了一个肉丸子，筷子一送，卜的一声，肉丸塞进钟无霸的口中。钟无霸的武功本是比宫锦云高很多的。只因全神对付谷啸风的点穴剑法，冷不防就着了宫锦云的道儿，气得哇哇大叫。

黑风岛主和宫锦云打了一个照面，不觉“咦”了一声，睁大了眼睛。要知宫锦云女扮男装，虽然乔装得妙，却总是瞒不过父亲的眼睛的。

乔拓疆看见钟无霸吃了亏，本来就要过去帮他的，忽然发现黑风岛主的脸色有异，他是个机灵的人，知道其中定有蹊跷，怔了一怔，便即止步。

黑风岛主喝道：“锦儿，不可顽皮无礼！”

宫锦云道：“爹爹，这个野人欺侮我的朋友，又欺侮我，你还骂我！”

钟无霸这才知道宫锦云竟是黑风岛主的女儿，不禁大吃一惊，连忙退开了。

黑风岛主喝道：“锦儿，不可胡闹，过这边来。”

宫锦云是知父亲想要把她拉开便即动手，倏地就抽出短剑，对准自己的胸口。黑风岛主大惊道：“你干什么？快快放下！”

宫锦云道：“为朋友不辞两肋插刀，这是武林古训。我和他们是有福同享，有祸同当！”

黑风岛主道：“你就只知道有朋友，不知道有爹爹了？”

宫锦云道：“女儿不敢和爹爹作对，唯有出此下策。爹爹，你欺侮我的朋友，我只好死在你的面前。”

黑风岛主知道女儿的倔强脾气，倒是有几分顾忌，当下皱起眉头说道：“有话大可好好商量，无须寻死觅活。”

宫锦云叫道：“爹，你别过来！你再上一步，那就是要迫女儿寻死了。”

黑风岛主无可奈何，只得在邻近的桌子坐了下来，说道：“好，你跟我回去，我撒手不管这里的事情。”

宫锦云道：“爹，你投降鞑子，我可不能跟鞑子混在一起。”

黑风岛主变了面色，斥道：“胡说八道，你简直是目无尊长了。”

宫锦云道：“忠孝不能两全，爹，你杀了我吧！”

黑风岛主眼珠一转，说道：“我不是要你跟我去和林，也不是去大都，咱们是一同回家。从今之后，咱们父女相依，我也不再踏出黑风岛半步。这样说你可以满意了吧？”

宫锦云道：“爹爹此话当真？”

黑风岛主道：“我怎会骗你。”

宫锦云道：“好，那你先走，你到百里之外的大渡口等我。”

黑风岛主道：“你要是不来呢？”

宫锦云道：“只要爹爹说话算数，女儿自也不会欺骗爹爹。”

黑风岛主道：“好，我相信你，我这就走！”说到一个“走”字，突然把手一扬，只听得“叮”的一声，宫锦云指着胸口的那把短剑，已是给他飞出的一支筷子打落。原来他乃是假意答允女儿的条件，好松懈宫锦云对他的防范的。

这一下变出意外，谷啸风还来不及拔剑出鞘，说时迟，那时快，黑风岛主已是一跃而起，把女儿拉过去了。他一拉开了女儿，便即喝道：“动手！”

乔拓疆哈哈笑道：“谷啸风，看你这小子还往哪里跑？”谷啸风把桌子一掀，乔拓疆一掌劈去，一张坚实红木做的八仙桌登时碎成八块，木片纷飞，杯盘碗碟乒乒乓乓的碎了一地，酒楼的伙计都吓得钻进了柜台底下。谷啸风、韩珮瑛双剑出鞘，立即和乔拓疆恶斗起来。

谷韩二人双战乔拓疆，另一边任红绡和钟无霸也交上了手。

宫锦云又是伤心，又是气愤，叫道：“做父亲的都欺骗女儿，女儿活在这世上还有什么意思？”当下浊气一涌，便要自断经脉而亡。

黑风岛主说道：“你现在寻死，那是死不成了。乖乖听我的话，我会叫你称心如意的。嗯，锦儿，我知道你喜欢公孙璞，是么？我替你把他找回来，完成你们小两口子的心愿。”

自断经脉，需有深厚的内功，宫锦云的功力本就不足自断经脉，何况还有黑风岛主手掌按着她的背心，阻挠她的运功？当然是难以如愿了。她自断经脉不成，却弄得胸口一阵剧痛，汗下如雨。

黑风岛主柔声说道：“你何苦如此？他们纵然是你的朋友，总比不得公孙璞是你心上人吧？爹爹已经答允如你心愿，又不插手为难你的朋友，咱们父女还不可以和解么？”宫锦云忍着疼痛，一声不响。不过黑风岛主这番说话也还是有点效力，他一提起了公孙璞，就叫宫锦云情不自禁的想道：“不错，为了璞哥，我可还应该再活下去。”幸亏她打消了自尽的念头，否则纵然死不去，但继续运功自断经脉，身体也还是多少要受损伤的。

黑风岛主知道女儿的功力不足以自断经脉，但也不敢就将女儿放开。他把眼一看，只见谷啸风、韩珮瑛双剑合璧，恰恰和乔拓疆打成平手，任红绡单独与钟无霸交手，却不免甚处下风。黑风岛主吁了口气，心里想道：“看情形的确是用不着我插手了。”不料多看了片刻，不由得忽地一惊。

钟无霸招熟力沉，招招进攻，把任红绡打得只有招架之功，毫无还手之力。但任红绡身法比他轻灵得多，仗着轻灵的身法，东窜西闪，钟无霸一时之间，倒也难奈她何。此时酒楼上的桌椅十九已被踢翻，有了这许多障碍，钟无霸更难捉住她了。

黑风岛主看出任红绡的家数，吃了一惊，叫道：“钟兄手下留情，这女娃子是任天吾的女儿!”

钟无霸正自焦躁，要施杀手，听了黑风岛主的话，说道：“好，我不杀她便是!”腾的飞起一脚，把一张翻倒地上的桌子踢下楼梯，意欲在扫除障碍之后，才好把任红绡活擒。

忽听得轰隆一声，那张桌子滚下楼梯，突然给一个正好走上来的少年，用一柄雨伞一挑，就把这张桌子挑开，不但挑开，而且还在桌子的中心穿了一个大窟窿。在少年的后面，跟着走上来的是一个身材高大的老头。

宫锦云喜从天降，失声叫道：“璞哥!”原来走在前面的这个少年正是公孙璞，后面的这个老者则是明霞岛主厉擒龙。

在禹城碰见黑风岛主不足为奇，因为公孙璞早已知道黑风岛主是来了禹城的，但同时见着了宫锦云，却是大出他的意料之外了。

公孙璞见这情形，又惊又喜，呆了一呆，说道：“云妹放心，你爹不会难为咱们的。”宫锦云道：“好，那你暂且不用管他，去帮一帮任姐姐吧。”

黑风岛主哈哈笑道：“我道是谁，原来是老朋友来了。厉兄，什么风把你吹来的?”他外表强作镇定，内心实是惴惴不安。

厉擒龙冷冷说道："你应该知道我是为什么来的，我的女儿呢？"

黑风岛主道："啊！你是要找令嫒？"

厉擒龙哼了一声，说道："明人面前不说假话，小女和奚公子给你捉了去，你在我的面前还装蒜吗？"

黑风岛主笑道："厉兄不用恼怒，有话好好商量。"

钟无霸把任红绡逼到墙根，正在一抓抓下，想要把她掳为人质。公孙璞把玄铁宝伞倏地伸出，喝道："休想逞凶！"

钟无霸不知公孙璞的厉害，哪里将他这把黑黝黝的毫不起眼的雨伞放在心上，一抓抓去，正好抓着玄铁宝伞。

钟无霸的外功差不多已练到登峰造极境界，但毕竟还是血肉之躯，怎能和玄铁宝伞硬碰，一碰之下，虎口登时震裂，痛彻心肺。他大吼一声，忙把玄铁宝伞放开。

公孙璞笑道："你不服气，我空手和你打过。"玄铁宝伞一抛，抛给任红绡拿去防身。

钟无霸好像受了伤的猛兽，狂嗥大吼，便扑过来，公孙璞使出了"大衍八式"中的天罡掌，划了一道弧形，缓缓拍出。双掌相交，两股刚猛的力道碰在一起，只听得"轰隆"一声巨响，震耳欲聋，楼板给钟无霸踩裂了一个大窟窿，他那水牛般的身躯登时陷入窟窿，一时之间，还未能跌下。

公孙璞一抓抓着他的头皮，硬生生的将他拉了起来，信手点了他的穴道，扔过一边。钟无霸要抓任红绡作为人质，不料自己反而变成了人质了。

黑风岛主叫道："大家且慢动手！"乔拓疆退过一边，谷啸风、韩珮瑛上前和公孙璞相见。

厉擒龙道："好，你要如何与我商量？"

黑风岛主道："咱们是老朋友了，是不是？"

厉擒龙冷笑道："你把我的女儿捉了去，天下有这样对待老朋友的吗？"

黑风岛主道："厉兄放心。不错，令嫒和令婿是在我的手里，但我看在老朋友的份上，可没有损伤他们分毫。厉兄，你意欲如何，请尽管明白见告吧。”

厉擒龙道：“这还用得着问吗，把我的女儿女婿放回来！”

黑风岛主笑道：“厉兄，你应该知道黑道上的规矩，咱们老朋友是一回事……”

厉擒龙喝道：“我还没有说完话呢，我要你把他们放回来，还要你把女儿留下！”

黑风岛主皮笑肉不笑地打了个哈哈，说道：“你得回女儿，却要我失掉女儿，这个交易未免令我太过吃亏了吧？”

宫锦云道：“爹，你刚才不是许下诺言的么，你让我跟了璞哥，我还是认你做爹爹的，你并没有失掉了女儿啊！”

黑风岛主摇了摇头，说道：“真是女生外向，令我好不灰心。”

公孙璞道：“云妹别急，我们和令尊一定会商量出一个结果来的。”

黑风岛主笑道：“对啦，还是你的璞哥比你明白事理。说句公道话，这个交易，实在令我太吃亏了。”

厉擒龙道：“我不和你算账已经好了，你还说是你吃亏？”

黑风岛主道：“按照黑道的规矩，把失物归还原主，失主多少也得付点彩头。如今是什么也没得到，反要赔了女儿，太过蚀本的生意我不能做！”

厉擒龙假意沉吟片刻，说道：“本来做女儿的在家从父，出嫁从夫，令嫒早已许配给公孙璞，你不能留着她一辈子不嫁，她要从夫，那是名正言顺之事。这件事和你我之间的纠纷也没牵连，不过，我做好人就做到底，你既然把女儿当作买卖，那我就替公孙璞做主，送给你一件你梦寐以求的宝物，当作聘礼，也当作我给你的‘彩头’。这样，这桩买卖总可以成交了吧？”

黑风岛主心头怦然一跳，连忙问道：“你准备替公孙璞送给我什么聘礼？”

厉擒龙拿出那本毒功秘笈一扬，说道：“这是我从西门牧野手中夺来的。本来这也是令婿家传之物，如今拿来当作他的聘礼，岂非正是最好不过？”

黑风岛主道：“我怎知道是真是假？”

厉擒龙道："曾经令婿鉴定，绝不会假。"

公孙璞道："不错，我已经详阅过了，书中的注释，的确是家父的手书。"

厉擒龙继续说道："这本桑家秘笈，一方面是我当作替公孙璞送给你的聘礼，一方面也是替我自己还你的人情。我欠了你一笔人情，你如今做出对不起我的事，我也不追究你了。你所要的东西我交了给你，从今之后，咱们谁也不再欠谁。"

黑风岛主知道厉擒龙说一不二，暗自想道："只要他不向我报复，我也用不着把他的女儿留作人质了。虽然这宗交易，是有点便宜了公孙璞这个小子，但我得到这本秘笈，同样也是有了便宜。"于是说道："好，我都依你，你把秘笈给我，我把你的女儿还你，咱们之间的恩怨一笔勾销！"

公孙璞连忙道："锦云呢？"

黑风岛主哈哈笑道："我收了你的聘礼，女儿还能不给你么？"当下把手放开，笑道："锦儿，你用不着寻死觅活了，你去跟你的璞哥吧。"

宫锦云紧紧握着公孙璞的手，不禁喜极而泣。他们二人经过许多磨难，终于得到团圆，也顾不得有人在旁，便依偎在一起了。

但黑风岛主一和对方和解，乔拓疆却是不由得大起恐慌了。要知厉擒龙刚才说的所欠黑风岛主那笔人情，就是由于乔拓疆侵入厉擒龙的明霞岛，黑风岛主充作鲁仲连而得来的。如今黑风岛主与厉擒龙已经和解，厉擒龙重提旧事，岂非就要对付我？

乔拓疆大起恐慌，说道："黑风岛主，咱们是合伙人，你做的这宗生意，我也该沾点光吧？"

黑风岛主道："厉兄，令嫒想要归来，恐怕还得借重这位乔兄。请你给我几分薄面，过去的事，大家都不必计较了。"

厉擒龙怒道："什么，你又要节外生枝吗？"

黑风岛主说道："实不相瞒，令嫒是我付托给乔兄的一位朋友管的，我只能请他陪同令嫒回来。"原来黑风岛主说的这位朋友就是史天泽。乔拓疆、钟无霸和史天泽乃是一伙，他们逃出苗疆之后，想借黑风岛主之力，多搭上一条完颜长之的路子，因而才互相结纳的。

依理推测，黑风岛主也不会把人质留在长鲸帮，定是付托可靠的自己人看管。厉擒龙料想他说的乃是实情，便道：“好，今天我不和他们计较，但他们倘若仍是怙恶不悛，日后碰上了我，我还是不能放过他们。”

乔拓疆吃了颗定心丸，说道：“好，就这样吧！”走过去便想解开钟无霸的穴道和他同走。

厉擒龙喝道：“且慢！”乔拓疆道：“怎么？”厉擒龙道：“枉你是黑道上的一个人物，难道还不知道江湖上的规矩？我们的人来了，才能交换！”

公孙璞笑道：“乔舵主，你不用担心，我是用独门手法点了你这位兄弟的穴道的，这种手法，绝不会伤他的身体，只不过多挨一个时辰，他大概就要少了一年功力而已，算不了什么。”

钟无霸练的是以力服人的外功，耗了一年功力，本领就要大打折扣。乔拓疆为了保全他的得力助手，非得急急赶路不可。当下恨恨的盯了公孙璞一眼，连忙走下仪醪楼。宫锦云笑道：“乔舵主，你慢慢走啊！”

乔拓疆走了之后，厉擒龙笑道：“宫兄，咱们老朋友现在可以叙叙啦。”

谷啸风招手叫那店小二过来，说道：“打坏了你们许多东西，实在不好意思，这锭金子给你当作赔偿，不知够不够用。”

这店小二是刚刚从柜台下钻出来的，余悸犹存，说什么也不敢要。黑风岛主淡淡说道：“这位谷少爷赏给你的，你就收下吧。”店小二看他一眼，这才敢抖抖索索地收下了谷啸风给他的金子。厉擒龙看在眼里，心中已是猜着几分，想道：“看这情形，黑风岛主想必已经到了长鲸帮好几天了，这店小二也知道他是黄河五大帮会的贵客啦。”

宫锦云笑道：“下次我们一定不会在你这里打架了。麻烦你给我们收拾收拾，另外备办一席酒菜。”

不一会儿，打扫干净，只是楼板当中的那个大窟窿无法修补。店小二给他们摆了一张靠窗的桌子，端来酒菜，重整杯盘。

厉擒龙举杯说道："宫兄，咱们先干一杯。请问是什么风把你吹到禹城来的？"

黑风岛主道："我是偶然路过，慕仪醪楼之名，稍作勾留的。"

厉擒龙笑道："当真只是偶然路过的吗？我猜你是在等两位朋友的吧？"

黑风岛主道："你怎么知道？"

厉擒龙道："你刚才口口声声说我是你的老朋友，老朋友面前何必还说假话？你说真话，我也可以告诉你一个消息。"

黑风岛主情知瞒骗不过，说道："你要我说什么真话？"

厉擒龙道："你来禹城，是为了拜会黄河五大帮会的帮主，商量某件'大事'的吧？若是我猜得不错，你们商谈的地点，大概就是在长鲸帮在禹城的总舵了。是也不是？"

黑风岛主变了面色，强笑说道："是又怎样，不是又怎样？厉兄，咱们的交易已是双方满意，你也允诺把恩怨一笔勾销了。那你就不能节外生枝啊。"

厉擒龙道："你不必担心，我并非要管你的闲事。但多蒙你以老朋友看待，我知道的事情可不能不告诉你，你说对吗？"

黑风岛主道："你得到的是什么消息，那就请说吧。"

厉擒龙道："你等的那两个朋友，一个是龙象法王的大弟子乌蒙，一个是西门牧野。是么？"

公孙璞道："厉伯伯，你说漏了两个人，还有一个西门牧野的侄儿西门柱石，和一个完颜豪的随从武士独狐行。"

厉擒龙笑道："这两个是上不得台盘的角色，咱们只说乌蒙和西门牧野。"

黑风岛主道："他们两人怎么样了？"言下之意，已是默认厉擒龙的所料不差。

厉擒龙缓缓说道："那你就不用等他们了，他们不会到禹城啦。"

黑风岛主道："为什么？"

厉擒龙道："乌蒙已给令婿打得重伤，纵然不致丧命，至少也得大病一场。至于西门牧野，你知道我给你的这本秘笈就是从他手上夺来的，如今我在禹城，你想他还敢来么？”

黑风岛主暗暗吃惊，勉强笑道：“厉兄，多谢你告诉我这个消息。”要知他奉了完颜长之之命，前往收服黄河五大帮会，虽然他自恃本领高强，毕竟也还是孤掌难鸣。西门牧野和乌蒙不能来到禹城和他会合，那就等于是折了他的两条臂膊了。

厉擒龙道：“还有一个消息，似乎也应该告诉你。”

黑风岛主胆战心惊，说道：“啊，还有什么消息？”

厉擒龙道：“你不想知道令婿是因何而来禹城的吗？公孙贤侄，你自己和岳父说吧。”

公孙璞说道：“我是奉了柳盟主之命，特地来和黄河五大帮会定盟的。”黑风岛主听了，默然不语。

厉擒龙又道：“我夺了西门牧野的秘笈，他也真是聪明，一猜就猜对了我是夺去送给你的。”

黑风岛主和西门牧野各怀心病，此事早已也在他意料之中。不过他虽然有点患得患失，毕竟还是舍不得放弃这本秘笈。他心里惴惴不安，不自觉的连连喝酒。

厉擒龙道：“这酒好么？”黑风岛主道：“好极了，我从来没有喝过这样好的酒！”

厉擒龙微微一笑，说道：“这酒是有名的‘拼命酒’，嘿嘿，为美酒拼命，那还值得，为鞑子拼命，那就似乎划不来了。宫锦云不知以为然否？”厉擒龙借酒讽人，促他悔悟，黑风岛主听了，不觉又是惭愧，又是有点感动。

宫锦云忍不住说道：“爹，你在黑风岛逍遥自在，有何不好？何苦去给人家卖命？爹，你别去大都，还是回家去吧！”黑风岛主喝了满满的一杯“拼命酒”，放下酒杯，苦笑说道：“我还能和西门牧野、朱九穆混在一起吗？你放心，我当然是回黑风岛的了。”

宫锦云大喜道：“爹，你若当真改过自新，我永远做你的孝顺女儿。”

说到这里，只听得有脚步声走上楼梯，宫锦云道：“咦，怎么只是一个人？”她以为是乔拓疆独自回来，正在担心事情或有变卦，抬头一看，原来来的却是长鲸帮的帮主洪圻。

洪圻是听说谷啸风和韩珮瑛等人在仪醪楼喝酒，特地赶来和他们会面的。不料到来一看，却见黑风岛主也在座中，不觉吃了一惊。再一看，看见了公孙璞，这才稍稍放心。当下大着胆子走上前去，和众人招呼。

谷啸风道："洪帮主，你来得正巧，我们正是要到贵帮的呢。"

洪圻道："多谢你们远道来探望我。"公孙璞笑道："实不相瞒，我们是无事不登三宝殿。"

洪圻连忙向他打个眼色，说道："对啦，公孙少侠，你是我们黄河五个帮会的恩人，我们未能报答你的大恩，大家都在挂念你。难得你今日来到，有事没事，都要请你到敝帮多住几天的了。宫岛主是前两天来的，如今也是住在敝帮，你们正好做伴。"他说这话，用意当然是在向公孙璞暗示，叫他不要在黑风岛主面前胡乱说话的了。

不料公孙璞却是毫无顾忌，坦然说道："洪帮主，我是奉了金鸡岭柳盟主之命，特地来拜会你的。说来真巧，在路上我又碰上了这位厉岛主，这就作伴同来了。你和厉岛主还没见过吧？"

洪圻这才知道坐在黑风岛主对面的这个老头，竟是和黑风岛主齐名的明霞岛主厉擒龙，心中大喜。想道："有这位厉岛主和公孙少侠一起，那是足可以对付黑风岛主了。"

厉擒龙笑道："洪帮主，我是来抢你的客人的。宫岛主是我的'老朋友'，待会儿他就和我一起走的，恐怕是不能再回贵帮了。"洪圻听了，越发暗暗欢喜，不过表面上却不敢露出来。

当下洪圻连忙说道："宫岛主，我一点不知你要走得这样匆忙，请容我借花献佛，就借这一席酒给你饯行吧。"当下吩咐酒家重添酒菜。

黑风岛主苦笑道："我现在只等两位朋友，他们一来我就要走了。你用不着费神了，这饯行酒不喝也罢。"

厉擒龙哈哈笑道："一说曹操，曹操就到。宫兄，你不用等啦，他们来了。"黑风岛主话犹未了，只见乔拓疆和奚玉帆、厉赛英三人已经上楼来了。

厉赛英叫道："爹！"扑入父亲怀中，说道："爹，女儿受了坏人的欺侮，你都知道了么？”说话之时，狠狠地盯了黑风岛主一眼。厉擒龙笑道：“宫伯伯和你开开玩笑，你不要记恨。他已经答应把女儿留下来和你作伴啦。”

厉赛英何等聪明，一听就懂，笑道：“原来你们是拿我和宫姐姐交换的，嘿嘿，这交易不坏，我用不着和宫伯伯算账了。不过宫姐姐留下来不是和我作伴，是和公孙大哥作伴，那才是真的。”

公孙璞给钟无霸解开穴道，冷冷说道：“好，交易清楚，你们可以走啦。”乔拓疆拉着钟无霸灰溜溜地走下仪醪楼。

厉擒龙喝道：“且慢，我还有两句话说。”

乔拓疆停下脚步，暗暗吃惊，颤声说道：“厉岛主有何吩咐？”

厉擒龙道：“你回去告诉史天泽，在这禹城，若是给我见着了他，我定要取他性命。你们两个也是如此。”他早已猜着乔拓疆的那个朋友定然是史天泽无疑，于是索性给他点破。

乔拓疆道：“好，我们三人今日离开禹城就是，用不着厉岛主挂心啦。”满怀怨毒的眼光看了看厉擒龙，说完立即就走。

黑风岛主跟着要走，宫锦云道：“爹，女儿敬你一杯。”黑风岛主从未见过女儿这样孝顺，喝了这一杯酒，心里颇有甜丝丝的感觉，说道：“你跟你的公孙大哥，我很放心。”

任红绡道：“宫伯伯，我也敬你一杯。”黑风岛主鉴貌辨色，问道：“红绡，你有什么话要和我说？”任红绡道：“是呀，我正想问一问宫伯伯，你可知道我爹的下落？”

黑风岛主道：“我在大都见过你爹，对啦，还有谷世兄的令舅同他一起，他们都是在完颜长之的王府。嘿嘿，我可以金盆洗手，他们两人恐怕还不肯金盆洗手呢。”宫锦云道：“爹，旁人的事，咱们不必管它。凡事但求自己问心无愧就行。”

黑风岛主一声长笑，说道：“你说得对，我走啦！”正是：

良言谏父心良苦，秘笈居奇有巧谋。

欲知后事如何，请听下回分解。